【墨水世界 心・血・死三部曲】

我們的世界

美琪：

莫和蕾莎的女兒，和她父親一樣能把活生生的角色從書中「唸出來」。美琪和她父母已在美琪的姑婆愛麗諾家住了一段日子。

自她在山羊村中的冒險後，美琪有個願望：希望能像費諾格里歐一樣寫作，能繼續從書中唸出其他角色，但也能透過正確的字眼把他們再送回去。

莫提瑪．弗夏特，又名莫或魔法舌頭：

書籍裝幀師，被自己的女兒稱爲「書醫」。如美琪所言，他能「用他的聲音在空氣中畫出圖像」。莫把山羊、巴斯塔和髒手指從《墨水心》中唸了出來，卻沒想到自己的妻子蕾莎消失在同一本書中。自那以後，他就避免大聲朗讀。

蕾莎（泰蕾莎）：

莫的妻子，美琪的母親，愛麗諾心愛的姪女，在墨水世界中度過多年時光，被大流士再唸了出來，卻因此失去聲音。進入墨水世界之後，成了摩托娜和山羊的女僕多年；在那認識了髒手指，並教他閱讀和寫字。

愛麗諾．羅倫當：

蕾莎的姑媽，美琪的姑婆；藏書家又被稱爲書蟲。她長年來偏愛和書爲伴，但這期間，她不僅收留了美琪、莫和蕾莎，也收留了朗讀者大流士及一群精靈、山妖和玻璃人。

費諾格里歐：

作家，說書人；他寫了那本把大家全都捲入的書——《墨水心》，也杜撰出其中的墨水世界。巴斯塔、髒手指和山羊來自這本書，而莫用來殺死山羊和美琪召來影子的文字，也是出自他的筆下。在同一晚他也消失進自己的故事中。

奧菲流士：作家與朗讀者，被法立德稱作乳酪腦袋。

凱伯魯斯：奧菲流士的狗。

糖糖：又名大塊頭，聽命於摩托娜，後聽命於奧菲流士。

墨水世界

摩托娜：

又名喜鵲。山羊的母親、製毒師及美琪母親多年的主人。

髒手指：

又被稱爲火舞者，被迫在我們的世界中生活了十年之久，只因莫把他從他的故事中唸了出來。臉上那三道長疤出自巴斯塔的刀子。髒手指身邊總有他那頭乖巧的貂——葛文。在《墨水心》最後，他從莫身上偷走一直渴望回去的書。爲了達成這個願望，髒手指甚至和自己的宿敵山羊同流合污，出賣了莫和美琪。此外，多年來，他也沒告訴莫他消失的妻子身在何處，也未對蕾莎提到美琪和莫——報復莫的聲音對他造成的傷害（或許也因爲他愛上了蕾莎。）

葛文：

有角的貂，髒手指的伙伴。基本上，費諾格里歐幫他安排了一個不幸的角色：在未改寫的《墨水心》中，髒手指在試圖從山羊手下救出葛文時而一命嗚呼。

法立德：

這名阿拉伯少年意外被莫從《天方夜譚》中唸了出來；善於潛行、偷竊、偵察、綑綁和其他一些強盜技藝，但也是髒手指的高徒，對他忠心耿耿。

山羊：

一幫殺人放火、勒索打劫的匪徒的首領，被莫從《墨水心》中唸了出來。十年來，一直追捕著莫這位朗讀者，希望靠他的技藝增加自己的勢力與財富。此外，想要銷毀所有的《墨水心》版本，以防再被一名朗讀者唸回墨水世界。因此，他也抓了美琪，逼她把他致命的老僕人「影子」唸到我們的世界中。靠著影子、費諾格里歐的文字和莫的聲音，山羊最後被殺。

身。然而，摩托娜比這個故事中一些壞王公貴族還要聰明，可惜也更壞。

巴斯塔：

山羊一名忠心的手下，相當迷信，永遠刀不離身。巴斯塔曾劃破髒手指的臉。由於讓髒手指逃出，原本被山羊丟給影子吞噬，但山羊之死卻也救了巴斯塔一命。他甚至也逃過費諾格里歐那些讓許多山羊手下消失的文字，或許因爲當時他成了自己主人的囚犯，也或許（他自己也這樣認爲）因爲他過去的故事仍很眷戀著他，不願讓他就這樣死去。

大流士：

山羊之前的朗讀者，被巴斯塔稱爲結巴舌頭。他幫愛麗諾打理她的圖書館。由於他在朗讀的時候，常很害怕，被他從書中唸出來的角色，多半都有不同的殘缺（譬如，蕾莎變啞）。

流浪藝人（彩衣人）

空中飛人：曾爲走繩索藝人，現爲信差，髒手指的朋友。

黑王子：飛刀手，大熊的朋友，流浪藝人之王，髒手指最好的朋友。

大熊：黑熊，被黑王子從馬戲團贖身。

黑炭鳥：噴火藝人。

巴布提斯塔：演員，面具師，滿臉天花。

大力士：流浪藝人，能彎鐵，並一次舉起多名壯漢。

【墨水世界 首部曲】

柯奈莉亞·馮克

墨水心

INK HEART

劉興華◎譯

故事，活在不眞不假中——讀《墨水心》

楊照

我女兒三歲左右，想像發明了一個自己的朋友，叫做「笨瓜」。她常常愼重其事地告訴我們「笨瓜」怎麼怎麼了；或者當我們問她一些她回答不上來的問題（「妳不是說好今天應該洗頭的嗎？」，例如。）她會毫不猶豫把「笨瓜」拉出來當作解釋（「可是『笨瓜』不肯跟我一起去。」，例如。）。

聽多了關於「笨瓜」的事，我可以確定：我女兒分得清什麼是現實、什麼是想像。她沒有幻覺、幻聽，也不會活在自己的幻想裡不肯出來或出不來。這讓我稍微放心些。但還是憂慮：那會不會是因爲一個人太寂寞了，渴望玩伴，所以她才會去創造、發明一個「笨瓜」出來呢？這個想像中的玩伴，爲什麼必須是個「笨瓜」呢？這種想像，與想像的方式，會不會是某種人際焦慮、錯亂的反映呢？

就在那種憂心中，我讀到美國作家Adam Gopnik寫的一篇文章，記錄他的三歲女兒，如何從想像裡創造出一個七歲半的人物，可是這個想像中的「玩伴」，卻老是沒有時間陪她玩。她不斷地打電話找這個「玩伴」，卻又不斷用無奈的口氣告訴大人：「唉，他今天又沒空！」

Gopnik完全想不懂，爲什麼小孩今天發明一個沒時間陪她玩的「玩伴」呢？他的妹妹是位發展心理學家，介紹他去讀一本書，Marjorie Taylor寫的《想像同伴與創造他們的小孩》（Imaginary Companions and the Children Who Create Them），我趕快也去找了這本書來讀。讀了之後知道了：一、依照心理學家調查，百分之六十三的七歲以下美國兒童，發明過想像的玩伴。二、這種現象非但不是出於與外界互動的困難，反而是兒童取得自信的重要象徵。「想像同伴不是任何心理創傷的標記，而是兒童自信到懂得用故事來組織經驗的表徵。」

讀到這樣權威的科學論斷，我鬆了一大口氣。不只如此，還意外地對於「故事」以及「說故事」的行爲，有了深一層的認知與理解。

故事爲什麼重要？因爲我們的認知與我們的經驗間，永遠存在著落差。我們知道的很多事，是無法經驗的。許多我們切身實在的經驗，又沒辦法以理智來解釋。當認知與經驗兜攏不上時，怎麼辦？我們就講故事。

故事不是「眞的」。說故事的人和聽故事的人都知道。我女兒明白「笨瓜」不是眞的，她也不會假想大人將以爲「笨瓜」就藏在她隨手指的「那裡」。「笨瓜」是一個故事，是一個暫時拿來塡補認知與經驗空隙的替代品。

當故事剛誕生時，我們都知道那「只是」故事，只是替代品。在每個「爲什麼」反面，應該有比故事更堅實、更普通、更客觀的解釋。故事是我們編來敷衍自己、說服自己、或暫時滿足自己的。每個人都會編自己的故事，每個故事都不一樣。甚至我今天編的故事，到了明天就會變個不同的面貌。

在找到更好的答案之前，故事暫時幫我們組構世界。本來雜亂不堪的認知與經驗，現在可以通通掛在同一個故事上。不再搞不清彼此關係，也不再苛求我們去一一照顧，我們只要抓住故事就好了，當然，隨著認知、經驗有所改變，我們需要的故事也會跟著改變。

故事，一定帶有某種程度的「自欺」。故事「似眞」而「非眞」。故事不能太假，假到我們自己會對之皺眉揑鼻子，我們不再能「進入」故事，故事就失去了幫我們組織世界的功能。然而故事也不能太眞，眞到變成事實，一旦被當作「眞的」事實相信，故事就失去了流動性與暫時性，故事僵化了不再空納新的認知與經驗，於是本來應該作我們幫手的，會翻起撲克臉轉而成爲發號施令的主人。

宗教就是典型搞壞掉了故事。本來用來說明世界怎麼來的，人爲什麼要對別人好，生前死後我們去了哪裡的「大故事」，結果被說信爲眞實，眞實變成眞理，眞理就倒過來承接現實，掌控發明故事的人。

故事還是「活」一點的好。故事還是不要變成事實得好。故事最好還是存在於「似眞」而「非眞」的某種三歲兒童式的想像空間裡，與現實若即若離的好。不懂得故事與現實的這種曖昧，執意要去揭穿故事的「眞」或「假」，會讓我們喪失說故事與聽故事的天生能力。如果故事都變成現實，那不只對故事是個災難，對現實也會是個可怕的浩劫吧！

因爲過於計較故事的「眞」「假」，因爲不懂「笨瓜」或那永遠的時間陪你玩的「玩伴」的道理，以致於故事式微，是我們應該關心的大災難。至於故事如果變成事實，會給現實帶來什麼樣的麻煩，就是柯奈莉亞．馮克在《墨水心》裡所要關心的主題了。

《墨水心》的書名，有明顯的雙重意涵。一重是書中明白講的：如同墨水般濃黑人心；還有一重則是隱藏在故事敘述形式中的：用墨水寫出來，原本只存在於書籍裡的心。

如果讓書裡的角色活過來，說故事的世界搬到我們的世界裡，那會發生什麼事？《墨水心》從這個很多人都好奇過、想過的假設出發，鋪陳了一段包括了作者與誦唸者與角色之間的複雜關係。馮克設計、規劃了故事時空與現實時空出入的基本法則：這兩個時空維持著某種基本的能量、數量平衡原則，有角色從故事裡被召喚出來，似乎就會有現實世界裡的人物消失遁入了故事中。我們可以預見什麼角色會從故事裡鑽出來，卻控制不了什麼人物會充當成替換品跑進故事去。還有，寫在紙上的故事不會無緣無故、自動自發活過來，從那裡到這裡，需要一個神秘的、生動靈活的誦唸聲音，將平板的文字主體化，讓單純故事裹上血肉的聲音。

增加了這兩項特殊條件，《墨水心》就從簡單概念，化身而為豐富多層次的冒險故事。一個能將死故事讀活的人，讀出了童話裡的壞角色，卻悲哀地在時空交換之中把自己親愛的太太讀不見了。被他讀到這個世界裡來的角色，有一個千方百計想要再藉他的聲音回到熟悉的故事時空裡，另外一個千方百計要藉他的聲音唸出故事裡最恐怖的毀滅力量……

表面上，這是故事內容及其創造者之間掙扎衝突的後設寫作，讓人想起皮藍德婁「六個尋找作者的角色」以來的後現代文學傳統。然而骨子裡，撥開那層後設迷霧，馮克寫的實質內容，卻充滿了對老故事招魂的懷舊精神。那個「魔法舌頭」，可以單憑說活呈現一個有光有影有笑有淚有情有智，還有過去與未來的世界的本事，不正是電影電視入侵我們生活之前，最寶貴的說故事藝術？在那個故事還沒式微的時代，每個人在聆聽故事時，不都被那種魔法般的聲音媚惑著，彷彿被吸入故事時空，與那些「墨水心」的角色共同呼吸，也同喜同悲嗎？當說故事的藝術與聽故事的能力方式式微之前，我們每個人都是闖進現實裡的故事角色，也都是被故事偷走消逝了的現實人。

搞了半天，《墨水心》的「眞」畢竟不是「眞」；「假」也不全是「假」。《墨水心》逗誘我們，想望回到那個非眞非假、既眞又假的故事曖昧情境裡。只有在那個情境下，故事才能繼續有意義，繼續代我們整理、組織紛亂的認知與經驗資料。

獻給安娜，她甚至把《魔戒》擱在一邊，
開始讀這本書。（有女如此，又有何求？）
也獻給愛麗諾，她把名字借了給我，
而我卻沒用在一名精靈女王身上。

來，來。
有個字來了，來了，
自夜裡而來，
想要發亮，想要發亮。

灰燼。
灰燼，灰燼。
夜。

～保羅・賽蘭《入窄》～

夜裡的陌生人

當朵立從枕頭下拿出木馬和老鼠來看時，它們的眼中閃爍著月光。
時鐘滴答作響，在靜謐中，他似乎聽到了光溜溜的小腳在地上跑過的聲音，
跟著是咯咯笑聲和低語，還有一陣彷彿一本大書書頁被翻過的聲響。

——露西・波士頓《格林・諾的孩子》

那晚下著雨，低吟的細雨。許多年後，美琪只需閉上眼睛，就能聽到那陣像細小的手指般敲著窗戶的雨。夜裡某處，有隻狗吠叫著，美琪無法入睡，不時輾轉反側。

她的枕頭下擱著她正在唸的一本書。書冊壓著她的耳朵，像是想再誘她來到它印刷出來的書頁中。「喔，頭底下有個這樣四四方方的硬東西，一定很舒服，」當她的父親第一次在她的枕頭下發現書時說：「別不承認，這書晚上會輕輕在妳耳朵旁述說它的故事。」「有時候會！」美琪回答，「但只對小孩有效。」莫跟著就捏了捏她的鼻子。莫，美琪只這樣稱呼她的父親。

在那個許多事情的開始，許多事情永遠改變了的夜晚，美琪的枕頭下擱著一本她心愛的書。落雨讓她無法入睡，她坐起身，揉掉眼中的倦意，從枕頭下拿出那本書。在她翻開書時，書頁窣窣作響，讓人期待無比。美琪發現，每本書的這第一聲低語，聽來都有所不同，完全要看她是否已經知道這書將對她述說的故事。但，現在先得有些光線。在她床頭櫃的抽屜中，她藏了一盒火柴。莫不准她晚上

點蠟燭，他不喜歡火。「火會吞食書冊。」他老這樣說。但她畢竟十二歲了，會小心燭火的。美琪喜歡在燭光中閱讀。她在窗台上擱了三個燭燈和三個燭台，當她正要拿亮起的火柴點燃一個黑色的燭芯時，聽到屋外有腳步聲。她多年以後還能記住自己如何嚇得吹滅了火柴，跪在被雨打濕的窗前，瞧著外頭。就在這時，她看到了他。

黑暗因爲雨而顯得蒼白，那名陌生人不過是個黑影而已，只有他的臉瞧著美琪這裡，露出些光亮，頭髮貼在潮濕的額頭上。雨水從他身上滴落，但他並不理會，一動不動地站在那兒，手臂抱胸，至少想這樣取些暖似的。他就這樣盯著他們的屋子。

我得叫醒莫！美琪心想，卻依然坐著，心噗通跳著，繼續瞪著外面的夜，好像那位紋風不動的陌生人感染到她似的。突然間，他轉過頭，美琪覺得他直視著她。她趕緊溜下床，光著腳跑到外面陰暗的走廊，翻開的書落到地上。儘管已經五月末了，這棟老屋子還是冷颼颼的。

莫的房間中還亮著燈。他經常到深夜時還醒著，讀著書。美琪對書的熱愛承襲自他。每當她做了惡夢躲到他那兒，往往在莫平靜的呼吸和書頁的翻動下安睡。沒什麼比印刷紙張的窸窣聲更能快速驅走夢魘了。

但屋子前的那個身影並不是夢。

莫這一晚唸的書，是淡藍色布面裝幀的，美琪後來依然記得這點。記憶中竟會存留下許多無關緊要的東西！

「莫，院子裡有人！」

她的父親抬起頭，心不在焉地瞧著她，就像往常她打斷他閱讀的時候一樣。每次，都要過上那麼一會，他才會從另一個世界中，從文字的迷宮中回來。

「那裡有人？妳確定？」

「是的，他盯著我們的房子看。」

莫擱下書。「妳睡前唸了什麼？《變身怪醫》？」

美琪皺起眉頭。「別這樣，莫！過來看看。」

他不相信，但還是跟著。美琪焦急地拉著他，害他的腳趾頭在走廊上踢到了一堆書。不然還會是什麼？他們的屋子中到處堆放著書，不只像其他人那樣擱在書架上。不，在他們這兒，書堆在桌子下、椅子上、房屋角落。廚房裡、廁所中、電視機上和衣櫃中都有書，一小堆書，堆得高高的書，厚的、薄的、老的、新的……書。它們敞開的書頁在早餐桌上邀著美琪，在灰沉的日子中打發掉了無聊——而有時候，會被它們絆倒。

「他就站在那裡！」當美琪拉著莫到她房間時，小聲說著。

「他的臉毛茸茸的嗎？那說不定是個狼人。」

「別說了！」雖然他的玩笑驅走了她的懼意，美琪還是不苟言笑地看著他，自己幾乎都已不相信雨中的那個身影了……直到她再次跪在窗前。「在那兒！你看見了嗎？」她小聲說。

莫瞧著外面依然不停落下的雨滴，一聲不吭。

「你不是保證不會有竊賊到我們家來的，因爲這裡沒東西可偷？」美琪小聲說。

「那不是竊賊，」莫回答，但他退離開窗戶時，表情十分嚴肅，讓美琪心跳得更加劇烈。「上床去，美琪，」他說：「他是來找我的。」

接著他走出了房間，美琪都還來不及問，那個半夜冒出來的訪客，到底會是何方神聖。她不安地跟在他身後，在走廊上，她聽到他鬆開房門鍊條的聲音，而當她來到門口玄關時，見到父親站在敞開的門口。

夜闖了進來，幽暗潮濕，淅瀝的雨聲聽來更響，令人緊張。

「髒手指！」莫對著黑暗中喊道。「是你嗎？」

髒手指？這是什麼鬼名字？美琪想不起曾聽過這個名字，但聽來又滿熟悉的，像是一個模模糊糊的遙遠記憶。

外頭起先靜謐無聲，只下著低吟的雨，彷彿黑夜突然有了聲音一般。但跟著腳步聲接近房子，站在院子中的那個男人從黑暗中現身，被雨打濕的長大衣貼著他的腳。當這個陌生人來到從房子中流瀉而出的光線中時，美琪似乎在那短短一瞬間，看到他肩頭上一個毛茸茸的小腦袋從他的背包中伸出來嗅聞著，跟著又匆匆躲了回去。

髒手指用袖子抹過潮濕的臉，朝莫伸出手。

「你好嗎？魔法舌頭，」他問著。「好久不見。」

莫握住那隻伸過來的手，顯得猶豫。「的確好久了，」他說，瞧著那位訪客後面，似乎期待在他身後見到另一個身影在夜裡出現。「進來，你可真是在找死，美琪說你在外頭已站了好一會了。」

「美琪？喔，當然啦。」髒手指讓莫拉著他進屋。他詳詳細細地打量著美琪，害她尷尬無比，都不知該看哪才好，最後只好回瞪回去。

「她長大了。」

「你還記得她？」

「當然。」

美琪注意到，莫把門鎖了兩次。

「她現在多大了？」髒手指對著她微笑。那個微笑怪異，美琪說不上來那是嘲弄、倨傲，或只是害羞而已。她沒微笑回去。

「十二歲。」莫回答。

「十二歲？老天。」髒手指抹掉了額頭上濕淋淋的頭髮。他的頭髮幾乎長及肩膀，美琪弄不清當那頭頭髮乾了後，會是什麼顏色？薄嘴唇周圍的短鬚略呈紅色，像那隻美琪時而在門口餵上一小碟牛奶的流浪貓的毛色一般，臉頰上也冒出些零星的鬍鬚，像年輕人第一次冒出的鬍子一樣，無法藏住那三道讓髒手指的臉看來像是不知何時碎裂，又被拼綴起來的長長蒼白疤痕。

「十二歲，」他重複道。「沒錯，當時她……三歲，是不是？」

莫點了點頭。「來，我找些衣服給你穿。」他拉著客人，極不耐煩，像是突然急著在美琪面前把他藏起來似的。「妳，」莫回過頭對她說：「妳去睡覺，美琪。」跟著二話不說，他關上了作坊的門。

美琪站在那兒，冰冷的腳互相搓著。妳去睡覺。有時到夜深時，莫會把她拋到床上，像拋一袋堅果一樣。有時晚餐後，他會追著她全屋子跑，直到她笑得喘不過氣，逃到自己的房間。而有時，他疲倦無比，癱在沙發上，在她睡前，她會幫他煮上咖啡。但他從未像剛才那樣吩咐她上床。

一種摻雜恐懼的感覺在她心中擴散開來：因爲這個名字怪異，卻又聽來熟稔的陌生人，某些令人不安的東西鑽進了她的生活中。她眞希望——強烈到她自己都嚇一跳的程度——她沒去找莫，而讓這個髒手指待在屋外，直到雨水把他沖走。

當作坊的門再打開時，她嚇了一跳。

「妳還站在這裡！」莫說：「上床去，美琪，快點。」他鼻子上出現那個只在他眞正擔心時才出現的小皺紋，越過她瞧著，思緒似乎不知飄到哪裡去了。美琪心中的那種感覺不斷增長，張開了黑色的翅膀。

「叫他離開，莫！」她在被推著進房間時說著。「拜託！叫他離開，我受不了他。」

莫靠在她敞開的門上。「妳早上起來時，他就走了，我保證。」

「你保證？不勾手指？」美琪死死盯著他的眼睛。莫一說謊，她總能看得出來，就算他想盡辦法要掩飾。

「不勾手指。」他說，兩手高舉，以資證明。

跟著他關上門，雖然知道她不喜歡這樣。美琪把耳朵貼在門上偷聽著，聽到餐具乒乓撞擊的聲音。欸，那個狐狸鬍子還有杯熱茶暖暖身子。我希望他會得到肺炎，美琪心想，但不用像女英語老師的母親那樣立刻死去。美琪聽到廚房裡的水壺嗶嗶作響，聽到莫端著一盤叮叮噹噹的餐具回到作坊。

小心起見，在他拉上門後，就算不好受，她還是又等了幾秒鐘，才跟著又溜到走廊上。

莫的作坊門上掛著一面牌子，一面細長的鐵片。上面的字，美琪記得清清楚楚，她五歲時，就練習讀著那些老式的花體字：

有些書必須品嘗，
有些書可以囫圇吞下，
只有少數的書要細嚼慢嚥
好好消化。

當時，在她還必須爬上一個箱子來解讀這個牌子時，她以爲細嚼慢嚥是從字面上來說的，便十分厭惡地想著：爲什麼莫要把一名褻瀆書籍之徒的話掛在他門上。

這期間，她明白了話中的含意。但今天，在這一晚，她對這書寫出來的文字不感興趣，只想聽明白門後那兩個男人在喃喃低聲聊著的話語，幾乎無法理解的話語。

「別低估他！」她聽到髒手指說。他的聲音和莫的大不相同，沒有其他聲音像她父親那樣。莫可以用他的聲音在光禿禿的空氣中畫出圖像。

「他會不擇手段來得到它的！」又是髒手指在說。「相信我，不擇手段就是不擇手段。」

「我絕不會交給他的。」是莫在說話。

「但他會用盡方法來得到它的！我再對你說一次：他們發現你的蹤跡了。」

「這又不是第一次了，到現在爲止，我都能擺脫他們。」

「是嗎？你想，這還能撐多久呢？你的女兒怎麼辦？難道你想告訴我，她喜歡不停搬來搬去？相信我，我知道我在說什麼。」

門後變得靜謐非常，美琪幾乎不敢呼吸，就怕那兩個男人會聽見。

接著她的父親又說話了，但遲疑不定，彷彿他的舌頭重得說不出話來。「那照你看……我該怎麼做？」

「跟我來，我帶你去他們那兒！」一個杯子叮噹作響，勺子敲著瓷杯。在靜謐中，小小的聲音也變得響亮。「你知道，山羊很看重你的才能，如果你親自帶給他，他一定會高興的！那個他找來替代你的傢伙，簡直笨手笨腳。」

山羊，又一個奇怪的名字。髒手指吐出這個名字，像是會咬斷自己的舌頭似的。美琪動了動冰冷的腳趾，寒意令她難當，她聽不太懂這兩個男人在說什麼，但仍試著記下每個字眼。

作坊中又靜下來了。

「我不知道……」莫終於說道，聲音聽來無比疲累，讓美琪的心緊抽著。「我必須考慮一下。你估計他的手下什麼時候會到這裡來？」

「快了！」

這個字眼像石頭一般落入靜謐之中。

「快了，」莫重複著。「那好吧，我明天會決定。你有地方睡覺嗎？」

「喔，到處都行，」髒手指回答。「雖然對我來說，一切都太快，但我這陣子已經很能適應了。」他的笑聲聽來並不愉快。「但我很想知道你如何決定，如果我明天再過來，你看怎樣？大約中午左右？」

「沒問題，我一點半要接美琪放學，你在那以後來。」

美琪聽到一張椅子被推開，趕緊溜回她的房間。當作坊的門打開時，她正好關上自己的門。她躺在床上，被子拉到下巴，仔細聽著她父親和髒手指道別。「那就再次謝謝你的警告！」她聽到他說，跟著髒手指的腳步聲遠離，既慢吞吞，又拖泥帶水，像是不願離開，像是還沒說完他想說的話。

但他還是走了，只剩下雨依然拿著潮濕的手指敲著美琪的窗戶。

在莫打開她的房門時，她趕緊閉上眼睛，試著舒緩地呼吸著，就像什麼都不知道那般沉睡時的樣子。

但莫並不笨，有時甚至異常聰明。「美琪，伸出一隻腳來。」他說。

她不情願地從被子下伸出依然冰冷的腳趾，擱在莫溫暖的手中。

「我就知道，」他說：「妳在偷聽，難道妳就不能聽一次我的話？」他嘆了口氣，把她的腳推回暖烘烘的被子中，跟著坐到床上，雙手抹著疲倦的臉，瞧著窗外。他的頭髮像鼴鼠的皮毛一般烏黑，而美琪的頭髮和她母親一般金黃。她對母親的認識，就只是幾張褪色的照片。「別不高興妳像她，而不像我，」莫老這樣說：「我的腦袋長在一個女孩子的頸子上，可一點都不好。」但美琪寧可更像他，那是她最喜歡的一張臉了。

「反正我根本聽不懂你們說的。」她喃喃說道。

「那好。」

莫瞪著窗外，好像髒手指依然站在院子中。跟著他起身，走向門口。「試著再睡一會。」他說。

但美琪不想再睡。「髒手指！這到底是什麼名字？」她說：「還有他爲什麼叫你魔法舌頭？」

莫沒回答。

「還有那個在找你的人……我聽到髒手指說……山羊，那是誰呢？」

「不是妳該認識的人。」父親沒轉身。「我想，妳最好什麼都不懂。明天見，美琪。」

這回他讓門開著，走廊上的光線灑在她床上，和窗戶中滲進來的黑夜混雜在一起，美琪躺著，等著黑暗終於消失，並帶走那種災禍臨頭的感覺。

好久以後，她才明白這場災禍不是在今晚誕生的，只是又再偷溜了回來。

秘密

「但這些沒有故事書的孩子該怎麼辦？」納夫塔立問。

雷卜・柴布隆回答：「他們只能安於現狀，故事書畢竟不是麵包，沒有也可以活下去。」

「沒有它們，我可活不下去。」納夫塔立表示。

——以撒・辛格《說書人納夫塔立和他的馬蘇斯》

美琪從睡夢中醒來時，天剛剛破曉。田野間的夜逐漸退去，彷彿雨水把夜衣的滾邊洗白了。鬧鐘快到五點，美琪想側過身繼續睡時，突然察覺到有人在房間中。她吃驚坐起，見到莫站在她打開的衣櫃前。

「早安！」他說，同時把她心愛的毛衣擱進一口箱子中。「對不起，我知道還很早，但我們必須出門旅行了。早餐喝可可怎麼樣？」

美琪睡眼惺忪地點著頭，外頭鳥聲啁啾，似乎牠們早醒了好幾個鐘頭一樣。

莫又把她的兩條褲子丟進箱子中，闔上，提著走到門口。「穿暖一點的衣服，」他說：「外面冷颼颼的。」

「我們要出門去哪？」美琪問，但他已經消失。她瞧了一眼外頭，恍恍惚惚的，幾乎以爲會在那裡看到髒手指似的，但院子中只有一隻烏鶇在被雨打濕的石頭上蹦跳著。美琪套上褲子，搖搖晃晃來到廚房。走廊上擱著兩只箱子、一個旅行背袋和莫的工具箱。

她父親坐在餐桌旁，抹著麵包，是帶在路上吃的。她到廚房時，父親抬頭看了一下，對她微笑，但美琪看出他在擔心。

「我們不能出門，莫！」她說：「我一個星期後才放假！」

「那又怎樣？又不是妳第一次上學，我因為工作必須離開。」

他說得沒錯，這甚至還常常發生：每當某家舊書店、某個藏書家或某間圖書館需要書籍裝幀師傅，莫便受託為一些價值不菲的老書去霉除污，或重新裝幀。美琪認為「書籍裝幀師傅」這個稱謂，並不能貼切說明莫的工作，因此她在幾年前為他的作坊做出一塊牌子，上面寫著：「書醫，莫提瑪．弗夏特」。而這位書醫出診時，也一直帶著他的女兒。過去以來一直如此，未來也會如此，不管美琪的老師們說什麼。

「用水痘這個藉口怎麼樣？我是不是已經用過了？」

「上次用過了，當時我們去那個有《聖經》的討人厭的傢伙那裡。」美琪打量著莫的臉。「莫，我們離開是不是因為……昨天晚上？」

有一會兒，她以為他會對她講述該講述的一切，但他只跟著搖了搖頭。「胡說，才不是！」他說，把塗好的麵包擱到一個塑膠袋中。「妳母親有個姑媽，愛麗諾姑媽，妳很小的時候，我們到過她那裡，她早就想要我去幫她修書。她住在義大利北部的一座湖邊，我老忘記是哪一座，但那裡非常漂亮，離這裡最多六、七個小時的車程。」他說話時，並沒看著她。

為什麼一定要現在呢？美琪想問，但並沒開口，也沒問他是不是忘了下午的約會。她太怕那個答案，怕莫又再騙她。

「她是不是和其他的人一樣怪？」她只這樣問。莫曾帶著她拜訪過一些親戚，他的家族和美琪母親的家族一樣，都很龐大，在美琪看來，差不多散佈在大半個歐洲。

莫微笑著。「她是有點怪，但妳會和她處得來的。她眞的有很棒的書。」

「那我們要離開多久？」

「會有點久。」

美琪喝了口可可，熱得燙到嘴唇，害她趕緊拿把冰涼的刀壓在嘴上。

莫推回椅子。「我還得到作坊中打包一些東西。」他說：「但不會太久。妳一定累得要死，但妳等等可以在巴士裡睡。」

美琪只點著頭，看著廚房窗外。早晨灰濛濛的，霧飄散著，綿延到鄰近山丘的田野上，美琪覺得夜的陰影似乎躲在樹叢之中。

「把吃的東西打包好，帶上可以讀個夠的書！」莫從走廊中喊道，好像她沒做過這些事似的。幾年前，他就幫她心愛的書做了個箱子，用在每次長長短短、遠遠近近的旅行上。「在陌生的地方有自己的書在身邊，滿舒服的。」莫老這樣說，他自己也常常帶上至少十幾本書。

莫把箱子漆成紅色，像虞美人一般的紅，那是美琪最喜歡的花，花瓣可以輕易壓在書頁中，留下星星一般的圖案。莫在箱蓋上用美麗的花體字寫上「美琪的藏寶箱」幾個字，裡面則鋪上絲綢襯裡，不過裡面的料子幾乎看不到，因爲美琪擁有許多心愛的書籍，而且每次到另一個新地方的旅程中，總會再添上一本書。「如果妳每次旅行帶上一本書，」莫把第一本書擱進她的箱子中時說過，「就會發生些怪事：那本書會開始蒐集妳的回憶。後來只需要打開書，妳就又會來到最先讀到的地方，隨著起初那些文字，一切便又會回來：圖像、味道、妳閱讀時吃的冰淇淋……相信我，書就像蒼蠅紙一樣，回憶是最易附著在印製出來的書頁中的。」

他或許說得對，但美琪每次旅行帶上自己的書，還有另一個原因。它們是她在異地的家——熟悉的聲音，永遠不會和她爭執的朋友，強大聰明的朋友，魯莽冒失、老謀深算、見聞廣博、不怕冒險。當她傷心時，她的書鼓舞著她，而看著莫切割皮革布料，重新裝幀上因爲無數歲月和手指無數次翻書而碎裂的老書頁時，一樣也驅走了無聊。

有些書每次都跟著她，其他的則待在家裡，因爲不適合旅行之用，或要騰出位置給另一個未知的新故事。

美琪撫摸著拱起的書背，這回她該帶上哪些故事？哪些故事能抵擋住昨晚溜進屋裡的恐懼呢？一則謊言的故事怎麼樣？美琪心想。莫在騙她。他在說謊，雖然他知道她每次都能一眼看出他在說謊。《木偶奇遇記》，美琪想。不，太陰森，太感傷了。應該要有些緊張刺激的，可以驅走腦海裡的各種思緒，包括最幽暗的。對了，女巫，女巫應該跟來，把孩子們變成老鼠的光頭女巫，還有奧德賽、獨眼巨人以及把戰士們變成豬的女魔法師。她的旅行該不會比奧德賽的還危險吧，不是嗎？

最左邊塞了兩本讓美琪學會閱讀的圖畫書，她當時五歲，書頁上還見得到她那到處流竄、小得不可思議的食指留下的痕跡。藏在所有其他書的最下面，是美琪自己製作出來的書。她整天貼貼剪剪，不斷畫上新的圖畫，莫不得不在下面註明圖畫上的東西：一名有張快樂臉蛋的天使，美く一獻給莫的。名字是她自己寫上去的，當時她還不太會寫字。美琪看著那笨拙的字，把那本小書擱回箱子中。這本書裝幀時，莫當然幫了她。莫用圖案繽紛的紙裝幀她自己做的書，至於其他的書，則送給她一個印章，在首頁上留下她的名字和一隻獨角獸的頭，有時用黑墨，有時是紅墨，就看美琪自己喜歡。只不過莫從未唸她的書給她聽，一次都沒有。

他把美琪高高拋到空中，扛在肩上在屋子中跑，或教她如何用烏鶇的羽毛製作書籤，但從未唸書給她聽過，一次都沒有，一個字都沒有，就算她把書擱在他膝上。美琪於是得教自己辨識那一行行黑字，打開藏寶箱……

美琪起身。

箱子中還有些空間，說不定莫還有本她可以帶上的新書，特別厚，特別奇妙的……

他作坊的門關上了。

「莫？」美琪壓下把手，長長的工作檯清得一乾二淨，沒有印戳，沒有刀，莫眞的把所有東西都打包了。那他沒有說謊囉？

美琪踏進作坊，四處看著。通往金閣的門開著，實際上，那不過是個儲藏室，但美琪這樣稱呼這個小房間，因爲她父親把最貴重的材料都堆放在那裡：最細緻的皮革、最美的布料、雲紋紙、在軟皮革上壓製金色圖案的印戳……美琪把頭伸進敞開的門——見到莫把一本書包到包裝紙中。書並不大，也不特別厚，淺綠色的布面裝幀看來有些磨損，不過美琪無法一一細看，因爲當莫注意到她時，匆匆把書藏到他背後。

「妳在這裡幹什麼？」他喝叱著她。

「我……」美琪嚇得一下說不出話來，他的臉十分陰沉。「我只想問你有沒有書給我……房裡的，我全都唸過了……」

莫一手抹過臉。「當然，我一定找得到什麼。」他說，但他的眼睛一直表示著：美琪，走開，走開。而他背後，包裝紙沙沙作響著。「我馬上來找妳，」他說：「我還得打包些東西，好嗎？」

不久後，他帶給她三本書，但他包在包裝紙中的書並不在其中。

一個鐘頭後，他們把所有東西拿到外面院子中。美琪來到外頭時，冷得發抖。這是個涼颼颼的早晨，像昨晚的雨一樣冰涼，太陽掛在天上，白皙皙的，像個被人遺失在天上的錢幣一般。

在這座老舊的農舍中，他們住了快要一年了。美琪喜歡周遭山丘的風光、屋簷下的燕巢，那口乾涸的井，張著像是直通到地心的黑色大嘴。這棟屋子對她來說還是太大，太過通風，所有空著的房間中都住著肥大的蜘蛛，但房租便宜，而莫有足夠的地方放書和安置作坊。此外，屋子旁有間雞棚，而現在只停放著他們那輛老巴士的倉庫，非常適合養幾頭牛或一匹馬。「牛必須擠奶，美琪。」有次她建議至少養兩、三頭來試試時，莫說道：「早上很早很早就要起來，而且每天都要這樣。」

「那養一匹馬呢？」她問著。連長統襪皮皮都有一匹馬，而她連馬廄都沒有。

幾隻雞或一頭山羊，她也會心滿意足，但也必須天天餵食，而他們又常常出門。美琪於是只有那隻橘紅色的貓了，每當牠受不了和隔鄰院子的狗吵架時，便不時會溜達過來。住在那邊那個悶悶不樂的老農是他們唯一的鄰居，有時他的狗會鬼哭狼號，美琪只得摀上耳朵。到和她上學的兩位女同學住的地方，騎單車要二十分鐘，但莫多半開車載她過去，因為那條路冷冷清清，狹窄的路只彎曲經過田野和陰暗的樹林。

「老天，妳在裡面裝著什麼？磚頭？」當莫把美琪的書箱抬出屋子時問著。

「你自己老這樣說：書一定要重，因為裡面塞了整個世界。」美琪回答，在這天早上第一次讓他笑了出來。

美琪熟悉那輛像頭花色繽紛的臃腫動物一樣停在廢置倉庫的巴士，勝過所有她和莫住過的房子。在巴士內他幫她搭的床上，她睡得更加死沉。裡面當然也有桌子、小爐灶和一張長椅，翻起來後，可以見到旅遊指南、公路地圖和唸得破破爛爛的平裝書。

是的，美琪愛這輛巴士。但這天早上，她猶豫著，不爬上去。當莫又回屋子鎖上門時，她突然覺得她不會再回來。這趟旅行會和以往的兩樣，他們會不停開著，躲著某個不知名的東西，至少是莫不肯透露出來的東西。

「好了，往南方出發了！」當他坐到方向盤後時，只這樣說著。在一個帶著雨味，很早的早晨，他們出發了，沒和任何人道別。

但髒手指已在大門口等著他們。

前往南方

「蠻荒的森林後，便是廣大的世界，」老鼠說：「而那和我們無關，和你無關，和我也無關。我從未到過那裡，也不會去那裡，更別說是你了，如果你還有點理智的話。」

——肯尼士．葛拉罕《柳林中的風聲》

髒手指一定在路邊的牆後等著。美琪曾在那上面來來回回走平衡不下數百次了，一直走到生鏽的大門鉸鏈那裡再回來，眼睛緊閉，好能清楚地想像埋伏在牆角竹叢中有頭眼睛像琥珀一般黃的老虎，或在她左右洶湧的激流。

現在那裡只站著髒手指，但見到這個景象，更讓美琪心跳加速。他突然現身，莫差點就撞上他。他只穿著毛衣，冷得發抖，雙臂摟著身子，大衣大概還因爲雨淋而潮濕著，不過頭髮這時已經乾了，金紅色的，直豎在那張有疤的臉上。

莫冒出一聲低抑的咒罵，關掉引擎，下了巴士。髒手指露出一個怪異的微笑，靠著牆。「你想去哪，魔法舌頭？」他問：「我們不是約好了嗎？你已經這樣讓我白等了一次，你還記得嗎？」

「你知道我爲什麼這麼急，」莫回答，「和當時的理由一模一樣。」他還一直站在打開的車門旁，全身緊繃，像是受不了髒手指再擋著路。

但髒手指裝著像是沒注意到莫的不耐。「我這回能不能知道你想去哪？」他問：「上一次花了我四年時間找你，要是稍不走運的話，山羊的手下會比我先找到你。」當他看著美琪時，她只敵視回去。

莫沉默了一會才回答。「山羊在北方，」他終於說：「而我們開往南方；還是他這一陣子在別的地方紮營了？」

髒手指沿著路看下去，路面上的坑坑洞洞閃爍著昨晚的雨水。「沒有，沒有！」他說：「他還一直在北方，這是我聽來的，而你顯然又決定不把他要的東西給他，那我最好也趕快到南方去。天知道，我可不想當那個把壞消息告知山羊手下的人。如果你們能帶上我一段的話……我隨時可以出發！」那兩個他從牆後拉出來的袋子，看來像已轉著地球旅行了十幾次，除此之外，髒手指只有一個背包。

美琪緊抿著嘴唇。

不，莫！她心想。不，我們別帶著他！但她只需看著她父親，就知道他有其他的答案。

「別這樣！」髒手指說：「如果山羊的手下逮到了我，我該對他們說什麼？」

他站在那裡，看來像隻被遺棄的狗一樣迷惘無措。在慘白的晨光中，不管美琪如何努力要在他身上找出些讓人害怕的東西，還是一無所獲。不過，她就是不想讓他跟來，這可以從她臉上清楚讀出，但兩個男人根本沒理會她。

「相信我，我沒法一直對他們隱瞞我見到你的事，」髒手指繼續說：「而且……」他猶豫了一下，才說完話，「……而且你一直還欠我些東西，不是嗎？」

莫低下頭。美琪看到他的手緊抓著敞開的車門。「如果你要這樣認爲的話，」他說：「是的，我想我是欠你些東西。」

髒手指帶著疤痕的臉鬆弛了下來，他很快把背包甩過肩，拎著他的袋子走向巴士。

「等一下！」當莫迎向他，幫他拿袋子時，美琪喊著。「如果他跟來，那我想先知道我們為什麼要跑掉？這個山羊是誰？」

莫轉身對著她。「美琪……」他開始用她熟悉無比的聲調說著：美琪，別這麼不懂事；美琪，別這樣。

她打開巴士車門，跳了出來。

「美琪，眞該死！上車，我們得出發了！」

「等你告訴我，我才上車。」

莫走向她，但美琪從他手中溜掉，跑過大門，來到路上。

「你為什麼不對我說？」她喊著。

那條路冷清清的，像是世界上再沒其他人類似的。一陣微風吹起，拂過美琪的臉，讓路旁菩提樹的葉片窸窣作響。天空依舊蒼白灰濛，就是不想明亮起來。

「我想知道發生了什麼事！」美琪喊道：「我想知道，為什麼我們五點就得起床，為什麼我不用上學，我想知道我們會不會再回來，還有這個山羊是誰?!」

當她說出這個名字時，莫四處看著，好像讓這兩個大男人怕得要命的陌生人，會在下一瞬間走出空盪盪的倉庫似的，就像髒手指從牆後面冒出來一樣突然。但院子空著，美琪氣得忘了害怕那個只知道名字的傢伙。「你平常什麼都跟我說的！」她對她父親叫道：「什麼都說。」

但莫一言不發。「每個人都有些秘密，美琪，」他終於說：「現在給我上車，我們必須走了。」

髒手指先打量著他，跟著是美琪，一臉難以置信。「你什麼都沒跟她說？」美琪聽到他壓低聲音問著。

莫搖了搖頭。

「但你必須跟她說！如果她一無所知，反而危險，畢竟她不再是小孩了。」

「她知道了一樣危險，」莫回答。「而且也改變不了什麼。」

莫還是堅不透露。

髒手指瞧了他一會，拿不定主意，接著他放下自己的袋子。「那好，」他說：「讓我對她說說山羊。」

他慢慢走向美琪，她不由自主退了一步。

「妳已經見過他，」髒手指說：「那是很久以前的事了，妳記不起來，因爲妳那時還很小。」他抬起手。「我該怎麼對妳解釋他是什麼樣的人呢？如果妳不得不看著一隻貓吃掉一隻小鳥，妳大概會哭，或試著去幫小鳥是不是？而山羊會拿鳥去餵貓，只是要看貓怎樣拿爪子撕裂小鳥，那個小東西的喊聲和不停掙扎，對他而言，就像蜂蜜一樣甜蜜。」

美琪踉蹌退了一步，但髒手指繼續朝她走來。

「我想妳不會樂意讓別人害怕，嚇得他們膝蓋發抖，無法站立吧？」他問著。「山羊卻是樂在其中。妳大概也不認爲，妳可以隨便拿走所有妳想要的東西，不管用什麼手段，也不管在哪。但山羊卻是這樣認爲，而遺憾的是，妳的父親擁有一件他一定要得到的東西。」

美琪看著莫那邊，但他只站在那看著她。

「山羊不像妳父親會裝幀書籍，」髒手指繼續說：「他什麼都不懂，只懂一點：讓人害怕。這點他可是高手，也靠這過活。雖然我相信他根本不知道，一個人嚇到四肢麻木、畏畏縮縮的感覺是什麼樣子。但他非常清楚，如何喚出恐懼，散佈恐懼，不管在屋子裡，還是床上，在心裡，還是在腦海中。他的手下散播恐懼，就像威脅信件一樣，把信件塞到門下和信箱中，畫在牆上和馬廄門上，直到恐懼自行散佈，無聲無息，臭得像瘟疫一樣。」髒手指現在緊站在美琪面前。「山羊手下眾多，」他輕聲說著。「大多數的，從小時候起就跟著他，只要山羊命令其中一個割掉妳的耳朵或鼻子，他眼睛眨都不眨就會動手。他們喜歡身著黑衣，就像烏鴉一般，只有他們的頭日會在漆黑的夾克下穿著一件白襯衫，如果妳哪天碰上其中一位，妳要縮起來，縮得小小的，說不定他們不會注意到妳，懂嗎？」

美琪點點頭，幾乎無法呼吸，心跳劇烈。

「我能理解妳父親從未對妳提過山羊，」髒手指說，回頭望著莫。「我也寧願對我的孩子說些好人的事。」

「我知道不是只有好人的！」美琪沒辦法不讓聲音氣得顫抖，說不定其中也有些害怕。

「喔，是嗎？從哪知道的？」又是那個謎一般的微笑，既傷感，又自負。「妳有沒有和一個眞正的壞人打過交道？」

「我有讀過他們的事。」

髒手指大笑起來。「欸，沒錯，差不多一樣。」他說。他的嘲弄就像毒蕁痲一樣，讓人感到刺痛。他彎身看著美琪的臉。「不過，妳最好希望這只停留在閱讀中。」他輕輕說著。

莫把髒手指的袋子擺在巴士最後頭。「我希望你那裡面沒有會讓我們手忙腳亂的東西。」他說，而髒手指則蹲到美琪座位後。「像幹你這一行，碰上這種事我可不會奇怪。」

在美琪還來不及問是哪一行時，髒手指已經打開背包，小心翼翼拿出一隻眨著眼睛，還沒睡醒的動物。「看來我們會有一段長長的旅程，」他對莫說：「那就讓我向你女兒介紹一下某人。」

那隻動物差不多像小兔子一樣大，但纖細許多，一條濃密的尾巴像皮毛領子一樣頂著髒手指的胸。牠細長的爪子掐著他的袖子，一雙閃閃發亮、鈕子般大的黑眼珠打量著美琪，打起呵欠時，露出了針尖般的牙齒。

「這是葛文，」髒手指說：「如果妳願意，可以搔搔牠的耳朵，牠睡意正濃，所以不會咬人。」

「平常牠會嗎？」美琪問。

「會的，」莫說，同時又擠到方向盤後。「要我是妳，我是不會碰這個小畜生的。」

但美琪什麼動物都想碰，就算牠有著尖銳的牙齒。「這是貂，或同類的動物，對不對？」她問著，並小心翼翼拿指尖摸著小畜生一隻圓圓的耳朵。

「差不多吧。」髒手指伸手進褲袋，塞了一小塊乾麵包到葛文牙齒中。在牠啃著時，美琪搔著牠的小腦袋——接著指尖在光滑的皮毛下碰到個硬物：細小的角，就在耳旁。她吃了一驚，縮回了手。

「貂有角嗎？」

髒手指對她眨了眨眼，讓葛文爬回背包中。「這隻有。」他說。

美琪糊裡糊塗地看著他拉緊皮帶，手指裡還一直有葛文小角的感覺。

「莫，你知不知道貂有角？」她問。

「算了吧，那是髒手指幫這個咬人的小魔鬼貼上去，拿來表演用的。」

「什麼樣的表演？」美琪先看著莫，跟著是髒手指，一臉疑惑，但莫只啓動引擎，而髒手指則脫掉他那雙看來和他袋子一樣長途跋涉過的靴子，嘆了一大口氣，躺到了莫的床上去。「別說，魔法舌頭，」他說，跟著閉上了眼睛。「我沒透露你的任何秘密，你也別洩漏我的，而且這要等晚上才行得通。」

美琪一定花了一個鐘頭在苦思那個回答是什麼意思，但她更在意另一個問題。

「莫，」當髒手指在他們後頭開始打起鼾時，她問道：「這個山羊……想要你的什麼東西？」她壓低聲音後才說出那個名字，像是這樣可以降低他的威脅似的。

「一本書。」莫回答，眼睛沒有離開路面。

「一本書？你爲什麼不給他？」

「不行。我很快會對妳解釋，但不是現在，好嗎？」

美琪看著車窗外。窗外的世界現在看來已經陌生——陌生的房子、陌生的路、陌生的田野，甚至連樹木和天空看來都陌生，但美琪已經習慣。沒有一個地方讓她眞正感覺像家，莫就是她的家，莫和她的書，或許還有這輛帶著他們經過一個個陌生地方的巴士。

「這個我們要去拜訪的姑媽，」當他們駛過一段長無止盡的隧道時，她問：「她有孩子嗎？」

「沒有，」莫回答。「我怕她也不特別喜歡孩子，但我說過，妳和她會處得來的。」

美琪嘆著氣，想起幾位姑媽，沒有一位是她特別處得來的。

山丘轉成了高山，道路兩旁的斜坡愈來愈陡峭，不知何時起，房子看來不僅陌生，而是大不相同。美琪試著數隧道來打發時間，但當第九座隧道吞沒他們，黑暗似乎沒完沒了時，她睡著了。她夢到黑夾克中的貂和棕色包裝紙中的一本書。

全是書的屋子

「我的花園就是我的花園，」巨人說：「大家都知道，除了我之外，沒人可以在裡面嬉戲。」

——奧斯卡・王爾德《自私的巨人》

美琪在靜寂中醒來。

那個伴她入睡的均勻引擎吼聲沉寂下來，她旁邊的駕駛座空著。美琪花了一些時間，才記起她爲什麼沒躺在自己的床上。擋風玻璃上黏著細小的蚊蟲屍體，巴士停在一道鐵門前。那些暗無光澤的尖刺看來讓人毛骨悚然，這個帶著鐵叉的大門只等著別人試圖躍過，卻卡在上頭，掙扎無措。這個景象讓美琪想起一則她心愛的故事，講述一名自私的巨人不想讓孩子來到他的花園。她想像中那個巨人的門，正是這副模樣。

莫和髒手指一起站在路上。美琪下了車，跑向他們。路的右側連著一個植物茂密的斜坡，陡直通向一座大湖的岸邊。另一側的山丘凸出水面，彷彿淹沒其中的山巒一般。湖水幾乎是黑的，天際已經入夜，陰沉沉地倒影在波浪中。湖岸的房舍亮起了第一批燈火，像螢火蟲般，或墜落的星子。

「很美，是不是？」莫摟著美琪的肩。「妳喜歡強盜的故事，對吧？那有沒有看到那邊的古堡廢墟？那裡曾經窩藏著一幫惡名昭彰的盜匪。我必須再問問愛麗諾，她知道這座湖的一切。」

美琪只點著頭，把頭靠著他的肩。她累得頭昏腦脹，但莫的表情卻在他們動身後，第一次不再因為擔心而陰沉著。「那她住在哪呢？」她問，忍住了一個呵欠。「該不會是在那個尖刺大門後吧，對不對？」

「喔，正是在那後面，那是通往她家的入口，不怎麼親切的樣子，對不對？」莫笑著，拉著美琪過了馬路。「愛麗諾對這個大門十分驕傲，她是根據一本書中的圖片親自督造完成的。」

「自私巨人花園的圖片？」美琪喃喃說著，同時透過巧曲的鐵柱窺視著。

「自私的巨人？」莫笑著。「不，我想那是另一則故事了，雖然這則和愛麗諾很相配。」

大門兩側立著高高的灌木圍籬，帶刺的枝幹遮去後面所有的景觀，就算透過鐵門，除了一路延伸的杜鵑花叢和一條寬大的石子路外，見不到任何讓人期待的東西。

「看來是個有錢的親戚，對不對？」髒手指在她耳邊低聲說著。

「是的，愛麗諾非常富有。」莫說著，把美琪從大門口拉開。「但說不定哪天她會一貧如洗，因為她所有的錢都花在書上。我估計，只要魔鬼拿出符合她口味的書，她會毫不猶豫賣掉自己的靈魂。」他一下便推開了沉重的大門。

「你在幹嘛？」美琪警覺問著。「我們不能就這樣進去。」門旁的牌子上清楚寫著——就算其中幾個字母被圍籬的枝幹遮去——**私人土地，閒人莫入**。對美琪來說，這聽來可真不討人喜歡。

但莫只笑著。「別擔心，」他說，把大門推得更開。「愛麗諾家唯一有裝警報器的地方，是她的圖書館，她才不管別人進出大門。她可不是別人所謂的膽小女人，她畢竟沒有太多訪客。」

「那狗呢？」髒手指一臉擔心地張望著陌生的花園。「這道門內看來像是有三頭小牛犢般大的惡犬。」

莫只搖搖頭。「愛麗諾討厭狗。」他說，同時走回巴士。「現在上車吧。」

美琪姑婆的院子像是一座森林，而不是花園。在大門後，路立刻拐了個彎，像是要先擺動一下，才登上斜坡似的，接著就消失在陰森的冷杉和栗子樹之間。樹木緊鄰路邊，枝幹形成了一條隧道，就在美琪覺得路會沒完沒了時，樹木突然退開，小路通往一個鋪著石子的廣場，周圍是經過精心照料的玫瑰花圃。

石礫上停著一輛灰色的旅行車，前面是棟房子，比美琪去年上的學校還要大。她試著去數窗戶，但很快就放棄了。房子十分美麗，但像路邊的鐵門一樣，顯得不太親切。或許土黃色的灰泥只在黃昏之際才看來骯髒無比，又或許綠色的百葉窗只因夜已降臨周遭的山巒才關上了。或許……但美琪可以打賭，百葉窗即使在白天也很少打開。深色的木製房門像張緊閉的嘴一般，拒人於千里之外，當他們走向門口時，美琪不由自主抓住莫的手。

髒手指勉強地跟在他們後面，肩上背著那個葛文或許還睡著的破爛背包。當莫和美琪來到門前時，他停在他們後方幾步，不安地打量著關閉的百葉窗，像是懷疑女主人正從某個窗戶瞧著他們。

房門旁有扇裝了鐵欄杆的小窗戶，是唯一一扇沒躲在綠色百葉窗後的窗戶。下方又掛著一面牌子。

如果您想拿無聊的事來浪費我的時間，
那最好立刻離開。

美琪擔心地看了莫一眼，但他只露出一個鬼臉鼓舞她，接著按了門鈴。

美琪聽到尖銳的鈴聲響徹大屋，好一會沒有任何動靜，只有一隻喜鵲咒罵出聲，從長在屋子四周的一叢杜鵑花叢飛出，而幾隻肥大的麻雀在石礫中忙碌啄食看不見的昆蟲。美琪正把她夾克口袋中一次早被遺忘的野餐所剩下的麵包屑丟給牠們時，門突然被打開。

走出來的那名女子比莫年紀大了許多，雖然美琪從不清楚如何判斷大人的年齡。她的臉讓美琪想到鬥犬，不過這可能是因爲她的表情，而不是她的臉。她穿著一件灰白色的裙子，上面套著一件鼠灰色的毛衣，短短的脖子上有條珍珠項鍊，腳上趿著一雙毛絨拖鞋，像那次莫和她參觀一間城堡時必須穿上的那種。愛麗諾的頭髮已經灰白，高高盤起，但到處都有髮束落下，像是匆匆順手盤起，十分不耐煩的樣子。愛麗諾看來不是那種會在鏡子前花上許多時間的人。

「老天，莫提瑪！可眞是個意外！」她說，沒浪費時間在問候上。「什麼風把你吹來？」她的聲音聽來粗魯，但臉上掩飾不住見到莫的興奮之情。

「哈囉，愛麗諾，」莫說，手擱在美琪肩上。「妳還記得美琪嗎？妳可看出來，她長大了。」

愛麗諾糊裡糊塗地稍稍瞧了美琪一眼。「是，我看出來了，」她說：「但孩子不就是要長大嗎，對不對？但我記得，過去幾年，我可沒見過你或你的女兒。爲什麼剛好今天我有這個榮幸讓你大駕光臨？你終於想幫幫我那些可憐的書了？」

「正是如此。」莫點點頭。「我的一件案子推遲了，一件圖書館的案子，妳也知道，圖書館老是缺錢。」

美琪不安地打量著他，不知道他可以這樣臉不紅氣不喘地說謊。

「匆忙之間，」莫繼續說：「我沒辦法馬上安置美琪，所以就帶上她了。我知道妳不喜歡孩子，但美琪不會把果醬塗到書上，也不會撕下書頁來包死青蛙。」

愛麗諾發出一聲不太認同的咕噥，打量著美琪，像是知道她會幹出各種壞事似的，不管她父親怎麼說。「上次你帶她來時，我們至少可以把她關在圍欄裡，」她冷冰冰地斷言道：「現在看來不太可能了。」她又從頭到腳打量著美琪，好像美琪是一頭她不得不放進她屋子中的危險動物一樣。

美琪覺得自己氣得滿臉通紅，她想回家，或回到巴士去，隨便什麼地方，就是不要待在這個討人厭的女人家裡，她瞪著她冷冷的圓眼，像是要看穿她似的。

愛麗諾的眼光放開她，轉向了還一直尷尬地站在後頭的髒手指。「那個傢伙呢？」她看著莫，一臉疑惑。「我是不是也認識他？」

「這位是髒手指，我的一個……朋友。」或許只有美琪注意到莫的猶豫。「他想繼續往南走，或許可以在妳一大堆房間中，找一間讓他過上一夜？」

愛麗諾手臂交叉。「只有一個條件，就是他不可以像他的名字那樣來對待書籍，」她說：「而且他得在閣樓中將就過夜，因爲我的圖書館在過去幾年中擴充許多，幾乎佔去我所有的客房。」

「那您有多少書？」美琪問。她是在書堆中長大，但還是無法想像，在這棟大屋子所有窗戶後都藏著書。

愛麗諾再次打量著她，這回毫不掩飾自己的輕蔑之情。「多少？」她重複道。「難道妳以爲我會像數鈕釦或豆子那樣去數它們？那太多了，根本數不勝數。或許每間房裡的書，比妳想唸的還要多，其中一些價值不菲，要是妳敢碰它們的話，我會想都不想就射殺妳。要是妳像妳父親擔保的那樣，是個聰明的孩子，那妳自然不會亂來，是不是？」

美琪沒回答，反而想像自己踮起腳尖，在這個老巫婆的腦袋上吐上三口口水。

但莫笑著。「妳一點都沒變，愛麗諾，」他肯定地說：「舌尖牙利，但我警告妳：要是妳射殺美琪的話，我會對妳心愛的書依樣畫葫蘆。」

愛麗諾的嘴唇泛起一絲微笑。「回答得好。」她說，退到一旁。「你看來也沒變。進來，我讓你看看那些需要你幫忙的書，還有其他東西。」

美琪一直以爲莫擁有許多書，但在踏進愛麗諾的屋子後，她再也不這樣想了。這裡不像美琪家，沒有到處擱放的書堆，每本書顯然都有自己的位置，在別人家裡貼著壁紙、掛著畫，或乾脆是面空盪盪的牆的地方，愛麗諾都擺上書架。她帶他們先通過的入口大廳，全是白色的架子，直達屋頂。而他們後來穿過的房間，書架和地上的瓷磚一樣是黑色的，和他們接著走過的走廊一樣。

「這裡這些，」愛麗諾隨手一指，同時走過了密密相連的一排排書背。「是過去蒐集來的，並沒太大價值，多數品相不好，沒什麼特別的東西。要是哪根手指不聽話，順手抽出一本書，」她瞧了美琪一小眼，「也沒什麼大不了。只要好奇完了，那些手指把書擱回原來的位置，沒留下什麼倒人胃口的書籤就行了。」說這些話時，愛麗諾轉向莫。「不管你信不信！」她說：「我最後買的一批書中，有本非常漂亮的十九世紀首版書籍，我眞的在裡面發現一個乾掉的臘腸書籤。」

美琪不得不咯咯笑著，這當然立刻招來另一個不太友善的眼神。「這沒什麼好笑的，小小姐，」愛麗諾說：「一些曾經印製出來的美麗書籍，因爲被某個笨蛋魚販拆開來包裹他那些臭魚而消失掉。在中古時，數千本書被毀，因爲別人拿書衣來做鞋跟，或用它們的紙張來燒蒸氣浴。」就算過了好幾百年，想到這些匪夷所思的惡行，愛麗諾還是喘了口氣。「好了，不說這個！」她脫口說道：「不然我會非常激動，我的血壓已經太高了。」

她停在一道門前，白色的木頭上畫了一個錨，一隻海豚盤繞其上。「這是一位知名印刷師的符號，」愛麗諾解釋，手指摸過海豚的尖鼻子。「十分適合一間圖書館的入口，對不對？」

「我知道，」美琪說：「阿都斯・曼奴修斯，他住在威尼斯，他印過一些尺寸大小剛好適合他委託人鞍囊的書。」

「是嗎？」愛麗諾皺起眉頭，不明就裡。「這我不知道，反正我很幸運，擁有一本他親手印製的書，而且是在一五〇三年。」

「您說的是，那本書出自他的作坊。」美琪糾正道。

「我當然是這樣說。」愛麗諾清了清喉嚨，打量著莫，一臉不悅。他的女兒知道這些怪事，好像全是他的錯似的。跟著，她的手擱在門把上。「這道門，」她說，同時帶著幾乎是神聖的虔誠表情壓下門把，「還沒有小孩進來過，但妳父親大概教過妳要尊重書籍，所以我就破例一次，但有個條件，妳至少得離書架三步以上的距離。妳同不同意這個條件？」

美琪好一會想拒絕掉，很想對愛麗諾珍貴的書表示不屑，讓愛麗諾目瞪口呆。但她做不到，她太好奇了，她幾乎覺得能從那半掩的門中聽到書的竊竊私語。成千個陌生的故事期待著她，成千道門通往從未見過的世界。這股誘惑強過了美琪的自尊心。

「同意，」她喃喃說著，雙手交叉在背後，「三步。」她的手指因爲渴望而發癢。

「聰明的孩子。」愛麗諾帶著倨傲的音調說著，害美琪幾乎想收回她的決定。他們跟著走進了愛麗諾的聖殿。

「妳重新裝潢過了！」美琪聽到莫說。他還說了什麼，但她已不再專心聽著，只是瞪著書。書架飄出新鮮木頭的味道，直達天藍色的屋頂，上面掛著幾盞小燈，彷彿被拴住的星星。裝有滾輪的狹窄木梯立在書架前，準備帶著急切的讀者登上最高一層。這裡有閱讀架，上面擱著拴上黃銅鍊子翻開的書，還有玻璃櫃，走近一看，裡面紙頁老舊的書籍展露出美麗無比的圖畫。美琪忍不住，匆匆看了還好背對著她的愛麗諾一眼，踏上一步，站到了玻璃櫃前。她愈彎愈低，直到鼻子碰到玻璃。

帶刺的葉子纏繞著淡褐色的字母，一個小巧的紅色龍頭在有斑點的紙上吐出花朵，白馬上的騎士瞧著美琪，好像他們才剛剛被細小的貂毛筆畫上去似的。他們身旁站著一對情侶，或許是一對新人，一名戴著火紅帽子的男人敵視著這兩人。

「這樣是三步遠嗎？」

美琪嚇得轉過身子，但愛麗諾似乎並不生氣。「沒錯，書籍繪畫藝術！」她說：「從前只有富人才能閱讀，因此為了讓窮人也能理解故事內容，便在字母旁加上圖畫。當然，這可不是要取悅他們，窮人來到世上是要工作，而不是來消遣，或欣賞美麗圖畫的，那些是富人的事。當時的人想教育窮人，多半是用《聖經》中大家都知道的故事。這些書擺在教堂中，每天翻上一頁，展示不同的圖畫。」

「那這本書呢？」美琪問。

「喔，我想這本從未擺在教堂中過。」愛麗諾回答。「這本書大概是用來取悅一名十分富有的男人，幾乎有六百年的歷史了。」可以聽出她聲音中的驕傲。「為了這類的書，有人爭得你死我活，好在我只需要花錢購買。」

說到最後幾個字時，她突然轉身，打量著像貓在獵捕時一樣無聲無息跟在他們後面的髒手指。美琪有一會以為愛麗諾會要他回到走廊上，但髒手指站在書架前，滿臉敬畏，雙手交叉在背後，沒讓她有任何機會，她只再疑慮地瞧了他最後一眼，便回到莫那裡。

莫站在一個閱讀架前，手裡拿著一本書背快要脫離的書。他小心拿著，像捧著一隻翅膀斷掉的小鳥一樣。

「怎麼樣？」愛麗諾擔心問著。「你能救它嗎？我知道它的狀況很差，我怕其他的也好不到哪去，但……」

「都可修好。」莫把那本書擱到一邊，仔細察看另一本。「但我想，我至少需要兩個星期。如果需要購買額外材料的話，可能又會拖上幾天，妳能忍受我們在這裡這麼久嗎？」

「當然。」愛麗諾點點頭，但美琪注意到她看向髒手指的眼光。他還一直站在門旁的書架前，似乎全然沉醉在欣賞書籍上，但美琪覺得他並未忽略背後所說的任何故事。

愛麗諾的廚房中沒有書，一本都沒有，但他們在那裡享用了一頓美味的晚餐，坐在一張愛麗諾保證來自義大利一間修道院文書室的木桌前。美琪倒是懷疑這點，就她所知，僧侶在修院的文書室中，是在斜面桌子上工作，但她決定最好不透露這點，反而又拿起一塊麵包，正疑惑著擱在這所謂寫字桌上的乳酪能不能吃時，就見到莫對愛麗諾小聲說著什麼。愛麗諾的眼睛熱切地張大，美琪推測這只可能和書有關，不得不立刻想到那個包裝紙，想到那本淡綠色布面裝幀的書和莫聲音中的憤怒。

髒手指在她旁邊偷偷把一塊火腿送進他的背包：葛文的晚餐。美琪看見一個圓圓的鼻子嗅聞地鑽出背包，希望得到更多好吃的東西。髒手指注意到美琪的目光時，對她微笑著，又塞了些火腿肉給葛文。他似乎沒理會莫和愛麗諾的竊竊私語，但美琪肯定他們倆在進行一個秘密交易。

過了不久，莫站起來走了出去。美琪問了愛麗諾廁所在哪後——便跟在他後面出去。

刺探莫的感覺很怪，她記不起來曾經這樣做過，除了髒手指來到的那晚。過去，她曾試圖查出莫是不是聖誕老人。像現在這樣躲在他後面偷偷摸摸，她覺得無地自容。但這是他自找的，他爲什麼要藏起那本書？而他現在有可能把書交給這個愛麗諾，一本她不該看的書！自從莫倉皇把那本書藏到他背後開始，美琪就一直無法釋懷。她甚至還在莫把裝著他東西的袋子拿上巴士前，先去翻找過，但沒發現。

她就是要看一看，免得那本書消失在愛麗諾的一個玻璃櫃中！她必須知道，爲什麼那本書對莫這麼重要，甚至爲此把她拖到這裡來……

他在離開屋子前，又在入口大廳張望了一下，但美琪及時躲到一個聞起來有樟腦丸和薰衣草味道的櫃子後。她決定待在她的藏身之處等莫回來，在外面院子中，他一定會發現她。每當人帶著忐忑不安的心等候著什麼，時間就過得很慢，讓人難受。白色書架上的書似乎在察看著美琪，但它們一言不發，似乎察覺到美琪此刻只想著一本書。

莫終於回來了，手裡拿著一小包棕色紙張包住的東西。說不定他只想把書藏在這裡！美琪心想。有什麼比把書藏在上萬冊其他書籍之間更好的地方？沒錯，莫會把書留在這裡，然後他們就再回家。但我就是想看一看，美琪想，在我只能離三步遠的書架前，看上一次。

莫走過她，近到她伸手可及的地步，但沒注意到她。「美琪，別這樣看著我！」他有時會說：「妳又讀懂我的想法。」此刻他看來憂心忡忡，像是不確定自己要做的事對不對。美琪慢慢數到三，接著再跟蹤他，但好幾次莫突然停下來，她幾乎要撞上他。他沒先回廚房，而是直奔圖書館，他打開那道有著威尼斯印刷師符號的門，跟著輕輕關上，沒再四處察看一下。

這時美琪站在默不出聲的書籍間，猶豫著該不該跟進去，該不該求他給她看看那本書。他會勃然大怒嗎？她正想鼓起所有勇氣尾隨他時，就聽到腳步聲——果斷快速的腳步聲，急迫不耐。肯定是愛麗諾。現在怎麼辦？

美琪打開下一道門溜了進去。一張有天蓋的床、一個衣櫃、銀色相框中的照片、床頭櫃上的一堆書、地毯上有本翻開的目錄，內頁全是舊書的圖片。她闖進了愛麗諾的臥室。她偷聽著外頭，心噗通噗通跳著，聽到愛麗諾急切的腳步聲，跟著是圖書館的門第二次關上的聲音。她又小心翼翼鑽到走廊上來。當她還猶豫不決地站在圖書館前時，一隻手突然從後頭擱到了她肩上，第二隻手摀住了她的驚叫。

「是我！」髒手指在她耳旁低語著。「安靜點，不然我們就有麻煩了，懂嗎？」

美琪點點頭，髒手指便慢慢拿開摀住她嘴的手。「妳父親要把那本書交給這個巫婆，對不對？」他小聲說：「他是不是從巴士上拿來的？快說。他有那本書，對不對？」

美琪推開他。「我不知道！」她嘶聲說道：「再說，這關您什麼事？」

「關我什麼事？」髒手指輕輕笑著。「欸，或許我哪天會告訴妳關我什麼事！但我現在只想知道，妳有沒有看見那本書？」

美琪搖搖頭，自己都不清楚爲什麼要騙髒手指，或許因爲他的手曾緊緊摀住她的嘴。

「美琪！聽好！」髒手指迫切地直視著她。他的疤痕看上去像是被人畫在面頰上的白線，左邊兩條微微彎曲，右邊三條稍長，從耳朵直到鼻梁。「如果山羊沒拿到那本書，會殺了妳父親的！」髒手指低聲說道：「他會殺了他，妳懂嗎？我不是對妳解釋過他是什麼樣的人？他想要那本書，而他總會得到他想要的東西。以爲這本書在這裡會安全，是很可笑的。」

「莫沒這樣想！」

髒手指直起身，盯著圖書館的門。「是的，我知道，」他喃喃說著。「這才是問題，也因此——」他兩隻手擱在美琪肩上，把她推向關著的門，「——妳現在一臉無辜地走進去，查出那兩個人想怎樣處理那本書，好嗎？」

美琪想抗議，但一轉眼間，髒手指就打開了門，把她推進圖書館。

只是一幅圖

在偷書或借書不還的人的手中，書會變成一條毒蛇；他會中風，全身癱瘓；他會求饒，直到身體腐爛，折磨才會停止；蠹蟲會像不死的屍蟲一樣，咬齧他的五臟六腑；地獄之火會永遠煎熬著他，成爲最後的懲罰。

——巴塞隆納聖彼得修院圖書館之銘文，引自亞爾貝多・曼谷艾

他們拆開了書，美琪見到包裝紙擱在一張椅子上。他們都沒注意到她進來。愛麗諾探身在一張閱讀台上，莫站在她旁邊，兩個人都背對著門。

「不可思議，我以爲再也沒有任何的孤本了，」愛麗諾正說著。「關於這本書，流傳著些怪故事。我經常光顧的一位舊書商對我說過，他幾年前有三本被偷，而且是在同一天。我從另外兩位書商那兒也聽過差不多一樣的故事。」

「眞的？眞是奇怪！」莫說，但美琪太熟悉他的聲音，聽得出來他在假裝吃驚。「欸，不管怎樣，就算這不是什麼罕見的書，對我來說還是十分珍貴，而我很希望它能被好好保存一陣子，等我下次再來取回。」

「在我這裡，每本書都會被好好保存，」愛麗諾不高興地說著，「這你知道的。它們是我的孩子，油墨印出來的孩子，我可是無微不至地照料著。我不讓陽光照到它們的書頁，會除去它們的灰

塵，不讓飢餓的蠹蟲和骯髒的手指碰觸它們。這本書在這裡會有個榮譽席位，沒有人會發現，直到你想要回去。我的圖書館不歡迎訪客，他們只會在我可憐的書中留下指印和乳酪皮，而且你也知道，我有套價值昂貴的保全系統。」

「是，這讓人很放心！」莫的聲音聽來輕鬆多了。「謝謝妳，愛麗諾！眞的很謝謝妳。如果以後有人上門問到這本書，那妳就裝著從未聽過的樣子，好嗎？」

「當然。對一位好的裝幀師傅，有什麼事不能幫忙？而且你還是我姪女的先生。你知道嗎？我有時候會想她。欸，我想你也會這樣。看來你女兒沒有她也過得很好，是不是？」

「她幾乎記不起來。」莫輕輕說。

「唉，這也是種福氣，不是嗎？我們的記憶不像書這麼好，有時還算不錯。沒有書，我們大概什麼都不知道，什麼都會被忘掉：特洛伊戰爭、哥倫布、馬可波羅、莎士比亞、所有瘋狂的國王和神祇……」愛麗諾轉過身——呆住了。

「我是不是沒聽到妳敲門？」她問，不懷好意地瞪著美琪，害她不得不鼓起所有勇氣，才不會又轉身溜回到走廊。

「妳在那兒站了多久，美琪？」莫問。

美琪抬起下巴。「她可以看，但我就不能看！」她說，攻擊一直是最好的防禦。「你從來沒把書藏起來過！這本書到底有什麼特別的地方？裡面有什麼我不該知道的可怕秘密？」

「我有我的理由不給妳看。」莫回答，臉色慘白無比，他沒多說一句話，走向她，想把她拉到門邊，但美琪掙脫開來。

「喔，她很頑固唷！」愛麗諾斷言道：「這倒是很合我的口味，我還記得她母親以前也是如此。

過來，」她退到一邊，招手要美琪過來。「妳會看見，對妳的眼睛來說，這本書一點也不刺激，不過妳自己來看看，大家還是寧可相信自己的眼睛。還是妳父親有其他意見？」她拋給莫一個詢問的眼光。

莫猶豫著，然後認命地搖了搖頭。

那本書翻開在閱讀台上，看來並不特別古舊。美琪知道一本舊書的樣子，她在莫的作坊中見過書頁像花豹毛皮一樣斑點累累，也幾乎同樣黃橙的書。她還記得一本書衣被木蠹蛀掉的書，蛀食的痕跡就像細小的彈著點。莫把書拆掉，重新仔細裝幀，並照他的說法，再幫書裁製一件新衣。這件衣服可以是皮面的，也可以是布面的，可以是素面的，也可以壓印花紋上去，莫會用細小的印記壓在書衣上，有時還燙金上去。

這本書是布面裝幀，像柳樹的葉子一般呈銀綠色，書角略有磨損，書頁亮白，每個字母都還墨色鮮明地浮現紙上。在翻開的書頁上，夾著一條細長的紅色書條，右頁有一幅圖，畫出穿著華麗的女子、一名噴火藝人、好些雜技藝人和一名國王般的人物。美琪繼續翻著，書裡沒有太多圖畫，但每章的開頭字母就宛若一幅小畫，有些字母上臥著動物，其他的纏繞著植物，一個B則熊熊燃燒著。火焰看來十分眞實，美琪要拿手指在上撫摸，才能確定並不灼熱。下一章是K開頭，像名戰士一般叉開雙腿，伸出的手臂上蜷伏著一隻尾巴毛茸茸的動物。「沒人看見他溜出城裡。」美琪唸著，但在更多的字跟著出現前，愛麗諾就當著她的臉把書闔上。

「我想夠了，」她說，把書夾在腋下。「妳父親請我幫他把書保存在安全的地方，現在我就去做。」

莫再一次抓著美琪的手，這回她順著他。「求求妳，美琪，忘了那本書！」他對她輕聲說著。

「那會帶來不幸，我再幫妳找幾百本其他的書。」

美琪只點著頭。在莫把他們身後的門關上前，她還匆匆看了愛麗諾最後一眼。她站在那兒，溫柔地看著那本書，就像莫有時晚上幫她把被子拉上時那樣看著她。

跟著門就關上了。

「她會把書放到哪裡去？」美琪跟著莫沿著走廊走下去時問道。

「喔，碰上這種情況，她有好幾個不錯的藏匿地點，」莫沒正面回答。「但它們都很隱密，不然怎麼藏東西。要是我現在帶妳去看看妳的房間，妳覺得怎麼樣？」他試著讓話聽起來輕鬆，但效果並不是特別好。「那是看起來像個昂貴的飯店房間，甚至還要好上許多。」

「聽起來不錯。」美琪喃喃說著，四處察看，但沒見到髒手指的任何蹤影。他在哪裡？她必須立刻問他些事。在莫帶她看房間，對她說現在一切正常，只要做完他的活，他們就可以回家時，她滿腦子只想著那件事。美琪點著頭，假裝聽他說話，但實際上只想著要問髒手指的問題，那個讓她嘴唇火燙的問題，她也奇怪，莫竟然沒有看出那個懸在她嘴邊的問題。

當他留下她一人，去巴士上拿行李時，美琪跑進廚房，但髒手指沒在那兒。她甚至到愛麗諾的臥室察看，並打開了這棟大屋子的許多扇門，還是找不到髒手指。最後，她累得沒法繼續去找。莫早已躺下，愛麗諾也回到自己的臥室，美琪只好到自己的房間，躺到那張巨大的床上。她覺得自己無比失落，像是縮成了一個小矮人似的。就像是在愛麗絲夢遊的奇境中，她摸著碎花床單，心裡想著。這個房間她喜歡，全是書和畫，甚至有個壁爐，但看來上百年沒人使用過的樣子。美琪躍下了床，走向窗戶。外面早已黑了，當她推開百葉窗時，一陣涼風拂上她的臉。她在黑暗中唯一能辨認出來的，便是房子前那鋪著礫石的廣場，一盞燈蒼白的燈光落在灰白的石頭上。莫那輛條紋圖案的巴士停在愛麗諾的旅行車旁，像一匹迷失在馬廄裡的斑馬一般。在他把叢林故事送給美琪後，就把白色的巴士漆上條紋。她想到他們匆匆離開的房子，想到她的房間和今天沒去上課的學校，她不確定自己是不是想家。

她躺下睡覺時，讓百葉窗開著。莫把她的書箱擱在床邊。她疲倦地抽出一本書，試著在熟悉的文字間築個巢，但卻做不到。由於想著另一本書，文字一直模糊難辨，美琪眼前一直出現那開頭的字母，又大又繽紛，繞著面孔陌生的身影，因爲這本書沒時間對她講述自己。

我必須找到髒手指，她昏昏欲睡地想著，他一定在這兒！但跟著書滑落她的手指，她睡著了。

隔天早上，陽光叫醒了她。空氣還像夜裡一樣涼爽，但天空無雲，當美琪探身窗外，能見到透過樹枝在遠方閃耀的湖泊。愛麗諾分給她的房間位於二樓，莫睡在只隔兩道門的房間，但髒手指必須將就睡在屋頂下的一間房，美琪在找他時看過了。裡面只有一張窄床，四周圍著直堆到屋頂的裝書箱子。

當美琪進廚房用早餐時，莫已和愛麗諾坐在桌前，但髒手指不在。「喔，他已經用過早餐了，」在美琪問著他時，愛麗諾挖苦說道：「而且是和一隻尖牙齒的動物，當我一無所知進到廚房時，牠坐在桌上，對我咆哮。我明白告訴你們這位怪朋友，我只能忍受蒼蠅這種動物在我餐桌上出現，之後他就和那隻毛茸茸的動物到屋外去了。」

「妳找他想幹什麼？」莫問著。

「喔，沒什麼，我……只想問他些事情。」美琪說，匆匆吃了半片麵包，喝了些愛麗諾煮的，苦得要命的可可，便跑到外頭去。

她在屋後一片扎人的短草坪上找到髒手指，上面的一座石膏天使像旁擱著一張孤零零的躺椅，葛文無影無蹤。幾隻鳥在紅色的杜鵑花中爭吵著，髒手指一臉出神地站在那兒耍著球。美琪試著數清楚那些繽紛的球，四個、六個，一共八個。他從空中迅速摘下，快得讓她眼花撩亂。他金雞獨立地捕捉住球，漫不經心地樣子，像是連看都不用看。直到他注意到美琪，一顆球才從他手指中溜掉，滾到她腳前。

美琪拾起球，丟回給髒手指。「您從哪學來的？」她問：「看來……真是精采。」

髒手指開玩笑地彎著身，又露出他那怪異的微笑。「我靠這個賺錢，」他說：「靠這個和其他一些東西。」

「靠這個怎麼賺錢？」

「在市集上、在節日中、在小孩生日會上。妳有沒有到過那種市集，好像大家還生活在中古世紀一樣？」

美琪點點頭，她曾和莫有次去過，那裡有許多漂亮的東西，看來陌生，好像不是來自另一個時代，而是另一個世界似的。莫幫她買了個罐子，裝飾著五彩的石頭和一條閃爍著金綠色的金屬小魚，嘴巴大張，中空的腹部有粒小球，一搖罐子，就會像個小鈴一樣響著。那裡的空氣聞起來有新出爐的麵包、煙和潮濕衣服的味道，美琪看著別人鑄著劍，躲在莫的背後避開一名裝扮出來的女巫。

髒手指收起他的球，丟回到他背後草地上開著的袋子中。美琪晃了過去，朝裡窺看，見到瓶子、白色的棉花、一袋牛奶，但在她能發現更多東西時，髒手指闔上了袋子。「對不起，職業秘密，」他說：「妳父親把書交給了那個愛麗諾，對不對？」

美琪聳了聳肩。

「妳可以放心對我說，我早知道，我偷聽到了。他瘋了，把書留在這裡，但能怎麼辦？」髒手指坐到躺椅上，他的背包擱在一旁的草上，一條毛茸茸的尾巴露了出來。

「我看到葛文了。」美琪說。

「是嗎？」髒手指往後一靠，閉上了眼睛。在陽光下，他的頭髮看來鮮明多了。「我也看到了，牠躲在背包中，現在是牠的睡眠時間。」

「我在那本書中看到牠。」美琪說著時，眼睛不離髒手指的臉，但他毫無反應。他的想法不像莫會寫在額頭上。髒手指的臉像一本闔上的書，美琪覺得他會教訓想打開這本書來讀的人。「牠窩在一個字母上，」她繼續說：「一個K上，我看到那對角了。」

「眞的？」髒手指眼睛都不張一下。「妳知道那個書呆子把那本書擱到她上千書架的哪一個？」

美琪裝著沒聽到他的問題。「爲什麼葛文看來那麼像那本書中的動物？」她問：「您眞的把角貼在牠身上？」

髒手指張開眼在陽光中瞇著。

「嗯，我有嗎？」他問著，同時瞧著天空。幾朵雲飄過愛麗諾的屋子，太陽消失在其中一朵後面，陰影落在綠草地上，像塊醜陋的斑點。

「妳父親常唸書給妳聽嗎，美琪？」髒手指問。

美琪打量著他，一臉猜疑，跟著跪到背包旁，摸著葛文光滑的尾巴。「不，」她說：「但他在我五歲時教會我閱讀。」

「問問他爲什麼不唸書給妳聽，」髒手指說：「但別隨便用一個藉口打發掉。」

「爲什麼？」美琪生氣地站起來。「他不喜歡唸書，就是這樣。」

髒手指微笑著，從躺椅中彎下身，手伸進背包中。「啊，摸起來像吃飽的樣子，」他肯定道：

「我想葛文夜裡的狩獵還不錯，只希望牠別又洗劫了哪個巢穴，還是肚裡裝的全是愛麗諾的麵包和雞蛋？」葛文的尾巴幾乎像貓的一樣來回晃著。

美琪打量著背包，十分不舒服。她慶幸沒看見葛文的嘴，說不定那還眞沾著血。

髒手指又靠回愛麗諾的躺椅。「要不要我今晚讓妳看看我袋子裡那些瓶子，棉花和其他神秘兮兮的東西有什麼作用？」他問道，沒看著她。「不過得等到天黑，伸手不見五指以後。妳敢不敢半夜出來？」

「當然敢！」美琪委屈地回答，雖然她夜裡根本不願意出來。「但您先告訴我，爲什麼——」

「您？」髒手指笑著。「老天，再來妳就要稱呼我髒手指先生了，我可受不了這種尊稱，所以就算了，好嗎？」

美琪咬了咬嘴唇，點了點頭。他說得對，「您」的尊稱不適合他。「那好，爲什麼你在葛文身上貼上那對角？」她說完她的問題。「你又知道那本書什麼？」

髒手指雙臂交叉在腦袋後。「我可知道不少，」他說：「說不定我哪天還會對妳說說，但我們倆現在先來個約。今晚，十一點，就在這裡。同意嗎？」

美琪抬頭看著愛麗諾屋頂上一隻大聲啁啾的烏鶇。「好，」她說：「就十一點。」接著她跑回屋裡。

愛麗諾建議莫就在圖書館旁安置他的作坊，那裡有個存放她動物及植物指南藏書的小房間（愛麗諾似乎蒐集各式各樣的書籍）。這類藏書擺設在明亮的蜂蜜色木頭製成的書架上，而在幾個隔板上，展示甲蟲標本的玻璃陳列櫃支撐著書，這讓愛麗諾在美琪的眼裡變得更加討厭。唯一的窗戶前立著一張桌子，是張有著精雕細琢桌腳的桌子，但還沒有莫在家中作坊的那一張一半大。當美琪把頭伸進門時，他正輕聲咒罵著，說不定就爲這一點。

「妳看這張桌子！」他說：「在這上面可以將郵票收藏分門別類，但不能裝幀書籍。這房間太小了，哪裡可以讓我擺置壓床和工具……上一次我在屋頂下工作，但這一陣子，那裡也到處堆著裝書的箱子。」

美琪的手摸過密密相連的書背。「你就告訴她，你需要更大的桌子。」

她小心翼翼從書架上抽出一本書打開，裡面圖列著千奇百怪的昆蟲，帶角的甲蟲，帶長鼻的甲蟲，一隻甚至還有個眞正的鼻子。美琪的食指摸過那些褪色的圖片。「莫，你到底爲什麼從未唸書給我聽？」

她父親急轉過身，嚇得她的書幾乎脫手。「妳爲什麼問我這個？妳和髒手指說過話，對不對？他跟妳說些什麼？」

「沒什麼，什麼都沒說！」美琪不知道自己爲什麼撒謊，她把那本甲蟲書插回到原來的位置。她幾乎覺得有人在他們倆周圍吐出一張細薄的網，一張秘密和謊言織就的網，愈來愈密。「我只是覺得我該問這個問題。」她說，同時去拿另外一本書，書名是《僞裝的大師》，裡面的動物看來像是栩栩如生的樹枝或枯葉。

莫又背對著她，開始把他的工具攤在這張過小的桌子上：最左邊是摺紙器，接著是他用來敲出書背形狀的圓頭槌子，再來是銳利的裁紙刀……

平常他會自己輕輕吹著口哨，但現在卻十分安靜。美琪感覺得到，他的思緒飄到很遠的地方，但飄到哪裡了呢？

最後，他坐在桌邊看著她。「我讀書不喜歡出聲，」他說，好像世界上沒什麼令人感興趣的事一樣。「這妳也知道的，如此而已。」

「爲什麼不？你也講故事給我聽，而且都是很好聽的故事，你可以模仿各種聲音，你可以讓故事緊張刺激，跟著又好笑無比……」

莫雙臂交叉在胸前，似乎想躲在後面。

「你可以唸《湯姆歷險記》給我聽，」美琪建議，「或《犀牛如何起皺紋》。」那是莫最喜歡的故事之一，在她還小的時候，他們有時會假裝著她的衣服上也有很多像犀牛皮上的碎屑。

「沒錯，那是個很好的故事。」莫又背對著她，把他存放在襯裡頁用紙的紙夾抬到書桌上，心不在焉地翻著。「每本書的卷首都該用這種紙，」他有次對美琪說：「最好用深色的：深紅色、深藍色，完全看那本書的書衣而定。當妳打開書時，就像在劇院一樣，先是布幕，然後妳把它拉開，戲就跟著開始。」

「美琪，我現在必須工作了！」他說，沒轉過身。「我愈早處理好愛麗諾的書，我們也就愈早回家。」

美琪把那本講僞裝動物的書擱回原位。「要是他沒把角貼上去呢？」她問。

「什麼？」

「葛文的角，要是髒手指沒把角貼上去，那會怎樣？」

「他是用貼的。」莫把一張椅子推到那張過小的桌子。「對了，愛麗諾去買東西了。如果她回來前，妳餓了的話，那就自己先弄些煎餅，好嗎？」

「好的。」美琪喃喃說道。她還想了好一會，該不該告訴他，晚上和髒手指的約，但她決定不這麼做，反而問道：「你想我可不可以從這裡拿幾本書到房間去？」

「當然，只要妳不把它們藏到妳的箱子裡去就行。」

「就像那個你跟我說過的偷書賊一樣？」美琪把三本書夾在左腋下，四本夾在右腋下。「他偷了多少書？三萬本？」

「四萬，」莫回答。「但他畢竟沒殺掉書的主人。」

「可是，那是那個西班牙僧侶，名字我忘記了。」美琪晃向門邊，用腳趾尖開了門。

「髒手指說山羊會爲了那本書而殺了你。」她試著讓自己的聲音聽來無動於衷。「他會嗎？莫？」

「美琪！」莫轉過身，拿著裁紙刀作勢威脅她。「要麼妳躺到太陽下，要麼就把妳那漂亮的鼻子塞到書裡，但現在讓我工作。還有，告訴髒手指，如果他再對妳胡說八道，我就會用這把刀把他切成薄片。」

「這不是答案！」美琪說，拿著那一堆書走到走廊上。

回到房間後，她把書攤在那張大床上開始讀，讀到搬進廢置蝸牛殼中的甲蟲，就像人類搬進空屋子一樣，讀到像葉片般的青蛙和身上有五彩刺鬚的毛毛蟲，還有白鬍子的猴子、條紋食蟻獸和在地上挖著甘薯的貓。似乎眞有各種各樣美琪可以想像得到，以及更多想像不到的生物。

但在愛麗諾這些奇妙的書中，她根本沒發現任何隻字片語提到帶角的貂。

火焰與星星

他們和手舞足蹈的熊、狗、山羊、猴子和土撥鼠一起出現，在繩索上行走，前後翻著筋斗，拋擲著刀劍，撲向刀口劍尖而毫髮無傷。他們吞火，咬碎石頭，拿著魔術杯子和鍊子在衣帽底下變戲法，讓木偶格鬥，像夜鶯一樣高聲歡唱，像孔雀一樣叫喊，像鹿一樣鳴叫，在雙排笛的樂音下扭鬥舞動。

——威爾漢・赫茲《吟遊詩人之書》

白天過得很慢。美琪只在下午愛麗諾買東西回來半小時後，端給他們某種速成醬汁義大利麵時，才見到莫。「抱歉，但我實在沒耐心耗在煮東西上，」當她把鍋子擱在桌上時說道：「我們這位有絨毛動物的朋友會不會做菜呢？」

髒手指只遺憾地聳起肩。「不，這我幫不上忙。」

「莫菜做得很棒。」美琪說，同時拌著麵條中那水淋淋的醬汁。

「他得修復我的書，而不是煮東西，」愛麗諾粗暴地回答。「但妳怎麼樣呢？」

美琪聳了聳肩。「我可以做煎餅，」她說：「不過您爲什麼不弄一些食譜來？您可是什麼樣的書都有的，那一定用得到。」

愛麗諾根本不屑回答這個建議。

「喔，對了，晚上還有一條規定，」在大家默默吃了一會後，她說：「我不允許我的屋子裡有燭光，火會讓我神經緊張，它可是很喜歡靠紙維生。」

美琪呑嚥了一下，覺得自己被逮到一樣。她當然帶來了一些蠟燭，已經擱在上面的床頭櫃上，愛麗諾一定看到了。

但愛麗諾沒去理睬美琪，而是盯著正玩弄著一只火柴盒的髒手指。「我希望您也牢記這個規定，」她說：「因爲顯然您還要陪我們再過一晚。」

「希望我不會太過叨擾您。明天一早我就離開，這我保證。」髒手指手中一直拿著那火柴盒，愛麗諾責備的目光似乎並沒妨礙到他。

「我想這裡有人完全誤解了火，」他說：「我承認，火可以是個咬人的小動物，但我們可以馴服它。」說這話時，他從火柴盒中抽出一根火柴點燃，把火焰送進張開的嘴中。

當他的嘴唇含住那燃燒的火柴時，美琪的呼吸都停了下來。髒手指又張開嘴，拿出那滅掉的火柴，微笑地擱在他的空盤子上。

「您看到了嗎，愛麗諾？」他說：「它可沒咬我，我們可以像小貓一樣，輕易地馴服火的。」

愛麗諾只皺起鼻子，美琪可是欽佩不已，目光離不開髒手指的臉。

莫對這個小小的呑火表演似乎並不訝異，在他警告的目光下，髒手指乖乖把火柴盒擱到褲袋中。

「我當然會注意蠟燭的規定，」他很快說道：「沒問題，眞的。」

愛麗諾點點頭。「很好，」她說：「但還有一點，如果您今晚又像昨天那樣，天一黑就離開的話，那最好不要太晚回來。我九點半會打開我的保全系統。」

「喔，那我昨晚可眞幸運。」髒手指讓幾根麵條消失在袋子中，沒讓愛麗諾注意到，但卻沒逃過美琪的眼睛。「我承認我晚上喜歡去散步，那時候的世界更合我的口味，安靜，幾乎沒人，更加神秘。雖然今晚我並不想散步，但我還是得請您晚點打開這套神奇的系統。」

「是嗎？如果我能問一下的話，爲什麼？」

髒手指對美琪眨眨眼。「是這樣的，我已答應那裡那位年輕的小姐要小小表演一番，約在午夜前一個鐘頭開始。」

「啊哈！」愛麗諾拿著她的餐巾揩掉唇上的醬汁。「表演，如果您改在白天的話怎麼樣？畢竟這位年輕的小姐才十二歲，八點就該上床了。」

美琪嘴唇緊閉，她五歲起，便再也未八點鐘上床過，但她可不想費心對愛麗諾解釋，反而奇怪髒手指對愛麗諾帶有敵意的目光竟然不太在乎。

「唉，我想表演給美琪看的戲法，在白天時無法呈現出最佳效果，」他說，靠回到他的椅背。「那戲法不幸需要夜晚的黑幕，但如果您也過來看看呢？您就會明白爲什麼要在黑暗中表演了。」

「去看看吧，愛麗諾！」莫說：「妳會喜歡他的表演的，說不定看完後，妳就不會再那麼怕火了。」

「我不怕火，我只是不喜歡！」愛麗諾一臉硬梆梆地肯定道。

「他也會耍球，」美琪脫口而出。「還是八顆呢。」

「十一顆，」髒手指糾正她。「但耍球要算是白大的節目。」

愛麗諾扯掉桌布上的一根麵條，先看看美琪，再看看莫，一臉惱怒。「那好吧，我不想當個掃興的人。」她說：「我還是每晚一樣，九點半帶著書躺到床上，之前會打開保全系統，但美琪去這個私人表演前通知我，我會關掉保全一個鐘頭，這樣夠了嗎？」

「太夠了。」髒手指說，深深朝她鞠著躬，鼻尖都碰到他的盤子邊緣。

美琪忍住不笑。

當她敲著愛麗諾臥室的門時，剛好十點五十五分。

「進來！」她聽到愛麗諾喊著，當她把頭伸進門口時，見到她坐在床上，整個人窩到一本電話簿般厚的目錄上。「太貴，太貴，太貴！」她喃喃自語著。「記住我的忠告，千萬別熱中於一個妳錢不夠的嗜好上，那會像蠹蟲一樣蛀掉一個人的心。就拿這裡這本書來說！」愛麗諾手指重重敲著目錄左頁，要是她敲出一個洞來，美琪也不會奇怪。「不錯的版本，書況也很好，我十五年前就想買了，但就是太貴，貴得嚇人。」

愛麗諾嘆了口氣闔上了目錄，丟到地毯上，然後跳下了床。美琪吃了一驚，她竟然穿著一件碎花的長睡衣，讓她看來年輕許多，幾乎像一名一早起來臉上長出皺紋的女孩一樣。「欸，妳大概不會像我這麼瘋狂！」她嘟噥著，同時在光腳上套上一雙厚襪子。「妳父親不太瘋狂，妳母親也從未有過，相反地，我還從未見過那樣頭腦冷靜的人。我父親倒是和我一樣瘋，我大半的書都從他那兒繼承過來，而他現在有什麼呢？它們有保護著他，不讓他死嗎？正好相反，他在一個書籍拍賣會中風去世，很可笑是不是？」

美琪根本不知道該如何回答，反而問：「我的母親？您很熟悉她嗎？」

愛麗諾哼了哼鼻子，好像她問了個傻問題似的。「我當然熟悉，妳父親在這裡認識她的，他從來沒跟妳說起過嗎？」

美琪搖了搖頭。「他很少談她。」

「欸，這樣或許也好，爲什麼要去掀開舊的傷口，而妳一點都不記得她。圖書館門上的符號，就是她畫上去的。現在來吧，不然妳會錯過妳的表演。」

美琪跟著愛麗諾走過沒有照明的走廊。有一會，她有個瘋狂的感覺，認爲她的母親可能會從這許多門中的一個走出來，對她微笑。整棟巨大的屋子中，幾乎沒有一絲光線，美琪好幾次膝蓋撞到黑暗中察覺不到的椅子或小桌子。「爲什麼這裡到處都黑漆漆的？」當愛麗諾在入口大廳摸索著燈的開關時，她問著。

「因爲我寧可把錢花在書上，而不是多餘的電上！」愛麗諾回答，惱怒地眨著眼睛瞧著亮起的燈，好像認爲那個笨東西會自行省些電似的。接著她拖著腳步走到一個藏在大門旁一幅又厚又髒的窗簾後的金屬盒子。「我希望妳來找我前，已把燈關了？」她問，同時打開那盒子。

「當然。」就算不是這樣，美琪也會這樣說。

「轉過身去！」愛麗諾皺著眉頭觸動保全系統前命令道：「老天，這麼多按鈕，希望別再做錯。表演一結束後，要通知我，而且別想利用這個機會溜到圖書館去拿書。要記住，我就在旁邊，而我的耳朵比蝙蝠的還要靈敏。」

美琪忍住到了嘴邊的答案。愛麗諾幫她打開了大門，美琪一言不發地走過她身旁來到外面。這是個溫和的夜晚，全是奇異的香味和蟋蟀的叫聲。「妳對我的母親也一直這麼友善？」當愛麗諾正想在她身後關上門時，她問道。

愛麗諾像化石一樣看了她一會。「我想是的，」她說：「是的，沒錯，而她也和妳一樣，一直這麼調皮。好好和那個吞火柴的傢伙玩玩！」接著她就關上了門。

當美琪穿過黑漆漆的花園跑向屋後時，突然間聽到了音樂，出其不意地洋溢在夜裡，像是只等著美琪的腳步來臨。那是種奇特的音樂，雜混著鈴鐺、口哨和鼓聲，既歡鬧，同時也悲傷。就算愛麗諾屋後草地上有一群雜耍藝人等著她，美琪也不會覺得奇怪，但那裡只有髒手指一人。

他在美琪上午發現他的同一地點等著她，音樂來自躺椅旁擱在草中的一台錄音機。髒手指幫他的觀眾在草地邊擺了一張花園長凳，左右兩旁的地上插著燃燒的火把，草地上也燃著另外兩根，在夜裡刻繪出抖動的影子，就像髒手指爲了這個表演從黑暗的世界中召喚出來的僕役一樣在草地上舞動著。

他自己裸著上半身站在那兒，皮膚就像掛在愛麗諾屋子上方的月亮一樣蒼白，那輪月亮似乎也是爲了髒手指的表演而過來的。

當美琪從黑暗中現身時，髒手指朝她鞠了個躬。「請坐，美麗的小姐！」他在音樂中喊著。「大家全都在等妳。」

美琪不好意思地坐到長凳上，四處看著。躺椅上立著兩個她在髒手指袋子中見過的深色玻璃瓶子，左邊那個閃爍著白光，好像髒手指裝了些月光進去似的。在躺椅鏤空木條中，插著十幾根頂端覆上棉花的火把，而錄音機旁擱著一個桶子和一個大腹瓶子，如果美琪沒記錯的話，大瓶子是來自愛麗諾的入口大廳。

有那麼一會兒，她的目光巡視著屋子的窗戶，莫的房間沒亮著燈，或許他還在工作，但美琪見到低一層樓的地方，愛麗諾站在她亮著的窗戶後。一當美琪朝她的方向看去，她就拉起窗簾，像是注意到她的目光，但她的影子在那淡黃的窗簾上依然露出黑色的輪廓。

「妳聽，有多安靜？」髒手指關掉錄音機，夜裡的靜謐像棉花一般擱在美琪的耳中，沒有任何葉片在拂動，只聽到火把的嗶剝聲和蟋蟀的唧唧。

髒手指又打開音樂。「我自己已和風說過了，」他說：「因爲有一點妳必須知道，如果風決定自己來玩火，那就連我也沒辦法馴服火。但風已向我保證今晚會安分，不會掃我們的興。」
說這話時，他拿起一根插在愛麗諾躺椅中的火把，喝了一口裝著月光的瓶子，吐出些白東西到大腹瓶子中，接著他把拿在手中的火把浸到桶子中，然後又抽出來，將包著棉花、滴著液體的前端伸向燃燒的火把。火焰突然能能燃起，讓美琪嚇了一跳。但髒手指把第二個瓶子擱到唇邊，灌入嘴中，直到他那帶著疤痕的臉頰鼓起，接著他深深吸了口氣，身子像弓緊繃，把他嘴裡的東西全都吐到燃燒的火把上。
一個火球越過愛麗諾的草地，一個熾熱明亮的火球，像某個活生生的東西吞食著黑暗，而且大到美琪相信周遭的一切在下一瞬間會燃燒起來，包括草地、椅子和髒手指自己。但他原地轉著，像個跳舞的孩子一樣淘氣，又吐出火。他讓火向天空伸高，彷彿想燒掉星星，然後他點燃第二根火把，讓火焰擦過裸露的手臂。他看來像一個和自己心愛動物一起玩耍的孩子一般高興。火像個栩栩如生的東西舔著他的皮膚，一個吐著火舌，成了他朋友的生物，一個愛撫著他，爲他而舞，驅走黑夜的生物。他把火把拋到空中剛才火球還燃燒的地方，跟著接住，點燃其他的，然後拋耍著三根、四根、五根火把。那些火焰在他周圍急速旋轉，和他一起起舞，而未咬傷他髒手指，這個馴火人、噴火人和火的朋友。他令火把消失，彷彿黑暗吞沒它們一般，朝著啞口無言的美琪彎身致意，露出微笑。
她坐在硬板凳上，陶醉無比，當他重新把瓶子擱到嘴邊，不斷將火吐到夜漆黑的臉上時，她只感到百看不厭。
美琪後來不知道，是什麼把她的目光從旋轉的火把和四射的火花誘離到屋子和窗戶上，或許是察覺到邪惡現身，就像皮膚上突然感受到的冷或熱……又或許只是突然看到了圖書館百葉窗內的光線流瀉到葉片頂著木窗的杜鵑花叢上。或許。

她似乎聽到比髒手指音樂還大的聲音，男人的聲音，她心中一股極度的恐懼擴散開來，就像髒手指在外面院子待著的黑夜一樣漆黑和陌生。

當她跳起來時，一根燃燒的火把自髒手指手中滑落，掉到草地上，他趕緊踩熄火焰，免得火勢繼續擴大，接著他順著美琪的目光看向屋子，一言不發。

但美琪跑了開，在她跑向屋子時，礫石在她鞋下嚓嚓作響。門開了一條大縫，入口大廳沒有亮燈，但美琪聽到通往圖書館的走廊響起偌大的聲音。「莫？」她喊著，又感到恐懼，心裡噗通跳著。圖書館的門也敞開著。美琪正想進去，兩隻強而有力的手就抓住她的肩膀。

「別出聲！」愛麗諾噓聲說著，把她拉到她臥室。美琪見到她關上門時，手指顫抖著。

「放開！」美琪拉開愛麗諾的手，試著去轉鑰匙，想對她大叫，她必須去幫她父親，但愛麗諾手摀住她的嘴，把她拉離門邊，不管美琪怎麼用力拳打腳踢。愛麗諾比美琪要有力氣多了。

「太多人了！」她噓聲說道，而美琪試著去咬她手指。「四個或五個大漢，還攜帶著武器。」她把雙腳亂踢的美琪拉到床旁的牆。「我想了幾百次要買把該死的左輪手槍！」她小聲說道，同時耳朵貼著牆。「什麼話，根本是幾千次了。」

「那當然在這裡！」美琪不需貼著牆聽，就聽到那聲音，像貓舌頭一樣粗糙。「要我們到花園把你女兒帶來，讓她來告訴我們？還是你想自己來？」

美琪又試著把愛麗諾的手從她嘴前拉開。「別再出聲！」愛麗諾在她耳旁嘶著聲說：「妳只會危害到他，聽到了嗎？」

「我女兒？你們知道我女兒什麼？」那是莫的聲音。

美琪放聲痛哭，愛麗諾的手指立刻又摀上她的臉。「我試過打電話給警察！」她在她耳邊低聲說：「但線路不通。」

「喔，知道我們該知道的一切。」這又是另一個聲音。「怎麼，那本書在哪裡？」

「我會給你們！」莫的聲音聽來疲倦。「但我跟你們去，因為只要山羊用不到後，我還想拿回這本書。」

我跟去……他這是什麼意思？他不能就這樣離開。美琪又想到門口去，但愛麗諾緊緊抓著她。美琪想推開她，但愛麗諾強有力的手臂抱住了她，又用手指摀住她的嘴唇。

「這樣更好，我們反正要帶你走，」第二個聲音說，聽來渾厚粗暴。「你不知道山羊多渴望聽到你的聲音，他可非常相信你的能力。」

「沒錯，那個山羊找來代替你的傢伙差得要命。」又是那個貓般的聲音。「你看看闊仔。」美琪聽到腳擦地的聲音。「他都瘸了，而扁鼻子的臉看來也好多了，雖然他從來就不是什麼好看的傢伙。」

「別再多費唇舌，我們可沒時間耗下去，巴斯塔。你看，要不要也帶上他的女兒？」又是另一個聲音，聽來像是有人捏著說話者的鼻子。

「不用！」莫喝叱著他。「我女兒待在這裡，不然我不會把書交給你們！」

其中一名男的笑了。「喔，不，魔法舌頭，你會的，但別擔心，我們沒提到要帶上她。小孩子只會妨礙我們，而山羊等你等了好久了。怎麼樣，書在哪裡？」

美琪的耳朵緊貼著牆，貼到發痛，聽到了腳步聲，跟著是一聲擦響，像是有東西被推到一旁。她旁邊的愛麗諾屏住了呼吸。

「可真會藏！」那個貓聲音說：「闊仔，包起來，好好保管。魔法舌頭，你先走。快點。」

他們離開了。美琪絕望地想掙脫愛麗諾的手臂。她聽到圖書館的門關上，腳步逐漸遠離，愈來愈小聲，跟著就一片靜寂。愛麗諾終於放開了她。

美琪衝向門口，啜泣地打開了門，跑過走廊到圖書館。

那裡空盪盪的，沒有莫。

書全都整齊地擱在架子上，只有一處有個缺口，寬大陰暗。美琪似乎見到書本之間有個隱匿得很好的蓋子打開了。

「不可思議！」她聽到愛麗諾在她身後說著。「他們眞的只找那本書。」美琪把她推到一旁，沿著走廊跑下去。

「美琪！」愛麗諾在她後面喊著。「等一下！」

但她該等什麼？等著那些陌生人帶走她父親？她聽到愛麗諾追著她跑來，她的手臂或許力氣大些，但美琪的腳卻更快。

入口大廳依然沒燈，但房子大門卻完全敞開，當美琪上氣不接下氣地衝進夜裡時，一陣涼風朝她吹來。

「莫！」她喊著。

她似乎見到車燈亮起，在小徑消失在樹叢後那個地方，一個引擎聲響起。美琪朝那裡跑去。她跌倒在被露水打濕的礫石上，擦破了膝蓋，溫暖的血沿著脛骨流下，但她並不理會。她繼續跑著，一拐一拐，並啜泣著，一直來到大鐵門前。

但門後的馬路空無一人。

莫走了。

躲在夜裡的東西

屋外成千的敵人比不上屋裡的一個。

——阿拉伯諺語

髒手指躲在一根栗樹樹幹後看著美琪跑過，看著她站在門邊瞪著馬路，聽到她柔弱的聲音呼喊著她父親的名字。她的呼聲迴盪在黑暗中，不比在這個偌大的黑夜中一隻蟋蟀的唧唧聲大多少。而突然間，完全安靜下來，髒手指看著美琪瘦削的身影站在那裡，似乎再也不會移動一樣。她似乎力量盡失，彷彿下一陣風就會帶走她一樣。

她一直站在那兒，久到髒手指不知何時閉上眼睛不再看她，但這時他聽到她哭泣，自己的臉因爲羞愧而發燙，似乎風用他剛才還玩弄的火燒毀了他一般。他一聲不吭地站在那裡，背靠著樹幹，等著美琪回屋，但她依然一動不動。

終於，在他的腳完全麻木之際，她像個斷線的木偶一般轉過身回屋，經過髒手指時，也不再哭泣，只是拿手抹掉了眼中的淚。突然之間，他衝動地想跑向她，安慰她，對她解釋他爲什麼把一切都告知山羊。但美琪已走了過去，她加快步伐，彷彿又有了力量，愈跑愈快，直到消失在漆黑的樹叢間。

髒手指從樹後現身，背包拋上肩，拿起裝著他家當的兩個袋子，匆匆走向那還敞開的大門。夜像吞沒一隻掠食的狐狸一樣吞沒了他。

落單

「我的小寶貝，」我的祖母終於說：「妳未來的日子不得不當一隻老鼠，應該不會難過吧？」「我根本無所謂，」我回答。「只要有人愛著，是誰，或長得什麼樣子，完全不重要。」

——羅德．達爾《女巫》

美琪回來時，愛麗諾站在燈火通明的房中，在睡衣上套上一件大衣。夜溫溫暖暖，但湖那頭現在颳起一陣冷風。這女孩看來無比絕望，無比失落，愛麗諾回想起這種感覺，沒有更糟的事了。

「他們帶走他了！」美琪氣得不知如何是好，聲音幾乎哽咽，惡狠狠地瞪著她。「妳為什麼要抓住我？我們可以幫他的！」她握起拳頭，像是很想打她一頓的樣子。

愛麗諾也回想起這種感覺，有時候就是想教訓全世界，但這沒有用，一點都沒有用，傷痛依然存在。「別胡說了！」她粗魯說著。「我們能怎麼做？他們也可能帶走妳，妳父親會想這樣嗎？這能幫得上他什麼嗎？不能，所以別再站在那裡，快進屋來。」

但這女孩動都不動。「他們把他帶到山羊那裡去！」她小聲說道，輕得愛麗諾幾乎沒聽懂。

「帶到誰那裡？」

美琪只搖搖頭，拿著袖子抹過哭濕的臉。

「警察馬上會來的，」愛麗諾說：「我用妳父親的手機報了警，我從沒想過要弄個這樣的東西，但我想我現在會去找一個來。他們把電話線整個剪斷了。」

美琪依然沒動，只顫抖著。「反正他們早走了！」她說。

「老天，他不會有事的！」愛麗諾把大衣緊緊裹著，風變大了，會下雨的，一定會的。

「妳又從哪裡知道？」美琪的聲音氣得發抖。

老天，如果目光能夠殺人的話，愛麗諾心想，那我現在就一命嗚呼了。「因爲他是自願跟他們走的！」她惱怒地回答。「妳也聽到了，還是沒有？」

女孩低下了頭。她當然聽到了。「沒錯！」她小聲說道：「他更擔心那本書，而不是我。」

對此，愛麗諾就不知該如何說了。她父親一直確信大家必須多照顧書，而不是小孩，而當他突然去世後，她和她兩個姊妹幾年來還一直覺得，他只像往常一樣坐在圖書館中撢去書上的灰塵。但美琪的父親並非如此。

「胡說，他當然擔心妳！」她說：「我沒見過其他父親像莫這樣全心全意愛自己的女兒。妳會發現，他很快會回來的。現在快進屋來！」她把手伸給美琪。「我幫妳弄杯熱的蜂蜜牛奶。對碰到倒楣事的孩子，是不是要這樣做呢？」

但美琪根本看都不看那隻手，反而突然轉身跑開，像是想到什麼似的。

「嘿，等一下！」愛麗諾邊罵著，邊把腳蹬上她的園藝用鞋，跌跌撞撞跟在後面。那個笨東西跑向房子後那個呑火的傢伙爲她表演的地方，但草地上自然是空盪盪的，只有燒過的火把還插在地上。

「欸，呑火柴先生似乎也走了，」愛麗諾說：「至少他不在屋子裡。」

「說不定他去跟蹤他們！」女孩走向一根燒光的火把，摸著變成了焦炭的頭。「沒錯！他看見發生了什麼事，去跟蹤他們了！」她滿懷希望地看著愛麗諾。

「一定，一定是這樣。」愛麗諾眞的盡量不去嘲弄。妳在想什麼，他如何跟蹤他們？走路？她在腦海中繼續說道。不過她並未說出，反而把一隻手擱在美琪肩上。天哪，這女孩還在發抖。

「過來吧！」她說：「警察很快就來了，現在我們眞的什麼都不能做。妳會看到妳父親幾天後又會出現的，說不定妳那個噴火的朋友陪著他，但在那時候之前，妳大概得忍受一下我。」

美琪只點點頭，乖乖地被拉著回房子。

「我還有一個條件。」當她們站在房門前時，愛麗諾說。

美琪滿臉狐疑地看著她。

「當我們兩個單獨待在這兒，妳能不能別一直這樣看我，好像很想毒死我一樣，別這樣好不好？」

美琪的臉上露出一絲不知如何是好的小小微笑。「我想可以的。」她說。

那兩名警察不知什麼時候開進鋪著石礫的院子，問了許多問題，不管是愛麗諾，還是美琪，都回答不了。不，愛麗諾從未見過那些男人。不，他們沒偷走錢，也沒拿走任何有價值的東西，只拿走一本書。當愛麗諾這樣說著時，那兩個男的交換了一個好笑的眼神。她氣得幫他們上了一堂稀有書籍價值的課，但這只讓事情惡化。當美琪最後說，只要他們找得到一個叫山羊的人，那就一定能找到她父親時，那兩位警察看著她，好像這個表情嚴肅的女孩在斷言她的父親被一頭惡狼綁走似的。接著他們又開車離開，愛麗諾帶美琪回到她的房間。這個傻丫頭又哭了，而愛麗諾完全不知如何安慰一個十二歲的女孩，只好說道：「妳母親也一直睡在這個房間。」但這大概是最不該說的話，於是她趕緊再補充道：「如果妳睡不著的話，就唸點書。」跟著清了兩下喉嚨，然後穿過這棟空盪漆黑的屋子，回到自己的房間。

爲什麼她現在突然覺得這棟房子巨大空洞？在過去她獨自一人住在這裡的那些年裡，她從不覺得每個門後面只有書籍等候著她有什麼不對勁的。和自己的姊妹在房間和走廊上玩著躲貓貓，已是許久前的事了。她們總是輕悄悄地溜過圖書館門前……

外面的風搖動著百葉窗。老天，我大概闔不上眼了，愛麗諾心想。接著她想到在床旁邊等著她的那本書，於是帶著一股混雜著期待和良心不安的心情，回到了自己的臥室。

該死的掉包

一股對書痛苦強烈的病態慾望瀰漫在心中，擺脫不了這種由紙張、印刷文字和死人感情構成的沉甸甸東西，實在丟臉。把這些留在他所臥躺的垃圾中，然後以一個無拘無束、任意妄為、大字不識一個的超人姿態，走入這個世界中，不是更好、更高貴、更勇敢嗎？

——所羅門・依格《搬走一間圖書館》

美琪這晚沒睡在她床上。一等愛麗諾的腳步聲消失後，她就跑到莫的房間。

莫還沒打開他的行李，袋子敞了開，擱在床邊，只有他的書和一塊已掰開的巧克力擱在床頭櫃上。莫愛死了巧克力，連那種發霉過頭的聖誕老人巧克力都不一定逃得過他的嘴。美琪掰了一小塊下來，送進嘴裡，但除了悲傷的味道外，什麼都沒有。

當她鑽進莫的被子時，感到一股冰冷，連枕頭都還沒沾上他的味道，只聞出洗衣粉和柔軟精。美琪把手伸到下面，果然，那裡沒書，只有一張照片。美琪抽了出來。那是她母親的照片，莫一直擱在他枕頭下。小時候，美琪以為莫總能幫她杜撰出一個母親，因為他認為她想要個媽媽。他說著關於她的美妙的故事。「她喜歡我嗎？」美琪老這樣問。「很喜歡。」「她在哪裡？」「妳剛滿三歲時，她不得不離開。」「為什麼？」「她不得不。」「很遠嗎？」「很遠。」「她死了嗎？」「不，絕對沒死。」美琪已習慣莫對一些問題的奇怪答案。十歲時，她再也不相信莫杜撰出來的母親，而是一個棄她於不顧的母親。這很自然，而且只要莫在她身邊，她也不太會去惦記一位母親。

但他現在離開了。

而她一個人單獨和杏眼圓睜的愛麗諾在一起。

她從袋子中拿出莫的毛衣，把臉埋了進去。都怪那本書，她不停想著，全都是那本書的錯。爲什麼他不把書給髒手指？如果悲傷到不知如何是好時，生氣有時還是有點用的。不過淚水還是流了出來，美琪便帶著唇間的鹹味沉沉睡去。

當她醒來時，心噗通跳著，汗水濕透頭髮，突然間一切又再浮現：那些男人、莫的聲音和空盪的馬路。我要去找他，美琪心想，沒錯，我就這麼做。屋外，天色剛剛變紅，沒多久太陽就會昇起。最好在天亮前就離開。

莫的夾克掛在窗下的椅子上，彷彿才剛脫下一般。美琪拿出錢包，她會用得上錢。接著，她溜回自己的房間打包一些用得上的東西：一些衣物，一張她和莫的照片，好向別人打聽他。她當然不會帶上她的箱子。起先，她想把箱子藏在床底下，但最後決定留張紙條給愛麗諾。

親愛的愛麗諾，她寫著，雖然認爲這樣的稱呼並不適合愛麗諾，想想是不是該稱呼「妳」，還是繼續用「您」的尊稱？算了吧，姑婆當然要用「妳」來稱呼，她想，而且這樣也比較容易。我必須去找我父親，她繼續寫道，妳別擔心——愛麗諾反正會擔心——別告訴警察我離開了，不然他們一定會把我抓回來。箱子裡裝著我心愛的書。我沒辦法帶上它們。請照顧它們，等我找到我父親後，我就來拿走。謝謝。美琪筆。

又：我很清楚箱子裡有幾本書。

她把最後一句又塗掉，那只會讓愛麗諾生氣，誰又知道她會對那些書怎麼樣。她有可能會賣掉，畢竟莫幫每本書都配上十分美麗的裝幀。沒有任何皮面裝幀，美琪可不願在閱讀時想像，因爲她的書，有頭小牛或豬被剝了皮。還好莫能理解這點。他曾對美琪說過，幾百年前，大家用還未出生的小牛的皮來裝幀相當珍貴的書籍，這個嚇人的東西還有個十分好聽的名字：未誕生的處女（Charta virginea non nata）。「在這些書中，」莫說：「有許多關於情愛、善良和慈悲的文字。」

在美琪打包的同時，她盡量不去想，自己究竟要上哪去找莫？她不斷把這問題推到一旁，但她的雙手終於慢了下來，最後站在塞得滿滿的袋子旁，再也無法忽略心裡那個殘酷的細微聲音。「妳說說看，妳想到哪去找，美琪？」她喃喃低語著。「妳想順著路的左邊，還是右邊走下去？妳知道這不可能。在警察攔住妳之前，妳以爲妳能走多遠？一個手裡拿著袋子的十二歲女孩，還有一則關於父親消失的荒唐故事，以及沒有可以照管她的母親？」

美琪雙手壓住耳朵，但對那個來自她腦海的聲音，又有什麼辦法呢？她就這樣站了好一會，接著搖搖頭，直到那個聲音終於安靜下來爲止，然後拉著那個裝好的袋子到走廊上。袋子沉重，重得不得了。美琪又打開它，把所有東西丟回房間，只留下一件毛衣、一本書（她就是需要書，哪怕只是一本）、照片和莫的錢包。這樣她才能夠背著袋子到該去的地方。

她輕悄悄溜下樓梯，一手拿著袋子，另一手拿著給愛麗諾的紙條。晨光已穿透百葉窗的縫隙，但這個大屋子靜謐無比，彷彿書都睡在書架上一般，只從愛麗諾臥房門中傳出一陣輕微的鼾聲。美琪本想把紙條從門下塞進去，但沒辦法做到。她猶豫了一會，接著壓下門把。雖然百葉窗關著，但愛麗諾的臥房亮晃晃的。床旁的燈亮著，顯然愛麗諾看書看到睡著了。她躺著，嘴微微張開，朝天花板上的石膏天使打著鼾。一本書壓在她胸前，美琪立刻認了出來。

她幾步便來到床邊。

「妳從哪裡弄來的?」她喊道,從愛麗諾睡夢中沉甸甸的手臂下奪出那本書。「這是我爸爸的!」

愛麗諾從睡夢中驚醒,彷彿美琪在她臉上倒上熱水似的。

「妳偷了這本書!」美琪喊著,怒不可遏。「妳叫來這批人,沒錯,就是這樣。妳和那個山羊全是一夥的!讓我的父親被人綁走,誰又知道妳對那可憐的髒手指動了什麼手腳!妳從一開始就想佔有這本書!我看到妳看書的表情,好像它是栩栩如生的!說不定這本書值上個一百萬,或兩、三百萬……」

愛麗諾坐在床上,瞪著她睡衣上的碎花圖案,一言不發,直到美琪喘氣時,她才有所動靜。

「妳說完沒?」她問:「還是妳想在這裡大喊大叫,叫到自己死掉?」她的聲音和以往一樣粗暴,但聽來已經有點不同,多了點愧疚。

「我要告訴警察!」美琪脫口而出。「我要告訴他們妳偷了這本書,要他們問妳我父親在哪。」

「我——救——了——妳——和——這——本——書!」

愛麗諾下了床,走向窗戶,推開百葉窗。

「是嗎?那莫呢?」美琪的聲音又變大。「如果他們發現交給他們是其他的書,莫會發生什麼事呢?如果他們對他不利,全都要怪妳。髒手指說過:如果他沒把書交給山羊,他會殺死他的。他會殺死他的!」

愛麗諾把頭伸出窗外,深深吸了口氣,接著又轉過身。「那根本是胡說八道!」她惱怒說道:「妳太相信那個吞火柴的傢伙說的話,而妳顯然也讀了太多嚇人的冒險故事。殺死妳父親,老天,他又不是特務或什麼危險人物!他只修復舊書!我只是想安安靜靜看一看這本書,所以我才掉了包。我怎麼知道這些黑乎乎的傢伙會在半夜出現，帶走妳父親和這本書呢？他只對我說，有個瘋狂的收藏家幾年來為了這本書在苦苦逼他。我又怎麼會知道這個收藏家連闖空門和綁架都不怕？大概除了這世界上的一、兩本書以外，我根本沒想過這種方法。」

「但髒手指說過，他說會殺了他！」美琪緊緊抓著那本書，像是這樣就能阻止更多不幸發生。她覺得自己突然間又聽到髒手指的聲音。「那個小東西的喊聲和不停掙扎，」她喃喃說著，「對他而言，就像蜂蜜一樣甜蜜。」

「什麼？妳現在又在說誰？」愛麗諾坐在床緣，把美琪拉到她身邊。「妳現在告訴我妳所知道的一切。說吧。」

美琪打開那本書，翻著書頁，直到找到那隻像葛文的動物蹲坐其上的大K。

「美琪！嘿，我在跟妳說話！」愛麗諾粗魯地搖著她的肩。「妳剛才說的是誰？」

「山羊。」美琪只喃喃說出那個名字，好像每個字母上都沾上了危險一樣。

「山羊，然後呢？我已聽妳提過這個名字幾次了，但見鬼了，這個傢伙到底是誰？」

美琪闔上書，摸著裝幀，到處打量著這本書。「上面沒有書名。」她喃喃說著。

「沒有，不管在裝幀上，還是內頁。」愛麗諾起身，走向衣櫃。「有許多書的書名，妳不會馬上知道的。畢竟把書名寫在裝幀上是個滿新的時尚。以前書背凹陷裝幀時，書名多半出現在內裡襯頁上，所以要在翻開書時，才會知道書名。直到書籍裝幀師傅學會圓背裝幀時，書名才移到那裡去。」

「是的，這我知道！」美琪不耐煩地說：「但這不是一本舊書，我知道舊書的樣子。」

愛麗諾嘲弄地瞧了她一眼。「喔，對不起！我忘了妳還是個道地的專家。但妳沒說錯，這本書並不特別舊，差不多三十八年前出版，對書來說，這種年齡實在不值一提！」她消失在打開的衣櫃門後。「這本書當然有個書名，叫做《墨水心》。我猜是妳父親故意這樣裝幀，讓人從封面上看不出是哪一本書。妳在書內第一頁也找不到書名，如果妳仔細瞧的話，會發現他把那一頁撕掉了。」

愛麗諾的睡衣落到地毯上，美琪看著她費事地把裸露的腿套進褲襪中。

「我們必須再找警察。」她說。

「為什麼？」愛麗諾把一件毛衣拋到衣櫃門上。「妳想對他們說什麼？妳沒看見昨天那兩個怎麼打量我們？」愛麗諾假裝著他們的聲音：「是嗎，妳能再說一次嗎，羅倫當女士？在您之前客氣地關上了保全系統後，有人便闖進您的屋子，而這些看來機靈的賊只偷走一本書，而不理會您圖書館裡價值幾百萬的其他書籍，還在這個女孩的父親表示要跟他們走時，帶走了他！嗯，這很有趣。而這些人可能幫一個叫做山羊的人工作，那不是一種動物嗎？老天啊，小姑娘。」愛麗諾又從衣櫃門後出現，穿著一件難看的格子裙和一件讓她蒼白得像是麵糰的駱駝色毛衣。「住在這座湖邊的所有人，都把我當瘋子，如果我們再對警察提這件事，那愛麗諾・羅倫當終於精神失常的消息便會四處傳遍，而且又會再次證明愛書是種殘害身心的事。」

「妳穿得像是個祖母一樣。」美琪說。

愛麗諾低頭瞧著自己。「多謝，」她說：「我不喜歡別人批評我的外在，而且我努力一點，也可以當妳的祖母了。」

「妳結過婚嗎？」

「沒有，我不知道為什麼要。而妳現在可不可以別再問我私人問題？難道妳父親沒教妳不該這樣做？」

美琪不說話，她自己都不知道為什麼會問這些問題。「這很值錢，是不是？」她問。

「《墨水心》?」愛麗諾從美琪手中拿過那本書，摸著裝幀，再交還給她。「是的，我想是的，雖然妳在所有的目錄和善本書索引中一本都找不到。我已經找出一些關於這本書的資料，如果妳父親可能擁有唯一的孤本的事被傳開的話，那有些收藏家會付他一大筆錢的。畢竟這不只是一本罕見的書，也是一本好書。我不能多說什麼，我昨晚還唸不到十二頁。當第一個精靈出現時，我就睡著了。對這種有精靈、小矮人等等東西的故事，我一直唸不下去，雖然我並不反對我的花園有一些。」

愛麗諾又走到衣櫃門後，顯然在照鏡子。她似乎在意美琪對她衣服的看法。「是的，我想那本書十分珍貴，」她帶著沉思的聲音重複道：「雖然幾乎已被人遺忘，看來沒人知道書裡的內容，沒人唸過的樣子，甚至在圖書館裡也找不到。但不時會聽到同樣的故事，因爲所有現存的版本都被偷走，所以市面上一本都沒有。或許這是瞎說。不只動物和植物會消失，書也會，可惜還很常見，那些下落不明的書一定可以從頭到尾塡滿上百間這樣的屋子。」愛麗諾關上衣櫃門，手指草草把頭髮盤高。「就我所知，作者還活著，但他顯然不想重新出版他的書——我是覺得很怪，畢竟寫齣故事就是要讓人來讀的，是不是?欸，或許他不再喜歡他的故事，又或許賣得太差，找不到願意再出版的出版社。我又知道什麼?」

「但我不相信這本書被偷，是因爲它太珍貴。」美琪喃喃說道。

「啊，是嗎?」愛麗諾突然大笑。「我的老天，妳還眞是虎父無犬女呢。莫提瑪也無法想像，他覺得沒什麼特別價值的東西，卻會有人花上大錢。妳對一本書有多值錢有沒有概念?」

美琪惱怒地看著她。「有，我有，但我就是不相信會是這個原因。」

「欸，我卻認爲是，而且福爾摩斯也會這樣想。妳唸過那些書了嗎?棒極了，尤其是在雨天。」

愛麗諾套上了鞋子。對這樣一個魁梧的女子來說，她的腳倒是小得出奇。

「說不定裡面有什麼秘密。」美琪喃喃說著，若有所思地摸著印得密密麻麻的書頁。

「啊，妳是說像用檸檬汁寫的隱形的訊息，還是藏在一張畫裡的藏寶圖。」愛麗諾的聲音聽來十分挖苦人，美琪恨不得扭斷她那短脖子。

愛麗諾聳了聳肩。

「爲什麼不？」她又闔上書，夾在腋下。「不然他們爲什麼要帶走莫？這本書應該就夠了。」

當然啦，她不能承認自己沒想到，美琪很不屑地想著，她一定要說自己總是對的。

愛麗諾看著她，像是聽到她的想法。「妳知道嗎？妳讀讀看，」她說：「說不定照妳來看，妳會發現不屬於故事中的東西。幾個多餘的字，一些沒有用的字母……然後妳就找出了秘密的訊息，找到寶藏的指標。誰知道妳父親多久才會回來，妳在這裡總得要打發時間。」

在美琪還來不及回答前，愛麗諾便彎下身撿起她床邊地毯上的一張紙條。那是美琪的告別信，她一定是在發現愛麗諾手臂中那本書時掉落了下去。

「這又是什麼？」在愛麗諾皺著眉頭讀完後問道：「妳想去找妳父親？老天，去哪找？妳比我想像中還要瘋狂。」

美琪緊抱著《墨水心》。「不然誰會去找他？」她說，嘴唇開始顫抖，她一點辦法也沒有。

「欸，如果眞要去找，也是我們一起去！」愛麗諾沒好氣地回答。「但我們先等等，搞不好他自己就回來了，還是妳以爲他回來時，喜歡見到妳在茫茫人海中哪個不知道的地方去找他了？」

美琪搖搖頭，愛麗諾的地毯在她眼前模糊起來，眼淚滾了下來。

「那就好，一切都講清楚了，」愛麗諾咕噥著，遞給她一張面紙。「擤擤妳的鼻子，然後我們先去吃早餐。」

在美琪吞下一塊麵包和一杯牛奶後，她才讓她出門。「早餐是一天中最重要的一餐，」她鄭重說著，同時抹著第三片麵包。「而且我可不想冒這個險讓妳父親回來時，對他說我讓妳餓著。妳也知道，就像童話中的那頭山羊。」

美琪把到嘴邊的話連同最後一小塊麵包一起吞下去，拿著那本書跑到外面。

獅窟

聽好。（大人們請跳過這段。）我不想對您說這本書會以悲劇收場。我一開始就說這是我最喜歡的一本書，但現在出現了許多不堪的事。

——威廉・哥德曼《新娘公主》

美琪坐在屋後的長凳上，髒手指燒盡的火把還一直插在一旁。打開一本書，她從未猶豫這麼久過。她怕等候在書裡的東西。這是一種全新的感覺。她從未怕過書裡的故事，多半時候反而十分期待被一個不曾發覺過、前所未見的世界吸引過去，以致在一個最不合適的場合中便開始閱讀。早餐時，莫和她兩個往往就讀著書，因此送她上學時常常遲到。她也常常在學校課桌下、在公車站、拜訪親戚時，或深夜躲在被子裡看書，直到莫拿走她的書，威脅要清光她房裡所有的書，好讓她能好好睡覺爲止。他當然未曾這樣做，他也明白她知道他不會這樣做，但有些日子，在這種警告後，她還是找些其他的書塞到自己的枕頭下，在夢中繼續娓娓述說，讓莫覺得自己眞的是個好父親。

但這本書她不會塞到自己的枕頭下，因爲她怕它說出來的故事。過去三天發生的所有不幸，似乎都從這本書的書頁中緩緩爬出，說不定這些只是在書裡等候她的東西的影子而已？

但她還是得進去，不然她要到哪裡去找莫呢？愛麗諾說得對，就這樣跑開並沒有意義。她必須試著在《墨水心》的文字中找到莫的蹤跡。

但在她一打開第一頁時，就聽到身後傳來腳步聲。

「如果妳一直繼續這樣坐在直射的陽光下，妳會中暑的。」一個熟悉的聲音說道。

美琪猛轉過身。

髒手指鞠了個躬，自然又露出他那種微笑。

「啊，看看，眞是讓人吃驚！」他說，從她肩膀探過身，打量著她腿上翻開的那本書。「它原來還在妳這裡。」

美琪瞧著他那張瘡疤臉，不知所措。他怎麼能站在那裡，裝著像是沒事一樣？「你到哪去了？」她訓斥著他。「他們沒把你一起帶走？莫在哪裡呢？他們把他帶到哪去了？」她一連串問著。

但髒手指並不急著回答，他打量著周遭的灌木叢，一副從未見過這種類似景象的樣子。雖然天氣熱，他還是穿著他的大衣，額頭上都是細小的汗珠。

「不，他們沒帶走我，」他終於說道，臉又對著美琪。「但我看見他們帶著妳父親開車離開。我跟在他們後面跑，穿過樹叢，好幾次我以爲自己會在那個該死的斜坡上摔斷脖子，但還是及時趕到大門邊，看到他們朝南邊開去。我當然立刻認出他們，山羊派出他最棒的手下，甚至巴斯塔也在。」

美琪盯著他的嘴唇，彷彿這樣能更快誘出他的話似的。「然後呢？你知道他們把莫帶到哪去了？」她的聲音因爲急躁而顫抖著。

「我想是到山羊的村子，但我想保險起見，於是……」髒手指脫掉大衣，掛在長凳上。「於是我跟了下去。我知道跟在車子後面跑，聽來很可笑，」他說。而美琪皺起眉頭，一臉難以置信的樣子。「但我非常生氣，一切都白費了，我警告過你們，還有躲到這裡來……但不知何時，我攔下一輛車載我到下一個村鎮。他們在那兒加了油，四個穿黑衣的男人，一點都不友善。他們尚未離開很久，我於是……借來一輛輕型摩托車，試著繼續跟蹤他們。別這樣看我，妳大可放心，我後來把車還了。摩托車並不快，但好在這裡的路有許多彎道，我終於又看到他們，就在山谷底，我同時一路盤旋而下。那時我就肯定他們把妳父親帶到山羊的大本營，不是到北邊的某個藏身地點，而是直接到獅窟。」

「獅窟？」美琪重複道：「那在哪裡？」

「大約……離這兒南邊三百公里。」髒手指坐到她身旁長凳上，瞇眼瞧著太陽。「離海岸不遠。」他又看著一直擱在美琪腿上的那本書。「山羊不會高興他的手下帶錯了書，」他說：「我只希望他不會把自己的失望發洩在妳父親身上。」

「但莫也不知道那本書不對！愛麗諾偷偷掉過包了！」這時該死的眼淚又流了出來，美琪拿袖子擦著眼睛。

髒手指皺起眉頭打量她，像是不確定該不該相信她。

「她說，她只是想看一看！她把書帶到自己的臥室。莫知道她藏書的地點，但書被包裝紙包著，所以他沒注意到書不對！而山羊的手下也沒再檢查。」

「當然沒有，又爲什麼要呢？」髒手指的聲音聽來不屑。「他們不識字，一本書對他們來說，只不過是印出來的紙張而已，而且他們已習慣別人把他們想要的東西交出來。」

美琪的聲音因爲害怕而變得尖銳。「你得帶我去那個村子！求求你！」她懇求地看著髒手指。

「我會對山羊解釋一切，我把書交給他，然後他讓莫離開。好嗎？」

髒手指瞇眼看著太陽。「好，沒問題，」他說，沒瞧美琪一眼。「這大概是唯一的解決辦法……」

在他繼續說下去前，愛麗諾的聲音就從屋裡響了過來。「唷，看看我們有誰來了？」她喊著，靠在她敞開的窗戶上。淡黃色的窗簾在風中鼓起，像是有個幽靈落到裡面似的。「不就是那個呑火柴的傢伙！」

美琪一躍而起，越過草地，朝她跑去。「愛麗諾，他知道莫在哪裡！」她叫道。

「是嗎？」愛麗諾撐在窗台上，瞇著眼睛打量著髒手指。「您把那本書放下！」她對他喊著。「美琪，把書從他那裡拿過來。」

美琪驚訝地轉過身。髒手指手中眞的拿著《墨水心》，但當美琪看著他時，他趕緊把書擱回長凳上，接著招手要美琪過來，並惡狠狠地瞧著愛麗諾的方向。

美琪猶豫不決地回到他那兒。「我同意帶妳到妳父親那裡，就算對我可能會有危險！」他小聲對她說。「但她，」他悄悄用頭指了指愛麗諾，「待在這裡，懂嗎？」

美琪不安地看了看屋子。

「要不要我猜猜他對妳偷偷說了什麼？」愛麗諾喊過草地。

髒手指拋給美琪一個警告眼神，但她未加理會。

「他想帶我去找莫！」她喊著。

「他可以這樣做！」愛麗諾喊了回來。「但我要跟來！就算你們兩個大概都不喜歡我作伴！」

「我們當然樂意！」髒手指低聲說，同時一臉無辜地朝著愛麗諾的方向微笑。「但誰知道？說不定我們可以拿她來交換妳父親，山羊一定還需要一個女僕。她雖然不會煮飯，但說不定可以洗洗衣服，就算不是從書上學到的。」

美琪不得不笑出來，雖然她無法從髒手指臉上讀出他是在開玩笑，還是說眞的。

膽小鬼

家！指的就是那些親柔的呼喊，那些風中拂來的細心的愛撫，那些朝一個固定的方向拉扯著他的隱形小手。

——肯尼士・葛拉罕《柳林中的風聲》

在髒手指十分確定美琪睡著後，才偷偷溜進她的房間。她鎖上了門，一定是愛麗諾勸她這樣做的，因爲她不相信他，也因爲美琪拒絕把《墨水心》再一次交給她。當他把細鐵線插入門鎖時，髒手指不得不偷笑著。這個女的實在夠笨，就算她唸了一堆的書！她眞的以爲這樣一個普通的門鎖會是個障礙？「是的，愛麗諾，對妳那樣笨拙的手指大概是！」他打開門時喃喃說著。「但我的手指愛玩火，那可是會變得靈巧無比。」

他對魔法舌頭女兒的好感，這時卻成了個眞正的障礙，而良心不安更讓事情變得棘手。沒錯，髒手指溜進美琪的房間時，感到良心不安——雖然他沒什麼不良的企圖。他絕不是來偷那本書的，就算山羊一直想要那本書，還有魔法舌頭的女兒，新的指令是這樣吩咐。但這得等一等，今晚髒手指來有其他的原因。今晚讓他到美琪房間的，是幾年來咬齧著他的心的某種東西。

他若有所思地停在床邊，看著這名沉睡的女孩。把她父親出賣給山羊並不太難，但出賣她卻是另外一回事。她的臉讓髒手指想到另一個人，就算憂愁還未在這張童稚的臉上留下陰影。奇怪，每當這個女孩看著他時，他總想向她證明，她不該這樣對他不信任。就算她對他微笑，總是還有一絲不信任。她看她的父親則完全不是這樣，彷彿他可以保護她免於世界上的邪惡與黑暗。這是什麼笨想法！沒有人可以保護她的。

髒手指摸著他臉上的疤痕，皺起眉頭。別管這些無用的想法，他要把山羊要的東西帶給他，女孩和書，但不是今晚。

葛文在他肩上扭動著，試著擺脫那個項圈，牠也不喜歡髒手指固定在項圈上的狗鍊子。牠想去狩獵，但髒手指不放開牠。過去幾晚，當他和山羊的手下說話時，這隻貂都跑了開。這個毛茸茸的小魔鬼一直害怕巴斯塔，髒手指也無法怪牠。

美琪睡得又沉又死，臉靠著一件灰毛衣，大概是她父親的。她在睡夢中呢喃著，髒手指無法聽懂。他的心中又感到良心不安，但他驅離了這種討厭的感覺。現在和以後都不需要這種感覺。這女孩和他無關，他和她父親這時也斷絕關係，沒錯，斷絕關係。他沒理由覺得自己像個虛偽可憐的無賴。

他在黑暗的房中四處察看。她把書擱在哪裡？美琪床邊有個漆成紅色的箱子，髒手指打開蓋子。他彎下身時，葛文的鍊子發出輕輕的噹啷聲。

箱子裡裝滿了書，美麗的書。髒手指從大衣下拿出手電筒照了進去。「看一看！」他喃喃說著。「你們可眞漂亮！看來就像親王舞會上穿著華麗的女子。」魔法舌頭大概在美琪的小手指把舊的封面翻壞後，每本都重新裝幀過。沒錯，那有他的記號：獨角獸的頭。每本書衣上都有這個記號，每一本都一個顏色。箱子裡蒐集了彩虹的各種顏色。

髒手指要找的書擱在最底下，寒寒酸酸，那個銀綠色的封面在其他這些光鮮的女士間，看來幾乎像是一名乞丐。

魔法舌頭留給這本書這樣一件不起眼的衣服，髒手指並不覺得訝異。美琪的父親大概恨透這本書，就像髒手指對它那般深情款款一樣。他小心從其他書之間抽出它，離他上次雙手捧著它，將近過了九年。當時它有個紙板裝幀和下緣撕裂的書衣。

髒手指抬起頭。美琪嘆了口氣，轉過身子，睡臉對著他。她看來十分悲傷，一定做了惡夢。她的嘴唇顫抖，雙手緊抱著毛衣，像是在找某個東西……或某人來依靠。但在惡夢中，多半都是孤單的，非常孤單。髒手指想起許多惡夢，有那麼一會，他幾乎要伸手去搖醒美琪。他可眞是個軟心腸的蠢蛋。

他背對著床，眼不見，心不煩，跟著匆匆打開那本書，免得又有其他考慮。他呼吸沉重，翻開了第一頁讀著，再繼續一頁頁翻下去。但每翻一頁，他的手指就愈來愈猶豫，接著一下子又闔上了書。月光滲過百葉窗的縫隙。他不清楚自己那樣站了多久，眼睛迷失在字母的迷宮中，他一直讀得很慢……

「膽小鬼！」他低聲道：「喔，你是個膽小鬼，髒手指！」他咬著嘴唇，直到痛起來爲止。「快點！」他輕聲說著。「你這個笨蛋，這說不定是最後的機會了。等山羊拿到這本書，他一定不會看一眼的。」他又打開了書，翻到中間——又再闔上，聲音大得嚇到沉睡中的美琪，把頭鑽進到被子底下。髒手指等在床旁，一動不動，直到她的呼吸再度平緩爲止，嘆了一大口氣，探身到她的藏寶箱，把那本書擱回到其他書之間。

他無聲無息地闔上蓋子。

「你看到了嗎？」他小聲對貂說：「我就是不敢，你是不是最好去找一個勇敢的主人？你想一想。」葛文在他耳邊嗥叫著，但就算這是答案，髒手指也聽不懂。

他還聽著美琪平靜的呼吸聲一會，接著溜回到門邊。「那又怎樣？」當他又站在走廊時，喃喃說道：「誰又想先知道結局？」

然後他上到愛麗諾分給他的閣樓房間，躺在周圍堆著裝書箱子的窄床上，直到黎明，他才入睡。

繼續往南

路不斷延展，
遠離了家門，
穿村越鎮，
我緊緊相隨。
我風塵僕僕，
踏上通衢大道，
險阻難測。
不知何去何從？

——托爾金《魔戒》

隔天早上，用完早餐後，愛麗諾在餐桌上攤開一張皺巴巴的公路地圖。「嗯，離這裡南方三百公里，」她說著，朝髒手指的方向多疑地瞅著。「那您指一下我們到底該到哪裡去找美琪的父親。」

美琪看著髒手指，心噗通噗通跳著。他眼眶一片烏黑，像是昨晚睡得很糟。他慢吞吞地走向桌子，搓著全是鬍碴的下巴，跟著探身到地圖上，沒完沒了地打量著，最後手指擱了上去。

「這裡，」他說：「山羊的村子就在這裡。」

愛麗諾走到他旁邊，回頭看著他。「利古里亞，」她說：「啊哈，我能不能問一下這個村子叫什麼？山羊村？」她瞧著髒手指的臉，像是想用眼睛描出他的疤痕。

「那村子沒有名字。」髒手指迎著愛麗諾的目光，毫不掩飾自己的反感。「過去或許有過，但早在山羊窩下來前，就被遺忘了。您在這張地圖上找不到這村子，也找不到其他的。對其他人來說，這個村子不過是些頹圮的房子，只有一條連名字都沒有的路通到那裡。」

「嗯。」愛麗諾再深探到地圖上。「這個地區我從未去過，只到過熱那亞一次，在一間舊書店買了一本很棒的《愛麗絲夢遊仙境》的版本，保存得很好，只花了該書價值的一半。」她探詢地看了美琪一眼。「妳喜歡《愛麗絲夢遊仙境》嗎？」

「不怎麼喜歡。」美琪說，盯著地圖。

愛麗諾對孩子這種無知搖了搖頭，又轉向髒手指。「這個山羊沒偷書或綁架別人的父親時，都在做些什麼？」她問：「如果我沒聽錯美琪所說的話，您和他很熟。」

髒手指避開她的目光，手指沿著一條在地圖上綠色和淺褐色地方蜿蜒的藍色河流畫著。

「喔，我們來自同一個地方，」他說：「但此外就沒太多共同之處。」

愛麗諾死死打量著他，像是想在他額頭上瞪出一個洞一樣。「有一點我覺得奇怪，」她說：「莫提瑪不想讓山羊拿到《墨水心》，又爲什麼把書帶到我這兒？這樣幾乎是自投羅網呀！」

髒手指聳聳肩。「欸，說不定他就是認定您的圖書館是最安全的地方。」

美琪回想起來，起先十分模糊，但突然間一切歷歷在目，像一本書中的圖畫一般。她看到髒手指站在那裡，就在他們巴士旁的房門口，像是幾乎可以聽見他的聲音似的……

她驚駭地看著他。「你對莫說山羊住在北邊！」她說：「他還特地再問了你一次，你說你十分肯定。」

髒手指瞧著自己的指甲。

「嗯，對的，這……也沒錯，」他說，沒看著美琪或愛麗諾，只盯著自己的指甲，最後在自己的毛衣上擦著，像是要除掉一塊難看的污點一般。「妳們不相信我，」他嘶啞地說著，還是沒看著任何人。「妳們兩個都不相信我。這我……可以理解，但我沒有說謊。山羊有兩個大本營，還有許多小的藏身地點，為了應付他在一個地方待不下去，或他的手下必須暫時躲起來的情況。在比較溫暖的季節，他多半在北邊度過，直到十月才回到南邊，但今年他顯然想在下面這裡過夏天。我又怎麼知道？說不定他在北邊惹上了警察？又說不定南邊有什麼事要他親自處理？」他的聲音聽來委屈，幾乎像個被人冤枉的小男孩一樣。「不管怎樣，他的手下和美琪的父親是往南邊去，我親眼見到的，而當山羊在南邊時，他都在這村子處理重要的事！他在那裡覺得安全，沒其他地方可以相比。在那裡他從未惹過警察，在那裡他就像個小國王一樣，彷彿全世界都屬於他似的。他在那裡就是法律，決定該做什麼，能夠為所欲為，並有手下代勞。相信我，他們精於此道。」髒手指微笑著，那是個痛苦的微笑，像是在說，要是妳們知道就好！但妳們一無所知，什麼都不懂。

美琪察覺那陰森的恐懼又在自己心中擴散起來，那不是來自髒手指所說的，而是來自他沒說出來的。

愛麗諾似乎也察覺到了。「老天，您別說得這麼恐怖！」她粗魯的聲音壓制住了驚恐。「我再問一次：這個山羊在幹什麼？他靠什麼養活自己？」

髒手指交叉手臂。「從我這兒您打聽不出什麼，您自己去問他。不過我帶您到他的村子去，可能我的小命就不保，我絕對不會再告訴您山羊幹些什麼。」他搖搖頭。「不！我警告過美琪的父親，我建議他自動把書交給山羊，但他不聽。要是我沒警告他，山羊的手下早就找到他了。您自己問問美琪！我警告他時，她也在場！沒錯，我沒對他說出我所知道的一切，那又怎樣？我儘可能不提山羊，我甚至避免去想到他，您相信我，等您認識他後，您也會這樣做。」

愛麗諾皺了皺鼻子，好像這個看法過於可笑，根本不值一提似的。

「您大概也無法告訴我，他爲什麼這麼想要這本書了，對不對？」她說，同時把地圖折疊起來。「他是不是個收藏家？」

髒手指的手指畫過桌緣。「我只能這麼說：他想要這本書，您就該給他。我碰過他的手下在一個男人房前連續站了四個晚上，只因爲山羊喜歡他的狗。」

「那他得到了嗎？」美琪輕輕問著。

「當然。」髒手指回答，若有所思地看著她。「相信我，當山羊的手下站在別人門前，整晚盯著他的窗戶，或他的小孩，沒有人睡得安穩的。多半兩天，他就會得到他想要的東西。」

「見鬼了！」愛麗諾說：「他別想要我的狗。」

髒手指又打量著自己的指甲微笑著。

「您別這樣笑！」愛麗諾喝叱他。「把東西打包一下！」她對美琪說：「我們一個小時後出發，是找回妳父親的時候了。我討厭書落到壞人手中。就算我不願意，也得把這本書交給那個不管是什麼傢伙的人。」

儘管髒手指中意莫的巴士，他們還是搭乘愛麗諾的旅行車。

「別瞎搞，我從沒開過那種東西，」愛麗諾說，同時把滿滿一紙箱的隨身口糧塞給髒手指。「而且莫提瑪把巴士鎖上了。」

美琪注意到髒手指話到嘴邊，但又吞了回去。「如果我們不得不過夜呢？」他問，並把口糧拿到愛麗諾車上。

「我的老天，您在說什麼？我打算明天一早就回來。我討厭把我的書單獨留下超過一天。」

髒手指看了一眼天空，彷彿那裡比愛麗諾的腦袋更明白似的，然後準備爬進後座，但愛麗諾制止了他。「等一下，最好是您來開車，」她說，把車鑰匙交到他手中。「畢竟您最清楚該往哪去。」

但髒手指把鑰匙交還給她。「我不會開車，」他說：「搭乘這種玩意已經很不舒服，更甭說要操縱它。」

愛麗諾又拿回鑰匙，搖了搖頭，坐到方向盤後。「您是個少見的怪人！」她說，而美琪則爬到駕駛座旁的座椅。「我眞希望您知道美琪的父親躲在哪，不然您會知道，不是只有那個山羊會讓人害怕的。」

愛麗諾啓動引擎時，美琪搖下了車窗，回頭瞧著莫的巴士，把它留在這裡，感覺很難受，比離開這個或那個家還要難受。不管一個地方多陌生，有了這輛巴士，莫和她就像有了一個家，而現在它也留下，除了她旅行袋中的衣物外，再也沒有任何熟悉的東西了。她也幫莫打包了一些衣服，還有她的兩本書。

「有趣的選擇！」當愛麗諾借給美琪一個可以背在肩上的深色老式皮袋裝那兩本書時，肯定道：「妳帶上了亞瑟王的圓桌武士和佛羅多的八個同伴，不錯的讀物，兩本書都很厚，正好適合旅行。妳已經唸過了嗎？」

美琪點點頭。「好多次了，」她喃喃說著，把書塞進袋子時，又摸了一下書的封面。其中一本，她還清楚記得莫重新裝幀的那一天。

「別這麼難過的樣子！」愛麗諾說，擔心地打量著她。「妳會發現我們的旅程不會比那個可憐的毛腳差到哪去，而且短得多。」

要是美琪也可以同樣如此確定的話，她肯定會高興些的。那本讓他們有藉口出門旅行的書擱在行李箱中，就在備胎下，愛麗諾把書塞在塑膠袋中。「別讓髒手指看到書在哪裡！」在她把書交到她手中前，對她耳提面命道：「我還是不相信他。」

但美琪決定相信髒手指，她願意相信他，必須相信他，不然還有誰能帶她去找莫呢？

山羊的村子

但賽立格回答了最後一個問題：「說不定他飛到了黑暗的那一頭，那裡沒有人類到過，也沒有動物在那裡迷途，那裡的天空呈紫銅色，土地是鐵，邪惡的勢力住在石頭傘菌下和廢棄的鼴鼠甬道中。」

——以撒・辛格《說書人納夫塔立和他的馬蘇斯》

他們動身時，太陽已高掛，天空無雲。不久後，愛麗諾車裡便氣悶窒息，美琪的T恤都被汗濕透，貼著皮膚。愛麗諾打開她那側的車窗，依次遞過水瓶。她穿著一件羊毛衫，一直扣到下巴，不知何時起，只要美琪沒想著莫或山羊時，便懷疑羊毛衫下的愛麗諾是否早已汗流浹背。

髒手指默不作聲地坐在後座，幾乎讓人忘了他的存在。他把葛文擱在腿上。那隻貂睡著，髒手指的雙手不停摸著牠的毛，毫不間歇。美琪不時轉過身去看他。多半時候，他無所謂地瞧著窗外，彷彿能看透外面飛逝而過的山巒、樹木、房舍和岩壁似的。他的目光顯得十分空洞，思緒飄向遠方，有次美琪回頭看時，見到那帶著疤痕的臉上露出無比的悲傷，害她趕緊又朝前看去。

在這樣一段長長的旅程中，她也想要有隻動物窩在腿上，說不定這會驅走在她腦海裡頑強擴散的陰鬱想法。車外的世界堆成了愈來愈高的山，似乎想把道路擠扁在那灰濛多石的山坡間。但比山巒更糟的是隧道，裡面潛伏著連葛文溫暖的身體都無法驅走的畫面，似乎就躲在黑暗中等候著美琪：那是莫在一個陰森寒冷的地方的畫面，還有山羊……儘管他的臉不時變換，但美琪知道那就是他。

有一會，她試著讀點書，但很快就發現自己無法記下她所讀的任何字句，最後終於放棄，像髒手指一樣看著窗外。愛麗諾挑了車子比較少的小路來開（「不然實在太無聊了。」她說）。美琪並無所謂，只想抵達。她不耐煩地打量著山巒或是其他住家的屋舍。有時，她從對面來車的窗中捕捉到一張陌生的臉龐，跟著又再消失，就像一本打開又立刻闔上的書。當他們穿過一個小村鎮時，見到路旁一名男子在一個哭泣的女孩破皮的膝蓋上貼上ＯＫ繃。他撫摸她的頭髮，安慰著她，美琪不得不想起莫常常如此對她，有時當他找不到ＯＫ繃時，還在屋裡邊罵邊跑，這個回憶又讓她淚水湧現。

「老天！這裡比金字塔的墓室還要安靜！」愛麗諾不知何時說道。（美琪發現她特別愛說「老天」這個字眼。）「難道不能至少有人說說『啊，好美的風景』或『噢，好壯觀的古堡』？再這樣死氣沉沉下去，我大概半個小時內就會趴在方向盤上睡著了。」她還是沒解開羊毛衫上任何的鈕子。

「我沒看到古堡。」美琪喃喃說著。但沒過多久，愛麗諾就發現了一座。「十六世紀，」當頹圮的城牆出現在山坡上時，她鄭重說著，「悲傷的故事，不該有的愛情、迫害、死亡、痛心。」在沉默不語的岩壁間，愛麗諾講述了一場六百多年前就在這裡爆發的戰役（「如果妳在石頭間挖掘，一定會找到一些骨頭和不成形的頭盔」）。她似乎知道每間教堂的歷史，有的十分怪異，美琪都疑惑地皺起眉頭。「就是這樣，相信我！」愛麗諾每次都這麼說，目光未轉離路面。她似乎特別對血腥的故事感興趣：那些被砍頭的不幸情侶和被活生生砌在牆內的公爵們。「當然，現在一切看來十分平靜，」當美琪聽到一則故事而臉色有些蒼白時，她斷言道：「但我告訴妳，總有陰森森的故事躲在某個地方。唉，幾百年前就是比較刺激。」

如果愛麗諾說的是真的，那美琪真不知道一個人們只能選擇死於瘟疫或被游兵殺害的時代，有什麼好刺激的。但愛麗諾的臉龐在見到一座被焚燬的古堡時，卻激動地起了紅斑，當她說到當時好戰的公爵和貪婪的主教，在他們穿越山區的平坦道路上散佈著恐懼和死亡時，那對一直冰冷的眼睛也露出了浪漫的光彩。

「親愛的愛麗諾，您很顯然生錯了故事。」髒手指不知什麼時候突然說，這是他們出發後，他所說的第一句話。

「生錯了故事？您是說，生錯了年代吧。沒錯，我自己也常常這樣想。」

「隨您怎麼說，」髒手指說：「不管怎樣，您一定和山羊很合得來，他和您一樣，喜歡同樣的故事。」

「這是在侮辱我嗎？」愛麗諾不高興地問著。這個似乎比較讓她不悅，因為接下來她幾乎一個小時不說話，讓美琪又回到自己那些陰森的想法中，而在每個隧道中，又有那些駭人的畫面等候著。

當山巒退開，海突然像第二面天空似的在綠色的山丘後冒出來時，天色開始暗了下來，即將沉落的太陽像一張漂亮的蛇皮一般閃爍著。美琪見過海已是好久前的事，那是一面冰冷的海，在風中顯得暗灰蒼白。而這面海卻完全不同。

一見到它，美琪的心便溫暖起來，但這面海卻不斷消失在高聳醜陋的屋舍後面，它們在那片海水和緊迫而來的山丘間的狹長地帶到處蔓生。不過，有時山丘沒留下空地給房舍，反而延伸過來，直逼大海，讓海水舔著它的綠腳。山丘和沖刷陸地的波浪同時臥在落日的光線下。

當他們沿著蜿蜒的海岸道路前進時，愛麗諾又開始說起有關他們現在正行駛其上的路的故事，據稱這條路為羅馬人所建造，說著羅馬人如何懼怕住在這段狹長地帶的蠻族……

美琪只心不在焉地聽著。路邊長著樹頭滿是灰塵的多刺棕櫚，之間開著巨大的龍舌蘭，帶著多肉的葉片像蜘蛛般蹲在那裡。他們身後的天空染上粉紅和檸檬黃，太陽不斷沉入海中，而上方一片深藍像打翻的墨水一樣滲漏下來。這景象美得讓人心痛。

美琪把山羊窩藏的地方想成另一副樣子。美麗與恐懼很難湊在一起。

他們駛過一個小村莊，經過就像小孩畫上去似的繽紛房舍，有橘黃、粉紅、紅，然後一直是黃色：淡黃、棕黃、沙黃、暗黃，帶著綠色的百葉窗和紅棕色的屋頂，就連降臨的夜幕也奪不去它們的色彩。

「這裡看來並不怎麼危險的樣子。」美琪肯定道，接著又是一棟這樣的粉紅房舍倏忽而過。

「因爲妳一直只看左邊！」髒手指在她身後說：「不過光明面和陰暗面總是會有，妳看一下右邊。」

美琪聽從。起先那裡也只有繽紛的房舍，緊鄰路邊，鱗次櫛比，像互相挽著手臂一般，但突然之間，房舍消失，被夜晚窩藏其中的陡峭山坡圍攏著道路。沒錯，髒手指說得對，那裡看來陰森森的，少數幾棟屋子似乎淹沒在逐漸來臨的黑暗之中。

很快天就黑了，南方的夜來得快，愛麗諾繼續沿著燈火通明的海岸道路開著，讓美琪感到放心。但髒手指終於指示她走上一條離開海岸的道路，離開了大海和繽紛的屋舍，駛進了黑暗之中。

道路愈來愈蜿蜒深入山丘中，時而上，時而下，直到路邊的山坡愈來愈陡峭。車燈光線落在染料木和蔓生的葡萄上，落在路旁像老人一般佝僂的橄欖樹上。

他們只和兩輛車會過，而不時有村莊的光線從黑暗中浮現。但髒手指指給愛麗諾的那條路卻遠離所有光線，不斷深入夜中。車燈光線多次照射在頹圮的房子上，但愛麗諾不知道有關它們的任何故事。住在這些簡陋的牆垣間的人，不是公爵和紅衣主教，只是農夫，沒人寫下他們的故事，而現在，他們消失在野生的百里香和蔓生的大戟下。

「我們走的路沒錯吧？」愛麗諾不知何時壓低聲音問道，彷彿周遭的世界過於寧靜，不好大聲說話。「在這種荒涼的鬼地方哪裡會有村子？說不定我們至少已拐錯兩次了。」

但髒手指只搖搖頭。「我們沒走錯，」他回答。「只要越過那裡那個山丘，您就可以看見房舍。」

「希望如此！」愛麗諾咕噥道：「我幾乎認不出路來。老天，我不知道世界還有地方這麼黑暗。您為什麼不告訴我很遠？這樣我還可以再加一次油。我不知道這些汽油是不是能讓我們再回到海岸邊。」

「這是誰的車子？是我的嗎？」髒手指激動地回嘴。「我不是說過，我對這種東西一竅不通。您看前面，橋應該馬上出現了。」

「橋？」愛麗諾轉過下個彎，突然踩住煞車。在兩盞工地燈的照射下，路中央立著一道隔離欄杆，那金屬看來鏽得很厲害，似乎立在那裡好幾年了。

「拜託！」愛麗諾喊著，雙手拍打著方向盤。「我就說嘛，我們走錯了！」

「我們沒有。」髒手指從肩上拉下葛文，下了車。在走向那個隔欄時，他四處察看，仔細傾聽，跟著把欄杆拉到路旁。

美琪見到愛麗諾目瞪口呆的神情時，幾乎笑了出來。「這個傢伙現在是不是徹底瘋了？」她低聲說：「他該不會以為我會在這種黑漆漆的情況下，開進一條被封住的路吧。」

但當髒手指不耐煩地朝她繼續招手，她還是啓動引擎。她一經過，髒手指又馬上把欄杆拉回路上。

「您別這樣看我！」他又上了車時說道：「這個路障一直在這裡。山羊讓它立在這裡，阻止不速之客。不太有人敢來這裡，多數人都被山羊散佈有關這座村子的故事嚇到，但是……」

「什麼樣的故事？」美琪打斷他，雖然她並不想聽。

「恐怖的故事，」髒手指回答。「這裡的人像其他地方一樣迷信。最常講的故事是魔鬼本人住在山丘後頭那兒。」

美琪很氣自己，但她的目光無法離開那黑暗的山丘。「莫說魔鬼是人類杜撰出來的。」她說。

「欸，這有可能。」髒手指的嘴上又黏上那個謎樣的微笑。「但妳想聽聽這個故事，對嗎？大家這樣說：子彈殺不死住在村裡的男人，他們可以穿牆而行，每個新月之夜會抓來三個少年，而山羊會教他們偷竊和殺人放火。」

「天哪，是誰想出這些的？這裡的人，還是山羊自己？」愛麗諾探身到方向盤上，路上全是坑洞，她不得不慢慢開著，免得陷下去。

「都有。」髒手指往後靠，讓葛文咬著他的手指。「山羊會獎勵想出新故事的人。唯一不玩這個遊戲的是巴斯塔，因為他自己就十分迷信，會避開路上的每隻黑貓。」

巴斯塔。美琪記得這個名字，但在她還來不及發問前，髒手指已經繼續說下去。他似乎樂在其中。

「啊，對了！我幾乎忘了！住在這個該死的村裡的所有人，當然都有邪惡的眼光，連女人也不例外。」

「邪惡的眼光？」美琪看著他。

「喔，是的。看上一眼，妳就會病入膏肓，至少三天後就會死翹翹。」

「誰會相信這種事？」美琪喃喃說道，又看著前方。

「笨蛋就會相信。」愛麗諾又踩住煞車。汽車在碎石路上打滑，他們前面是那座髒手指說過的橋。灰色的石頭在車燈下蒼白發光，而下面的深淵似乎沒有底。

「繼續開，繼續開！」髒手指不耐煩地說：「就算看來撐不住的樣子，橋還是撐得住！」

「那看來像是古羅馬人建造的，」愛麗諾咕噥著。「是給驢子走的，而不是汽車。」

但她還是繼續開。美琪閉上眼睛，直到又聽到碎石子在輪胎下嘎吱作響時，才又睜開眼。

「山羊很看重這座橋，」髒手指輕輕說：「只要一名武裝精良的男人就足以讓人無法過橋，但好在這裡不是每晚都有守衛。」

「髒手指……」美琪慢慢地朝他轉過身，這時愛麗諾的車子正吃力地爬上最後的山丘。「如果有人問我們怎麼找到這個村子時，我們該說什麼？如果山羊知道是你帶我們來的，那一定不太好，對不對？」

「是的，妳說得對，」髒手指喃喃說著，沒瞧美琪。「就算我們終於把書帶給他。」他抓住在後座靠背上亂爬的葛文，小心不讓牠咬到自己，再拿一小塊麵包誘牠到背包中。貂從天黑起，就變得不安。牠想去獵捕。

他們抵達山丘的脊背，周圍的世界全被夜色吞沒消失，但不遠處，黑暗中露出一些蒼白的方塊，是有燈火的窗戶。

「那裡就是了，」髒手指說：「山羊的村子，或者是妳們更中意的稱呼：魔鬼的村子。」他輕輕笑著。

愛麗諾氣得轉身對著他。「您現在給我住嘴！」她喝叱他。「您似乎眞的很喜歡這些故事。誰知道，說不定是您自己杜撰出來的，而這個山羊不過是個有點奇怪的藏書家而已。」

對此，髒手指並沒說什麼。他只看著窗外，帶著那個美琪有時很想從他嘴角抹掉的怪異微笑。而這次這個微笑似乎只意味著：妳們眞是愚蠢！

愛麗諾關掉引擎，那股圍攏著他們的靜謐顯得鋪天蓋地，美琪幾乎不敢喘氣。她看著下方有燈火的窗子，平常夜裡明亮的窗子總是讓她感到親切，但這裡的似乎比周遭的黑暗還要嚇人。

「這村子有沒有一般的居民？」愛麗諾問：「像是善良的祖母、小孩，及與山羊沒有任何瓜葛的男人……」

「沒有。只有山羊和他手下住在那裡，」髒手指輕聲說道：「還有幫他們煮飯洗衣和做其他雜事的女人。」

「其他雜事……喔，眞棒！」愛麗諾厭惡地哼著。「我是愈來愈喜歡這個山羊了。好吧，我們去把事情解決掉。我可想回家，看看我的書，有正常的光線，並喝上一杯咖啡。」

「眞的？我還以爲您渴望一些冒險呢？」要是葛文能說話的話，美琪心想，那牠的聲音會和髒手指一樣。

「我寧可出太陽，」愛麗諾粗暴地回答他。「天哪，我恨死黑暗了，不過我們如果一直在這兒坐到黎明的話，我的書等不到莫提瑪來照料，就會發霉了。美琪，到車後去拿那個袋子，妳知道是什麼。」

美琪點點頭，正想打開門，一道亮晃晃的光線卻讓她張不開眼。有人站在車門前，看不清臉，拿著一把手電筒照著車子，跟著粗魯地敲著車窗。

愛麗諾嚇得要死，膝蓋撞到方向盤，但很快就恢復鎮靜。她一邊咒罵，一邊揉著疼痛的腿，打開了車窗。

「這是什麼意思？」她大聲責罵那個陌生人。「您一定要把我們嚇死嗎？您這樣在夜裡無聲無息瞎跑，很容易被撞死的。」

那個陌生人把一管獵槍的槍口伸進打開的車窗當作回答。「這裡是私人土地！」他說。美琪似乎聽出是愛麗諾圖書館中那個貓一般的聲音。「夜裡開到私人土地上，很容易被射殺的。」

「我來解釋一下！」髒手指探身過愛麗諾的肩膀。

「啊，看看是誰，原來是髒手指唷！」那個陌生人收回獵槍。「你一定要在半夜來這裡？」

愛麗諾轉過身，疑惑無比地瞄了髒手指一眼。「我還眞不知道您和這個所謂的魔鬼這麼熟悉！」她確認道。

但髒手指已下了車。連美琪也覺得奇怪，這兩個男人竟會十分親密地交頭接耳著。她還清楚記得髒手指說過關於山羊手下的事。他怎麼可以和其中一位這樣說話？不管美琪怎樣豎起耳朵，還是聽不懂兩個人所說的話，只聽出一點：髒手指稱那個陌生人巴斯塔。

「這我不喜歡！」愛麗諾悄悄說：「妳看看那兩個，看看他們說話的樣子，好像我們這位呑火柴的朋友常在這裡進出似的！」

「說不定他知道他們不能對他怎樣，因爲我們帶了那本書來！」美琪耳語著，同時眼睛不離那兩個男人。那個陌生人身旁有兩條狼狗，正嗅聞著髒手指的雙手，還搖著尾巴，口鼻頂著他身側。

「妳看到了嗎？」愛麗諾嘶聲說道：「連那該死的狗都把他當成老朋友。要是……」

她還來不及說出來前，巴斯塔就打開了車門。「妳們出來。」他命令道。

愛麗諾不情願地跨出車外，美琪也下了車，站到她身旁，心幾乎要跳出來。她還從未見過拿著武器的男人。當然，在電視上見過，但沒在現實生活中。

「您聽好，我不喜歡您的語氣！」愛麗諾喝叱著巴斯塔。「我們千里迢迢開車來這鳥不生蛋的地方，是要把您老闆或老大，或不管您們怎麼叫，老早就想要的東西帶給他。所以請您的態度好一點。」

巴斯塔輕蔑地瞧了她一眼，嚇得愛麗諾猛吸了口氣，不由自主地握緊了美琪的手。

「你從哪裡把她弄來的？」巴斯塔問，又轉向那個一臉無所謂的髒手指，他站在那裡，好像這裡的一切和他一點瓜葛都沒有似的。

「那棟屋子是她的，你知道的……」髒手指壓低聲音說，但美琪還是聽明白了。「我不想帶她來，但她固執得很。」

「這我可以想像！」巴斯塔又打量著愛麗諾，接著瞧著美琪。「那個大概就是魔法舌頭的小女兒，對不對？她看來不怎麼像他。」

「我父親在哪裡？」美琪問：「他怎麼樣？」這是她說出口的第一句話，她的聲音聽來沙啞，像是好久沒用似的。

「喔，他很好。」巴斯塔回答，瞧了一眼髒手指。「他現在不怎麼說話，倒是應該叫他鉛舌頭。」

美琪咬著嘴唇。「我們想接他回去，」她說，儘管努力讓自己聽來像大人的樣子，聲音還是尖利同時微弱。「我們有那本書，但山羊要放了我父親，才能拿到。」

巴斯塔又轉向髒手指。「她倒還是有點像她父親，你有看到她咬嘴唇的樣子嗎？還有那種眼神。沒錯，顯然有親屬關係。」他說話時的聲音像在開玩笑，但他再看著美琪時，臉上卻不是如此。那是一張瘦削的臉，輪廓分明，眼睛兜攏在一起，總是稍稍瞇著，像是這樣可以看得更清楚似的。

巴斯塔不是個高大的男人，肩膀像名少年一般瘦削，但當他朝美琪走上一步時，她還是屏住了呼吸。她從未這樣怕過一個人，這並不是因爲他手中的獵槍，而是他身上的一些東西，一些會動怒的，一些刻薄的……

「美琪，把袋子拿出行李箱。」當巴斯塔想抓住美琪時，愛麗諾介入其中。「裡面沒什麼危險的！」她懊惱說道：「只有讓我們大駕光臨的東西。」

巴斯塔只把狗拉開，當作回答。牠們哀叫著，被他粗魯地拉到身旁。

「美琪，聽好！」當他們停好車，跟著巴斯塔走下一條陡峭小徑，通往亮著燈火的窗戶時，愛麗諾低聲說道：「當他們帶出妳父親時，才把書交出去，懂嗎？」

美琪點點頭，緊緊把塑膠袋抱在胸口。愛麗諾到底把她看得多笨？另一方面，如果巴斯塔試圖拿走書，她又怎麼抓得住呢？但她寧可先不去這樣想……

這晚悶熱，黑色山丘上的天空綴著星星，巴斯塔帶他們走下的小徑上多石礫，而且漆黑無比，美琪幾乎看不見自己的腳，但每次當她絆倒時，總有一隻手抓住她，要不是緊緊走在她身旁的愛麗諾的，就是輕手輕腳跟在她後面，像是自己影子似的髒手指的。葛文還躲在他背包中，而巴斯塔的狗不停抬起口鼻嗅聞著，彷彿那隻貂刺鼻的味道一直吸引著牠們。

亮著燈火的窗戶慢慢近了。美琪辨識出房子來，是那類草草鑿刻出來的灰色石頭蓋成的老房子，屋頂上聳立著一座蒼白的教堂尖塔。當他們經過時，許多房舍看來無人居住，那些狹窄的巷弄讓美琪難以喘氣。幾棟屋子連屋頂都沒了，其他的不過只剩下半塌的牆垣。山羊的村裡一片漆黑，只亮著幾盞掛在巷子上石拱門的提燈。他們最後來到一座狹小的廣場，一邊是他們從遠處即已見到的教堂塔樓，離那裡不遠，只隔了一條狹窄的巷子，坐落著一棟兩層樓的大屋子，毫無頹圮的樣子。廣場比村裡其他地方要亮得多，四盞燈在鋪石路面上畫出駭人的陰影。

巴斯塔直接領著他們到那棟大屋子。最上一層的三扇窗戶後亮著燈火。莫是不是在那兒？美琪聽著自己心裡的聲音，彷彿可以找到答案似的，但她的心跳只透露出恐懼。恐懼和擔心。

任務完成

「沒必要去找他。」海狸猗猗出聲。

「這是什麼意思?」蘇珊問:「他不會走很遠的!我們必須找到他!您爲什麼認爲沒必要去找他?」

「因爲他在哪裡很明顯,」海狸回答。「你們難道不明白?他去了白女巫那兒,他出賣了我們!」

——C・S路易斯《獅子・女巫・魔衣櫥》

從髒手指對她講起山羊那一刻,她就不下百次想像過他的臉:在前往愛麗諾家的路上,那時莫還坐在身旁,在那張大床上,最後在來這裡的路上;不下百次,什麼話,她想像過不下千次,還透過在她書中見過的各種壞蛋:長著鷹鉤鼻,骨瘦如柴的虎克船長、嘴角上老是掛著惡意微笑的銀刀約翰,還有那個她在許多惡夢中遇過的印第安那喬,拿著他的刀,滿頭油膩膩的頭髮……

但山羊卻是另一個樣子。

在巴斯塔終於停在一道門之前,美琪很快就放棄去數他們經過的門。但她數著穿著黑衣的男人,一共四位,隨意站在走道中,一臉百無聊賴的樣子。每個人身旁都有一把獵槍靠在白色的牆上。他們穿著緊身黑衣,看來就像禿鼻烏鴉,只有巴斯塔穿著白色花般潔淨的白襯衫,就像髒手指所說那樣,而夾克領子上插著一朵紅花,似乎是個警告。

山羊的睡衣則是紅色。在巴斯塔帶著三位夜裡的訪客進入時，他坐在一張沙發椅上，面前跪著一名女子，幫他剪著腳指甲。沙發椅對他來說，似乎太小，山羊高大瘦長，像是皮膚緊繃在骨架上似的。他的皮膚白得跟潔白無瑕的紙一樣，頭髮寸短。美琪說不上來那是灰的，還是淡金色的。

當巴斯塔打開門時，他抬起頭，眼睛幾乎和他其餘部位一樣蒼白，像銀幣一般無色明亮。他們進來時，他腳前的女子也抬頭看了一下，跟著又低下頭工作。

「對不起，但您等候的客人到了，」巴斯塔說：「我猜您或許想馬上和他們談談。」

山羊靠回到椅子中，瞧了一眼髒手指，接著他那沒有表情的眼睛游移到美琪身上。她不由自主緊緊抱住裝書的塑膠袋。山羊瞪著那個袋子，像是知道裡面藏著什麼。他對腳前的女子打了個手勢，她不情願地站起身，撫平她那黑炭般的衣服，不太友善地瞧了一眼愛麗諾和美琪。那頭整齊盤起來的灰頭髮，讓她看來像隻老喜鵲，而那個尖鼻子似乎一點都不想迎合她那張有皺紋的小臉。她朝山羊的方向點了下頭，離開了房間。

這是個大房間，沒有太多的家具，只擺著一張長桌、八張椅子、一個櫃子和一個沉重的廚桌。整個房間沒有燈，只有插在沉重的銀製燭台上的十幾根蠟燭。

「在哪裡？」山羊問。當他推開他的椅子時，美琪不由自主地退了一步。「別告訴我，你們這次只帶來這個女孩。」他的聲音比他的臉更富表情，既深沉，又陰森，一說出口，美琪就感到厭惡。

「她帶來了，就在袋子裡！」在美琪能反應前，髒手指回答。他說話時，眼睛不停在一根根蠟燭間游移，彷彿那些舞動的火焰是唯一讓他感興趣的。「她的父親眞的不知道他拿錯書了。這個所謂他的女友，」髒手指指著愛麗諾，「掉了包，沒讓他知道！我猜她靠文字過活，她整個屋子全是書，顯然她偏愛書，而不是人。」這些話匆匆冒出髒手指的嘴唇，彷彿他想擺脫似的。「一開始，我就受不了她。但您也知道我們的朋友魔法舌頭，他只想到別人的好，就算魔鬼只對他親切地笑了一下，他都會把心掏出來。」

美琪轉身看著愛麗諾。她站在那兒，像是呑掉了自己的舌頭一樣。她的良心不安顯然寫在臉上。

山羊只對髒手指的解釋點了一下頭。他拉緊自己睡衣的腰帶，雙手交叉在背後，慢慢走向美琪。她盡量不去避開，堅定無畏地看著那雙無色的眼睛，但喉嚨卻被恐懼勒住了。她眞是個膽小鬼！她試著在她摸過的書本中去想起某個英雄，讓自己感到更加堅強、高大和無畏。爲什麼當山羊打量她時，她只想到關於恐懼的故事？她平常可以輕易消失在其他的地方，變成只出現在書頁上的動物和人類，爲什麼現在就不行了？因爲她害怕。「恐懼會殺死一切，」莫曾經對她說過，「理智、感情以及幻想力。」

莫……他在哪裡？美琪咬著嘴唇，免得顫抖，但她知道她眼中露出了恐懼，知道山羊看得到。她希望自己有顆冰冷的心和微笑的嘴唇，而不是一個父親被人帶走的孩子顫抖的嘴唇。

山羊現在就站在她面前，打量著她。從來沒有人這樣看過她，她覺得自己像隻黏在蒼蠅紙上的蒼蠅，只等著被人打死。

「她多大了？」山羊回頭看著髒手指，似乎不相信美琪自己會回答。

「十二歲！」她大聲說，嘴唇顫抖著說話，並不容易。「我十二歲，而現在我想知道我父親在哪裡。」

山羊裝著沒聽到最後一句話的樣子。「十二歲？」在美琪聽來是難受的陰森聲音。「再兩、三年，她就是個有用的漂亮玩意，不過得好好餵她。」他的長手指抓了抓她的手臂。他戴著金戒指，一手三個。美琪想掙脫，但山羊緊抓著她，同時那對蒼白的眼睛打量著她。她像條魚，一條活蹦亂跳可憐的魚。

「放開那女孩！」聽到愛麗諾的聲音如此粗暴，美琪第一次感到高興。而山羊也果眞放開她的手臂。

愛麗諾走到身後護著她，雙手擱在她肩上。「我不知道這裡發生了什麼事！」她對山羊吼著。「我不知道您是誰，不知道您和這些拿著獵槍的手下在這個死村子幹什麼，我也沒興趣。我來這裡，是要讓這女孩能找回她父親。我們會把您十分看重的那本書給您，就算我心裡不捨，但您會拿到書的，只要美琪的父親坐進我車後。如果他出於其他原因想再待在這裡，那我們也想聽他親口說。」

山羊沒說話，背對著她。「你爲什麼把這個女的帶來？」他問髒手指。「我說過，女孩和書。我要這個女的幹嘛？」

美琪看著髒手指。

女孩和書。這些字眼在她腦海中不停迴盪。*我說過，女孩和書。*美琪想看著髒手指的眼睛，但他避開她的目光，彷彿會被燒傷一般。她覺得自己蠢笨無比，笨得可以，實在難受。

髒手指無精打采地坐在桌緣，捏熄了一根燃燒中的蠟燭，十分輕柔，十分緩慢，彷彿等待著火焰輕咬下的痛楚。「我已對巴斯塔解釋過了，這位親愛的愛麗諾就是堅持要跟來。」他說：「她不讓這個女孩和我單獨在一起，而那本書她也很不情願才交出來。」

「怎樣？我沒說錯吧？」愛麗諾的聲音大得讓美琪嚇了一跳。「妳聽聽看，美琪，這個口是心非的吞火柴傢伙！他再出現時，我眞該叫警察來的。他回來，只是爲了那本書，只是這樣。」

還有我，美琪心想。女孩和書。

髒手指裝著像是忙著扯掉他大衣袖子上一根鬆脫的線，但他那平常靈巧的雙手卻顫抖著。

「而您！」愛麗諾食指戳著山羊的胸口。

巴斯塔向前一步，但山羊揮手要他退下。

「和書有關的事，我眞的碰過不少。我自己也有些書被偷，我也不能肯定我書架上所有的書都來源正當，說不定您知道那句話：『所有的藏書家都是禿鷹和獵人。』但您似乎是最瘋狂的一個。我也奇怪，竟然從未聽過您的大名。您的藏書在哪裡？」她在大房間中四處搜尋。「我一本書都沒見到。」

山羊把雙手插進他的睡衣口袋中，給了巴斯塔一個暗號。

美琪還沒明白發生什麼事之前，他已搶走她雙手中的塑膠袋。他打開來，不安地朝裡頭窺看，以爲裡面有條蛇或其他會咬人的東西，接著拿出了那本書。

山羊收了下來。美琪無法在他臉上發現像愛麗諾或莫察看一本書時的那種溫柔，不，山羊的臉上只有厭惡——和鬆了口氣的表情。

「這兩個什麼都不知道？」山羊打開書翻著，又再闔上。美琪從他臉上看出，這本書沒錯，正是他要找的那本書。

「是的，他們一無所知，那女孩也不知道。」髒手指努力看著窗外，彷彿那裡不只有漆黑的夜而已。「她父親什麼都沒對她說，我又爲什麼要透露？」

山羊點點頭。

「把這兩個帶到後頭去！」他對還一直拿著空袋子站在他身旁的巴斯塔下達命令。

「這是什麼意思？」愛麗諾昂起了頭，但這時巴斯塔已拉住她和美琪。

「就是說我今晚會把妳們這兩隻漂亮的小鳥關到我們的籠子裡去。」巴斯塔說，同時拿著獵槍粗魯地頂著她們的背。

「我父親在哪裡？」美琪喊著，自己的聲音在耳中尖銳響著。「您現在有了那本書！您還想要他幹什麼？」

山羊晃到髒手指捏熄的蠟燭旁，食指摸著燭芯，瞧著自己指頭上的煤煙。「我想要妳父親做什麼？」他說，沒回頭瞧著美琪。「我想把他留在這裡，不然還會怎麼樣？看來妳不知道他有哪一種特殊的才能。魔法舌頭到現在為止不想幫我忙，不管巴斯塔怎樣勸他。但現在髒手指把妳帶來，他會做我要他做的事了，這我非常肯定。」

當巴斯塔抓住她時，美琪試著甩開他的雙手，但他抓著她的頸子，像抓著一隻他想扭斷脖子的雞。當愛麗諾想來幫她時，他懶洋洋地拿著獵槍指著她的胸，把美琪推向門口。

在她又轉過身時，看到髒手指還一直靠在大桌旁。他瞧著她，但這次並沒微笑。對不起！他的眼睛似乎這樣說著，我必須這樣做，我可以解釋這一切！

但美琪並不想明白，更不想原諒他。「我希望你去死！」當巴斯塔把她拉出房間時，她喊著。「我希望你燒死！我希望你被自己的火嗆死！」

巴斯塔關上門時大笑著。「聽聽看這個小貓咪在說什麼！」他說：「我看我也得小心妳。」

幸和不幸

半夜了，賓果睡不著。地板硬梆梆的，但他習慣了。他的被子髒得要命，味道難聞，但他也習慣了。他腦海裡盤據著一首歌，而他無法驅散掉。那是溫德斯的「凱旋曲」。

——米夏・德・拉拉貝提《波里伯II——在旋轉迷宮中》

山羊爲不速之客準備的，也是巴斯塔所謂的籠子，位於廚房後，靠著一座鋪著瀝青的廣場。廣場上擱著垃圾桶和大圓桶，一旁還有一堆建築廢料。空氣中飄著輕微的汽油味，而在夜裡瞎飛的螢火蟲似乎並不知道自己飄泊到了什麼地方。垃圾桶和廢料後面聳立著一排半頹圮的房子，灰牆上的窗戶不過是些空洞，幾個破百葉窗斜掛在鉸鍊上，似乎就要被下一陣風扯下來。只有一樓的門顯然不久前才重新粉刷過，污濁的棕色上像被孩子笨拙的手畫上了數字。美琪在黑暗中盡力辨識出最後一道門上的一個七字。

巴斯塔把她和愛麗諾趕到了四號的屋子。美琪一下子鬆了口氣，因爲這並不眞是一個籠子，雖然那扇位於沒有窗戶的牆中的門看來一點也不友善。

「這眞可笑！」在巴斯塔打開鎖的同時，愛麗諾罵道。他還從屋裡找來一位幫手，一名瘦弱的少年，已和山羊村裡的成年男子一樣，穿著黑衣，而且顯然樂於在愛麗諾開口之際，便拿著他的獵槍對著愛麗諾的胸口作勢威脅。但這並沒讓她住嘴。

「你們在玩什麼把戲？」她罵道，眼睛不離槍口。「我知道這個山區一直以來是強盜的天堂，但天哪，我們可是活在二十一世紀欸！沒有人會拿槍指著自己的客人，更別說像那裡那個黃毛小子……」

「就我所知，大家還是幹著以前的勾當，這個美好的世紀也不例外，」巴斯塔回答。「而那裡那個小子跟我們學習正是時候。我那時比他還小。」他推開門，後頭的黑暗比夜還漆黑。

巴斯塔先把美琪推進去，接著是愛麗諾，然後把門砰然關上。

美琪聽到門被鎖上，聽到巴斯塔說著話和那少年的笑聲，聽到他們的腳步聲遠離。她雙手向兩旁伸開，直到手指碰觸到牆面，眼睛和瞎子的一樣沒有用武之地，甚至連愛麗諾在哪裡都辨識不出。但她聽到她在她左邊某處罵著。

「是不是這個洞裡連一個該死的開關都沒有？眞是混蛋，我覺得自己像是落入一本寫得糟糕透頂、見了鬼的冒險小說中一樣，裡面的惡棍戴著眼罩，射著飛刀。」愛麗諾喜歡罵來罵去，這點美琪已經注意到了，她愈激動，罵得就愈兇。

「愛麗諾？」暗中某處傳來一個聲音。

喜悅、震驚、訝異全由這一個字眼中傳出。

美琪突然轉身，差點被自己的腳絆倒。「莫？」

「喔，不。美琪！妳怎麼來這兒的？」

「莫！」美琪在黑暗中朝著莫的聲音跌跌撞撞走去。莫一隻手抓住她的手臂，手指摸著她的臉。

「終於！」天花板下，一顆光禿禿的燈泡亮起，愛麗諾一臉志得意滿，手指離開了髒兮兮的開關。「電燈眞是個神奇的發明！」她說：「和其他的世紀相比，這至少是個明顯的進步，你們不認為嗎？」

「愛麗諾，妳們在這裡幹什麼？」莫問，一把抱住了美琪。「妳怎麼可以讓他們把她帶來這兒？」

「我怎麼可以？」愛麗諾的聲音幾乎失控。「我可沒要求當你女兒的保母。我知道如何照顧書籍，但照顧孩子，可真他媽的是另一回事。而且她很擔心你！她想來找你。我這個笨愛麗諾能幹嘛？難道要我舒舒服服待在家裡？我想，我可不能讓她單獨行動，但現在我慷慨的下場是什麼！我得聽別人的惡言惡語，讓別人拿槍指著我，現在還要被你指責……」

「好啦，好啦！」莫推開美琪，從頭到腳打量著她。

「我很好，莫！」美琪說，就算聲音有點顫抖。「真的。」

莫點點頭，朝愛麗諾看去。「妳們把書帶給山羊了？」

「當然！你早也把書交給他了，要不是我……」愛麗諾臉紅起來，瞧著自己骯髒的鞋。

「要不是妳掉了包的話。」美琪幫她把話說完。她緊緊抓著莫的手，無法相信他又在她身旁，除了額頭上那道幾乎消失在他黑髮下的血痕外，毫髮無損。「他們打了你嗎？」她感到擔心，食指摸過那道乾掉的血跡。

莫雖然沒什麼心情，還是不得不微笑著。「這沒什麼。我很好！別擔心。」

美琪發現這並不是答案，但也不繼續問下去。

「妳們怎麼來的？是不是山羊又派手下過去？」

愛麗諾搖搖頭。「那沒必要，」她苦澀地說：「你那甜言蜜語的朋友就可處理。你可眞是把一條毒蛇帶到我家。他先出賣了你，接著又把那本書和你女兒獻給山羊。『女孩和書』，我們剛剛親耳聽到山羊說的，那是那個吞火柴的任務，而他可是讓他十分滿意。」

美琪把莫的手臂擱在自己肩上，臉埋在他身側。

「女孩和書？」莫又摟住美琪。「當然。山羊現在可以確定我會按他的吩咐做事了。」他轉過身，慢吞吞走向屋角地上的草禾。他嘆了口氣，坐在上面，背靠著牆，閉上眼睛一會。「噯，髒手指和我現在大概扯平了，」他說：「雖然我懷疑山羊會如何報答他。因為髒手指要的，他並不能給他。」

「扯平？你是什麼意思？」美琪窩在他身邊。「你要幫山羊做什麼？他要你幹嘛，莫？」草禾潮濕，不是理想的睡覺地點，但總是比光禿禿的石頭地面要好。

莫沉默了好一會，打量著空盪盪的牆、緊閉的門和骯髒的地面。

「我想是告訴妳整件事的時候了，」他終於說道：「雖然我不想在這樣的處境下說，也想等妳大一點再說……」

「我十二歲了，莫！」為什麼大人都以為小孩比較能接受秘密，而不是眞相？他們難道對那些胡謅出來解釋秘密的傻故事一無所知嗎？直到許多年後，美琪自己有了孩子，她才瞭解眞有讓人絕望無比、不願講述的眞相，更甭提講給孩子聽了，除非在絕望之中還有些希望存在。

「愛麗諾，坐下！」莫說，挪到一旁。「這個故事一下子說不完。」

愛麗諾嘆了口氣，立刻坐到潮濕的草禾上。「這不是眞的！」她喃喃唸道：「這不可能是眞的。」

「我九年前就這樣以為，愛麗諾。」莫說，跟著就開始講述。

從前

他拿起那本書。「我唸給妳聽，讓妳高興。」

「裡面也有運動嗎？」

「擊劍、摔角、拷問、毒害、眞愛、仇恨、獵人、壞人、好人、美女、毒蛇、蜘蛛、痛心、死亡、勇士、懦夫、壯漢、追捕、脱逃、謊言、事實、激情、奇蹟。」

「聽來很棒。」我說。

——威廉・哥德曼《新娘公主》

「妳剛滿三歲，美琪，」莫開始說：「我還記得我們怎樣幫妳慶生，我送給妳一本圖畫書，關於一隻牙痛的海蛇纏住了燈塔……」

美琪點點頭。那本書還一直擱在她的箱子中，已經重新裝幀了兩次。「我們？」她問。

「我和妳母親。」莫扯下褲子上一些草禾。「我當時不再去書店。我們住的房子很小，我們叫它鞋盒、鼠窩等好多名字，但那天我在一間舊書店又買了滿滿一箱的書回來。愛麗諾，」他看了她一眼，微笑著，「妳會喜歡其中幾本的，山羊的書也在其中。」

「書是他的？」美琪吃驚地看著莫，但他搖了搖頭。「不，不是，但……一件件來。妳母親看到新書時，嘆了口氣，問：『我們該把書擱哪？』但她自然跟著把書拿出來。當時我每晚都會唸些書給她聽。」

「你會唸書？」

「是的，每天晚上都會，妳母親喜歡聽。而這晚她找出了《墨水心》。她一直都喜歡冒險故事，充滿善與惡的故事。她可以對妳說出亞瑟王所有騎士的名字，她也知道貝爾伍夫和格蘭達的一切，知道古老的神祇和不怎麼古老的英雄。她也喜歡海盜的故事，但她最喜歡至少會出現一名騎士、一條龍，或一個精靈的故事。再說，她一直都站在龍的那一邊。《墨水心》中似乎沒有任何龍的蹤影，但充滿善惡和精靈及山妖……妳母親也很喜歡山妖：布朗尼斯、布卡波斯、費諾德雷斯、有蝴蝶翅膀的弗雷提，她認識所有的山妖。於是我們給了妳一堆圖畫書，在妳旁邊的地毯上舒舒服服坐好，我便開始唸書。」

美琪的頭靠著莫的肩，盯著赤裸裸的牆。她在骯髒的白牆上看到自己，就像她所知道的那些老照片一樣：小小的，有雙胖嘟嘟的腿，淡金色的頭髮（此後顏色變深），看著自己短短的指頭翻著大大的圖畫書。每當莫說故事時，總會如此：美琪看到畫面，栩栩如生的畫面。

「我們喜歡這個故事，」她父親繼續說：「很緊張，寫得很好，裡面有許多怪異無比的生物。妳母親喜歡被書吸引到未知的世界中，而《墨水心》中的世界完全符合她的胃口。有時故事相當陰森，而每當情節過於緊張時，妳母親就把手指擱到嘴唇上，我就唸得輕一點，就算我們知道妳正忙著看妳自己的書，不會聽到妳還無法瞭解的陰森森的故事。外面早已天黑，我還記得，就像昨天一樣，那是秋天，窗外夜幕低垂。我們生起了火，這個鞋盒沒有中央暖氣系統，但每個房間有個爐子，我開始唸第七章。這時事情就發生了……」

莫沉默下來，目光呆滯，像是迷失在自己的思緒中。

「怎麼了?」美琪低聲問著。「發生了什麼事，莫?」

她父親看著她。「他們出來了，」他說：「突然間，他們就站在那兒，在通往走廊的門邊，像是從外面進來一樣。當他們轉身面對我們時，沙沙作響著，像是有人攤開一張紙一樣。我的嘴中還唸著他們的名字：巴斯塔、髒手指、山羊。巴斯塔抓著髒手指的領口，像抓著一隻幹了壞事的小狗一樣搖著。山羊當時就喜歡穿紅色的衣服，但他年輕了九歲，還沒像今天這樣瘦。他有把劍，我從未在這麼近的距離見過一把劍。巴斯塔腰帶上也掛著一把，一把劍和他的刀，當髒手指……」莫搖了搖頭。「他除了那隻靠牠表演，賺取生活費的帶角的貂，自然身無一物。我不相信他們三個明白發生了什麼事，我也等了好久才明白過來。我的聲音讓他們從故事中滑落出來，像被夾在書頁中被遺忘的書籤一樣。他們又怎麼會明白?

「巴斯塔粗魯地推倒髒手指，正想拔出他的劍，但他像紙一般白皙的雙手顯然還沒力氣。劍從他手中滑落，掉到地毯上。劍刃上看來還沾著乾掉的血，但說不定也只是火光的反射。山羊站在那兒四處察看，他顯然昏沉沉的，像一頭轉了好多圈子的熊一般搖搖晃晃。這或許救了我們，至少髒手指一直這樣認爲。要是巴斯塔和他主人沒有喪失力氣的話，我們大概就被殺了。但他們才剛來到這個世界，我抓起那把臥在地毯上書本間的可怕的劍，那比我想像中要重了許多。我拿著那個東西，看來一定非常可笑。我大概像緊抓著吸塵器或一根棍子那樣抓著劍，但當山羊搖搖晃晃朝我走來，我拿著劍對著他時，他還眞的停下來。我結結巴巴，雖然自己也沒搞懂，卻想對他解釋發生了什麼事，但山羊只拿著他水白的眼睛瞪著我，而巴斯塔站在他身旁，手擱在刀上，似乎在等他主人下令割斷我們大家的喉嚨。」

「那個呑火柴的傢伙呢?」愛麗諾的聲音也聽來激動。

「他一直坐在地毯上，彷彿昏迷似的，一聲不吭。我沒理他。要是妳打開一個籃子，裡面爬出兩條蛇和一隻蠑螈，那妳會先對付蛇對不對？」

「那我母親呢？」美琪只能輕聲說著，她不習慣說出這個字。

莫看著她。「我找不到她！妳還一直跪在妳的書中，眼睛大睜，瞪著那些穿著大皮靴，拿著武器的陌生人。我非常擔心妳們，好在巴斯塔和山羊並沒理妳。『廢話少說！』當我還在那裡語無倫次時，山羊終於說話。『你這個該死的巫師，我才不管我怎麼來到這個狗地方，立刻把我們送回去，要不然巴斯塔會割掉你那個多嘴的爛舌頭。』這聽來並不妙，在前幾章，我唸了不少這兩個傢伙的事，明白山羊說到做到。我頭昏腦脹，絕望地想著該怎樣結束這場惡夢。我拿起書，或許我把同一段再唸一次的話……我唸了。山羊瞪著我，巴斯塔從腰帶中抽出刀來，我唸得結結巴巴，但毫無動靜。那兩個依然站在那裡，站在我家裡，沒有鑽回故事裡的跡象。突然間，我很肯定他們會殺了我們。我拋下那本不幸的書，舉起被我丟在地毯上的劍。巴斯塔想搶在我前面，但我快了一步。我一定是兩隻手抓著那把該死的劍，我還記得劍柄冰涼。別問我怎麼把巴斯塔和山羊趕到走廊上，好多東西破裂，我狠狠亂揮著劍，妳開始哭，我想轉過去對妳說，這些只是惡鬼而已，但我忙著抵禦巴斯塔的刀和山羊的劍。現在事情發生了，我不得不一直想著，現在你捲入一個自己一直想要的故事中了，這眞可怕。這不只是唸著書，這種恐懼完全不同，美琪，扮演英雄可不像我以爲的那樣有趣。要不是他們逐漸腳軟的話，一定殺死我了。山羊對我咆哮，眼睛氣得都快掉出來。巴斯塔又罵又威嚇，在我手臂上劃上深深一道傷口，突然間，房門開了，那兩個像醉鬼一樣搖搖晃晃消失在夜裡。我幾乎無法拴上門，手指抖得好厲害。我靠著門，仔細聽著外面的動靜，但只聽到自己激烈的心跳。接著我聽到妳在客廳中哭，想起還有第三個傢伙。我跌跌撞撞回去，手裡一直拿著劍，髒手指就站在房間中。他沒有武器，肩上只有他的貂，當我走向他時，他退了開，臉色像死人一樣蒼白。我看起來一定十分猙獰，血從手臂流下，全身顫抖，分不清是因爲害怕還是憤怒。『求求你！』他低聲說著。『別殺我！我和那兩個毫無關係，我只是一個雜耍藝人，一個善良的噴火演員。我可以證明。』我回答：『好，好，沒事。我知道，你是髒手指！』他嚇得蹲在我這個無所不知的巫師面前，對他一目了然，像摘下樹上的蘋果一般，把他從他的世界中取出來。那隻貂爬下他的手臂，跳到地毯上，跑向妳。妳不再哭，朝牠張開手。『小心，牠會咬人。』髒手指說，把牠從妳身邊趕開。我沒理他，只突然間察覺到房間相當安靜，靜悄悄，空盪盪。我看到那本書擱在地毯上，像剛剛擱下時那樣敞開，妳母親坐著的那個枕頭。她不在那兒。她去哪了呢？我喊著她的名字，一遍又一遍，跑遍所有房間，但不見她的蹤影。」

愛麗諾筆直坐在那兒瞪著他。「見鬼了，你在說什麼？」她脫口而出。「你對我說，她跑去某個蠢得要死的冒險之旅，再也沒有回來！」

莫頭靠著牆。「我總得想出某個藉口，愛麗諾，」他說：「總不能說實話吧，對不對？」

美琪的手摸著他的手臂，那裡，在莫的襯衫下藏著一道蒼白的長疤。「你一直跟我說，你是在爬進破掉的窗戶時割到手臂的。」

「沒錯。但眞相實在太離譜了，不是嗎？」

美琪點點頭。他說得對，她只會把這件事當成他的另一個故事。「她一直沒回來過？」她低聲說道，雖然自己已知道了答案。

「沒有，」莫回答。「巴斯塔、山羊和髒手指從書裡出來，而她卻進到書裡，在我唸書時，我們那兩隻一直窩在她膝上的貓也一起消失了。說不定還有其他東西消失換來了葛文，說不定是隻蜘蛛，或蒼蠅，或某一隻正繞著屋子飛的鳥……」莫沉默起來。

有時，當他杜撰出一則讓美琪信以為眞的故事時，他會突然微笑說道：「中計了，美琪。」就像她七歲生日時，他說他在外面的藏紅花中發現了一些精靈一樣。但這次微笑沒有出現。

「當我在整棟屋子徒勞地找著妳母親，」他繼續說：「再回到客廳時，髒手指和他那個有角的朋友不見了。只有那把劍還在，顯得眞實無比，我才決定不再懷疑自己的理智。我帶妳上了床，我想我對妳說妳母親已先睡了，跟著我又唸了一次《墨水心》。我唸那本該死的書，直到自己聲音沙啞，外面太陽昇起，但跑出來的東西只是一隻蝙蝠和一件我後來用來鋪飾妳書箱的絲質披風。後來的幾天幾夜，我不斷試著，弄到眼睛灼痛，字母像醉酒般在書頁上跳動。我不吃不睡，一直杜撰出妳母親待在某處的故事給妳聽，並注意在我唸書時，妳絕不會在同一房間中，就怕妳也會消失。我並不擔心自己，很奇怪，我覺得自己這個朗讀者不會消失在書頁中。是不是眞是這樣，我至今還不清楚。」莫趕走手上的一隻蚊子。「我大聲唸著，直到聽不到自己的聲音為止，」他繼續講述。「但妳母親沒有回來，反而在第五天，一個奇怪的矮男人出現在我客廳中，全身透明，像玻璃做的一樣，把一些信塞進我們信箱的郵差卻消失了。我在院子發現他的腳踏車。那時候起，我知道牆和關起的門都不能保護妳和其他人不會消失。我於是決定不再朗讀，不管是《墨水心》，還是其他任何一本書。」

「那個玻璃人怎麼樣了？」美琪問。

莫嘆了口氣。「不到幾天，一輛卡車開過我們的房子，他就碎了。但至少他換過了世界。我們倆都知道鑽進一本書中，在那裡待上一會，會非常快樂，但從一個故事中掉出來，突然間來到我們的世界中，似乎並不是件愉快的事。髒手指的心因此碎了。」

「那個傢伙有顆心？」愛麗諾挖苦問道。

「如果他沒有，或許會好過些，」莫回答。「一個多星期後，他又站在我的門口。當然是在晚上，他最喜歡的時間。我正在收拾行李。我已決定離開，這樣比較安全，因爲不想再次拿劍把巴斯塔和山羊趕出我的屋子。髒手指證實了我所擔心的事。他出現時，已過了午夜好久，但反正我也睡不著。」莫摸著美琪的頭髮。「妳那時也睡得不好，做著惡夢，不管我再怎樣試著說故事來驅趕。我正把我作坊中的工具打包起來時，門就被敲響了，聲音輕悄悄的。髒手指就像四天前晚上站在我們房前那樣，突然間從黑暗中冒出來。眞的才過了四天嗎？當他出現時，看來像好久沒吃東西，瘦得跟一隻流浪貓一樣，眼睛完全沒有神采。『送我回去！』他結結巴巴說：『求求你，送我回去！這個世界會殺了我，速度太快，太多人，也太吵了。我要不是因爲想家而死，也會餓死。我不知道該如何過活，毫無頭緒，就像一條離水的魚。』他就是不願相信我無法辦到。他想看那本書，想自己試試看，雖然他大字不識一個，但我自然不能交給他，那就像是我把妳母親的最後一點東西交出去一樣。還好我藏得妥當。我同意髒手指睡在沙發上，當我一早下來時，他還一直在書架間翻找。接下來兩年，他不斷出現，跟著我們，不管我搬到哪，最後我受不了，和妳偷偷溜走，之後就沒再見過他，直到四天前。」

美琪看著他。「你一直對他過意不去。」她說。

莫沉默不語。「有時候會。」他終於說道。

愛麗諾輕蔑地哼了一聲。「你比我想像中還要瘋狂，」她說：「我們會窩在這裡，全是那個雜種的錯，因爲他，我們說不定會被割斷脖子，而你還對他過意不去。」

莫聳聳肩，抬頭瞧著天花板，幾隻蛾正繞著光禿禿的燈泡飛。「山羊一定答應過會送他回去。」他說：「和我不同，他看出髒手指會爲了這個承諾而不擇手段。回到故事中，是他唯一的願望，他從不問在這個故事中他有沒有個好下場！」

「欸，眞實生活中不也這樣，」愛麗諾臉色陰沉地斷言道：「我們也不知道會不會有好結果，但現在看來倒是很不樂觀。」

美琪坐在那裡，手臂摟著腳，臉靠在膝蓋上，瞪著污濁白牆上的洞。她看到了那個K，那個帶角的貂蜷在上面的K，覺得她母親在那偌大的字母後面瞧著，她從莫的枕頭下那張褪色的照片中認識的母親。她並沒有離家。她在那個世界過得好不好？是不是還記得她的女兒？還是美琪和莫對她來說，也只是一張褪色的照片？她是不是像髒手指一樣也想念著自己的世界？

山羊也想念嗎？這是不是他要莫做的事？把他唸回去？要是山羊知道莫並不知道如何做的話，會發生什麼事呢？美琪不禁毛骨悚然。

「山羊應該還有另一個朗讀者，」莫繼續說，像是讀出她的思緒。「巴斯塔對我提過他，或許要我明白，我並不是不可或缺的。他應該幫山羊從某本書中唸出好多有用的幫手。」

「是嗎？那他還要你幹嘛？」愛麗諾起身，揉著屁股，唉聲嘆氣。「我完全搞不明白，只希望這裡的一切只是一場夢，醒來時脖子疼痛，嘴巴發臭。」

美琪懷疑愛麗諾眞的抱持這樣的希望。那潮濕的草禾感覺起來無比眞實，她背後冰冷的牆也是如此。她又依偎在莫的肩上，閉上了眼睛。她非常後悔，幾乎沒讀上一行《墨水心》，對她母親消失其中的故事一無所知。她只知道莫的故事，那個他們兩人單獨生活那幾年莫說的故事，關於阻隔住她母親的事，那些她在遠方國度經歷的冒險故事，那些不停阻礙她回家的可怕敵人，還有那個她只爲美琪打理的箱子，裡面裝著在每個著魔的地方她所發現的新東西，甚至是奇妙無比的東西。

「莫？」她問：「你想她會喜歡待在那個故事中嗎？」

莫過了好久才回答。「她一定喜歡精靈，」他終於說：「雖然這些小東西愛發脾氣，而就我所知的她，她會用牛奶來餵山妖。我想是的，她會喜歡那裡的一切……」

「那……有沒有她不喜歡的？」美琪擔心地看著他。

莫猶豫起來。「邪惡吧，」他終於說出口，「這本書中發生了許多不幸的事，而她完全不知道大部分會圓滿結束，畢竟我沒把故事唸完給她聽……，這就是她不會喜歡的。」

「是的，一定不會，」愛麗諾說：「但你怎麼知道這故事不會有所改變？你可是把山羊和他那個玩刀的朋友唸了出來，我們現在可擺脫不掉那兩個。」

「是的，」莫說：「但他們或許還是在書中！相信我，自從他們出來後，我書都讀爛了。故事還是繞著髒手指、巴斯塔和山羊他們轉。這不就意味著一切照舊？山羊還在那裡，而我們在這裡只和他的影子糾纏著？」

「對一個影子來說，他還眞是嚇人。」愛麗諾說。

「是，這沒錯，」莫嘆著氣說：「說不定一切都起了變化，說不定在那個印製出來的故事後，有另一個更大的故事，也像我們的世界一樣有了改變。那些字母只像以管窺天一樣，並沒對我們透露多少，說不定它們就像一個鍋蓋一樣，蓋下面的東西比我們唸到的要多得多。」

愛麗諾呻吟起來。「天哪，莫提瑪！」她說：「住嘴，我頭都開始痛了。」

「相信我，當我想這些問題時，我也會頭痛。」莫回答。

接著他們好一會全都默不作聲，三個人都陷在自己的思緒中。

愛麗諾是第一個再說話的，但聽來像是在自言自語。「老天，」她喃喃說道，同時脫掉腳上的鞋子。「想想自己也常希望鑽進一本自己心愛的書中，但書的優點就在於想什麼時候闔上，就什麼時候闔上。」

她動了動腳趾，呻吟出聲，開始來回走著。美琪不得不忍住笑。愛麗諾經常看來可笑，踩著疼痛的腳趾搖搖晃晃在牆和門之間來回走著，像個上緊發條的玩具。

「愛麗諾，妳會讓我發瘋！給我坐下。」莫說。

「我不！」她對他咆哮。「因爲我一坐下來就會發瘋！」

莫變了臉，摟著美琪的肩。「那好，我們不管她！」他對她細著聲說。「等她走上十公里後，就會倒下，但妳現在該睡一下。我把我的床給妳，這不像看來那樣糟糕。等妳眼睛閉上，就可以想像自己是那頭小豬威爾布，舒服地躺在豬窩裡……」

「……或者是和野雁睡在草叢裡的瓦特。」美琪不得不打上呵欠。這個遊戲她和莫玩過好多次了：「你想到哪本書，哪些我們忘了？喔，對了，那本！我好久沒想到那本……」她疲倦地在扎人的草禾上躺平。

莫脫下套頭毛衣，蓋在她身上。「被子當然還是要的，」他說：「不管妳是一頭小豬，還是野雁。」「但你會凍到的。」

「胡說。」

「那你和愛麗諾想睡哪？」美琪不得不再打呵欠，根本沒注意到自己有多累。

愛麗諾還在牆面間呆呆走著。「誰說要睡覺？」她說：「我們當然會醒著。」

「好吧。」美琪喃喃說著，鼻子埋到莫的毛衣裡。他又回來了，她想，同時睡意讓她眼皮重得張不開。其他都無所謂。接著她又想：要是我能唸一下那本書該多好，但《墨水心》在山羊那裡，而她現在不願去想這個人，不然永遠會睡不著，永遠……

她後來不知道自己睡了多久，或許是她冰冷的腳或頭底下扎人的草禾叫醒了她。她的手錶上指著四點。在這個沒有窗戶的房間裡，看不出外面是白天，還是黑夜，但美琪無法想像夜已過去。莫和愛麗諾坐在門旁，兩人看來疲倦，既疲倦又擔心，還壓低聲音說著話。

「沒錯，他們還一直認爲我是個魔法師，」莫正說道：「他們幫我取了『魔法舌頭』這個可笑的名字，而山羊深信我隨時可以拿上任何一本書重複。」

「那——你可以嗎？」愛麗諾問：「你之前並沒說出全部的事，對不對？」

莫好一會沒回答。「對！」他終於說：「因爲我不想讓美琪也以爲我是魔法師這樣的人。」

「你唸出……東西來這事，之前就常常發生？」

莫點點頭。「我一直喜歡唸書，年輕時就這樣了，有次我唸《頑童歷險記》給一位朋友聽時，突然有隻死貓臥在地毯上，像木板一樣僵硬，而我後來發現自己的一個絨毛玩具不見了。我想我們兩個差點心跳停止，我們像湯姆和哈克那樣歃血發誓，絕不跟任何人提到那隻貓。後來我當然不停試著，偷偷摸摸的，沒有其他人在場，但似乎我想要的從未發生，似乎根本沒有規則可循，最多只在我喜歡的故事上會出現。我自然把跑出來的一切東西保留下來，除了講述好心巨人的那本書送給我的噁心黃瓜外，它實在臭得要命。美琪還小的時候，有時會有東西從她的圖畫書中跑出來，一根羽毛，一個小得不能再小的鞋……我們總把這些東西擱在她的書箱中，但沒告訴她這都是從哪來的。否則她可能不再碰書，就怕那條牙痛的大蛇，或其他嚇人的東西會跑出來！但愛麗諾，眞的從來沒有任何活生生的東西從書裡出來過，直到那一晚。」莫打量著自己的手掌，像是在那兒見到所有被他的聲音從書中喚出的東西似的。「如果不得不這樣的話，爲什麼不能是些討人喜歡的東西，像……那頭大象巴巴？美琪會迷死的。」

喔，沒錯，我一定會，美琪心想。她記得那隻小鞋子，還有那根羽毛，是祖母綠的，像怪醫杜立德的那隻鸚鵡波麗。

「欸，要我說，還可能更糟呢。」這就是愛麗諾，好像被關在一個與世隔絕的破爛屋子，周遭全是面貌猙獰，腰插利刃的黑衣男子，還不夠糟似的。但愛麗諾顯然眞能想像出不堪的事。「你想想，銀刀約翰有可能突然來到你的客廳，揮舞著他那致命的木頭枴杖。」她低聲說著。「我想，那我還寧可要這個山羊。你知道嗎？等我們回家後，我是說回我家，那我會找一本這種可愛的書給你，譬如《小熊維尼》，或許還有《野孩子住在哪》。這種怪物我是沒什麼好反對的。我會把我最舒服的沙發椅讓給你，幫你泡杯咖啡，然後你就朗讀。好嗎？」

莫輕笑著，有一會他的臉看來不再那麼憂慮。「不，愛麗諾，我不會這麼做，雖然聽來很誘人。我發過誓，再也不朗讀了。誰知道下次誰會消失，說不定《小熊維尼》裡面有個我們沒注意到的壞人。還有，要是我把小熊維尼唸了出來，該怎麼辦？要是沒了牠的朋友，沒了百畝森林，牠在這裡該幹什麼？牠那少不更事的心會碎的，就像髒手指的一樣。」

「算了吧！」愛麗諾不耐煩地揮著手。「我還要跟你說多少次？那個雜種根本沒有心。不過好吧，我們再談談另一個問題，對那個答案我很好奇。」愛麗諾壓低聲音，美琪得費好大勁才能聽懂。「這個山羊在他的故事中到底是什麼角色？壞蛋大概沒錯，但我能不能多知道點關於他的事？」

是的，美琪也想多知道點山羊，但莫突然間十分安靜。「對他，知道得愈少愈好。」他只這麼說，接著就一言不發。愛麗諾還追問了一會，但莫避開她所有的問題。他似乎毫無興致去談山羊，思緒完全飄到別處，美琪看著他的臉。不知何時，愛麗諾打起盹，縮在冰冷的地上，像是想靠自己取暖似的。但莫繼續坐在那兒，背靠著牆。

當美琪又打起瞌睡時，他的臉跟著她來到睡夢中，像是一輪陰暗的月出現在她夢裡。他張開嘴，許多身影跳了出來，有胖，有瘦，有高，有矮，排成一長串跳了開。但在月亮的鼻子上，只不過是個影子，有個女子的身影舞動著，突然之間，月亮微笑起來。

被出賣的叛徒

看著東西被吞沒，看著它們變黑，成了別的東西，是種奇特的樂趣。……他最想插著一根香腸在熊熊大火上烤，而那些有白鴿翅膀的書籍全在房前燒死，灰燼在火花中飛濺，被一陣焦黑的風吹走。

——雷・布萊柏利《華氏四五一度》

在破曉前不久，那個幫他們度過黑夜、光線微弱的燈泡開始閃爍起來。莫和愛麗諾就睡在關起來的門旁，但美琪躺在漆黑之中，睜著眼睛，察覺著恐懼爬出了冰冷的牆。她聽著愛麗諾和她父親的呼吸，只希望有根蠟燭和一本可以排拒恐懼的書。它們似乎無所不在，一種邪惡無形的生物，只等著燈泡熄滅，在漆黑之際悄悄潛來，把她控制在它們冰冷的手臂中。美琪坐起身，喘著氣，手腳並用地爬向莫。她縮在他身旁，就像她還小的時候那樣，等著晨光從門下滲透進來。

天亮時，兩位山羊的手下現身。聽到他們的腳步聲，莫正疲累地坐起，愛麗諾則一邊罵，一邊揉著疼痛的背。

巴斯塔並不在。一名像櫃子般高大的男人，臉看來像被巨人的拇指壓平。第二名，又矮又瘦，缺了一角的下巴上留著一撇山羊鬍，不停把玩著他的獵槍，惡狠狠打量他們，像是巴不得立刻把他們三個射死。

「好了，快出來！」當他們瞇著眼睛踉蹌來到明亮的天光裡時，他對他們吼著。美琪試圖回想自己是不是也在愛麗諾的圖書館聽過這個聲音，但並無法確定。山羊手下眾多。

這是個溫暖美麗的早晨，山羊村上的天空湛藍無雲，幾隻燕雀在一片老屋子間荒蕪的玫瑰叢中啁啾著，好像除了幾隻飢餓的貓外，世界上沒什麼可怕的東西似的。他們走出屋外時，莫抓住美琪的手臂。愛麗諾還得先穿上鞋，當山羊鬍子覺得不耐，想粗魯地把她拉到外面時，她推開他雙手，接著破口大罵。這只讓兩個男的大笑起來，愛麗諾只好緊抿嘴唇，惡狠狠瞪著。

山羊的手下匆匆忙忙，沿著昨晚巴斯塔帶他們過來的原路走。扁平臉走在前面，山羊鬍子殿後，握著獵槍。他跛著腳，但還是不斷催促他們，像是想證明自己總是走得比他們快。

就算在白天，山羊村看來依然無比冷清，不只因爲在陽光下看來悽慘的許多空屋。巷子中幾乎見不到人影，寥寥幾位美琪偷偷命名爲黑夾克的傢伙，或是一些像小狗一樣跟在他們後面的瘦小子。美琪兩次見到一名女子匆匆而過，卻沒發現任何在玩耍，或跟在母親後面跑的小孩，只有貓，在牆緣上、門檻上和屋簷上的黑貓、白貓、棕紅色的貓、花貓、虎斑紋的貓。山羊村的屋舍間靜悄悄的，事情似乎都在偷偷摸摸中進行。只有拿著獵槍的男人沒藏起來，在門口和屋角窺視，縮著頭，靠在自己的獵槍上，眷戀無比的樣子。屋前沒有任何花朵，不像美琪在海邊村子見到那樣，反而屋頂坍塌，空盪盪的窗框中長出茂密的灌木，有些香味醉人，讓美琪感到頭昏。

當他們抵達教堂前的廣場時，美琪想，那兩個男的會帶他們到山羊的屋子，但他們沒有左轉，反而直接領他們到教堂大門。教堂塔樓看來長久深受風雨凌虐，生鏽的大鐘掛在尖頂屋頂下，某個被風帶來的種子在離鐘不到一公尺處長成一株瘦小的樹，現在攀在上面沙色的石頭上。

教堂大門上畫著細長的紅眼睛，入口兩側立著人高的醜怪的石頭魔鬼，像惡犬一樣露出牙齒。

「歡迎來到魔鬼之屋！」山羊鬍子說，嘲弄地彎腰鞠躬，然後打開沉重的大門。

「別這樣，闊仔！」扁平臉喝叱他，朝腳下積著灰塵的石塊吐了三口口水。「這樣會帶來厄運的。」

山羊鬍子只大笑，輕輕拍著其中一個石頭魔鬼的肥肚子。「啊，算了吧，扁鼻子，你差不多跟巴斯塔一樣了。這不會有事的，況且你脖子上還掛著一根臭兔腳。」

「小心點總沒錯，」扁鼻子嘟囔著。「寧可信其有。」

「是，不過是誰杜撰出那些故事的？是我們！你這個白癡。」

「有些以前就有了。」

「不管發生什麼，」在兩個男的爭執不下時，莫小聲對愛麗諾和美琪說：「讓我來說話。相信我，伶牙俐嘴在這兒只會有危險。巴斯塔拔刀很快，而且也會用上。」

「這裡不只巴斯塔有刀，魔法舌頭！」闊仔說，把莫推進陰暗的教堂。美琪趕緊跟在他身後。

教堂裡陰涼昏暗，晨光只從高處幾扇窗戶照進來，在牆面和柱子上留下白皙的斑點。它們從前可能像地上的石磚一樣是灰色的，但現在山羊的教堂只有一種顏色。牆面、柱子，甚至穹頂全是紅色，像生肉或乾涸的血那種朱紅色，有一會美琪覺得踏進了一頭怪物的體內。

入口旁的一個角落立著一個天使雕像，一根翅膀斷裂，一名山羊的手下在另一根上掛上他的黑夾克。天使頭上有對魔鬼的角，就像嘉年華時孩子黏在頭髮上那樣，中間還飄著光環。或許這個天使之前曾立在第一根柱子前的石頭基座上，但現在得讓位給另一個雕像。他瘦削蠟白的臉無趣地瞧著美琪，雕像創作者的技藝並不出眾，像個塑膠娃娃一樣，在臉上畫著鮮紅的唇和藍眼睛，完全沒有眞正的山羊打量世界時那對無色眼睛的駭人之處。但這個雕像比本人至少高大兩倍，每個經過他的人，都得抬起頭，才能瞧著那蒼白的臉。

「莫，可以這樣嗎？」美琪輕聲問著。「把自己擺設在教堂中？」

「喔，這是一種十分古老的風俗！」愛麗諾對她耳語著。「立在教堂中的雕像很少是聖人的，多數的聖人請不起雕塑師傅，在大教堂……」

闊仔粗魯地推了她背一把，讓她踉蹌跌向前。「繼續走！」他低吼著。「下一次經過他的時候要鞠躬，懂嗎？」

「鞠躬？」愛麗諾想停下來，但莫趕緊拉著她繼續走。

「但這種貨色算什麼東西！」愛麗諾罵道。

「如果妳不趕快閉嘴，」莫小聲回嘴，「妳就會吃不玩兜著走了，懂嗎？」

愛麗諾瞧著他臉上的傷痕，然後默不作聲。

山羊的教堂中沒有美琪在其他教堂見到的長凳，只有擺在中央走道兩旁兩張帶著長凳的長木桌，上面擱著骯髒的盤子、沾著咖啡的杯子、放著剩下乳酪的木盤、刀、腸子、空的麵包籃。許多女子正忙著清理，當闊仔和扁鼻子帶著三個俘虜經過時，她們只抬頭瞄了一眼，跟著又低頭工作。美琪覺得她們像鳥一樣，頭縮在脖子裡，免得被人砍掉。

山羊的教堂裡不只缺了長凳，也沒了祭壇，只能辨識出原來祭壇所在的位置。從前通往祭壇的階梯末端現在擺著一張椅子，一個笨重的傢伙，鋪著紅色坐墊，椅腳和靠手有浮雕。通到椅子的是四級平坦的台階，美琪自己都不知道為什麼要去數。一張黑地毯覆蓋著階梯，最上一級，離椅子只幾步遠，髒手指蹲坐在那裡，金紅色的頭髮像往常一樣蓬亂，失神地讓葛文爬上他伸出的手臂。

當美琪跟莫和愛麗諾從中間走道走來時，他只稍微抬了一下頭。葛文爬上他的肩，露出像玻璃般尖銳的小牙齒，彷彿注意到美琪無比厭惡地打量著牠的主人。現在她知道這隻貂為什麼有角了，而牠的孿生兄弟則在書頁上神氣活現。現在她知道一切：為什麼髒手指認為這個世界又快又吵，為什麼他對汽車一無所知，又為什麼他常常看來失魂落魄的樣子，但她不像莫那樣同情他。他帶疤的臉只讓她想起他騙過她，就像童話中的捕鼠人誘捕著她，拿著他的火和繽紛的小球逗她：來啊，美琪，來這裡，美琪，相信我，美琪。她真想衝上階梯，打他一巴掌，打他那張騙人的嘴。

髒手指似乎猜到她的想法，避開了她的目光，也沒看莫和愛麗諾，反而伸手進褲袋，掏出一小盒火柴。他心不在焉地從盒中抽出一根火柴點燃，全神貫注地瞧著火焰，手指幾乎是親熱地撫摸著，直到指頭焦黑。

美琪轉開目光，她不想看他，只想忘了他在那裡。她左邊的階梯腳下擺著兩個鐵桶，全是棕色的鏽，裡面堆著剛劈開的淡色木頭。美琪正想問那有什麼用時，就聽到教堂中又響起腳步聲。巴斯塔從中間走道走來，手裡拿著一罐汽油桶。當他擠過闊仔和扁鼻子時，他們不情願地讓開路。

「啊，這個髒手指又和他的好朋友在玩了？」他問，走上了平坦的階梯。髒手指放下火柴，站起身來。「這裡，」巴斯塔說，把汽油桶擱在他腳前。「還有得玩，幫我們弄點火，你最喜歡這樣做的。」

髒手指丟掉拿在手上燒光的火柴，又點燃新的一根。「那你呢？」他輕輕問，同時把點燃的火柴拿到巴斯塔臉前。「你還是怕火，對不對？」

巴斯塔打掉他手上的火柴。

「喔，你不該這樣！」髒手指說：「這會帶來厄運，你清楚火很容易感到委屈的。」

有一會，美琪以為巴斯塔會打他，而顯然她不是唯一這樣想的人，所有人的眼睛都盯著他們倆。

但似乎有什麼東西護著髒手指，說不定眞的是火。

「算你走運，我的刀子剛剛清理好！」巴斯塔嘶著聲說：「但再這樣搞，看我不在你那張醜臉上再劃上幾個新花樣，然後拿你的貂做個皮毛領子。」

葛文發出一聲兇狠的輕微嗥叫，緊依偎在髒手指的脖子旁。髒手指彎下腰，拾起燒盡的火柴，塞回到火柴盒中。「沒錯，這一定讓你開心，」他說，一直不看著巴斯塔。「要我點火幹什麼？」

「幹什麼？要你做你就做，別說廢話。加料的事我們來操心，但火要又大又烈，別像你玩火時那副要死不活的樣子。」

髒手指拿起汽油桶，慢慢走下階梯，他剛站在生鏽的鐵桶前時，教堂大門便第二次打了開來。隨著沉重的木門嘎吱作響之際，美琪轉過身，見到山羊出現在紅色的柱子間。他經過自己的塑像時，瞄了一眼，接著便快步走過通道。他穿著一件紅色西服，和教堂的牆面一樣的紅色，只有西服下的襯衫是黑色及翻領上插著的那根羽毛不是紅色外。六、七名手下像烏鴉跟著鸚鵡般跟著，他們的腳步聲似乎直通屋頂。

美琪抓住莫的手。

「啊，我們的客人也到了，」山羊站在他們面前時說道：「睡得好嗎，魔法舌頭？」他的唇特別柔潤玲瓏，幾乎像是女人的，說話時，不時拿小指頭撫摸著，彷彿在描摩一樣。那嘴唇和他臉上其餘部位一樣透明。「我還不錯吧，昨天晚上就把你的小傢伙帶來了，我本來想今天帶給你看的，讓你驚訝一下，但我想：山羊，你畢竟虧欠這女孩一些東西，她可是心甘情願把你找了好久的東西帶來。」

他手裡拿著《墨水心》。美琪見到莫的目光死盯在上面。山羊算是高大，但莫還比他高出幾公分。山羊顯然不喜歡這樣，他站得筆直，好像這樣會有些幫助似的。

「讓愛麗諾和我女兒回家，」莫說：「讓她們離開，我會朗讀你想要的一切，但先讓她們兩個走。」

他在說什麼？美琪看著他，楞在那裡。「不！」她說：「不，莫，我不想走！」但沒人理她。「讓她們走？」山羊轉過身對著他的手下。「你們聽到了嗎？現在她們已在這裡，我爲什麼還要做這種蠢事？」他的手下大笑著，但山羊又回過身對著莫。「你和我一樣十分明白，從現在起你要聽我任意擺佈，」他說：「現在她在這裡，你一定不會再那樣頑固，拒絕表演一下你的技藝。」

莫緊緊握著美琪的手，她的手指都痛了起來。

「至於這本書，」山羊十分厭惡地打量著《墨水心》，彷彿這本書咬了他白皙的手指一般，「這本討厭、無聊，又說個不停的書，我可以向你保證，我可不想再被書中的故事綁住。所有那些多餘的生物，那些飛來飛去、吱吱喳喳的精靈，到處爬來鑽去，惡臭無比。在市集上，會被腿彎彎曲曲的山妖絆倒，在打獵時，大腳笨重的巨人會趕走人家要獵捕的野味。會低語的樹，會呢喃的池塘……難道就沒有不會說話的東西嗎？再說，到下一個可以稱爲城市的城市去，還有無止無盡的泥濘路……還有那些出身高貴、穿著華麗的王八貴族，惡臭窮酸的農夫，頭髮上會有蝨子掉出來的酒鬼和乞丐——眞是讓人受不了。」

山羊招了手，他的一名手下拿來一個大紙箱。從他搬動的方式來看，這個箱子一定十分沉重。他把箱子擱在山羊前的灰色地磚上時，鬆了口氣。山羊把莫藏了許久的那本書遞給站在他旁邊的闊仔，打開了那個箱子，裡面滿滿是書。

「找齊它們，還眞費了很多功夫，」山羊解釋，跟著伸手進箱子，拿出兩本書。「它們看來不同，但內容都一樣，由於故事有好多種語言，找起來更加困難——有這些千奇百怪的語言，也是這個世界多餘的地方。我們的世界就簡單多了，對不對，髒手指？」

髒手指沒回答，他站在那兒，手中拿著汽油桶，盯著箱子。山羊踱到他身旁，把那兩本書扔進一個鐵桶中。

「你們在那兒幹什麼？」髒手指要去拿書，但巴斯塔把他推開。「別動它們。」他說。

髒手指退開，把油桶藏在背後，但巴斯塔從他手中搶了過來。「看來我們這個呑火的朋友今天想把點火的工作交給別人。」他嘲弄道。

髒手指滿懷恨意地看了他一眼。他臉色僵直，看著山羊的手下不停把更多的書丟進鐵桶中，二、三十本《墨水心》最後全擱在堆好的木頭上，書頁彎折，裝幀翹起，彷彿斷裂的翅膀。

「髒手指，你知道在我們原來的世界中，有什麼東西會不斷讓我抓狂嗎？」山羊問，同時從巴斯塔手中拿過汽油桶。「就是點火很費勁，對你當然不會，你甚至可以和火說話，說不定是哪個只會咕噥亂叫的山妖教你的，但對我們來說，那可是吃力無比。木頭老是濕的，或是風會鑽進煙囪。我知道你非常眷戀美好的舊時光，懷念著你那些飛來飛去、吱吱喳喳的朋友，但我一點也不會。現在這個世界可是比我們不得不忍受多年的那個世界舒適太多了。」

髒手指似乎沒聽進山羊對他說的話，只盯著倒在書上、發出惡臭的汽油。書頁貪婪地吸食著，彷彿歡迎著自己的末日到來。「它們從哪弄來的？」他結巴說著。「你一直對我說，只有魔法舌頭那一本。」

「是，是，我是這樣對你說。」山羊手插進褲袋。「你實在很好騙，髒手指，騙你很好玩。你的一無所知讓我眞是訝異，最後你會自己騙自己，還自以爲是。你就是太喜歡相信自己相信的事，就是這樣。現在你可以相信我，這裡這些——」他的手指敲著浸過汽油的書堆，「眞的是我們那個黑乎乎的家鄉最後的版本了。巴斯塔和其他人花了好多年，在破破爛爛的圖書館和舊書店把它們找了出來。」

髒手指瞪著那些書，像個快渴死的人看著最後一杯水一樣。「你不能燒了它們！」他斷斷續續說著。「你答應過，在我找來魔法舌頭的書後，你會送我回去的，所以我才告訴你他躲在哪，所以才把他女兒帶來給你……」

山羊只聳了聳肩，拿過闊仔手裡那本書——那本淺綠色裝幀的書，那本美琪和愛麗諾自願送上門的書，那本莫因此被抓來這裡，而髒手指因此出賣他們的書。

「如果對我有幫助的話，我也會答應幫你摘下天上的月亮。」山羊說，同時把《墨水心》扔到它的同類中去，一臉厭煩的樣子。「我喜歡承諾，特別是我做不到的承諾。」接著他從褲袋中拿出一個打火機，髒手指想跳上前打掉它，但山羊對扁鼻子打了個手勢。

扁鼻子又高又魁梧，髒手指在他旁邊看來幾乎像個小孩，而他就像抓住一個頑皮的孩子一樣抓住他。葛文皮毛豎立，從髒手指肩上跳下來，當牠鑽過山羊一名手下的腳間時，他踩向牠，但這隻貂避開了，消失在一根紅柱子後。其他的人站在那兒，笑著髒手指想掙脫扁鼻子鐵爪的無謂嘗試。扁鼻子讓他靠到浸滿汽油的書前，手指剛好只能摸到最上面一本書為止，自己樂得要命。

見到這許多惡毒的事，美琪難受得很，莫向前踏上一步，像是想幫髒手指，但巴斯塔擋住了他。突然間，他手中拿著刀，頂著莫的脖子，刀刃細長光亮，看來銳利無比。

愛麗諾大叫出聲，朝巴斯塔罵出一大串美琪前所未聞的髒話，但自己卻無法移動，只站在那裡，瞪著莫光脖子上的那把刀。

「給我一本，山羊，就一本！」她父親脫口而出，這時美琪才明白他並不是想幫髒手指，而是要那本書。「我答應你，我不會唸出有出現你名字的句子。」

「你？你有毛病嗎？要給也不會給你，」山羊說：「說不定哪天你無法控制自己的舌頭，我又回到那個可笑的故事中！不，謝謝。」

「胡說！」莫喊著。「就算我想，我也不能把你唸回去，我還要說多少次？你問一下髒手指，我對他解釋過不下千遍。我自己也不知道爲什麼會這樣和什麼時候會那樣，拜託你相信我！」

山羊只微笑作答。「對不起，魔法舌頭，我什麼人都不相信，你這個時候也該明白了。只要對我們有用，我們都是騙子。」說完這句話，他點燃打火機，靠上一本書。書頁浸過汽油，變得幾乎透明，看來像羊皮紙，立刻就著火起來，甚至連緊緊包著布面的裝幀也立即燃燒。在竄燒的火舌下，麻布轉成黑色。

當第三本書起火時，髒手指狠狠踢了扁鼻子的脛骨，他痛喊一聲，放開了他。像他的貂一樣靈巧，髒手指掙脫那強壯的手臂，衝向鐵桶，毫不遲疑伸手到火中，但他搶救出來的書，已像火炬一樣燃燒著。髒手指把書丟到石板地上，又朝火中探去，這回用上另一隻手，可是扁鼻子已再度抓住他的領子，粗魯地搖晃著他，他幾乎喘不過氣。

「你們看看那個瘋子！」巴斯塔嘲弄道，而髒手指疼痛扭曲的臉瞪著他的雙手。「這裡有沒有人可以對我解釋一下，他到底在苦苦思念什麼？是不是那個他在市集廣場上耍球時，那個膜拜他的醜地衣女精？還是那個他和其他酒鬼窩在裡面的髒洞窟？見鬼了，那裡聞起來比他帶著那隻臭貂到處跑的袋子還臭。」

山羊的手下大笑著，而那些書慢慢化成了灰燼。空盪盪的教堂中一直飄著汽油味，相當刺鼻，美琪不得不咳著。莫的手臂擱在她肩上護著，好像巴斯塔威嚇的不是他，而是美琪一樣。但誰能保護他呢？

愛麗諾憂心忡忡地瞧著他的脖子，似乎怕巴斯塔的刀會在那兒留下一道道血痕似的。「這個混蛋簡直瘋了！」她低聲說道：「妳一定知道那個句子：在焚書的地方，不久也會焚燒人。要是我們是下一個被送上火堆的，該怎麼辦？」

巴斯塔朝她看來，像是聽到她的話似的。他戲弄似地看了她一眼，吻著他的刀刃一下。愛麗諾默不作聲，好像吞下自己的舌頭一樣。

山羊從褲袋中抽出一條雪白的手帕，仔細清理了自己的雙手，像是要擦掉手指上《墨水心》留下的記憶。「很好，終於解決了。」他看了冒煙的灰燼最後一眼肯定道，跟著心滿意足地走上佔去祭壇位置的那張椅子，深深嘆了口氣，坐到淡紅色的椅墊中。

「髒手指，去廚房讓摩托娜包紮一下你的雙手！」他厭煩地命令道：「你沒了雙手，便眞的一點用都沒有。」

髒手指聽命之前，還久久注視了一會莫。他低著頭，步履蹣跚地走過山羊的手下。通往大門那一段路似乎無止無盡，當髒手指打開了門，耀目的陽光一下灑入教堂。接著門在他身後關上，美琪、莫和愛麗諾便單獨與山羊和他手下待在一起——還有汽油和焦紙的味道。

「到你了，魔法舌頭！」山羊說，伸直了腿。他穿著黑鞋，心滿意足地打量著光可鑑人的皮革，摘掉鞋尖上一小片燒焦的紙灰。「到現在爲止，只有我、巴斯塔和那個可憐的髒手指，知道你能從那些小小的黑色字母中唸出讓人吃驚的東西。但聽你自己說，你似乎都不太信任自己的能力，不過，我說過，我不會相信你說的話的。正好相反，我相信你是這行的大師，等不及你再爲我們牛刀小試一下了。闊仔！」他的聲音聽來激動。「那個朗讀者在哪裡？我不是告訴你要把他帶來的？」

闊仔緊張地摸著山羊鬍子。「他正忙著找書出來，」他結結巴巴說著。「不過我會立刻帶他過來。」他趕緊鞠了個躬，一跛一跛地離開。

山羊開始急促敲著椅子扶手。「你一定已經聽過，在你死死躲著我的時候，我要靠另外一個朗讀者幫忙的事。」他對莫說：「我五年前發現到他，但他實在差勁，你只需要看看扁鼻子的臉就知道了。」當所有目光對著他時，扁鼻子狼狽地低下了頭。「闊仔的跛腳也是拜他所賜。你還得看看那些他從書中唸出來的女孩，只要看上一眼，就會做惡夢。最後，只有在我想看看那些好玩的怪胎時，才讓他朗讀。我的手下都是我在這個世界找來的，只要他們還年輕，我就把他們找來。幾乎每個村子都有個喜歡玩火的孤獨少年。」他帶著微笑看著自己的手指甲，像一隻滿意地瞧著自己爪子的貓。「我吩咐那個朗讀者幫你找出合適的書。那個可憐的笨蛋倒是眞的很懂書，就像一隻靠紙頁過活的白蛀蟲一樣活在書中。」

「是嗎，那我該從他的書中唸出什麼東西？」莫的聲音聽來尖刻。「一些怪物，一些人模人樣的敗類，和那邊那些——」他拿頭指了指著巴斯塔的方向，「可以配對？」

「老天，別讓他這樣想！」愛麗諾低聲說道，擔心地瞧著山羊的方向。

但他只撢去褲子上的一些灰燼微笑著。「不，謝謝，魔法舌頭，」他說：「我的手下夠了，至於怪物，我們說不定晚點再看看。現在巴斯塔訓練出來的狗和這個地區的蛇就足夠應付，這些致命的小東西棒極了。魔法舌頭，今天我要你施展一番的是金子。我可是貪婪到無藥可救。我的手下眞是在這地區竭盡所能地壓榨。」山羊說這話時，巴斯塔溫柔地摸著自己的刀子。「但要買下這個大千世界所有的好東西，卻絕對不夠。這個世界頁數太多了，魔法舌頭，你們的世界數都數不盡，而我很想在每一頁都寫下我的名字。」

「你想用什麼字母寫下來呢？」莫問：「難道要巴斯塔用他的刀在書頁上劃出來嗎？」

「喔，巴斯塔不會寫字，」山羊冷靜地回答。「我的手下既不會寫，也不會讀。我禁止他們讀寫。我只讓一名我的女僕教我讀寫。沒錯，相信我，我很有可能在這個世界留下我的印記。如果有要寫的東西，那就交給那名朗讀者。」

教堂大門被推開，彷彿闊仔只等著他的提示。他帶來的那個男人頭縮在肩膀中，跟在闊仔身後時，也不左右張望。他既矮小，又瘦弱，一定不比莫年紀大，但卻像個老頭一樣佝僂著背，走路時，四肢晃來晃去，像是不知道該擺放在哪裡。他戴著一付眼鏡，走路時不停緊張地往上推著，鼻梁上的鏡架包著膠帶，看來經常斷裂的樣子。他的左臂把一堆書緊緊抱在胸前，像是這樣可以抵抗來自四面八方的目光和被強迫來到這個神秘地方似的。

當那兩人終於來到階梯腳下時，闊仔拿手肘頂了他的陪同身側，他趕緊鞠了躬，兩本書因而掉到地上。他匆匆撿起，又對山羊鞠了一個躬。

「我們在等你，大流士！」山羊說：「我希望你已找到我吩咐你的東西。」

「喔，是的，是的！」大流士結結巴巴說道，同時幾乎神情肅穆地看了莫一眼。「就是他嗎？」

「是。給他看看你挑出來的書。」

大流士點了頭，又鞠了個躬，但這次是對著莫。「這裡是所有裡面藏有豐富寶藏的故事，」他結結巴巴道：「找到它們，並不像我想的那麼容易，畢竟——」他的聲音中帶有一絲幾乎察覺不到的責難，「畢竟這個村裡沒太多書，不管我怎麼說，也沒什麼新書，就算有，用處也不大。但不管怎樣……它們都在這裡。我想你還是會對挑出來的這些書滿意的。」他跪在莫面前的地上，開始把書在石磚上攤開，一本接著一本，讓莫能讀出所有的書名。

但第一本就讓美琪心頭刺痛了一下。《金銀島》。她不安地看著莫。不要這本！她心想。莫，不要挑這本。但莫手裡已拿了另一本：《天方夜譚》。

「我想這裡這本最合適，」他說：「裡面一定能找到夠多的金子。但我對你再說一次：我不知道會發生什麼事，我想要的，從來不曾應驗過。我知道，在場各位都把我當成巫師，但我並不是。魔法來自書中，我和你或你的手下一樣，不知道其中的來龍去脈。」

山羊靠到椅背上，面無表情地打量著莫。「你還想對我說多少次，魔法舌頭？」他厭煩地說：「只要你想，你可以一直說下去，但我不會相信。我們今天終於關閉的那個世界中，我一直在和巫師打交道，男男女女的巫師，我得常常應付他們的死腦筋。巴斯塔已對你很生動地描述過，我們會怎樣來對付死腦筋的人。但現在你女兒在我們這裡作客，一定沒必要用這種痛苦的方法對付你了。」在說這些話的同時，山羊看了巴斯塔一眼。

莫想抓住美琪，但巴斯塔搶先一步，把她拉到他身邊，手臂從後面摟住她的脖子。

「從今天起，魔法舌頭，」山羊繼續說，聲音一直無動於衷，像是在聊著天氣一般，「巴斯塔會如影隨形跟著你女兒，這樣她倒是不用怕蛇和惡犬，當然也不用怕巴斯塔，只要我吩咐下去，他不會動她一根汗毛的，但這完全看我是不是對你的工作滿意來決定。是不是很清楚了？」

莫先看了他，再看看美琪。她努力保持著鎮靜，好讓莫相信不需要擔心她，畢竟她比他更會說謊。但這回他並不相信她的謊言，他知道她的恐懼和她在他眼裡見到的一樣巨大。

這裡這一切說不定也只是一個故事！美琪絕望地想著。馬上就會有人闔上書，因為故事太過可怕殘暴，莫和我又會坐在家裡，而我會幫他煮杯咖啡。她緊緊閉上眼，彷彿這樣就能夢想成真似的，但當她透過睫毛瞇著眼看出去時，巴斯塔依然站在她後面，扁鼻子揉著壓扁的鼻子，一臉柔順地瞧著山羊。

「好，」莫在靜謐之中疲累地說著。「我幫你朗讀，但美琪和愛麗諾不能待在這裡。」

美琪很清楚他的想法，他想著她母親，想到這次不知有誰會消失。

「鬼扯蛋，她們當然待在這裡。」山羊的聲音聽來不再那般沉著。「而你快給我開始，免得你手裡那本書化成了灰。」

莫閉上眼睛一會兒。「好，但巴斯塔要把刀收起來，」他沙啞說道：「如果他傷了美琪或愛麗諾一根頭髮，我發誓，會把你和你的手下唸到不得好死。」

闊仔驚恐地看了莫一眼，就連巴斯塔的臉上都滑過一道陰影，但山羊只大笑著。

「要不要我提醒你，你說的是一種傳染病，魔法舌頭？」他說：「那可是連小女孩都不會放過的。所以別在那裡裝腔作勢，開始唸吧，不要拖拖拉拉。首先，我想聽聽那邊那本書！」

他指著莫剛剛擱在一旁的那本書。

《金銀島》。

魔法舌頭

崔老尼老爺、萊弗席醫生和其他大人要求我完完整整寫下金銀島的故事，除了島的位置，其他一概毫無保留；在公元一七……年，我提筆爲文，從我父親經營「海軍上將班柏」客棧和那名有刀疤，皮膚黝黑的老水手住到我們閣樓開始講起。

——羅伯・史帝文生《金銀島》

於是，美琪過了九年後，第一次在教堂中聽到她父親唸書，而在許多年後，只要她一打開他在那個早晨朗讀的書時，就會聞到紙頁燒焦的味道。

山羊的教堂中陰涼，這點美琪後來也還記得，莫開始朗讀時，外面太陽一定已經在天空高掛發熱。他就坐在他原來站的地方，雙腿交叉，書擱在膝上，其他的擺在一旁。美琪在巴斯塔緊抓住她之前，便跪在他身旁。

「快點，離開階梯！」山羊命令他的手下。「扁鼻子，你帶那個女的來，只有巴斯塔留在原地。」愛麗諾掙扎著，但扁鼻子乾脆抓住她的頭髮，一把拉過來。一個接著一個，山羊的手下就這樣坐在他們老大腳下的階梯上。愛麗諾坐在其中，像一隻豎起羽毛的鴿子待在一群掠奪成性的烏鴉中。

唯一一個看來同樣失望的，就是那個瘦削的朗讀者，他在那一排黑衣人的末端找了個位置坐下，還一直不停觸摸著自己的眼鏡。

莫打開膝上的書，皺著眉頭開始翻閱，像是在書頁中要尋找出幫山羊唸出來的黃金。

「闊仔，在魔法舌頭唸書的時候，只要有人一出聲，你就把他的舌頭割了！」山羊說，而闊仔從腰帶抽出一把刀，打量著那一排傢伙，像是已在找第一位受害者。粉刷成紅色的教堂中一片死寂，靜到美琪似乎聽到身後巴斯塔的呼吸聲，但這也有可能是她自己的恐懼。

從他們臉上表情判斷，山羊的手下看來骨子裡也很不好受。他們瞧著莫，混雜著敵意和畏懼。美琪相當清楚這點，說不定他們其中一位很快就會消失在莫正猶豫不定翻閱的書中。山羊是不是對他們說過會有這種情況發生？他到底知不知道？要是發生莫所害怕的情況：她消失掉，或愛麗諾，那又該如何？

「美琪！」莫對她耳語著，像是聽到她的想法一般。「不管怎樣，緊緊抓著我，懂嗎？」

美琪點點頭，一隻手緊抓著他的毛衣，像是這樣會有用一樣！

「我想我找到了合適的段落了。」莫在靜寂中說道。他看了山羊最後一眼，再看了一下愛麗諾，清了清喉嚨，便開始唸起來。

一切都消失了，教堂的紅牆、山羊手下的臉孔及坐在椅子上的山羊本人，只剩下莫的聲音和字母構成的畫面，彷彿織布機中織就而出的地毯。要是美琪能夠恨透山羊的話，那應該就是現在。畢竟莫這些年來從未讀書給她聽，全要怪他。他的聲音可以爲她把一切東西變到房間中，賦予每個字眼不同的味道，每個句子一首旋律！就連闊仔也忘了他的刀和他該割下的舌頭，眼神癡迷地聆聽著。扁鼻子陶醉地盯著空中，彷彿有艘海盜船正張滿帆穿過一扇教堂窗戶。大家都默不出聲。

除了莫那個喚醒字母與文字的聲音外，沒有任何聲響。

似乎只有一個人對這魔法免疫。山羊坐在那裡，面無表情，蒼白的眼睛直盯著莫，在這陶然的字韻中，等著錢幣叮噹作響，等著裝滿金銀珠寶的潮濕木箱出現。

莫並沒讓他多等。在他唸到吉姆．霍金斯那個不比美琪大多少的少年，在他的駭人冒險中於一個陰暗的洞窟中見到的東西時，事情發生了：

那些帶著喬治或路易頭像的金幣，杜布朗、雙蒙尼、莫多和查新金幣，上面有過去一百年歐洲所有國王的頭像，還有罕見的東方金幣，上面的銘文像錯綜複雜的線條，或像一片蜘蛛網，圓形錢幣，方形錢幣，中間穿孔、像是要掛在脖子上的錢幣——這個寶藏中幾乎包含了各式各樣的金幣，數量宛如秋天的落葉，我的背都痛了起來，我不得不一直彎下腰，手指都挑撿到痛。

女僕們還在那裡擦拭桌上最後的渣渣，錢幣就突然滾落到空盪盪的木桌上。女僕們踉蹌退開，拋掉抹布，手摀著嘴，錢幣紛紛跳落到她們腳間，金幣、銀幣、銅幣在石頭地上叮噹作響，在長凳下沙沙堆積起來，愈來愈多，一些滾到了階梯。山羊的手下嚇得跳起來，彎腰去撿那些撞到他們靴子、閃閃發亮的東西，但手跟著縮了回來。沒人敢碰這中邪的錢幣。不然這會是什麼？由紙和墨——還有由一個人類的聲音製成的金子。

就在莫闔上書的同時，這陣金雨停止了。美琪發現在這些閃爍耀眼的東西之間，到處夾雜著一些沙子，幾隻藍色的甲蟲匆匆爬開，而在一堆小巧的錢幣中，一隻祖母綠的蠑螈鑽出頭來，呆滯的眼睛四處看著，舌頭在有稜有角的嘴前舞動著。巴斯塔把刀對著牠射去，像是這樣可以叉起、捕獲住眾人的恐懼，但美琪驚叫示警，那隻蠑螈迅速竄開，刀刃只撞在石頭的尖端。巴斯塔跳上前，拾起刀，拿著刀尖朝美琪的方向作勢威脅。

不過山羊從椅子上站起，臉上仍然面無表情，像是沒什麼事值得他大驚小怪一樣，拍起戴著戒指的雙手，一副恩賜的模樣。

「一開始還不賴嘛，魔法舌頭！」他說：「看看你，大流士！金子是這個樣子，不是你唸出來的那些破銅爛鐵。不過你現在聽到該怎麼做了，希望你從中學到些東西，免得我以後用上你時，又出差錯。」

大流士沒回答，眼睛盯著莫，一臉無比佩服的樣子，要是他跪在她父親腳下，美琪也不會吃驚。當莫站起來時，他走向他，遲疑不定。

山羊的手下還一直站在原地，瞪著那堆金子，像是搞不清楚該怎麼辦似的。

「你們像草地上的牛那樣呆呆站在那裡瞪著幹嘛？」山羊喊著。「還不把金子收起來。」

「這眞神奇！」大流士輕聲對莫說道，而山羊的手下正勉勉強強把金幣剷進袋子和箱子中。他眼鏡後的那對眼睛，像一個得到期待已久的禮物的小孩般閃爍發光。「這本書我唸了好多次，」他不安地說著。「但我從未像今天這樣清楚見到這一切，我不只見到……還聞到了鹽、焦油和飄在那座該死的島上的霉味……」

「《金銀島》！老天，我幾乎嚇得要尿褲子了！」愛麗諾出現在大流士身後，粗魯地把他推到一旁。扁鼻子顯然暫時忘了她。「他就要來了，我只想到那個老銀刀就要來了，拿他的枴杖把我們痛打一番。」

莫只點點頭，但美琪見到他臉上鬆了口氣的神色。「這個，您拿好！」他對大流士說，把書塞到他手中。「我希望再也不唸這本書了，不是每次都這麼走運的。」

「他的名字你每次都唸得不太對。」美琪低聲對他說。

莫溫柔地摸著她的鼻梁。「喔，妳注意到了！」他低聲回答。「是的，我想這樣或許有用，這樣一來，或許那個無惡不作的老海盜便不會覺得受到召喚，而待在他該待的地方。妳爲什麼這樣看我？」

「那你說呢？」愛麗諾代美琪問道：「她爲什麼要這樣佩服地看著她的父親？因爲就算沒有錢幣掉出來的話，也沒有人這樣朗讀過。我見到了一切，大海和島嶼等一切，彷彿都可以碰觸得到，你女兒也有同感。」

莫不得不微笑起來，一隻腳把一些他面前的錢幣推到一旁。山羊的一名手下撿了起來，偷偷塞到自己的口袋。他忐忑不安地瞄了莫一眼，像是怕他動一下舌頭，便把他變成一隻青蛙，或一隻還在錢幣間到處亂爬的甲蟲。

「莫，他們怕你！」美琪小聲說著。甚至在巴斯塔的臉上，她都可以見到恐懼，就算他盡力想隱藏，並裝出一副無所謂的樣子。

似乎只有山羊對這事依然無動於衷，站在那裡，雙臂抱胸，打量著他的手下把最後的錢幣一個個拾起。「這還要弄多久？」他終於喊道：「別管那些小錢，再給我坐下來。而你，魔法舌頭，去拿下一本書！」

「下一本？」愛麗諾氣得幾乎尖叫起來。「這是什麼意思？您手下收羅起來的金子至少可以過上兩輩子了。我們現在要回去了！」

她想轉身，但扁鼻子想起了她，粗暴地抓住她的手臂。

莫抬頭看著山羊。

巴斯塔則帶著惡意的微笑，一隻手擱在美琪肩上。「別拖拖拉拉了，魔法舌頭！」他說：「你聽到了，那裡還擱著一堆書。」

莫久久注視著美琪，才彎下身拿起剛拿在手上的一本書：《天方夜譚》。

「一本沒完沒了的書，」他打開書時喃喃說著，「美琪，妳知不知道，阿拉伯人說過沒人可以把這本書唸完。」

美琪搖搖頭，又盤坐在他身旁冰冷的石磚上。巴斯塔並沒阻止她，但卻緊立在她身後。美琪不太熟悉《天方夜譚》，只知道這本書基本上分成好多冊。大流士交給莫的那一本大概只是縮節版，裡面是不是躲著四十大盜和阿拉丁及他的神燈？莫又會唸哪一段呢？

美琪這回發現到山羊手下臉上有著截然不同的表情：既害怕莫喚醒的東西，同時又無比渴望再次聽任他的聲音領著他們來到一個遙遠的地方，一個可以忘卻一切，甚至包括自己的地方。

莫這次朗讀起來時，再也沒有海水和萊姆酒的味道。山羊的教堂中熾熱起來，美琪的眼睛開始刺痛，當她揉起眼睛時，手指關節上都沾上了沙子。山羊手下再度屏氣凝神地聽著莫的聲音，彷彿被他化成了石頭一般。似乎只有山羊一人未曾入迷，但從他眼睛中也可以看出他無法自拔，像一對蛇眼一般直盯著莫的臉。紅色的西服讓山羊的瞳孔更顯透明，他的身子像一隻已嗅聞到獵物的狗一樣緊繃著。

但這回莫讓他大失所望。儘管莫的聲音讓大家見到奪目耀眼的東西，甚至山羊的手下都覺得伸手可觸，但那些文字並未釋放藏寶箱、珍珠和鑲著寶石的刀劍等一切。有其他的東西從書頁裡滑落出來，一個有血有肉，有呼吸氣息的東西。

突然間，一名少年站在山羊用來燒書，還冒著煙的鐵桶之間。美琪是唯一注意到他的人，其他人全都沉醉在故事中，甚至連莫都沒注意到他，他的思緒遠在風沙之中，眼睛正摸索著文字的密網。

那名少年大概比美琪大個三到四歲，頭上戴著污濁的頭巾，棕色臉龐上的眼睛因爲恐懼而幽暗下來。他的手抹著臉，似乎這樣可以抹去那錯誤的畫面和錯誤的地點。他在空盪盪的教堂四處環顧，彷彿從未見過這樣的建築一般。他又怎麼可能見過呢？在他的故事中，肯定沒有尖塔教堂，也沒有在外頭等候著他的綠色山丘。他穿的袍子直罩到他棕色的腳，在昏暗的教堂中像一塊藍天般閃爍著。

如果他們見到他，又會發生什麼？美琪想著。他肯定不是山羊所期待的東西。

但這時他也已注意到他。「等一下！」他尖聲喊道，莫只能戛然中斷，抬起頭來。

山羊的手下一下回到了現實中，有點不情願。闊仔是第一個有所動作的。「嘿，那個傢伙哪裡來的？」他低吼著。

那少年縮起身子，四處張望，臉色惶恐，跟著跑開，像兔子般亂竄，但並未跑遠。立刻有三個大男人追著他，在山羊的雕像下逮到了他。

莫把書擱在身旁的石磚上，臉埋在雙手中。

「嘿！傅維歐不見了！」山羊的一位手下叫道：「就這樣憑空消失了。」所有人都盯著莫看。這時他們的臉上又出現了恐懼，但這次並未摻雜著欽佩，而是憤怒。

「把那小子弄走，魔法舌頭！」山羊氣憤地命令道：「這種貨色我太多了，然後把傅維歐給我弄回來。」

莫雙手離臉，站了起來。

「我說了千萬次，我沒辦法把任何人弄回來！」他脫口而出。「我沒說謊，只不過你不相信而已。我做不到，我不能決定什麼東西，或任何人出來，也不能決定誰消失。」

美琪握住他的手。幾名山羊的手下靠了過來，其中兩個緊抓著那少年。他們扯著他的手臂，像是想把他撕成兩半。他眼睛驚恐大張，瞪著他們陌生的臉孔。

「回到你們的位置！」山羊對憤怒的手下喊道。其中一些已十分靠近莫了。「幹嘛這麼激動？難道你們忘了傅維歐的上個任務一敗塗地嗎？我們差點就甩不掉警察。這樣剛好除掉這個沒用的傢伙。誰又知道？說不定這個小子是個縱火天才，但我現在想見到珍珠、金子和寶石。這個故事正好涉及到這些東西，所以給我吐出來！」

他的手下喃喃出聲，顯得不安，不過多數還是回到了階梯處，又蹲坐在磨損的台階上。只有三位一直站在莫面前，不懷好意地盯著他瞧，其中一個是巴斯塔。

「好吧！傅維歐可有可無！」他喊道，眼睛不離莫。「但誰知道這個該死的巫師下一個會讓誰消失無蹤？我可不想進入一個混蛋的沙漠故事中，突然戴著頭巾瞎跑！」

站在他身旁的男子點頭同意，惡狠狠地打量著莫，嚇得美琪幾乎喘不過氣。

「巴斯塔，我不會再說一次。」山羊的聲音聽來冷靜得駭人。「讓他繼續唸！你們要是沒膽，最好躲到外頭，幫女人們洗衣服去。」

一些手下貪婪地瞧著教堂大門，但沒人敢離開。最後站在巴斯塔身旁的那兩位也一言不發地轉身，和其他人坐在一起。

「傅維歐的帳我們隨後再算！」巴斯塔對莫小聲說道，接著又站到美琪身後。為什麼消失的不是他呢？

那個少年依然一聲不吭。

「把他關起來，我們待會再看看他有沒有用。」山羊命令道。

在扁鼻子扯著他時，少年一點也不反抗，只麻木不仁地在後頭跌跌撞撞走著，像是在等著甦醒。他什麼時候才會明白這場夢將沒完沒了？

門在他倆身後關上時，山羊又回到自己的椅子上。「繼續唸，魔法舌頭，」他說：「這一天還長著呢。」

但莫瞧著腳下的書，搖了搖頭。「不！」他說。「你見到事情重演。我累了，你該滿意我從金銀島帶給你的東西，那些金幣可是一大筆財富。我想回家，不想再見到你。」他的聲音比平常更加沙啞，彷彿唸了不少文字似的。

山羊輕蔑地瞧了他好一會，跟著打量起那些他手下裝滿錢幣的袋子和箱子，似乎在心裡盤算著那筆財富能讓他過上多久的舒服日子。

「你說得對，」他終於開口。「我們明天再來，要不然這裡待會說不定會冒出一頭臭駱駝，或另外五、六個那種面黃肌瘦的小子。」

「明天？」莫朝他走上一步。「這是什麼意思？別貪心了！你的一名手下已經消失，難道你想當下一個？」

「我沒什麼好怕的。」山羊無動於衷地回答道。當他從椅子中起身，慢慢走下祭壇台階時，他的手下紛紛一躍而起。他們儘管比山羊高出一大截，卻像一群小學生般站在那兒，雙手在背後交叉，似乎深恐他在下一刻會檢查他們的指甲乾不乾淨一樣。美琪不得不想到巴斯塔說的話：他投靠山羊時，年紀甚小。她懷疑，讓這些大男人低下頭的原因是恐懼，還是欽佩。

山羊站在其中一個鼓鼓的袋子前。「相信我，我還要好好用你，魔法舌頭。」他說，手伸進那個袋子，讓錢幣從手指中滑落。「今天只是個測試。畢竟我得先親眼親耳證實你的天賦，對不對？這些金子對我眞的有用，但明天你要幫我唸出其他的東西。」

他晃到擱著書的箱子，那裡只剩下灰燼和一些燒焦的紙，跟著一手抓去。「意外吧！」他大聲說道，帶著一抹微笑高舉著一本書，和美琪及愛麗諾帶給他的那本完全不同，只包覆著一張繽紛的紙書衣，上頭有張圖片，美琪在遠處無法辨認出來。「沒錯，我還有一本！」山羊確認道，同時心滿意足地打量著那些不知所措的臉龐。「可以說是我個人專有的版本，而明天，魔法舌頭，你要幫我朗讀。正如我所說過的，我很喜歡這個世界，不過我還懷念著過去的一位朋友。我從未放心讓大流士來試試，我很擔心他會把他缺頭缺腳帶到這裡來，但現在你這位大師大駕光臨。」

莫依然難以置信地盯著山羊手中的那本書，像是以爲它隨時會憑空消失一般。

「好好休息，魔法舌頭，」山羊說：「照顧一下你寶貴的聲音。你有的是時間，因爲我得離開，明天中午才會回來。把他們三個帶回他們待的地方！」他命令自己的手下。「讓他們吃個飽，晚上有被子蓋。喔，對了，要摩托娜給他煮個茶，這對沙啞的嗓子和疲憊的聲音會有好處。你不是一直相信蜂蜜茶很好嗎，大流士？」他轉身詢問他以前的朗讀者。

他只點著頭，滿懷同情地看著莫。

「回到他們待的地方？您難道是說您那位玩刀的手下昨晚把我們送進去的那個洞？」愛麗諾的臉上起了紅斑，至於是因爲驚懼還是憤怒，美琪就猜不出來了。「您這樣的行徑，是剝奪人身自由！什麼嘛，簡直是綁架！沒錯，綁架。您知不知道這要判多少年的刑？」

「綁架？」巴斯塔讓這個字眼在舌尖融化。「聽來不錯，眞的。」

山羊對他微笑，跟著瞧了瞧愛麗諾，彷彿第一次見到她似的。「巴斯塔，」他說：「那個女士對我們有沒有什麼用？」

「就我所知並沒有。」巴斯塔回答，笑得像個剛被允許打壞玩具的孩子一樣。愛麗諾臉色煞白，想退後一步，卻被闊仔擋住緊抓著。

「我們對沒用的東西一般怎麼處理，巴斯塔？」山羊輕聲問道。

巴斯塔一直微笑著。

「住手！」莫對山羊咆哮。「立刻住手，別再嚇她，不然我一個字也不唸。」

山羊背對著他，一臉無所謂，而巴斯塔微笑著。

美琪見到愛麗諾一手摀住顫抖的嘴唇，立刻來到她身旁。「她有用，她比其他人更懂書！」她說，同時緊握愛麗諾的手。

山羊轉過身，他的目光讓美琪不寒而慄，彷彿有人拿著冰冷的手指拂過她的背，他的睫毛像蜘蛛網般明亮。

「愛麗諾一定比你那個瘦巴巴的朗讀者知道更多有關寶藏的故事！」她結結巴巴說著。「百分之百。」

愛麗諾緊握著美琪的手指，幾乎要捏碎一般。她自己的手指則被汗濕透。「沒錯！一定，絕對沒錯！」她脫口而出，聲音沙啞。「我一定還可以想出一堆。」

「好，好！」山羊只這樣說，翹起了均勻的嘴唇。「我們會看看。」接著他對自己的手下打了個手勢。他們推著愛麗諾、美琪和莫走過了桌子、山羊的雕像和紅色的柱子，推開嘎吱作響的沉重大門。

教堂的陰影落在屋舍間的廣場上，空氣中有夏天的味道，太陽在萬里晴空中照耀，彷彿沒什麼事發生一樣。

前景堪虞

卡阿低下頭，溫柔地擱在摩格立肩上一會。「你既勇敢，又有禮，」牠讚美道：「人類的孩子，你在叢林中不可限量，但現在和你的朋友快點離開。你先睡一會，因爲月已西沉，現在發生的事，你不宜觀看。」

——拉德亞・吉卜齡《叢林故事》

他們果眞吃得豐盛。中午左右，一名女子給他們帶來麵包和橄欖，傍晚時，則是飄著新鮮迷迭香味道的麵條。但這無法縮短那無止無盡的時刻，而吃飽的肚子也驅趕不掉對隔日的恐懼。或許有本書就不會如此，可是想那些也是多餘的。這裡沒有書，只有沒窗的牆和緊閉的門。好在天花板下掛了一個新燈泡，他們便不用一直在黑暗中枯坐著。美琪不斷瞧著門底下的縫隙，想看看天是不是已經黑了。她想像著蠑螈在外頭曬著太陽，她在教堂前的廣場上見到幾隻。那隻從錢幣上蜿蜒爬開的祖母綠蠑螈是否找到通到外頭的路了？還有那個少年怎麼樣了？每次當美琪閉上眼時，就見到他驚愕的臉孔。

她不知道莫腦海中是否有同樣的想法。自從他們再被關起來後，他幾乎一言不發。他倒在乾草堆上，臉別向牆面。愛麗諾也不怎麼多話。「可眞大方！」當闊仔在他們身後拴起門後，她只這樣喃喃說著。「我們的主人倒是又施捨我們兩大堆發霉的乾草。」接著就伸直腳，坐在角落，開始板著臉先瞪著自己的膝蓋，然後著是骯髒的牆面。

「莫？」在美琪實在受不了這份寂靜時，她不知什麼時候問道：「你看他們會怎麼對付那個少年？你要幫山羊從那本書中唸出來的朋友又是什麼？」

「我不知道，美琪。」他只這樣回答，身子都沒轉過來。

她只好不打擾他，在他旁邊弄了一個稻草床，沿著光禿禿的牆晃來晃去。說不定哪一堵牆後面正坐著那個陌生的少年。她把耳朵貼在牆上，沒有任何聲音傳來。有人在牆上的泥灰刻了自己的名字：李卡多・本托納，一九九六年五月十九日。美琪手指摸過那些字母。兩個手掌遠處還有一個接一個的名字。美琪不知道這些李卡多、烏果、貝納多怎麼了……我是不是也該刻下自己的名字？她想，以免……她不敢再想下去，以防萬一。

她身後，愛麗諾癱在她的草堆上嘆著氣。當美琪朝她轉過身，只見她對她微笑著。「我現在眞想拿一切來換把梳子！」她說，撥開額頭上的頭髮。「我從未想過，在這種情況下，我竟然只想到梳子，但事實如此。老天，我連個髮夾都沒有。我看來一定像個女巫，或一把沒好日子過的清潔刷子。」

「啊，實際上妳看來很好，妳的髮夾反正老會滑掉，」美琪說：「我甚至覺得妳看來年輕多了。」

「年輕多了？嗯。好吧，隨妳怎麼說。」愛麗諾低頭看著自己。她那件鼠灰色的毛衣髒兮兮的，而她的長統襪有三個地方脫線了。「妳在教堂幫了我，」她說著，把裙子下襬拉過膝蓋，「眞是多謝。我的膝蓋還跟橡皮一樣，妳看我有多害怕。我都不知道我是怎麼一回事。我覺得自己似乎變了個人，好像那個好心的老愛麗諾回了家，把我單獨留在這兒似的。」她的嘴唇開始顫抖，有一會，美琪以爲她會開始哭，但那個老愛麗諾顯然還在。

「是的，總會瞧得出來的！」她說：「只有在困難中，才看得出自己是什麼木頭刻出來的。我一直以爲自己是橡木，但現在看來更像是梨木，或哪一種軟趴趴的木頭。就那樣一個混蛋拿著刀在我鼻子前晃著，我就掉了滿地的木屑。」

現在不管愛麗諾再怎麼想吞嚥，淚水還是滾落出來了。她氣惱地拿手背抹過眼睛。

「我看妳還撐得不錯，愛麗諾。」莫的臉依然還對著牆。「我看妳們兩個都撐得不錯。把妳們扯進這整件事情來，我眞想親手扭斷自己的脖子。」

「胡說，這裡有誰該扭斷脖子的，就是那個山羊，」愛麗諾說：「還有那個巴斯塔。喔，上帝，我從沒想過我會這麼樂意去殺掉一個人，但我敢肯定，只要我能勒住巴斯塔的脖子的話……」

當她見到美琪吃驚的目光時，她自覺不該，便噤聲不語，但美琪只聳了聳肩。

「我也一樣。」她喃喃說著，一邊用自己的腳踏車鑰匙在牆上刻出一個M。說也瘋狂，她竟然一直把鑰匙放在褲袋裡，彷彿在紀念著另一個生活。

愛麗諾手指摸過襪子上一個脫線處，莫轉過身躺著，瞪著天花板。「我很抱歉，美琪，」他突然說：「我很抱歉讓那本書被人拿走了。」

美琪刻了一個大寫的E在牆上。「啊，那反正沒什麼差別，」她說，退了一步，她名字中的G看來像被咬掉一口的O。「你可能也拿不回來了。」

「是的，可能吧。」莫喃喃說著，又再瞪著天花板。

「可那不是你的錯，莫。」美琪說，重要的是你在我身邊！她想補充說。重要的是巴斯塔不會再拿刀架在你脖子上。至於我的母親，我幾乎記不起來了，我只從幾張照片上認識她。

但她默不作聲，因爲她知道這些都安慰不了莫，相反地，可能只會讓他更傷心。美琪第一次察覺到他很想念她母親。有那麼一下子，她嫉妒了起來。

她在泥灰上刻了個I，那很容易——跟著放下了腳踏車鑰匙。

外頭有腳步聲接近。

愛麗諾站起來時，手摀住嘴。開門的是巴斯塔，他身後站著一名婦人。美琪認出在山羊屋子中見過這個老人。她一臉不悅地擠過巴斯塔，在地上擱了個杯子和熱水壺。「好像我沒事做似的！」出門前，她嘮叨說道：「現在我們還得餵飽這些人。如果你們要把他們留在這兒，至少讓他們幹幹活。」

「妳去跟山羊說。」巴斯塔只這樣回答，接著就抽出他的刀，對愛麗諾微笑著，在他的夾克上擦了擦刀刃。外頭天已黑，他那潔白的襯衫在降臨的黃昏中發著光。

「你喝喝茶吧，魔法舌頭，」他說，並享受著愛麗諾臉上的恐懼。「摩托娜在壺裡擱了很多蜂蜜，第一口說不定會黏住你的嘴，但保證你的嗓子明天煥然一新。」

「你們對那少年怎麼了？」莫問。

「喔，我估計他就被塞到隔壁。闊仔明天會拿個小火刑考驗考驗他，然後我們就知道他能不能用。」

莫坐起來。「火刑？」他問，聲音聽來既苦澀又嘲諷。「哼，你是一定不敢的，你連髒手指的火柴都怕。」

「小心你的舌頭！」巴斯塔嘶聲對他說：「再說一個字，我就割掉它，才不管它有多寶貝。」

「不，你不會的。」他站起來時說，不緩不急地把杯子裝滿滾熱的茶。

「或許不會。」巴斯塔壓低聲音，彷彿怕被聽到似的。「但你的小女兒也有根舌頭，那可不像你的那麼寶貝。」

莫抓起裝著熱茶的杯子丟向他，但巴斯塔趕緊拉上門，杯子砸在門上，碎了。「祝你有個好夢！」他在外頭喊著，拴上門栓。「我會讓人帶個新的杯子給你，明天見。」

他走後，他們沒人說話，沉寂了好久，好久。

「莫，講些故事給我聽！」美琪不知何時低聲說著。

「妳想聽什麼？」他問，手臂摟著她的肩。

「講我們在埃及的事，」她輕輕說著，「我們去找寶藏，經歷了沙塵暴、毒蠍子、各種從墓裡起來守護寶藏的可怕幽靈。」

「啊，那個故事！」莫說：「我不是在妳八歲生日時想出來的嗎？那故事就我記憶所及，非常陰森。」

「是的，相當陰森！」美琪說：「但結局很好，一切都很好，我們裝滿了寶藏回家。」

「那我也想聽！」愛麗諾聲音顫抖地說，可能她還一直想著巴斯塔的刀。

於是莫開始講述，沒有翻動書頁的聲音，沒有無止無盡的文字迷宮。

「莫，講故事時是不是從來沒有東西跑出來過，對不對？」美琪不知何時擔心地問著。

「沒有，」他回答。「那大概需要一點印刷油墨和另一個想出故事的腦袋。」他接著繼續講述，美琪和愛麗諾傾聽著，直到他的聲音帶著她們到遙遠的地方。不知何時，她們便睡著了。

他們被同樣的雜聲吵醒，有人在弄門上的鎖。美琪相信聽到了一聲低低的咒罵。

「喔，不！」愛麗諾低聲道，她是第一個站起來的。「他們現在來抓我了！那老太婆八成說服他們了！爲什麼要餵飽我們？餵飽你才是。」她匆匆瞥了一眼莫。「但爲什麼要餵飽我？」

「靠到牆邊去，愛麗諾，」莫說，同時把美琪推到身後。「全都離開門邊。」

鎖發出一聲悶響後開了，有人推開門，剛好寬到可以擠進來一個人的程度。是髒手指。他朝外頭擔心地瞄了最後一眼，跟著就關上身後的門，拿背靠著。

「我聽到你又做了，魔法舌頭！」他壓低聲音說：「他們說那可憐的孩子還是一聲不吭，這也不能怪他。相信我，那種突然間掉到另一個故事的感覺眞是難受。」

「您來這兒想幹嘛？」愛麗諾斥責著他，髒手指的出現立刻把她臉上的恐懼抹去了。

「饒了他吧，愛麗諾！」莫把她推到一旁，走向髒手指。「你的手還好吧？」他問。

髒手指聳聳肩。「他們幫我抹了某一種藥膏，但皮膚還是跟舔過它的火一樣紅。」

「問他來這兒想幹嘛！」愛麗諾斷斷作聲。「要是他來這兒只是想說，他對我們的困境束手無策，那就乾脆扭斷他那會說謊的脖子。」

髒手指丟給她一個鑰匙圈當作回答。「您以爲我爲什麼來這兒？」他責罵她，同時關掉了燈。「偷巴斯塔的汽車鑰匙並不容易，要有聲謝謝倒是不錯，但這些我們可以晚點再說。現在我們別再站著不動，而是開溜。」他小心打開門，仔細聽著外頭的動靜。「教堂塔樓上有個守衛，」他輕聲說著，「但看守察看的是山丘，而不是村裡。狗都回窩裡了，要是我們眞的招惹上牠們，那也好在牠們喜歡我多過巴斯塔。」

「我們爲什麼一下子就要信任他？」愛麗諾小聲說著。「要是後頭又有什麼不良企圖，那該怎麼辦？」

「你們得帶我走！這就是我的所有企圖！」髒手指頂了回去。「我在這裡沒搞頭了！山羊騙了我。他把我最後的一點希望都化成灰了！他以爲可以這樣對我，髒手指不過是條可以隨意亂踢，而不會反咬的狗。但他搞錯了。他燒了那本書，那我就再把帶給他的朗讀者帶走。至於您——」他拿燒傷的手指指著愛麗諾的胸，「您也跟來，因爲您有輛車。想逃出這座村子，靠腳是辦不到的，山羊的手下不行，在山丘中爬行的蛇更不行。但我不會開車，所以……」

「你看，我就知道！」愛麗諾幾乎忘了要壓低聲音。「他只想救他自己，所以才來幫我們！他一點也不會良心不安，喔，不，又爲什麼要有？」

「我才不管他爲什麼幫我們，愛麗諾，」莫不耐煩地打斷她，「重要的是，我們可以離開這裡，但我們還要帶上別人。」

「帶上別人？誰？」髒手指不安地看著他。

「那個男孩，那個因爲我，命運和你一樣的男孩，」莫回答，同時擠過他身邊朝外頭走去。「巴斯塔說他就在隔壁，對你靈巧的手指來說，一把鎖根本不成問題。」

「我今天燒傷了這些靈巧的手指！」髒手指惱怒地嘶著聲。「但就照你說的辦吧。你那好心腸可會害死我們大家。」

當髒手指敲著五號門時，可以聽到門後輕微的窸窣聲。「看來他們還想讓他活著！」他低聲道，同時開始弄鎖。「他們把死囚關在教堂下的墓室。每次山羊派他下去，巴斯塔的臉都白得跟蛆一樣，因爲我開玩笑對他說過，有個白衣女子在石棺間作祟。」想到這裡，他輕輕竊笑著，像是一個惡作劇成功的小學生一樣。

美琪看著教堂那邊。「他們常常殺人嗎？」她輕輕問著。

髒手指聳聳肩。「不像過去那樣頻繁，但有過……」

「別跟她說這些故事！」莫低聲說著。他和愛麗諾眼睛不離教堂塔樓。那名守衛高高待在上頭的牆旁，就在鐘的旁邊。美琪抬頭看去，就已頭暈目眩。

「魔法舌頭，那可不是故事，而是眞實的事！你見到她時，難道再也認不出來了嗎？沒錯，她是個醜女孩，沒人願意看著她。」髒手指退離門邊，鞠了個躬。「請，鎖已打開，你們可以帶他出來。」

「妳進去！」莫對美琪小聲說：「他會比較不怕妳。」

門後漆黑無比，但當美琪踏進黑暗中時，又聽到一聲窸窣，彷彿在草堆中某處有動物在動。髒手指手伸過門，在她手裡塞了一個手電筒。當美琪打開開關時，光線正好落在那少年黝黑的臉上。他們丟給他的乾草比美琪睡過的還要霉臭，但那男孩看來在扁鼻子把他關起來後，一直都沒闔上眼過。他摟住自己的腳，好像那是唯一能給他依靠的東西似的。

或許他一直都在等著這個惡夢結束。

「來吧！」美琪低聲說，朝他伸出手。「我們只想幫你！我們要帶你離開這裡！」

他一動不動，只盯著她，眼睛瞇起，透著不信任。

「美琪，快點！」莫朝門內輕輕說著。

男孩看著她，向後滑開，直到背頂著牆。

「求求你！」美琪低聲道。「你得跟來！在這他們會對你不利！」

他依然看著她，跟著站起來，遲疑不定，眼睛不離開她。他比她高，幾乎高出一個手掌。

突然間，他朝門口衝去，粗魯地撞倒美琪，但卻過不了莫那一關。

「嘿，嘿！」他朝他輕輕說著。「別激動，好嗎？我們眞的想幫你，但你得照我們說的做，懂嗎？」

少年不懷好意地瞪著他。「你們全是魔鬼！」他低聲說著。「魔鬼或惡魔！」看來他懂得他們的語言，又為什麼不？全世界的語言都在說他的故事。

美琪站了起來，摸了摸膝蓋，鐵定在石頭地上撞出血了。「如果你想看魔鬼的話，就待在這裡！」她嘶著嗓子說，同時擠過那名男孩。看他避開她的樣子！好像她是個女巫一般。

莫把他拉到身邊。「你看到那上頭的守衛了嗎？」他小聲說，指著教堂塔樓。「如果被發現，我們會沒命的。」

男孩抬頭看著守衛。

髒手指來到他身邊。「現在來吧！」他壓著嗓子說：「如果他不想來，那就待在這裡，你們其他人脫掉鞋子，」他看了一眼男孩的光腳補充道：「不然你們發出的聲音比一群山羊還吵。」

愛麗諾發著牢騷，但乖乖照做，那少年就算不太情願，還是跟著他們。髒手指一馬當先，像是要跑開自己的影子一樣。美琪一直跌跌撞撞，往下去的巷子十分陡峭。每次愛麗諾的腳趾撞到凸起的石塊時，都冒出一聲低低的咒罵。緊緊相鄰的屋子間黑漆漆的，石拱撐在建築間，像是在阻止屋子倒塌。灼黑的掛燈透射出鬼魅般的陰影。每隻從門口竄走的貓都讓美琪嚇了一跳。

但山羊的村子沉睡著。只有一次，他們經過一名靠在小巷子抽菸的守衛。兩頭貓不知在哪個屋頂上爭吵，守衛轉過身，彎身撿起一塊石頭去丟貓。

髒手指抓住這個機會。美琪很高興他要大家脫掉鞋子，他們不出聲地溜過那名守衛。他一直背對著他們，但美琪直到大家轉進下一個路口後，才敢再喘氣。她再次注意到這裡許多的空屋，全是封死的窗戶和半塌的門。是什麼毀了這些屋子？難道只是時間？這些居民是逃離了山羊，還是在山羊和自己的手下窩在這裡之前，村子就已荒蕪？髒手指不是說過這點嗎？

他停了下來，示警地舉起手，手指擱在唇上。他們到了村子邊，前面只有停車場。兩盞燈照亮了裂開的柏油路面，左邊矗立著一個高聳的鐵絲圍籬。

「後面是山羊的慶典廣場！」髒手指小聲說：「過去村裡的孩子大概在那兒踢足球，但現在山羊在那裡舉辦魔鬼慶典，火燭、烈酒、對空鳴槍、放除夕煙火、抹黑的臉，這些戲法就把鄰近的人嚇退了。」

他們又穿上鞋子，便跟著髒手指到停車場。美琪，直朝那個鐵絲網看去。魔鬼慶典。她似乎見到了火光、抹黑的臉孔……

「快來，美琪！」莫小聲說，同時把她拉了過來。黑暗中某處，可以聽到淙淙的水聲，美琪想起他們來時的那座橋。要是這次那裡有守衛，那該怎麼辦？

廣場上停著好幾輛車，愛麗諾的車也在那裡，在其他車的一旁。他們身後，教堂塔樓聳立在屋頂之上，完全沒有遮蔽物可以躲開守衛。美琪在這種距離下看不到他，但他一定還窩在那兒。從上面看下來，他們一定像在桌面上爬行的黑色甲蟲。不知道他有沒有望遠鏡？

「快點，愛麗諾！」在她花了一點時間打開她的車門時，莫小聲催促著。

「好啦，好啦！」她咕噥回去。「我可沒像我們那位髒手指朋友，有著靈巧的雙手。」

莫摟著美琪的肩，同時擔心地四處察看，但除了幾隻到處亂跑的貓外，廣場上和屋子間一直沒有任何動靜。他放心地把美琪推到後座。

那男孩猶豫了一會，像見到某種陌生的動物一般打量著汽車，不確定它是溫馴的，還是會吞了他，但最後他也上了車。

美琪不怎麼友善地看了他一眼，儘可能挪得離他遠點。剛剛撞到的膝蓋還一直疼著。

「那個呑火柴的到哪去了？」愛麗諾小聲說著。「該死，別告訴我這個傢伙又消失了。」

美琪先發現髒手指，他潛行在其他車子旁。

愛麗諾抓著方向盤，像是迫不及待要發動。「那個混蛋現在又想幹嘛？」她輕輕說著。

沒人知道答案。等著髒手指的時間令人難以忍受，當他回來時，他收起了一把刀。

「這又是怎麼一回事？」當他擠到後座那少年身旁時，愛麗諾斥責著他。「您不是說過我們很趕？您又拿刀子做了什麼？該不是劃了某人幾道？」

「我是巴斯塔嗎？」髒手指惱怒回答著，同時雙腳擠在駕駛後座。「我只是劃破他們的輪胎，就這樣，爲了安全起見。」他手裡還一直拿著刀子。

美琪不安地打量著。「那是巴斯塔的刀子。」她說。

髒手指微笑著，把刀塞進褲袋。「現在不是了。我也很想偷那個蠢護身符，但連晚上他都掛在脖子上，那可是太危險了。」

不知哪裡，有條狗開始吠叫。莫搖下車窗，不安地把頭伸出車外。

「不管你們相不相信，發出這種天殺聲音的只是野狗吧。」愛麗諾說，但美琪突然間也聽見在夜裡大聲迴盪的聲音，不是野狗的吠叫。她嚇得瞧出車窗時，見到從一輛停放在一邊，髒兮兮的白色貨車上下來一名男子。那是山羊的手下之一，美琪在教堂中見過。他一臉睡意惺忪地四處看著。

當愛麗諾啓動引擎時，他從背部抽出獵槍，朝車子跌跌撞撞趕來。有那麼一會，美琪對他幾乎感到同情，他看來愣然不知所措，一臉睡意。山羊對一個在睡覺，而沒留神的守衛會怎樣？守衛拿起獵槍瞄準射擊。美琪把頭深深縮在後座椅背前，愛麗諾則死命加著油。「該死！」她朝髒手指喊道：「您在割破車子輪胎時，沒看到這個傢伙？」

「沒有，沒看到！」髒手指喊了回去。「開車！不是那邊！前面那條才通到公路！」

愛麗諾轉著方向盤。美琪身旁的那個男孩整個人都縮了起來。那聲槍響時，他閉起了眼睛，雙手摀住耳朵。他的故事中有槍嗎？可能連車子也沒有。他和美琪的頭撞在一起，愛麗諾的車子激烈地沿著石子路顛簸下去。當車子來到公路上時，情況也沒好轉。

「這不是我們來的路！」愛麗諾叫著。山羊的村子在他們上頭像座碉堡，屋子似乎並沒有變小。

「是，是同一條！我們抵達時，巴斯塔是在上頭那裡接待我們！」髒手指一隻手抓著椅子，另一隻扶緊背包。裡面傳來一聲憤怒的低吼，那男孩驚恐地瞧了背包一眼。

當他們開過去時，美琪似乎認出見到巴斯塔的地方，那個第一次見到村子的山丘。接著屋舍便一下子消失，被夜吞沒，彷彿山羊的村子從未存在過似的。

橋上沒有守衛，被封住通往村子道路的生鏽欄杆處也沒有。美琪回頭瞧著，直到黑暗吞沒了它。結束了，她心想，真的結束了。

夜晚清澈，美琪還從未見過這許多星星。綳在黑色山丘上的天空像是塊綴滿小珍珠的布。整個世界似乎只剩山丘，在夜的容顏前拱起的貓背，沒有人，沒有屋舍，沒有恐懼。

莫轉過身，拂掉美琪額頭上的髮。「沒事吧？」他問。

她點點頭，閉上眼睛。她突然間只想睡覺……只要她的心不那樣噗通跳著。

「這是場夢！」有人聲音單調地在她身旁喃喃唸著。「只是場夢，不然會是什麼？」

美琪轉過去。那名男孩沒看著她。「這一定是夢！」他重複著，用力地點著頭，像是要給自己打氣似的。「一切都不對勁，不真實，全瘋了，就像在夢裡一樣，而現在——」他頭朝外點了一下，「現在我們甚至飛了起來，還是夜從我們身邊飛過去，還是不管是什麼。」

美琪幾乎想笑。「這不是夢。」她想說，但她已累得無法解釋這複雜的故事。她看向髒手指，他摸著他背包的布，大概試著這樣來安撫那隻生氣的貂。「別這樣看我！」當他注意到美琪的目光時說道：「我不會對他解釋，那得妳父親來做，畢竟他得爲他的惡夢負責。」

莫面對那名少年時，額頭上寫著不安。「你叫什麼名字？」他問：「你的名字不在那……」他中斷了話。

那少年看著他，一副不信任的樣子，跟著低下頭。「法立德，」他回答，語調平淡。「我的名字叫法立德，但我想在夢裡面說出來，會帶來不幸，再也回不去。」跟著他就緊閉著嘴唇，直直盯著前方，像是不想看任何人似的，一聲不吭。他在故事中有父母嗎？美琪記不起來，那裡只提到一個幫著強盜做事的無名少年。

「這是場夢！」他又低聲說著。「只是場夢。太陽會昇起，一切就會消失，沒錯。」

莫打量著他，難過，又不知如何是好，像注視著一隻被人觸碰過後，不再爲牠父母所喜愛的小鳥一樣。可憐的莫，美琪心想，可憐的法立德。但還有另一個念頭，一個讓她感到羞愧的念頭。自從在山羊的教堂中，蠑螈爬開了那堆金幣後，那念頭就在了。「我也想這樣。」從那時起，這念頭就在一邊耳語著，非常輕細，但持續不斷。這個願望就像隻布穀鳥在她心頭築了個窩，蔓延開來，延伸擴大，不管她再怎麼試著擺脫。「我也想這樣，」那念頭輕輕說著。「我想誘出他們，碰觸他們，那些人物，那些奇妙的人物，我想要他們溜出書頁，坐在我身邊，我想要他們對我微笑，我想要，我想要……」

外頭依然漆黑，彷彿沒有天明似的。

「我會開下去！」愛麗諾說：「我會一直開到我家門前。」

這時他們身後遠方冒出了車燈，像是在夜裡摸索的手指一般。

蛇與荊棘

波里伯一家轉過身，就在橋前端那裡，他們見到一圈明晃晃的白光，劃破了夜空的下緣。那是一輛車的車燈，就在橋的北端，在這些逃亡者幾分鐘前才離開的地方。

——米夏・德・拉拉貝提《波里伯II——在旋轉迷宮中》

不管愛麗諾怎樣努力踩著油門，那車燈還是愈來愈近。

「說不定那只是其他的車子！」美琪說，但她自己也知道，那根本不可能。在這條他們開了將近一個鐘頭，顛簸不平、滿是坑洞的路上，只有一座村子，也就是山羊的村子。跟在他們後面的人，只可能從那兒來。

「現在怎麼辦？」愛麗諾喊著，出於緊張，車子激烈地蛇行起來。「我可不要再被關到那個洞裡去，不，不，不，不。」每說一個不，她就拿著手掌擊打一下方向盤。「您不是說過，您把他們的輪胎刺破了？」她責問髒手指。

「沒錯！」髒手指生氣地頂了回去。「顯然他們對此有所準備，還是您從來沒聽過備胎？快加油！應該快看到其他村子了，不會太遠。如果我們能撐到那邊的話……」

「如果，是的，『如果』！」愛麗諾喊著，手指敲著油箱指標。「汽油最多再跑十公里，或許二十公里。」

他們連這麼遠都到不了。在一個急彎處，一個前輪爆胎了。愛麗諾在車子滑出路面前，只來得及打正方向盤。美琪驚叫起來，雙手掩面，她本以爲車子會衝下路左側，消失在黑暗的陡坡中。千鈞一髮之際，這輛旅行車滑向右側，車子的保險桿擦過不到膝蓋高，圍著路邊的石頭牆，喘了最後一口氣，停了下來，就在一株探過路邊的冬青櫟下垂的樹枝下，那低垂的枝幹彷彿想碰觸柏油路面似的。

「喔，該死，眞該死！」愛麗諾咒罵道，同時鬆開她的安全帶。「大家都沒事吧？」

「我就知道，爲什麼我絕不相信車子！」髒手指喃喃唸著，打開他那頭的門。

美琪坐在那兒，全身顫抖著。

莫把她拉出車子，擔心地瞧著她的臉。「都還好吧？」

美琪點點頭。

法立德從髒手指那頭爬出來。他是不是還一直認爲是一場夢？

髒手指站在路上，肩上背著背包，仔細聽著。遠處，一架引擎的響聲穿透了夜。

「這輛車必須離開馬路！」他說。

「什麼？」愛麗諾目瞪口呆地看著他。

「我們必須把它推下斜坡。」

「我的車子？」愛麗諾幾乎叫了起來。

「他說得對，愛麗諾，」莫說：「這樣，我們說不定可擺脫他們。我們把車推下斜坡，他們搞不好在黑暗中看不到它，就算看到，也會想我們大概離開了馬路，我們同時繼續爬上山坡，先躲在樹叢間。」

愛麗諾抬頭絕望地看了一眼。「但那太陡了！要是碰上蛇怎麼辦？」

「巴斯塔一定已經有把新刀子。」髒手指說。

愛麗諾陰森地瞄了他一眼，跟著二話不說走到車後，看了一眼行李箱。「我們的箱子呢？」她問。

髒手指打量著她，覺得有趣。「說不定巴斯塔把它們分給了山羊的女僕，他倒是喜歡討好她們。」

愛麗諾看著他，似乎一個字都不相信，接著關上行李箱，手臂頂著車子開始推。

他們沒辦到。

不管他們再怎樣推和頂，愛麗諾的車子雖然滾出路邊，但只滑下斜坡不到兩公尺，跟著就卡在那裡，前端被灌木叢纏住，再也動不了了。但那個在這遠離人煙的荒郊野外聽來十分怪異的引擎聲，卻隆隆作響傳入他們的耳中。他們早已汗流浹背，在髒手指踢了這輛頑固的車子最後一腳後，他們又爬上路邊，翻過那道看來每塊石頭都上了千年的牆，再努力爬上山坡，關鍵是想盡辦法離開路面。莫拉著身後的美琪，髒手指幫著法立德，愛麗諾自己則手忙腳亂。整個山坡都佈滿了牆，試圖在貧瘠的地上強取出狹窄的田地和園子，種幾棵橄欖樹、葡萄，或這塊地上能長出來的水果。但樹木早就荒蕪，地上佈滿了沒人採收的水果，因爲人們早就遷到生活沒那麼艱辛的其他地方去了。

「低下頭！」髒手指喘著氣，同時和法立德蹲到一面倒塌的牆後去。「他們來了！」

莫拉著美琪到下一株樹下，在那瘤狀的根處長出的荊棘叢，正好高到可以遮住他們。

「那蛇呢？」愛麗諾輕輕說著，同時在他們身後踉蹌而來。

「現在對牠們來說太冷了！」髒手指在他的藏身處小聲說著。「您難道沒有從您那些高明的書裡學到嗎？」

愛麗諾的答案已到舌尖，但莫拿手堵住她的嘴。那輛車子在他們下方出現，是那輛睡眼惺忪的守衛爬出來的貨車。車子沒有減速，便開過他們推下愛麗諾旅行車的地方，消失在下一個轉彎處。美琪想鬆口氣從荊棘中抬起頭，但莫繼續把她壓下去。「還沒有！」他小聲說，並仔細聽著。

夜非常寂靜，美琪從未經歷過，彷彿可以聽到樹木、草叢和夜自己的呼吸。

他們見到貨車的車燈在另一個山丘坡上冒出：兩根在黑暗中的發光手指，沿著一條隱形的路向前探索著，不過突然間，它們停下不動了。

「他們在掉頭！」愛麗諾低聲說著。「喔，上帝。現在怎麼辦？」

她想站起來，但莫緊抓著她。「妳瘋了嗎？」他小聲道：「現在再爬已經太晚，他們會發現我們。」

莫沒說錯。貨車很快回來。美琪見到車子只停在他們把愛麗諾車子推下路邊的地點幾公尺遠。她聽到車門打開的聲音，看到兩個男的下了車。兩人背對著他們，但當其中一個轉過身，美琪似乎認出了巴斯塔的臉，儘管在夜裡看來那不過是個白點而已。

「車子在那裡！」其中一個說。那是扁鼻子嗎？他可夠高大魁梧的。

「去看一下他們在不在裡面。」是的，那是巴斯塔。美琪可以從幾千個人中認出他的聲音。

扁鼻子像頭熊一般笨拙地爬下斜坡。美琪聽到他咒罵著荊棘、尖刺、黑暗、那個害他今晚在這兒跌跌撞撞的該死的白癡。巴斯塔還一直站在路上。當他點燃一個打火機點菸時，臉上出現了銳利的影子。白色的煙朝他們飛舞而來，直到美琪似乎能聞到爲止。

「他們不在裡面！」扁鼻子喊著。「他們一定走了下去。該死，我們要不要追下去？」

巴斯塔走到路邊，朝下頭看去，跟著轉過身來打量著。美琪心噗通跳著，縮在莫身旁的山坡。

「他們還不可能跑太遠，」他說：「但在夜裡很難發現他們的蹤影。」

「沒錯！」當扁鼻子又出現在路上時，喘著氣說：「畢竟我們不是那些臭印地安人，對不對？」

巴斯塔沒回答，只站在那裡聽著，抽著他的菸，跟著對扁鼻子小聲說了什麼。美琪的心幾乎要停了下來。

扁鼻子擔心地四處看著。「不，我們最好把狗帶來！」美琪聽到他說：「就算他們藏在這裡某個地方，我們又怎麼知道他們是往上，還是往下去？」

巴斯塔瞧了一眼樹，瞧著馬路，跟著踩熄他的菸。然後他走回車子，拿出兩根獵槍。「我們先試試下面，」他說，把一柄獵槍丟給扁鼻子。「那個胖老太婆一定寧可往下爬。」沒再多說什麼，他就消失在黑暗中。扁鼻子依依不捨地瞧了貨車一眼，嘴裡嘟囔著，便笨手笨腳地跟著巴斯塔下去。

兩人剛一消失，髒手指就站起來，像影子一樣無聲無息，並指著山坡上。當他們跟著他時，美琪的心快跳出來。他們竄過一棵棵的樹，一株株的灌木，不時回頭看著。每根她鞋子踩斷的樹枝，都讓美琪心悸，還好巴斯塔和扁鼻子朝下穿過山裡的灌木叢時，也發出一些聲響。

不知何時，他們再也見不到公路。但她的恐懼並未退卻些，就怕巴斯塔說不定已經掉頭，沿坡而上跟著他們。不過只要一停下來聽著，就只聽到他們自己的呼吸。

「他們很快便會發現選錯了方向！」髒手指不知何時輕悄悄說著。「然後就會帶狗來。我們算走運，他們沒有立刻帶狗。巴斯塔不相信牠們，而他也沒錯，因爲我常常拿乳酪餵牠們，這會讓狗的鼻子變鈍。不過，他們總會帶上牠們，因爲就連巴斯塔也不願意帶著壞消息回去山羊那裡。」

「那我們得再走快點！」莫說。

「去哪?」愛麗諾現在已喘不過氣。

髒手指四處瞧著,美琪不知道這有什麼用,他們的眼睛根本認不出東西,簡直伸手不見五指。「我們必須往南去,」髒手指說:「朝海岸的方向。我們必須混到人群中,只有這樣才能得救。那下面的夜晚比較明亮,沒人相信魔鬼什麼的。」

法立德站在美琪旁,吃力地瞧著黑夜,好像能把早晨瞪出來,或在這一片漆黑中發現到髒手指提到的人們似的,但黑暗中除了在遙遠的夜空中冷冷閃爍的繁星之外,根本沒有一絲光亮。有那麼一會,那些星子在美琪看來彷彿出賣了他們的眼睛,她似乎聽到它們說著:「看哪,巴斯塔,他們在下面那頭。快來,抓住他們!」

他們繼續跌跌撞撞前進,緊靠在一起,以免有人走失。髒手指把葛文從背包中拿出來,在讓牠跑開前,他幫牠拴上鍊子。那隻貂似乎並不喜歡。髒手指得不時把牠從灌木叢中拉出來,離開那些人類鼻子聞不到的美妙味道。牠齜牙咧嘴,氣得嗥叫著,咬著鍊子拉扯著。

「媽的,不知什麼時候,我會被這小畜生絆倒!」愛麗諾罵道:「牠就不能稍微照顧一下我受傷的腳?只要我們一回到人群中,我就要找個最好的飯店房間,把我可憐的腳枕在一個又大又軟的枕頭上。」

「妳還有錢在身上?」莫的聲音聽來一副難以置信的樣子。「我的錢被他們全搜刮光了。」

「喔,我的錢包也被巴斯塔立刻拿走,」愛麗諾說:「但我是個謹慎的女人,我的信用卡藏在一個安全的地方。」

「竟然有地方沒被巴斯塔搜到?」髒手指把葛文拉下一根樹幹。

「沒錯,」愛麗諾說:「沒有男人會急著去搜一個胖老女人的身體,這可是個優點。一些最值錢的書，我就用……」她突然住嘴，清了清喉嚨，瞧著美琪。但美琪裝著像是沒聽見愛麗諾最後的一句話，或沒聽懂她在說什麼。

「妳也沒那麼胖！」她說：「說妳老就更誇張了。」她的腳疼得厲害！

「喔，多謝了，小寶貝！」愛麗諾說：「我想我會從妳父親那裡把妳買過來，讓妳每天對我說三次這種好話。你要我付多少錢，莫？」

「那我得想想，」莫回答。「一天三塊巧克力怎麼樣？」

他們就這樣說著，聲音根本就像低吟一般，同時吃力地穿過山丘上的荊棘叢。他們說什麼，根本無關緊要，因爲這些低語只有一個目的，打發恐懼和四肢沉重的疲倦。他們繼續走著，希望髒手指知道要帶他們去哪。美琪一直緊跟在莫後面，他的背至少可以擋去一些帶刺的枝幹。那些刺不斷纏住她的衣服，劃傷她的臉，彷彿爪子鋒利，在暗處窺視的邪惡動物一般。

他們不知何時碰上一條可以順著走下去的小徑。空彈殼散落兩旁，是被在靜寂中帶來死亡的獵人拋掉的。在被踩踏過的土地上，走起來輕鬆多了，儘管美琪累得幾乎抬不起腳來。當她第二次睡意朦朧地絆到莫的腳後跟時，他便把她背在背上，就像過去她趕不上他的大腳步時常常出現的鏡頭。那時他叫她「跳蚤」、「羽毛女孩」或《小飛俠》裡的小精靈「小鈴鐺」。他有時還是這樣叫她。

美琪累得把臉靠在他肩上，試著去想小飛俠彼得潘，而不是蛇或拿刀的男人。但這回她自己的故事太過強大，沒法被杜撰出來的故事趕走。

法立德好久都不再說話。他一直跟在髒手指後頭跌跌撞撞。他似乎喜歡上葛文，每次當那隻貂不知在哪被鍊子纏住，法立德都趕過去鬆開牠，就算葛文對他嘶吼，咬他的手指，他也不在乎。有次，牠的牙齒深深咬進男孩的拇指，讓他流了血。

「怎麼樣，你還一直以爲這是一場夢？」當法立德擦掉血時，髒手指嘲弄地問道。

男孩沒回答，只看著自己疼痛的拇指，跟著吸了起來，再吐掉。「不然這會是什麼？」法立德問。

髒手指看著莫，但他似乎在深思，根本沒注意到他的目光。「說是一個新的故事，怎麼樣？」髒手指說。

法立德笑了。「一個新的故事，這我喜歡。我一直喜歡故事。」

「啊，是嗎？現在這個故事你喜歡嗎？」

「荊棘有點太多，天也會慢慢變亮，不過畢竟我還不用工作，這才重要。」

美琪不得不微笑起來。

遠方有一隻鳥叫著。葛文停了下來，嗅聞著抬起鼻子。夜屬於盜匪的，一直以來皆如此。在屋裡，受到燈光和牢固的牆保護，會輕易忘記這點。夜守護著獵人，讓他們易於潛行，神不知鬼不覺獵取他們的獵物。美琪想起心愛的一本書中的句子……夜晚的時刻是利齒和爪子上場的時刻。

她把臉靠在莫肩上。我或許最好再自己下來走走，她想著。我被背了一段時間了，但接著她就在他背上打起盹來。

巴斯塔

這座現在非常祥和的森林，當時一定迴盪著瀕死的叫喊，我這樣想。這個念頭眞是強烈，我感覺現在也聽得到這些叫喊。

——羅伯・史帝文生《金銀島》

美琪在莫停下來時醒來。這條路幾乎領著他們來到山脊，天還沒亮，但夜已經蒼白起來，並在遠處掀起新一天的裙襬。

「我們得休息一下，髒手指。」美琪聽到莫說：「那男孩早已腳步踉蹌，愛麗諾的腳也一定需要休息一下，你看怎樣？這個地方還不算太差。」

「什麼腳？」愛麗諾問，呻吟著倒在地上。「你是指我腿部底端那個疼痛的一團東西？」

「就是那個，」莫說，同時又把她拉起來。「但它們還得再挪幾步。我們在那邊休息。」

他們左邊五十公尺遠處，就在山丘最上頭，在橄欖樹間窩著一棟——如果能稱之爲屋子——的屋子。美琪滑下莫的背，跟著他們就往上走去。那牆看來像是有人匆匆拿幾塊石頭堆起來似的，屋頂已經坍了，過去有門的地方，現在張著個黑洞。

莫必須低低彎腰才擠得進去。地上覆滿了破裂的木瓦，一個角落擱著一個空袋子、可能是盤子或碗的陶片、幾根被啃得乾乾淨淨的骨頭……

莫嘆了口氣。「不是什麼很舒服的地方，美琪，」他說：「但妳想像一下，妳是在迷失少年的藏身處，或……」

「……在哈克的桶子裡。」美琪四處看著。「我想我寧可睡在外頭。」

愛麗諾進來，這個棲身處她也不怎麼喜歡。

莫吻了一下美琪，又走向門口。「相信我，這裡面比較安全！」他說。

美琪不安地瞧著他的背影。「你要去哪？你也得睡覺。」

「算了吧，我不累。」他的臉明擺著他在說謊。「現在睡一下，好嗎？」然後就消失在外頭。

愛麗諾拿腳把破木瓦推到一旁。「來吧！」她說，脫掉她的夾克，攤開在地上。「我們試著把自己弄得舒服些。妳父親說得對，就想像一下我們是在別的地方。爲什麼在閱讀時冒險會這麼有趣？」她喃喃說著，同時在地上躺平。

美琪遲疑地躺在她身邊。「還好沒有下雨，」愛麗諾瞧一眼坍掉的屋頂說，「我們頭上還有星星，就算不怎麼明亮了。或許我也該在自己家的屋頂上敲出幾個小洞。」她不耐煩地點了下頭，要美琪把頭枕在她手臂上。「這樣蜘蛛在妳睡著時才不會爬進耳朵。」她說，闔上了眼睛。「老天，」美琪還聽到她喃喃唸著。「我想我得幫自己買雙新腳了，這雙沒得救了。」接著她就睡著了。

但美琪卻張著大眼躺著，聽著外頭的動靜。她聽到莫輕聲地和髒手指在交談，說什麼，她便無法明白了。有次她似乎聽到巴斯塔的名字。那名叫法立德的男孩也待在外面，但聽不到他的任何聲音。

愛麗諾在幾分鐘後便開始打鼾，但美琪無法入睡，不管她再怎麼試，最後她悄悄起身，又溜到了外頭。莫醒著，坐在那裡，背靠著一棵樹，看著早晨如何驅走附近山丘的夜。髒手指坐在幾步開外，當美琪走出小屋時，他只抬起一下頭。他是否想著精靈，想著山妖？法立德躺在他旁邊，像狗一樣蜷了起來，而葛文窩在他腳邊吃著什麼。美琪立刻轉開了頭。

破曉罩住了山丘，征服了一座又一座的丘頂。美琪發現了遠處像玩具般散落在綠色山坡上的屋子。那後面某處一定羅列著大海。她把頭枕在莫的懷裡，看著他的臉。

「這裡他們再找不到我們了，是不是？」她問。

「是的，一定找不到！」他說，但他的臉不像聲音那般無憂。「妳爲什麼不和愛麗諾一起睡？」

「她會打鼾。」美琪嘟噥著。

莫微笑著，跟著又皺起眉頭瞧著山坡下，他們來的那條路隱匿在岩薔薇、染料木和長草之中。髒手指的眼睛也不離那條路。瞧見兩名醒著的男人讓美琪安心下來，不久後她便睡得像法立德一樣死沉，好像那塊頹圮屋子前的土地覆蓋著的不是荊棘，而是鴨絨。當莫搖醒她，手摀住她的嘴時，她起先還以爲只是場惡夢。

他一隻手指擱在唇邊示警。美琪聽到草叢窸窣作響和一條狗的汪汪叫聲。莫把她拉起，把她和法立德推進小屋的暗處躲避。愛麗諾還一直打著鼾，看來像晨光灑在臉上的少女一般，但當莫叫醒她時，一切又恢復原狀——那份疲倦、擔心和恐懼。

莫和髒手指站在門邊，一個在左，一個在右，背緊貼著牆。男人的聲音劃破了早晨的寧靜。美琪似乎聽到狗嗅聞的聲音，她眞想憑空消失，化成無味無色的空氣。法立德站在她身旁，瞪大雙眼。美琪第一次注意到那對眼睛幾乎是黑色的，她還從未見過這麼漆黑的眼睛，睫毛長得跟女孩子一樣。

愛麗諾靠在牆對面，害怕地咬著嘴唇。髒手指打了個暗號給莫，在美琪明白他們兩個想幹什麼時，他們已竄到了外頭。他們藏身的橄欖樹，樹幹粗短，糾結的枝幹直垂落地，彷彿撐不住葉片的重量似的。一名小孩可以輕易躲在後面，但是不是也能遮掩住兩名成年男子呢？

美琪從門洞窺視出來，幾乎被自己的心跳窒息。外頭的太陽愈升愈高，天光鑽入了每個山谷，每棵樹下。突然間，美琪希望夜再回來。莫蹲了下去，免得他的頭高過糾結的枝幹。髒手指緊貼著扭曲的樹幹，而巴斯塔站在那頭，最多只離他們兩人二十步，近得嚇人。他穿過飛廉和及膝高的草，爬上了山丘。

「他們早就下到山谷了！」美琪聽到一個悶悶不樂的聲音喊道，下一刻，扁鼻子就出現在巴斯塔旁邊。他們帶了兩隻醜得要命的狗。美琪見到狗的大腦殼在草叢中嗅聞著。

「帶著兩個孩子和那個胖女人？」巴斯塔搖搖頭，四處看著。法立德從美琪身旁窺視出去，當他見到那兩個男人時，嚇得退了回去，彷彿被什麼東西咬到。

「巴斯塔？」愛麗諾的嘴唇無聲無息地冒出他的名字。美琪點點頭，愛麗諾臉色變得比一直以來更加蒼白。

「該死，巴斯塔，你還要在這兒晃多久？」扁鼻子的聲音遠遠迴盪在這片山谷的寧靜中。「蛇很快就會出沒，而我也餓了，我們乾脆就說他們連人帶車墜落山谷去了。我們再推一下那玩意，就不會有人注意到這個小謊！說不定蛇也會解決他們。就算沒有，他們也會迷路，餓死，中暑，誰又知道。不管怎樣，我們見不到他們了。」

「他餵牠們乳酪吃！」巴斯塔氣得把狗拉到他身旁。「那個該死的吞火傢伙拿乳酪餵牠們，毀了牠們的鼻子，但沒人相信我。難怪牠們見到他的醜臉時，每次都高興地搖著尾巴。」

「你打牠們太兇了！」扁鼻子咕噥著。「所以牠們才沒勁。狗可不喜歡被打。」

「胡說。牠們必須打，不然就會咬你！所以牠們才喜歡那個吞火的傢伙，因為他和牠們一樣，會搖尾乞憐、陰險，還會反咬人。」一隻狗躺到草裡，舔著自己的爪子。巴斯塔氣得朝牠側身踢了一腳，把牠扯了起來。「你可以回村子去！」他罵著扁鼻子。「但我要抓到這個吞火的傢伙，把他的手指一根根砍掉。我倒要看看，他是不是還能好好耍球。我一直說不能相信他，但老闆卻覺得他的玩火把戲有趣。」

「是，是，別說了。大家都知道你受不了他。」扁鼻子的聲音聽來索然無趣。「說不定他和其他人的消失也毫無瓜葛。你也知道，他就是這樣獨來獨往，隨他所興，說不定明天他又會出現，什麼都不知道。」

「是，要能讓誰相信他就好了。」巴斯塔低吼道。他繼續前進，每一步都更接近莫和髒手指藏身的樹木。「而那個胖女人的車鑰匙是魔法舌頭從我枕頭下搞走的，對不對？不對，這回他再找任何藉口都沒用了，因為他還拿走其他東西，屬於我的東西。」

髒手指不自主地把手擱在他腰帶上，好像怕巴斯塔的刀會喚來它的主人似的。一隻狗抬起頭嗅聞著，拉著巴斯塔繼續朝樹前進。

「牠聞到什麼了！」巴斯塔壓低聲音，聽來因為激動而嘶啞。「這個笨畜生真的聞到什麼了！」

大概還有十步，或更少，他就會站在樹叢間。他們會怎麼辦？他們到底會怎麼辦？

扁鼻子踏著大步跟在巴斯塔後頭，一臉不信。「說不定牠們聞到一頭野豬，」美琪聽到他說：「對那種畜生得要小心，牠們可會把人撞倒。喔，該死，我看那兒有條蛇，那種黑色的。你車上有解毒藥，對吧？」

他僵在那裡，再也不動，只瞪著他的腳前。巴斯塔沒理他，繼續跟著那隻嗅聞著的狗。還有幾步，莫只需伸出手就能碰到他。巴斯塔從肩上抽出獵槍，停下來聽著。狗向左拉扯著，朝一根樹幹汪汪跳了上去。葛文掛在樹枝間。

「我不是說嗎？」扁鼻子喊著。「牠們聞到了一隻貂！那種畜生臭得要死，連我都能發現。」

「那不是普通的貂！」巴斯塔斷聲道。「你認不出牠來？」他瞪著那棟頹圮的小屋，沒再注意其他東西。

莫利用這個機會，從樹後跳出來，抓住巴斯塔，試著奪下他手中的獵槍。

「咬他！咬他，你們這些該死的狗！」巴斯塔吼著，而狗顯然這回真會聽話。牠們跳向莫，露出黃牙。

在美琪跑去幫他之前，愛麗諾便抓住她，就像那時在她家的情況一樣，不管美琪再怎麼掙扎都沒用。

但這回莫有其他幫手。在狗咬下去之前，髒手指已在那裡。美琪以爲當他拉住狗鍊子時，他會被撕咬開來，但牠們卻只舔著他的雙手，像老朋友似地跳向他，幾乎撞倒他，同時莫一手摀住巴斯塔的嘴，不讓他再去命令狗。

但還有扁鼻子。好在他反應不夠快，這救了他們。在那一瞬間，他只站在那裡，瞪著在莫手臂中扭動的巴斯塔。

髒手指把狗拉到下一棵樹旁，正當他把狗繩綁在粗樹幹上時，扁鼻子從呆滯中回過神來。

「放開他！」他吼著，拿獵槍指著莫。

髒手指低聲罵著，放開了狗，但法立德丟出的石頭比他還快，正中扁鼻子的額頭，只是一個不起眼的小東西，但那大塊頭像棵被砍倒的大樹一樣倒在草中，就在髒手指腳前。

「別讓狗靠近我！」莫喊著，而巴斯塔一直還試著用槍。一隻狗咬了莫的袖子，希望咬的只是袖子。

沒等愛麗諾再抓緊她，美琪已跑向那隻惡狗，抓住狗的項圈。不管她再怎麼拉扯，那狗就是不放，她見到莫的袖子出血，也幾乎被巴斯塔的槍敲到頭。

髒手指試著叫回狗，牠們起先也聽他的，至少放開了莫，但同時巴斯塔也掙脫開來。「咬他！」他喊著，而狗站在那裡低吼著，不知道該聽巴斯塔，還是髒手指。

「該死的臭狗！」巴斯塔喊著，拿獵槍指著莫的胸膛，但就在這時，愛麗諾拿著扁鼻子的槍管頂著他的頭。她的雙手顫抖，臉上佈滿了紅斑，就像平常她激動起來的樣子，但她可是鐵了心要動用這把武器。

「放下槍，」她聲音顫抖地說著，「要是你再對狗說錯什麼，那就走著瞧！我或許沒拿過槍，但扣下扳機我是一定做得到。」

「退下！」髒手指命令狗。牠們不安地瞧了巴斯塔一眼，但他沒說話，牠們就躺在草中，讓髒手指擊在下一棵樹上。

莫的袖子中滲出血，美琪見到這一幕，只覺得頭昏眼花。

髒手指拿一塊紅色絲巾包紮傷口，止住了血，也看不出血漬。「沒像看來那樣嚴重。」當美琪膝蓋發軟走近時，他對她說道。

「背包裡還有沒有可以綁住那傢伙的東西？」莫問著，頭指了一下還一直昏迷的扁鼻子。

「這個弄刀的傢伙也要綁一下！」愛麗諾說。巴斯塔瞪著她，滿臉憎恨。「別這樣看我！」她說，拿著獵槍頂著他的胸口。「這種武器一定和刀一樣有殺傷力，相信我，我可有了些很壞的主意。」

巴斯塔輕蔑地拉下嘴，但他的眼睛可是不離愛麗諾一直擱在扳機上的食指。

髒手指的背包中有條繩子，不是特別粗，但撐得住。「這不夠綁兩個。」髒手指強調著。

「爲什麼要綁住他們？」法立德問：「爲什麼不殺了他們？他們可是有這企圖！」

美琪驚恐地看著他，但巴斯塔大笑起來。「有這種事！」他嘲弄著。「這孩子我們可以用得上！但誰說我們想殺了你們？山羊可是要你們活著，死人可不會唸書。」

「是嗎？你不是想砍掉我幾根手指嗎？」髒手指問，同時拿繩子綁住扁鼻子的腿。

巴斯塔聳聳肩。「什麼時候少了幾根手指會死人的？」

愛麗諾拿著槍管重重敲了他的肋骨，讓他朝後絆了幾步。「你們聽到了嗎？那孩子說得對。我們說不定眞的該殺了這個傢伙。」

但他們沒動手，當然沒有。

他們在扁鼻子的背包中又找到一條繩子，髒手指顯然十分樂意把巴斯塔也綁住，法立德幫著他，他顯然懂得一些綑綁的技巧。

他們把這兩個俘虜帶進頹圮的小屋中。「我們不錯吧，對不對？這樣蛇倒是會先放過你們。」在他們把巴斯塔抬過窄門時，髒手指說：「中午時，這裡一定也很熱，但說不定那時候已有人找到你們。狗我們會放走。如果牠們聰明的話，是不會跑回村裡的，但狗往往很笨，這樣大隊人馬至少到了下午就會來找你們。」

巴斯塔被抬進破屋時，躺在旁邊的扁鼻子才甦醒過來。他惱怒地滾動眼睛，臉色紫紅，但他和巴斯塔一樣發不出一點聲音，因爲法立德堵住了他們的嘴，手法也很專業。

「等一下，」在他們丟下這兩個傢伙不管前，髒手指說：「還有一件事要解決，一件我一直想做的事。」在美琪的驚呼下，他從腰帶抽出巴斯塔的刀，走向他們的俘虜。

「這是幹什麼?」莫問著,擋住他的去路。他顯然和美琪想的一樣,但髒手指只笑著。「別擔心,我不是想在他臉上劃上一刀,」他說:「我只是想嚇嚇他。」

然後他彎下腰,一刀割斷巴斯塔脖子上的皮帶,上頭掛著一個紅線綁住的小袋子。髒手指探身到巴斯塔身上,讓那袋子在他臉上來回晃著。「我拿走你的幸運符,巴斯塔!」他輕輕說著,同時站直身子。「碰上邪惡的目光、幽靈、魔鬼、詛咒、黑貓和其他你會害怕的玩意,就再也沒東西護著你了。」

巴斯塔試著拿被綁的腳踢他,但髒手指輕易就躲了開。「後會無期了,巴斯塔!」他說:「如果我們又狹路相逢的話,那我現在有這裡這個玩意。」他把皮袋繫在他脖子上。「裡面一定有一束你的頭髮,是不是?沒有?那我最好再帶上一束。如果把別人的頭髮對著火,不是會有很恐怖的效果嗎?」

「夠了!」莫說,並拉著他。「我們離開吧。誰知道山羊什麼時候會想到他們。我沒跟你說嗎?他並沒有燒掉所有的《墨水心》,還有一本。」

「現在告訴你。」莫若有所思地看著他。「就算可能會讓你產生什麼蠢念頭。」

髒手指只點點頭,跟著一言不發地繼續走。

「我們爲什麼不用他們的車?」當他們回到小徑上時,愛麗諾建議道:「他們一定把車停在路上。」

「太危險了,」髒手指說:「不知道誰在路上等著我們,而且回去花的時間比到下一個地方要久。還有,這種車很容易被發現。難道您想讓山羊跟蹤我們?」

愛麗諾嘆著氣。「只不過隨便說說。」她喃喃說著，按摩著自己疼痛的骨頭。

他們待在小路上，因爲草堆中已有蛇在出沒。一條細黑的蛇爬過他們前面的黃土，髒手指拿根棍子頂著牠的鱗片下身，把牠丟回到原來的荊棘叢中。美琪原以爲蛇要大些，不過愛麗諾對她信誓旦旦表示，最小的蛇也是最危險的。愛麗諾跛行著，但她盡量不牽制住其他人。莫也比平常慢了些，他想掩飾，但狗咬的傷口還是讓他疼痛。

美琪緊靠著他走，擔心的目光不時盯在包紮傷口的紅布上。不知何時，他們來到一條完固的公路上，一輛滿載生鏽瓦斯瓶的貨車迎面而來。他們累得無法躲藏，而且車也不是來自山羊村的方向。美琪看見方向盤後的男人駛過他們身旁時，訝異地打量著他們。他們穿著骯髒的衣物，被汗濕透，被奮力穿過的荊棘叢扯破，那副景象看來一定很離奇。

不久後，他們經過第一批房子，還是緊貼著山坡，牆壁鮮豔，門前有花。很快，他們便來到一個大市鎮的外圍。美琪見到樓房和葉片盡是灰塵的棕櫚樹，而驀然間，還有在遠處陽光下閃爍著銀光的大海。

「上帝，我希望他們會讓我們進某一間銀行，」愛麗諾說：「我們看來像被強盜搶過一樣。」

「欸，我們不就是嗎，」莫說：「對不對？」

安全了

日子過得難受極了，但好在每個新的一天，都帶走一點這可憐的男孩所承擔的偌大恐懼。

——馬克・吐溫《湯姆歷險記》

雖然愛麗諾的長襪破裂，人家還是讓她進了銀行，接著她就在街角第一間咖啡館的女盥洗室中消失了一會。美琪永遠不會知道她把值錢的東西藏在哪裡，但當愛麗諾回來後，她的臉洗過了，頭髮不再那麼凌亂，而且興高采烈地高舉著一張金色的信用卡，然後幫大家叫了早餐。

突然間坐在一間咖啡館中吃東西，打量外頭街上普普通通的人，不管是上班、買東西，或只是站在那裡聊天，眞是一種特別的感覺。美琪無法相信她在山羊的村裡只待了一天兩夜而已，而外頭這些日常的熙熙攘攘竟然一直沒有停擺。

但還是有些不同。自從美琪見到巴斯塔把刀頂著莫的脖子後，似乎這個世界就有了塊斑點，一塊醜陋的棕黑色焦斑，不停嗶剝發臭，繼續蠶食。

甚至連最無惡意的東西都突然間有了齷齪的影子。一名婦女對美琪微笑著，後來便站在肉店的陳列櫥窗前。一名男子不耐煩地拉著一名小孩，害他跌跌撞撞，流著眼淚揉著撞破的膝蓋。而那頭那個人，爲什麼他腰帶上的夾克鼓起一塊？難道他帶著一把像巴斯塔一樣的刀？

這份祥和顯得不眞不實。在美琪看來，夜裡的逃亡和破屋中的那份恐懼似乎比愛麗諾遞過來的汽水還要眞實。

法立德沒碰他的杯子，他聞了一下黃色的液體，啜了一口，便只看著窗外。他的眼睛幾乎下不了決定，該先看誰或什麼東西，頭來回轉著，彷彿看著一場隱形的遊戲，絕望地想弄清楚規則。

用完早餐後，愛麗諾在櫃台打聽著城裡最好的飯店。當她拿信用卡付款時，美琪和莫瞧著櫃台玻璃後那些美味，而當他們轉過身時，髒手指和法立德已不見了。愛麗諾感到非常不安，但莫安撫著她。「妳不能拿飯店的床來誘惑髒手指，他不願意好好睡在屋頂下，」他說：「而他一直都是獨來獨往。他說不定只想離開，說不定先站在下一個街角表演把戲給觀光客看。相信我，他是絕對不會回去山羊那兒的。」

「那法立德呢？」美琪無法相信他竟和髒手指一起消失。

但莫只聳了聳肩。「他一直都寸步不離髒手指，」他說：「雖然我不知道那是因爲髒手指，還是葛文。」

咖啡館侍者推薦的飯店位於一個廣場上，離那條兩邊盡是棕櫚樹和商店，穿過當地的大街相隔不遠。愛麗諾在頂樓租了兩間房間，從房間陽台上可以看到海。那是間大飯店，樓下入口旁，站著一名穿著怪異的男子，雖然似乎對她沒帶行李感到訝異，卻帶著親切的微笑對她的髒衣服視而不見。床又軟又白，讓美琪忍不住先把臉埋在被子裡頭，但不眞實的感覺還是沒有離開她。她的某部分還一直待在山羊的村子中，在荊棘中跌跌撞撞，顫抖地靠在破屋中，而巴斯塔正從外頭接近。莫似乎也是如此。每當她看著他，他臉上顯得心不在焉，在他們經歷了這一切後，她沒見到期待中的輕鬆，卻反而發現到悲傷，還有一種讓她害怕的沉思表情。

「你該不是想要回去吧？」當那種表情又出現在他臉上時，她問著他。她太熟悉他了。

「不，妳別擔心！」他回答，摸著她的頭髮。但她不相信他的話。

愛麗諾似乎和美琪一樣，有著同樣的憂慮，有幾次，她表情嚴肅地和莫說著——在他們房前的飯店走道上，吃早餐和用膳時——不過只要美琪一來，她就突然默不作聲。愛麗諾也叫來醫生看了看莫的手臂，儘管莫認爲沒有必要。她還買了些新衣服給他們穿，是和美琪一起去的，因爲正如她所說：「如果我幫妳找些衣服，妳反正也不會穿。」此外，她還打了許多電話。她不停打電話，拜訪了當地所有的書店。第三天，她在早餐時突然宣稱要回家。

「我的腳不再痛了，我快想死我的書了，如果再見到一名穿著泳褲的觀光客，我會大叫起來的。」她對莫說：「車子我已租好。但我開走前，我還想把這東西交給你！」

說完這話，她朝莫推過一張紙條，上面有個名字和地址，是愛麗諾用龍飛鳳舞的筆跡寫下的。「我瞭解你，莫提瑪！」她說：「我知道你忘不了《墨水心》，所以我幫你找到費諾格里歐的住址。相信我，這並不容易，但畢竟他可能還有留著幾本。答應我去找他，他離這兒並不遠，然後別再去想那死村子裡的那本書。」

莫瞪著那個住址，彷彿想好好記住似的，然後把紙條塞進他新買的錢包中。「妳說得對，這非常值得去試一下！」他說：「多謝了，愛麗諾！」他看來幾乎有點高興起來。

美琪完全沒聽懂，只知道一點：她沒猜錯。莫一直想著《墨水心》，受不了失去它。

「費諾格里歐？他是誰？」她不安地問著。「某個書商？」這名字她好像見過，但記不起在哪？莫沒回答，只瞪著窗外。

「我們和愛麗諾一起走，莫！」美琪說：「求求你！」

雖然早晨走在海邊很愜意，她也喜歡這些繽紛的房子，但她還是想離開。每次見到聳立在這地方後的山丘時，她的心就加速跳著，她也老以為在街上的人群中見到了巴斯塔或扁鼻子的臉。她想回家，或至少回愛麗諾那裡。她想看著莫幫愛麗諾的書換上新裝，看著他拿著他的印戳在皮革上壓上脆弱的金，挑選出扉頁用紙，攪拌膠水，上緊壓床。她希望一切又回到髒手指出現那晚以前的模樣。

但莫搖了搖頭。「我必須先去拜訪這個人，美琪，」他說：「然後我們再去愛麗諾的家，最晚後天。」

美琪盯著她的盤子看。在昂貴的飯店吃早餐，會有各種意想不到的東西……但她再沒胃口吃新鮮的草莓蛋奶酥餅。

「那好，我們兩天後見，你要向我保證，莫提瑪！」聽得出來愛麗諾聲音中的憂慮。「就算你在費諾格里歐那裡沒有結果，你也要來，答應我！」

莫不得不微笑著。「我發誓保證，愛麗諾。」他說。

愛麗諾輕鬆地嘆著氣，咬著等候在盤中的牛角麵包。「別問我怎麼弄到那個地址！」她滿嘴食物說著。「那個男的眞的住得離這兒不遠，開車一定不到一個鐘頭。怪了，山羊和他住得這麼近，是不是？」

「是，是很奇怪。」莫喃喃唸著，看著窗外。風拂過了飯店花園的棕櫚樹。

「他的故事幾乎都發生在這地區，」愛麗諾繼續說道：「但就我所知，他在國外住了好一陣子，幾年前才又搬回來。」她向一名侍者招手，再倒滿一杯咖啡。

當女侍問她還需不需要其他東西時，美琪搖了搖頭。「莫，我不想再待在這裡！」她輕輕說：「我也不想去拜訪任何人，我想回家，或至少去愛麗諾那兒。」

莫端起他的咖啡，當他動著左臂時，還一直會皺起臉。「我們明天就去拜訪，美琪，」他說：「妳也聽到，離這裡一點都不遠。最晚後天晚上，妳就又睡在愛麗諾的大床上了，上面可以容納一整班的學生。」

他想讓她笑，但美琪可沒心情笑。她看著自己盤裡的草莓，鮮紅欲滴。

「我也得租輛車子，愛麗諾，」莫說：「妳能不能借我錢？等我們一到妳那兒，我就還妳。」

愛麗諾點點頭，久久看著美琪。「你知道嗎，莫提瑪，」她說：「我想你女兒現在不太想提到書。我還記得這種感覺。每當我父親又沉醉在書中，對我們視若無睹時，我就想拿剪刀把那本書剪破。但今天呢？今天我跟他一樣瘋狂，這不是很怪嗎？不說了！」她折好她的餐巾，把椅子推回去。「我現在去打包，你跟你女兒說說，誰是這個費諾格里歐。」

接著她就走了，而美琪和莫單獨坐在桌邊。他還點了一杯咖啡，儘管他平常從未喝超過一杯。

「妳的草莓怎麼了？」他問：「妳不要嗎？」

美琪搖搖頭。

莫嘆了口氣，拿起一個。「費諾格里歐就是寫《墨水心》的人，」他說：「有可能他還留下幾本，而且可能性很大。」

「算了吧！」美琪輕蔑地說：「山羊一定早就偷走了！他偷了所有的書，你自己也看見的！」

但莫搖了搖頭。「我猜他沒想到費諾格里歐。妳知道，說到作家，會是個奇怪的事。多數人無法想像書是和他們一樣的人寫的。提到作家，大家以爲他們早就去世了，絕不認爲會在街上或買東西時碰到一位作家。大家知道他們的故事，但不知道他們的名字，更別提他們長得什麼樣子。大多數的作家喜歡這樣，妳也聽到愛麗諾說很難弄到費諾格里歐的住址，所以很有可能山羊並不知道，《墨水心》

的創造者就住在離山羊不到兩個鐘頭距離的地方。」

美琪並不敢這麼確定。她若有所思地折起桌布，再把淡黃色的布料攤開。「我還是寧可去愛麗諾家，」她說：「那本書——」她停頓下來，但還是說了出來，「我不明白你爲什麼一定想要，那反正都沒用。」她走了，她在腦海裡繼續說，你也試過要帶她回來，但就是不行，讓我們回家吧。

莫又拿了一顆她最小的草莓。「最小的總是最甜。」他說，同時把草莓送到嘴裡。「妳母親喜歡草莓，她總是吃不夠。每當春天雨下不停，草莓在田圃裡霉爛時，她總是會罵得好兇。」

他臉上滑過一抹微笑，同時又看著窗外。「就再試這一次，美琪，」他說：「就這一次，我們後天就去愛麗諾那裡，我向妳保證。」

全是文字的一晚

哪一個小孩在溫和的夏夜睡不著時，不會想要在天空中見到彼得潘的帆船？
我會教你看到這艘船。

——羅貝多・克卓尼歐《當一名孩子在夏日清晨》

當莫前往租車公司取預定的車時，美琪自己待在飯店。她把一張椅子推到陽台，越過漆成白色的欄杆看著在屋宇後像藍色玻璃般閃爍的大海，試著什麼都不想，就這樣空著腦袋。從下面傳來的汽車噪音，大到她差點聽不見愛麗諾的敲門聲。

當美琪打開門時，她已走回通道。

「啊，妳原來在呀。」愛麗諾說，表情尷尬地走了回來，在背後藏著不知什麼東西。

「是，莫去拿出租的車子。」

「我有東西給妳，道別用的。」愛麗諾從背後拿出一個扁平的小包裹。「找一本沒有壞人的書並不容易，但我一定要找一本讓妳父親可以唸給妳聽，又不會造成危害的書。我想這本應該不會有事。」

美琪打開碎花包裝紙，書的封面上有兩個小孩和一隻狗，他們跪在一塊狹窄的岩石或石頭上，擔心地看著在下方裂開的深淵。

「這是詩集，」愛麗諾解釋著。「不知道妳喜不喜歡，但我想，當妳父親朗讀時，聽來一定很棒。」

美琪打開書唸著：……只要我有我的影子，我就不會把它洗掉。這些字像一首小曲子從書頁中拂來。她小心翼翼地又闔上書。

「謝謝，愛麗諾，」她說：「可惜我……沒有任何東西給妳。」

「欸，但我還有些好東西！」愛麗諾說，從她新買來的手提袋中又拿出一個小包裹。「像妳這樣的書蟲會怎麼對待書？」她說：「但這本妳最好單獨看，裡面可有一堆壞人，不過我還是認爲妳會喜歡。畢竟在異地沒什麼比幾頁書更讓人感到安慰，對不對？」

美琪點點頭。「莫答應我，我們後天就會跟上來，」她說：「妳離開前，還會跟他道別吧？」她把愛麗諾的第一件禮物擱在門旁的櫃子上，打開了第二樣。那是一本厚書，這可不錯。

「算了吧！妳幫我道別就行！」愛麗諾說：「我不太擅長說再見的，而且我們很快就會再見面，我也跟他說過要好好照顧妳。絕不要把書攤開擺著，」在轉身前，她又再說：「那會折斷它們的背，但這點妳父親一定也跟妳說了不下千百次。」

「常常。」美琪說，但愛麗諾已離開。不久後，美琪聽到有人把行李拖到電梯，但她沒到走道上去察看是不是愛麗諾。她也不喜歡道別。

那天剩下的時間中，美琪變得十分沉默。快到傍晚時，莫和她到一間小餐廳吃飯，只離幾個街角遠。他們出來時，天色已昏暗，外頭的人群擠在變暗的街道上。在一個廣場上，人群特別擁擠，當美琪和莫擠過去時，她瞧見這些人圍在一個噴火演員旁。

當髒手指讓燃燒的火炬在他裸露的手臂上舔著時，一下鴉雀無聲。當他鞠躬致意，觀眾鼓掌時，法立德到處走著，拿著一個小銀碗遞向觀眾。這個碗似乎是唯一不太搭配這個地方的東西。法立德看來已和在沙灘上遊蕩，每當有女孩經過就推來撞去的男孩子沒太大差別。他的膚色或許有些深，頭髮更加黑些，但見到他，一定不會有人想到他是從一個故事中鑽出來的，那裡面有飛毯，山會開闔，有神燈可以許願。他沒再穿著那件藍色的及地長袍，而是褲子和T恤，讓他看來長大了一些。髒手指一定幫他買了這些衣物，還有鞋子，他走起來十分小心，彷彿腳還不能完全適應似的。當他在人群中發現美琪時，尷尬地朝她點了點頭，接著繼續匆忙走著。

髒手指在空中又吐出了最後一個火球，連最膽大的觀眾都踉蹌退了幾步，接著他放下火把，拿起他的球，高高拋起，人們都抬起頭，他抓住它們，再拿膝蓋頂回空中。球在手臂上轉著，彷彿被隱形的線拉著一般，從他背部冒出，像是憑空被摘來一樣，在他額頭和下巴上跳著，那麼輕盈，彷彿失重一般，一群舞動的小東西……一切似乎都變輕了，沒有重量，只是一場美好的表演——如果沒有髒手指那張臉的話。他的臉孔在滾動的球後依然嚴肅，好像和舞動的雙手無關，和嫻熟的技藝無關，和那無憂的輕盈無關。美琪不知道他的手指是不是還會痛，那看來依然紅腫，但說不定也只是火光的關係。

當髒手指彎身致意，把球塞回背包時，觀眾還遲遲不肯散去，最後只剩莫和美琪站在那兒。法立德蹲在青石路上數著他收集來的錢。他看來心滿意足的樣子，好像從未做過其他事的樣子。

「你還是待在這裡。」莫說。

「爲什麼不？」髒手指收起他的家當，那兩個他在愛麗諾花園中已經用過的瓶子，燒焦的火把，一個缽，裡面的東西他就隨意倒在青石路塊上。他添了一個新的袋子，舊的大概還在山羊的村子裡。

美琪踱到背包那邊，但葛文不在裡面。

「我還希望你早就離開，到一個巴斯塔找不到你的地方去。」

髒手指聳聳肩。「我得先弄點錢，而且這裡的天氣我喜歡，這裡的人會很快駐足下來，他們也很大方，對不對，法立德？這回有多少收穫？」

當髒手指轉向他時，男孩嚇了一跳。他把裝錢的碗擱到一邊，正想把一根點燃的火柴送進嘴中。他趕緊拿手指捏熄它。髒手指忍不住微笑著。「他一定想學玩火的把戲。我教他怎麼小小練習一下，但他就是太急，老在嘴唇上燒出水泡。」

美琪不動聲色地看著法立德。他裝著沒理會他們，同時把髒手指的東西打包到袋子中，但她肯定他偷聽著每個他們說出來的字眼。她兩次捕捉到他的目光，他那深邃的目光，第二次時，他匆匆轉開，差點把髒手指的一個瓶子失手掉落。

「嘿，嘿，小心點，好嗎？」髒手指不耐煩地責罵他。

「你還在這裡，沒有其他原因？」當髒手指又轉回身時，莫問道。

「你是什麼意思？」髒手指避開他的目光。「啊，那個呀。你以爲我會爲了那本書再回去，你高估我了，我是個膽小鬼。」

「胡說。」莫的聲音聽來惱怒。「愛麗諾今天回去了。」他說。

「很好呀。」髒手指面無表情地打量著莫的臉。「那你呢？你不一起走？」

莫瞧著周圍的屋子，搖了搖頭。「我還要拜訪某人。」

「這裡？誰呢？」髒手指套上一件短袖襯衫，一件有大花圖案的繽紛玩意，和他那張帶疤的臉一點也不合。

「有人還可能有一本書，你知道的……」髒手指的臉不動聲色，但他的手指出賣了他，它們突然間難以扣起襯衫上的鈕釦。「這不可能！」他沙啞說著。「山羊在蒐集時，一定不會漏掉任何一本的。」

莫聳聳肩。「或許吧，但我還是會試試。我說的這個人不是書商或舊書店老闆，山羊可能都不知道有他這號人物。」

髒手指四處看著。周圍的一棟房子中，有人關上了百葉窗，廣場的另一頭，幾個小孩在一間餐廳的椅子間嬉戲，直到侍者把他們趕走。空氣中有溫暖的食物和髒手指玩完火的味道，除了那名百無聊賴把椅子擺正的侍者外，屋子間見不到任何穿黑衣的男人。

「那誰是這個神秘兮兮的陌生人呢？」髒手指壓低聲音，幾乎像是在耳語。

「就是寫下《墨水心》的人，他住在附近。」

法立德朝他們走來，手裡拿著裝錢的銀碗。「葛文根本沒回來，」他對髒手指說：「我們也沒東西誘牠回來。我是不是該去買幾個蛋？」

「不用，牠會自己照顧自己。」髒手指拿手指摸過他的一道疤。「把我們收來的錢塞在皮囊中，你知道的，就在我背包裡！」他對法立德說，聲音聽來不耐煩。要是莫這樣對她說話，美琪會恨恨地看著他，但法立德似乎不以爲意，匆匆地跳了開。

「我眞的以爲已經完了，再回不了頭，絕不可能……」髒手指沒有再說下去，抬頭瞧著天空。一架飛機閃著鮮豔的燈光飛過夜空，法立德也抬頭看著。他把錢塞好，站在背包旁等著。有個毛茸茸的東西竄過廣場，朝他而來，緊抓住他的褲腳，爬上了他的肩。法立德微笑著伸手進褲袋，遞給葛文一塊麵包。

「要是眞還有一本書，又會怎麼樣？」髒手指拂開額頭前的長髮。「你會再給我一次機會？你會再試著把我唸回去？就這麼一次？」他的聲音聽來無比渴望，讓美琪都心痛。

但莫的臉露出拒絕的神色。「你回不去，回不到那本書去！」他說：「我知道你不想聽到這點，但事實就是這樣，你就死了這條心吧。說不定我什麼時候可以幫上你，我有一個點子，非常瘋狂，但……」他沒繼續說，只搖著頭，踩向一個擱在石頭上的空火柴盒。

美琪驚愕地看著他。他說的是什麼點子？是眞的有，還是他只想安慰髒手指？如果是，那他可沒達到目的。髒手指還是用原來那副不懷好意的樣子打量著他。「我會一起去，」他說，手指摸著鼻子，在臉上留下了些許煤灰。「你去拜訪這個人時，我會一起去，我們再看看。」

他們身後想起響亮的笑聲。髒手指四處看著，葛文試圖爬上法立德的頭，而那男孩笑著，好像沒什麼比頭皮上幾根尖銳的貂爪更有趣的事了。

「他一點都不想家！」髒手指喃喃說著。「我問過他，但一點影子都沒有！這裡的一切——」他拿手指著周圍，「他都喜歡，甚至汽車的噪音和臭味。他很高興來這裡，你顯然幫了他一個大忙。」他說這話時瞧著她父親的眼神，全是不滿，嚇得美琪不由自主抓著莫的手。

葛文從法立德的肩上跳下來，在青石路塊上好奇地到處聞著。一名在桌子間跑來跑去的小孩蹲了下來，打量著那對小角，難以置信的樣子。但在他伸手去摸那隻動物前，法立德跳了過來，抓住葛文，又把貂擱到肩上。

「他到底住哪？這個……」髒手指沒讓話說完。

「離這裡大約一個鐘頭。」

髒手指默不作聲，天空中又有一架飛機閃爍而過。「有時一早到泉邊洗臉，」他喃喃說著，「那些小巧的精靈會嗡嗡在水面上飛，比你們的蜻蜓大不了多少，和紫羅蘭一樣藍。她們喜歡飛到別人的頭髮中，有時也朝你臉上吐口水。她們可不怎麼親切，但晚上卻像螢火蟲一樣閃閃發光。我有時會抓一個擱在玻璃罐中，在晚上入睡前再放她出來，就會做上好夢。」

「山羊說過也有山妖和巨人。」美琪輕輕說。

髒手指若有所思地打量著她。「是，是有他們，」他說：「山妖、地衣女精、玻璃族……山羊毫無例外，一概不怎麼喜歡他們，寧可殺光他們。他追捕他們，只要能跑的，他都會去追捕。」

「那一定是個危險的世界。」美琪試著去想像，巨人、山妖，還有精靈。莫曾經送給她一本關於精靈的書。

髒手指聳聳肩。「是，那裡很危險，那又怎樣？這裡不是一樣危險？」他突然轉身背對美琪，走去拿他的背包，一把甩在肩上，跟著他朝男孩揮手。法立德拿起裝著球和火炬的袋子，拖著袋子趕緊跟在他後頭。髒手指又一次走向莫。

「你別對這個人說到我！」他說：「我不想見到他，但我會在車子旁等著。我只想知道他是不是還有書，懂嗎？因爲山羊那一本我根本無法接近。」

莫聳了聳肩。「隨你便……」

髒手指看著他紅腫的手指，摸著緊繃的皮膚。「有可能他還會對我說說我的故事結局。」他喃喃唸道。

美琪不可置信地看著他。「你自己不知道？」

髒手指微笑起來。美琪還是不喜歡他的微笑，看上去只是想掩飾什麼東西似的。「這有什麼特別的，小公主？」他輕聲問道：「難道妳知道妳的故事結局嗎？」

美琪不知如何回答。

髒手指對她眨著眼，轉過身。「我明天一早到飯店來！」他還說了這一句。跟著就離開，沒再轉過身。法立德拿著沉重的袋子跟著他，像一隻終於找到主人的流浪狗一樣高興。

這晚，月亮像顆果子一樣掛在天空，又圓又橙紅。美琪上床前，拉開了窗簾，好看著月亮：一個在白色星子間的花稍燈籠。

他們倆都睡不著。莫買了幾本平裝書，看來破破爛爛，像轉過好幾手一樣。美琪唸著愛麗諾送她，有壞人的那本書。她喜歡，但不知何時，她累得闔上眼睛。她很快入睡，而莫在她身邊一直讀著書，外頭橙紅色的月亮掛在異地的天空上。

在她不知何時從一場紛亂的夢裡驚醒時，莫依然直挺挺坐在床上，手裡拿著那本打開的書。月亮早已離開，窗外只見到黑夜。

「你睡不著嗎？」美琪問，坐了起來。

「欸，那隻笨狗咬傷了我的左臂，妳也知道，那正是我睡得最好的位置，而且我腦袋裡就是亂烘烘。」

「我腦袋裡也亂烘烘。」美琪從床頭櫃拿過那本愛麗諾送她的詩集，摸著裝幀，摸過拱起的書背，食指指著封面上一個個的字母。「你知道嗎，莫？」她猶豫地說著。「我也想，我也很想會那樣……」

「什麼？」

美琪又摸著書的裝幀，似乎聽到書在低語，十分輕微。「那樣讀，」她說：「像你那樣讀，讀到一切栩栩如生起來。」

莫看著她。「妳瘋了！」他說：「我們的麻煩全都因爲這樣而來。」

「我知道。」

莫闔上他的書，手指夾在書頁間。

「唸一些給我聽，莫！」美琪輕輕說著。「求求你，就一次。」她把詩集推給了他。「愛麗諾送了這本書給我，她說這不會發生什麼事的。」

「是嗎？她這樣說？」莫打開那本書。「要是有事呢，該怎麼辦？」他翻著光滑的書頁。

美琪把枕頭緊緊靠在他的旁邊。

「你眞的有點子能把髒手指唸回去？還是你在騙他？」

「胡說，我根本不會說謊，妳是知道的。」

「沒錯。」美琪不得不微笑起來。「那是個什麼點子？」

「只要我知道這點子行得通，我就會告訴妳。」

莫還一直翻著愛麗諾的書，他皺著額頭，讀了一頁，又翻到下一頁去讀。

「求求你，莫！」美琪緊靠到他身邊。「就一首詩，一首小得不能再小的，好不好，就唸給我聽。」

他嘆著氣。「一首？」

美琪點頭。

外頭的車聲已經消失，世界如此靜謐，彷彿一隻裹在繭裡的蝴蝶，隔天早上才會再鑽出來，變得年輕，煥然一新。

「求求你，莫，唸吧！」美琪說。

而莫開始拿文字填滿寂靜，他把書頁上的字鬆開來，彷彿它們只在等候著他的聲音一般——長的、短的、尖鼻子的、柔軟的、打著呼嚕的、咕咕作響的字。它們在房裡舞動，在鮮豔的玻璃上畫出圖畫，在皮膚上搔癢著。甚至美琪打起盹時，還一直聽到它們，儘管莫早就又闔上了書。那些對她解釋著世界黑暗和光明面的字，築起了一道抵制所有惡夢的牆。今晚沒有惡夢可以入侵。

隔天早上，一隻鳥在美琪床上拍著翅膀，像前一晚的月光一樣橙紅。她試著抓住牠，但牠飛向窗戶，藍天在窗後等著牠。牠撞向那透明的玻璃，一次又一次，拿著小腦袋撞著，直到莫打開窗戶，讓牠飛了出去。

「怎麼樣，妳還是希望會那樣？」在美琪目送小鳥離去，和藍天溶在一起後，莫問道。

「牠眞漂亮！」她說。

「是的，但牠會喜歡這裡嗎？」莫問：「而牠來的地方，現在誰會替代牠呢？」

莫下樓結帳時，美琪坐在窗邊，她清楚記得莫晚上最後唸的是哪一首詩。她從床頭櫃拿過書，猶豫了一會，跟著打了開。

那個地方，人行道告一段落
在路開始延伸之前
那裡長著草，柔軟的白草

那裡照著紫紅色的灼熱陽光
而月鳥長途奔波後，在那兒睡了
在涼涼的薄荷風中。

美琪低吟著雪兒．希爾佛史坦的文字，當她唸著時，卻沒有月鳥飛出，而那股薄荷風也一定只是她的幻想。

費諾格里歐

你們不認識我，除非你們唸過一本叫《湯姆歷險記》的書，但這不重要。那本書是馬克・吐溫先生寫的，他裡面講的都是眞的——或多或少吧。有些事，他太誇張了，但多半都沒錯。這其實無所謂啦，我還沒見過不會多少撒點謊的人。

——馬克・吐溫《哈克歷險記》

當他們走出飯店時，髒手指和法立德已在停車場等候。烏雲籠罩在近處的山丘上，一股悶熱的風慢慢把雲吹向海上。這天的一切都顯得灰濛，連漆得鮮豔的房子和路邊開花的樹叢也不例外。莫開上愛麗諾提到的羅馬人時代可能就已建好的那條沿海公路，繼續向西駛去。

整個旅途中，大海都在他們左側，海天一線，時而被房舍，時而被樹木遮掩。這天早晨，大海並不像美琪和愛麗諾及髒手指從山裡出來那天那樣動人。灰濛的天空冷漠地反射在波濤中，浪花像洗滌後的污水一樣湧起。美琪愈來愈注意到自己的目光朝右游移著，看著那個不知何處藏著山羊村子的山丘。有次她甚至以爲在一個陰暗的凹地見到那座蒼白的教堂塔樓，儘管她知道那不可能是山羊的教堂，心還是緊緊抽動著。畢竟她的雙腳還清楚記得那綿延無盡的漫長小路。

莫比平常開得快，快了許多，顯然他等不及到目的地了。一個多鐘頭後，他們轉離沿海公路，沿著一條狹窄彎曲的路穿過全是灰色屋子的山谷。溫室佈滿山丘，玻璃塗上了白石灰，以避開今天藏在雲後的太陽。直到路攀升，兩旁才又是綠意。荒蕪的草地擠掉了牆垣，橄欖樹彎縮在路旁。公路分岔了幾次，莫不得不一再看著買來的地圖，路標上終於出現了正確的名字。

他們開進去的是個小村莊，只有一座廣場、幾十間屋子和一座教堂，和山羊村裡的十分相似。當美琪下車時，見到下方深處的海，甚至在這麼遠的距離，都還能見到波濤上的浪花，在這個灰濛的日子中顯得如此不安。莫把車停在村子廣場，就在一座二次大戰的亡者紀念碑旁。在美琪看來，對這麼一個小村子來說，紀念碑上的名字太多，幾乎和村裡屋子的數目一樣多。

「就讓車門打開，我會注意的！」當莫想鎖上車子時，髒手指說。他把背包甩到肩上，把睡著的葛文繫上鍊子，蹲坐在紀念碑前的台階上。法立德一言不發坐在他身邊，但美琪則跟著莫走。

「別忘了，你答應不提到我的！」髒手指在他身後喊著。

「是，是，不會的！」莫回答。

法立德又已玩起火柴，當美琪四處看著時，注意到他。拿嘴熄掉燃燒的火柴，他已很熟練，但髒手指還是拿走他的火柴，法立德只能瞧著空空的雙手，一臉不高興。

因爲她父親的職業，美琪常會認識愛書的人，不管是賣書、收藏、印書，或像她父親那樣不讓書散開的人，但她還未碰過書寫文字、塡滿書頁的人。甚至連幾本她最心愛的書的作者名字，她都不知道，更甭提他們的模樣了。她經常見到從文字中跳出來的人物，但沒見過隱身在後面杜撰出他們的人。就像莫說的那樣，大家往往想像作家要不是死了，就是非常非常老。但莫在門口按了兩次鈴後來開門的那個男人，卻既沒死，也不很老。那也就是說，他雖然老，至少在美琪眼裡是很老，至少六十歲，或更老，他的臉皺得像烏龜的臉，但滿頭黑髮，沒有一絲灰白（她後來發現他是染過髮），而且也不顯得衰弱。相反的，他站在門框中的樣子令人印象深刻，美琪的舌頭立刻就癱瘓了。

還好莫沒這種反應。「費諾格里歐先生？」他問道。

「怎樣？」那張臉更加拒人於千里之外，每道皺紋都滿懷厭惡，但莫對此並不以爲意。

「莫提瑪．弗夏特，」他自我介紹著，「這是我女兒美琪。我是因爲您的一本書而來的。」

一名男孩出現在費諾格里歐身旁，一名小男孩，大約五歲，而另一邊，一名女孩也擠到門框中來。那小傢伙先好奇地看著莫，再看著美琪。「皮波挖走了蛋糕上的巧克力。」美琪聽到她小聲說著，同時還擔心地抬頭看著莫。當他對她眨眼時，她咯咯笑著，消失在費諾格里歐背後，他的表情仍然不怎麼友善。

「所有的巧克力？」他咕噥道：「我馬上來。先告訴皮波，他麻煩可大了。」

女孩點點頭，跑開了，顯然很樂意傳達這樣一個壞消息似的。小男孩則緊抓著費諾格里歐的腿。

「那和特定的一本書有關，」莫繼續說：「《墨水心》。您很久以前寫的，可惜現在沒有地方再買得到。」美琪只奇怪，在這種一直對著他的陰森日光下，莫的話竟然沒黏在嘴上。

「啊，那個呀，那又怎樣？」費諾格里歐雙臂抱胸，他左邊又冒出那個女孩。「皮波躲起來了。」她小聲說著。

「那沒有用，」費諾格里歐說：「我總是找得到他。」

女孩又一溜煙跑開。美琪聽到她在屋裡大聲叫著巧克力賊。

費諾格里歐又轉過來對著莫。「您想幹嘛？關於這本書，如果您想問我什麼蠢問題，您大可不必，我可沒時間，而且就像您剛才自己所說的，那是我好久前寫的。」

「不，除了一個問題外，我沒其他問題。我很想知道您是不是還留下了幾本，我是不是能向您買一本。」

現在老人打量著莫，不再那樣拒人於千里之外。

「唷，看看。這本書看來眞的吸引您，我覺得受寵若驚。只不過……」他的臉又再陰沉下來。「您該不是那種蒐集珍本書的瘋子，只因爲它們很少見？」

莫不得不微笑起來。「不！」他說：「我想讀一讀，只是想讀一讀。」

費諾格里歐一隻手臂頂著門框，瞧著對面的房子，彷彿擔心它下一刻就會倒塌一樣。他住的巷子窄到似乎只要莫伸開手臂，就可從一頭摸到另一頭。許多房子是由沙灰色的粗石搭起，就像山羊村裡的屋子。但這裡房子的窗前和台階上都種著花，許多百葉窗看來像剛粉刷過。一棟房子前有輛嬰兒車，另一棟前靠著一台輕型機車，開啓的窗戶中有聲音竄到巷子內。美琪心想，山羊的村子過去曾經也是這個模樣。

一名老婦人經過，猜疑地打量著陌生人。費諾格里歐朝她點點頭，簡短地問候了一下，等她消失在一扇漆成綠色的門後。「《墨水心》，」他說：「那可眞久了，而您剛好問起也眞怪。」

那女孩回來，拉著費諾格里歐的袖子，朝他耳朵悄悄說著什麼。費諾格里歐的烏龜臉露出一個微笑，這樣美琪覺得好多了。「是，他每次都躲在那裡，寶拉，」他輕聲對女孩說：「說不定妳可以建議他，試試看躲個更好的地方。」

寶拉第三次跑開，不過再次好奇地仔細瞄了美琪一眼。

「好，那您們先進來。」費諾格里歐說完，便二話不說招手要莫和美琪進房。他在他們前頭穿過一道狹窄陰暗的走廊，一跛一跛的，因爲那個小男孩還一直像隻小猴子一樣掛在他腿上，然後推開廚房的門，那裡的桌上擱著一塊蛋糕遺跡，棕色的糖衣千瘡百孔，像一本經年被書蠹咬齧的書的裝幀。

「皮波？」費諾格里歐大聲吼著，連美琪都嚇了一跳，儘管她根本沒作賊心虛。「我知道你聽得到我，而我告訴你，蛋糕上每有一個洞，我就會在你鼻子裡打一個結，懂嗎？」

美琪聽到一聲咯咯笑聲，似乎是從冰箱旁的櫃子裡傳來。費諾格里歐撥下一塊千瘡百孔的蛋糕。「寶拉，」他說：「也給這女孩一些，只要她不嫌棄這些洞的話。」寶拉從桌子下冒出來，瞧著美琪，露出詢問的表情。

「我不會嫌棄。」美琪說，跟著寶拉就拿把大刀，切下同樣一大塊的蛋糕，擺在她前面的桌布上。

「皮波，遞一個有玫瑰圖案的盤子出來。」費諾格里歐說，櫃子中一隻巧克力色的手遞出一個盤子，美琪趕緊接過來，免得掉了下去，然後把那塊蛋糕擱在上面。

「您也要嗎？」費諾格里歐問莫。

「我寧可要那本書。」莫回答，臉色十分蒼白。

費諾格里歐揪下腿上那個小男孩，坐了下來。「里柯，去找別的樹。」他說，接著若有所思地瞧著莫。「我不能給您，」他說：「我自己一本都沒有，全被偷了。我把書借給舊童書展覽會，就在熱那亞。一本插圖非常棒的特別版本也在場，接著是一本有插畫家插畫題獻的書，兩本我孩子的書，上面有他們塗鴉的評註（我一直要他們把最喜歡的地方畫線下來），最後還有一本我個人的版本。全被偷了，就在展覽開幕後兩天。」

莫一手抹過臉，彷彿可以抹掉失望似的。「被偷！」他說：「當然了。」

「當然？」費諾格里歐瞇起眼，十分好奇地打量著莫。「這您得對我解釋一下。如果我不先知道您爲什麼只問這本書的話，我是不會讓您出門的。我會要孩子追您，那可不怎麼舒服。」

莫試著微笑，但似乎不怎麼成功。「我的也被偷了，」他最後說：「而且也是一本很特別的書。」

「眞讓人吃驚。」費諾格里歐抬起眉毛，那就像一對窩在他眼睛上毛髮凌亂的毛毛蟲。「您就說吧。」他臉上的敵意完全消失，好奇佔了上風，徹徹底底的好奇。美琪在費諾格里歐的眼神中，發現那種對故事同樣無法饜足的飢渴，那種每當她自己見到新書時就會襲來的飢渴。

「沒有太多可說的。」美琪聽到莫的聲音，他不想對這老人說實話。「我修復書，靠它們過活。許多年前，我在一間舊書店找到您的書，想重新裝幀再賣掉，但我很喜歡那本書，就留了下來。而現在書被偷了，我一直試著買本新的，但都徒然。我的一名女友，很懂得收藏珍本書籍，最後建議我到作者這裡親自試試，也是她幫我弄到您的住址的。我於是就開車來這兒。」

費諾格里歐擦掉桌上一些蛋糕渣。「很好，」他說：「但這不是整個故事。」

「您是什麼意思？」

老人打量著莫的臉，直到他轉開，看著狹窄的廚房窗戶外。「我是說，我幾哩外就能聞出好玩的故事，所以您別試圖對我隱瞞。快吐出來。您也可以有塊這個千瘡百孔的絕妙蛋糕。」

寶拉擠到費諾格里歐的懷裡，頭頂著他的下巴，和老人一樣，也同樣無比期待地打量著莫。

但莫搖了搖頭。「不，我想我最好不說，您反正一個字也不會相信的。」

「喔，什麼瘋狂的事我都相信！」費諾格里歐反駁，同時切了一塊蛋糕給他。「我相信每個故事，只要故事說得好就行。」

櫃子門開了一個縫，美琪見到一個男孩的頭伸了出來。「我不用被罰了嗎？」他問。從那些巧克力手指上來判斷，那一定是皮波。

「晚點，」費諾格里歐說：「現在我有其他事做。」

皮波失望地鑽出櫃子。「你說你要在我鼻子裡打結的。」

「雙結，水手結，蝴蝶結，你想要什麼都可以，但我得先聽聽這個故事。所以你再去瞎鬧一會，等我有時間。」

皮波生氣地噘著下唇，消失在走廊，小男孩趕緊跟在他後頭。

莫還一直沉默著，把蛋糕渣從有缺口的桌面輕輕推開，食指在木頭上畫著隱形的圖案。「這和某人有關，我答應他不說的。」他最後說道。

「一個不該承諾的承諾，不會因爲遵守了，而有改善，」費諾格里歐說：「至少一本我心愛的書中是這樣寫的。」

「我不知道，這是不是個不該承諾的承諾。」莫嘆著氣，抬頭看著天花板，像是在那兒可以找到答案似的。「好吧，」他說：「我告訴您，但髒手指要是知道的話，會殺了我。」

「髒手指？我有一個角色也叫這樣。當然啦，《墨水心》裡的一名雜耍藝人，我在倒數第二章讓他死掉，寫的時候還流著淚，實在動人。」

美琪差點就被她剛塞進嘴裡的蛋糕噎到，但費諾格里歐不爲所動地繼續說：「我沒讓太多的角色死掉，但有時候就是情節所需。死亡的場景並不容易寫，很容易讓人過分感傷，但我當時寫髒手指的場景倒眞是成功。」

美琪驚愕地看著莫。「他會死？但……你知道嗎？」

「當然，我唸過整個故事，美琪。」

「你爲什麼不對他講？」

「他不想聽。」

費諾格里歐聽著他們的對話，滿臉不解——而且極爲好奇。

「誰殺了他？」美琪問：「巴斯塔？」

「啊，巴斯塔！」費諾格里歐微微一笑，每道皺紋都充滿了自足。「是我所想出來最棒的壞蛋之一，一隻瘋狗，但比不上另一個反面角色山羊壞。巴斯塔對他可是掏心交肺，但山羊對這種狂熱無動於衷。他毫無感覺，一點都沒有，連他自己的殘酷都無法帶給他樂趣。是的，我眞的在《墨水心》裡創造了幾個陰沉的角色，還有『影子』，山羊的走狗，我自己是一直這樣叫他，不過對這樣一個怪物來說，這種描述自然就太過輕蔑。」

「影子？」美琪的聲音幾乎只在低語。「他殺了髒手指？」

「不，不。對不起，我完全忘了妳的問題。只要一提起我創造的角色，就很難讓我煞住不講。不，是山羊的一位手下殺了髒手指，眞的，我這一幕很成功。髒手指有那麼一隻溫順的貂，山羊的手下想殺了牠，因爲他很喜歡殺小動物，欸，髒手指呢，就想救他毛茸茸的朋友，結果爲牠而死。」

美琪不說話。可憐的髒手指，她心想，眞是可憐的髒手指。她無法再想其他的事。「是山羊的哪一個手下？」她問：「扁鼻子？還是闊仔？」

費諾格里歐打量著她，欽佩不已。「有這種事，妳能記得住所有這些名字？在我杜撰出來後不久，我大半就已忘記。」

「不是那兩個，美琪，」莫說：「書裡面根本沒提到兇手的名字。山羊的一堆手下追捕著葛文，其中一個拿刀刺了過去，一個可能一直等著髒手指的。」

「等著？」費諾格里歐迷惑地看著莫。

「這眞卑鄙！」美琪小聲說著。「我很高興沒繼續唸下去。」

「這又是什麼意思？妳是在說我的書嗎？」費諾格里歐的聲音聽來委屈。

「是的，」美琪說：「我是在說。」她看著莫，一臉疑問。「那山羊呢？誰殺了他？」

「沒人。」

「沒人？」

美琪十分不悅地看著費諾格里歐，讓他尷尬地搓了搓鼻子，那可是個醒目的鼻子。

「妳幹嘛這樣瞪著我？」他喊道：「是，我是讓他逃過一劫，他是我最好的反派角色，我爲什麼該殺了他？在眞實的生活中不也這樣，無惡不作的兇手逃掉，快樂地過完一生，而好人卻死掉，有時還是最好的人。事情就是如此，爲什麼在書中一定要不同呢？」

「那巴斯塔呢？他是不是也活著？」美琪想到當時法立德在小屋中說的：「你們爲什麼不殺了他們？他們可是有這企圖！」

「巴斯塔也活著，」費諾格里歐回答。「我那時想了好久，要寫《墨水心》的續集，而那兩個我不想放棄，我對他們感到驕傲！沒錯，影子對我來說也算還可以，但眞的，我最在乎的還是我的人類角色。妳知道嗎，如果妳問我，那兩個哪一個讓你更感驕傲，巴斯塔，還是山羊——我可是說不上來！」

莫又瞪著窗外，接著他看著費諾格里歐。「您會想見見這兩個人嗎？」他問。

「誰？」費諾格里歐吃驚地看著他。

「山羊和巴斯塔。」

「見鬼了，不！」費諾格里歐大笑著，寶拉嚇得摀住了她的嘴。

「欸，我們可是見過他們了。」莫疲倦地說著。「我和美琪，還有髒手指。」

錯誤的結局

一則故事，一本小說，一篇童話——這些東西就像生物，說不定也是某種生物。他們有自己的腦袋，自己的腳，自己的血液循環和自己的衣服，就像眞正的人類一樣。

——艾力克・凱斯特納《愛米爾與偵探們》

在莫說完他的故事後，費諾格里歐沉默了許久。寶拉早就去找皮波和里柯。美琪聽到他們在上一層樓的木頭地板上跑來跑去，又跳，又滑，咯咯笑著，並且大喊，但在費諾格里歐的廚房中，卻靜得聽得到窗戶旁掛在牆上的鐘滴答作響。

「他臉上有那些疤痕嗎？您知道的……」他探詢地看著莫。

他點點頭。

費諾格里歐拿手拍掉褲子上的一些渣渣。「那些疤痕是巴斯塔弄的，」他說：「因爲他們兩個喜歡上同一個女孩。」

莫點點頭。「是，我知道。」

費諾格里歐看著窗外。「精靈醫治了一下傷口，」他說：「因此只留下細細的疤痕，幾乎只是皮膚上的三道白線，對不對？」那老人轉過頭來看著莫，一臉問詢的樣子。

他點點頭，跟著費諾格里歐又看著窗外。對面的屋子開了一扇窗，可以聽見一名女子和一個小孩在爭吵。

「事實上我應該非常非常地驕傲，」費諾格里歐喃喃說著。「每個作家都希望自己的人物栩栩如生，而我的角色竟直接從您的書中跳了出來！」

「因爲我父親把他們唸了出來，」美琪說：「對其他的書，他也可以這樣。」

「啊，當然。」費諾格里歐點點頭。「妳提醒我很好，不然我有可能還把自己當成一個小小的神，對不對？但妳母親的事，我很抱歉，雖然看起來根本不是我的錯。」

「對我父親來說更糟糕，」美琪說：「我記不得她了。」

莫吃驚地看著她。

「當然，妳當時比我外孫還小！」費諾格里歐若有所思地表示，走向了窗邊。「我眞的很想見他，」他說：「我是說髒手指。現在我眞感到難過，幫這個可憐的傢伙捏造了一個悽慘的結局，但不知怎麼，那就是很適合他。莎士比亞說得好：每個人都有自己的角色，我的是個悲劇。」他沿著巷子看下去。他們樓上有東西打破了，但費諾格里歐似乎不怎麼在乎。

「他們都是您的孩子嗎？」美琪問，指了指上面。

「上帝保佑，不是。那是我的外孫，我的一個女兒也住在村子這裡，他們常來找我，我就講故事給他們聽。我講故事給半個村子聽，但再沒興致寫下來。他現在在哪？」費諾格里歐轉向莫問道。

「髒手指？這我不能說，他不想見您。」

「我父親對他提到您時，他眞是萬分驚恐。」美琪接著說。但髒手指一定得知道將發生在他身上的事，她想，他一定得知道，那樣他就會明白眞的不能回去，雖然還會一直想家，她想，永永遠遠。

「我必須見見他！只看一次。您難道不明白嗎？」費諾格里歐懇求地看著莫。「我可以悄悄地跟在你們後面，他怎麼會認出我來？我只是想確定，他是不是眞的像我想像的那個樣子。」

但莫搖了搖頭。「我想您最好別去打擾他。」

「胡說！我隨時都可看他，畢竟他是我杜撰出來的！」

「然後又殺死。」美琪補充道。

「欸。」費諾格里歐無助地抬起雙手。「我想讓故事緊張些，妳難道不喜歡緊張的故事？」

「只要有個好結局就行。」

「好結局！」費諾格里歐輕蔑地哼了一聲，然後聽著上面的動靜。有東西或有人重重地摔到木頭地板上，緊跟著是響亮的哭聲。費諾格里歐衝向門。「您們在這裡等著！我馬上回來！」他喊著，消失在走廊。

「莫！」美琪低聲說：「你得告訴髒手指！你得告訴他，他不能回去。」

但莫搖了搖頭。「他不想聽，相信我，我試了不下十幾次。讓他和費諾格里歐認識，或許不是什麼壞主意，他或許更願意相信他的創造者，而不是我。」他嘆了口氣，抹掉費諾格里歐餐桌上的幾個蛋糕渣。「《墨水心》裡有張圖畫，」他喃喃說著，同時手掌摸過桌面，好像這樣可以變出那張圖畫似的。「一群女子她們站在一個拱門下，穿著華麗，像是去參加慶典。其中一個像妳母親一樣，也有明亮的頭髮。畫面上見不到她的臉，她背對看畫的人，但我一直想像那就是她，很瘋狂，是不是？」

美琪的手擱在他手上。「莫，答應我，別再去那村子！」她說：「求求你！答應我，你不會去試著拿回那本書。」

費諾格里歐廚房裡的鐘分分秒秒把時間切割成讓人心痛的細塊，直到莫終於開口回答。「我答應妳。」他說。

「看著我！」

他照著做。「我答應妳！」他重複著。「只剩一件事，我還想再和費諾格里歐談談，然後我們就回家，忘了那本書。妳滿意了？」

美琪點點頭，雖然她不知道還有什麼好談的。

費諾格里歐背著哭得死去活來的皮波回來，其他兩個孩子帶著後悔的臉跟在他們外祖父後。「蛋糕上有洞，現在額頭上也有個洞，我想我該把你們全送回家！」費諾格里歐罵道，同時把皮波擱在一張椅子上，跟著就在大櫃子中翻找ＯＫ繃，粗手粗腳地貼到他外孫破掉的額頭上。

莫把椅子推了回去，站了起來。「我想過了，」他說：「我帶您去找髒手指。」

費諾格里歐吃驚地朝他轉過身。

「或許您可以一勞永逸讓他明白他不能回去，」莫繼續說：「誰知道他接下來會做什麼，我怕他可能會有危險……此外我有個點子，很瘋狂，但我很想和您說說。」

「比我已經聽到的還要瘋狂？這不可能吧，是不是？」費諾格里歐的外孫又躲到了櫃子中，吃吃笑著拉上了門。「我聽一下您的點子，」費諾格里歐說：「但我想先見見髒手指！」

莫看著美琪。莫並不常不守諾言，他顯然覺得不自在。美琪很能明白。「他在廣場上等著，」莫聲音遲疑地說著。「但先讓我跟他談談。」

「在廣場上？」費諾格里歐的眼睛睜大起來。「那就太好不過了！」他一步就站到掛在廚房門旁的小鏡子前，手指梳弄著黑髮，幾乎像是怕髒手指會對他的創造者的外表感到失望似的。「我會裝著像是沒看到他的樣子，直到您叫我！」他說：「是，我們就這樣做。」

櫃子裡砰砰作響，皮波穿著一件直到他踝骨的夾克跌撞了出來，頭上戴著一頂大得滑到眼睛下的帽子。

「當然囉！」費諾格里歐從皮波頭上拿下帽子，戴到自己頭上。「就這樣，我帶上孩子！一個外祖父帶著三個小外孫，那眞的不是什麼讓人不安的畫面，對不對？」

莫只點點頭，把美琪推到外頭的狹窄走廊上去。

當他們沿著回廣場到他們車子的巷子走下去時，費諾格里歐隔著幾公尺的距離跟著他們，他的外孫在他身邊跳來跳去，像三隻小狗一樣。

寒意和預感

現在她先擱下她的書，看著我，說著：「生命真不公平，比爾。我們對孩子說生命是公平的，但那眞卑鄙，那不只是謊言而已，還是個殘酷的謊言。生命是不公平的，過去如此，未來也如此。」

——威廉・哥德曼《新娘公主》

髒手指蹲坐在冰涼的石階上等著，他怕得難受，但怕什麼，自己也說不上來，或許是背後的那個紀念碑太讓他想到死亡。他一直害怕死亡，想像那是冰冷的，像沒有火的夜晚一般。不過這一陣子他更怕另一樣東西，悲傷。自從魔法舌頭把他引到這個世界之後，悲傷就像第二道影子一樣跟著他，讓肢體沉重，如同灰濛的天空。

那少年在他身旁跳上階梯，跳上跳下，不知疲累，腳步輕盈，面容滿足，彷彿魔法舌頭直接把他唸到天堂去一樣。什麼讓他這麼快樂？髒手指四處看著，打量著狹窄的屋宇，淡黃、粉紅、桃子色、深綠的百葉窗和褐紅色的瓦頂，瞧著在一面牆前盛開的夾竹桃，那枝幹彷彿著火似的，還有那些在溫暖的牆前徘徊的貓。法立德悄悄接近其中一隻，抓住牠的灰毛，擱到他的懷裡，不管牠的爪子如何抓撓著他的大腿。

「你知道這裡的人怎麼做，以便不讓貓繁衍太多？」髒手指伸直腿，瞇著眼瞧著太陽。「只要冬天一來，大家就把自己的貓帶進屋子，盤裡裝著有毒藥的食物，擱在門口給流浪貓吃。」

法立德摸著灰貓的尖耳朵，臉一下變僵，失去剛才那種讓臉看來柔和的心滿意足。髒手指立刻瞧著一旁。他爲什麼要說這個？難道男孩臉上的幸福會煩到他？

法立德讓貓跑開，登上階梯到紀念碑。

當另外兩個回來時，他還是蹲坐在上面，在牆上，腳縮起來。魔法舌頭手裡沒書，臉繃得緊緊的，臉上露出一股良心不安的表情。

爲什麼？魔法舌頭爲什麼會良心不安？髒手指疑慮地四處看著，不知道該看哪裡。魔法舌頭的感覺總是寫在臉上，就像一本永遠打開的書，每個外人都可唸著裡面的內容。他的女兒就不一樣。她心裡想什麼，並不容易看破。但當她現在朝他走來時，髒手指似乎在她眼中看到一些擔心，甚至是同情。那是針對他嗎？那個爛作家說了什麼，讓那女孩這樣看著他？

他站起來，拍掉褲子上的灰塵。

「他沒有書了，對不對？」當那兩個站在他面前時，他說道。

「沒錯，全被偷了，」魔法舌頭回答。「幾年前的事了。」

他女兒的眼睛不離髒手指。

「妳幹嘛這樣瞪著我，小公主？」他斥責她。「妳是知道了什麼我不知道的？」

意外地正中目標。他根本不想擊中要害，更甭提什麼事實了。女孩咬著嘴唇，一直混雜著那種同情和憂心看著他。

髒手指抹了抹臉，摸到他那像風景明信片一樣貼在臉上的疤痕：祝好，巴斯塔。就算他想，他也沒有一天能忘掉山羊那條瘋狗。「讓那女孩未來更喜歡你！」巴斯塔擦掉刀上的血之前，在他耳中嘶聲道。

「喔，該死，眞是該死得可以！」髒手指氣得踢著牆，好幾天腳上還感覺到這一踢。「你對那個爛作家提到我了！」他斥責著魔法舌頭。「而現在連你女兒也比我自己還要瞭解我！好吧，快說，那我自己現在也要知道。告訴我，你一直想跟我說的，巴斯塔把我吊死，是不是這樣？他把我脖子拉得長長的，讓我喘不過氣來，直到我硬得像塊木頭，對不對？但這有什麼好擔心的？巴斯塔現在在這裡，故事變了，一定會變的！只要你把我弄回去我該待的地方，巴斯塔便不能對我怎樣！」

髒手指往前想抓住魔法舌頭，搖晃他，打他，為他所做的一切，但那女孩擠到中間來。「住手！不是巴斯塔！」她喊著，同時把他推回去。「是山羊的某一個手下，一個一直在等著你的。他們想殺葛文，你想幫牠，他們就殺了你！根本無法改變！就是會發生，你束手無策，懂嗎？因此你必須待在這裡，不該回去，絕對不行！」

髒手指瞪著那個女孩，好像這樣可以讓她閉嘴一樣，但她迎著他的目光，甚至試著抓住他的手。「你要高興自己在這裡！」她結結巴巴說著，而他避開了她。「你在這裡可以躲開他們，你可以離開，走得遠遠的，然後……」她的聲音漸漸停了下來。

或許是見到了髒手指眼睛中的淚水。他氣得拿袖子抹掉眼淚，四處張望，像頭落入陷阱，急著找出路的動物，但這沒出路，既不能往前，更糟的是，也沒有退路。

公車站牌那兒站著三名婦女，好奇地瞧著這邊。髒手指往往會吸引這種目光，大家都認得出他不屬於這裡。永遠是一名陌生人。

廣場的另一頭，三個孩子和一名老人拿著一個鐵皮罐在踢足球。法立德看著他們，髒手指的背包掛在他瘦削的肩上，而他褲子上沾著灰色的貓毛。他陷入沉思，光腳趾在青石路塊間鑽著，他老是脫掉髒手指買給他的球鞋，就算在熾熱的柏油路上，他也光著腳跑，鞋子綁在背包上，像是要帶回家的獵物一樣。

髒手指也看著在那邊嬉戲的小孩。他有對那個老頭打什麼暗號嗎？老人讓孩子站好，走向他們。髒手指退了一步，一股寒意爬上了他的背。

「我的外孫一直對那個男孩牽的乖巧的貂感到好奇。」老人走向他們時說。

髒手指又退了一步。那個男的爲什麼這樣看著他？他打量他的方式和站牌那邊的女人完全不一樣。「孩子們說這隻貂會特技，而那個男孩會呑火。我們說不定可以過來近一點瞧瞧？」

那股寒意在髒手指體內蔓延開來，儘管太陽曬黑了他的皮膚。那老人看他的樣子——就像看一條他走失多年的狗現在又回來一樣，或許夾著尾巴，毛裡全是虱子，但顯然就是他的狗。

「胡說，沒有特技！」他脫口而出。「這裡沒什麼可看的！」他又朝後踉蹌一步，但老人跟著他——彷彿有條隱形的帶子繫住了他們。

「我很抱歉。」他說，舉起手，像是想碰他臉上的疤一樣。

髒手指背頂著一輛停放的汽車，老人這時整個站到他面前。他傻傻地看著他的樣子……

「滾開！」髒手指粗魯地推開他。「法立德，把我的東西給我！」男孩跳到他身旁，髒手指搶過他手中的背包，抓住貂，把牠塞了進去，沒理會那咬人的尖牙。老人瞪著葛文的角。髒手指手指靈活地把背包掛上肩，試圖想擠過他。

「求求你，我只是想跟你聊聊。」老人擋住他的路，抓住他的手臂。

「我可不想。」

髒手指試圖掙開，但那瘦骨嶙峋的手指卻相當有力，但他還有刀子，巴斯塔的刀子。他從口袋中抽出，彈開刀子，抵著老人的下巴。他的手顫抖著，他從不喜歡拿著刀在別人臉前晃著，不過老人倒是放開了他。

接著髒手指跑開了。

他不理魔法舌頭在後面喊了什麼。他跑開，就像以前不得不常常跑開那樣。他可以相信他的腿，就算他還不知道最後該去哪裡。他跑出村子和道路，鑽過樹下，穿過叢生的野草，讓自己被芥末黃的染料木叢吞沒，躲在橄欖樹銀色的葉片下……只要離開屋宇，離開堅固的道路。荒野總是保護著他。

跑到吸著氣胸口就會痛，髒手指才倒在草堆中。在一個廢棄的儲水池後，青蛙在那裡呱叫，蒐集來的雨水在那裡被太陽蒸發掉。他躺在那兒喘著氣，聽著自己的心跳，抬頭瞪著天空。

「那老頭是誰？」

他嚇得跳了起來，那男孩站在他前面。法立德跟著他來。

「滾開！」髒手指脫口而出。

男孩蹲在野花間，到處都盛開著，藍的、黃的、紅的，花朵像噴灑開的顏料散在草地間。

「我用不著你！」髒手指罵他。

男孩默不作聲，摘了一朵野蘭花，打量著它的花，像一隻丸花蜂，在花梗上的一隻丸花蜂。「好奇怪的花！」他喃喃說著。「我從未見過這種花。」

髒手指坐起來，背靠著儲水池的牆。「你再跟著我，就會後悔莫及。」他說：「我要回去，你也知道去哪。」

直到他說出來，他才明白自己已下了決心，長久以來即如此，他會回去。髒手指這個膽小鬼會回到獅窟去。不管魔法舌頭說什麼，不管他女兒說什麼……他只想著一件事，他一直只想著一件事，如果他不能立刻得到，但至少還有希望，總有一天會成眞的。

男孩依然坐在那裡。

「現在快走，去找魔法舌頭！他會照顧你的。」

法立德無動於衷坐著，手臂抱著縮起來的腳。「你要回那個村子去？」

「是！回去那兒，去魔鬼和惡魔住的地方。相信我，他們會殺了你這樣的男孩當早餐的，這樣咖啡喝來就更有味道。」

法立德拿著蘭花拂過臉頰。當花瓣搔癢他的皮膚時，他變了臉。「葛文想出來。」他說。

他沒說錯。那隻貂咬著背包的布，伸出了鼻子。髒手指鬆開皮帶，讓牠出來。

葛文瞇著眼看著太陽，生氣地嘎嘎叫著，大概抱怨著時間不對，就竄到男孩那裡。

法立德把牠放到他肩上，神情嚴肅地瞧著髒手指。「我從未見過這種花，」他又說了一次。「或像這麼翠綠的山丘，還有像這樣一隻狡猾的貂。但你說的那些男人，我倒是很熟，他們在哪都一樣。」

髒手指搖搖頭。「他們特別壞。」

「他們不壞。」

法立德聲音中的固執讓髒手指笑了出來，他自己也不知道爲什麼。

「我們可以去別的地方。」男孩說。

「不，我們不行。」

「爲什麼？你去那個村子想幹什麼？」

「偷些東西。」髒手指回答。

男孩點點頭，彷彿偷竊是世界上再正常不過的行徑了，然後小心地把蘭花插到褲袋中。「那去之前，你能不能多教我一些玩火的把戲？」

「去之前？」髒手指不得不微笑起來。這男孩是個聰明小子，他知道可能再也沒有之後了。

「當然，」他說：「我會把我所知道的一切教你，在去之前。」

只是一個點子

「這大家可以表決看看。」稻草人說。
「但答應了就是答應，答應了就不能反悔。」

——法蘭克・包姆《綠野仙蹤》

髒手指離開後，他們沒開車去愛麗諾家。

「美琪，我知道我答應過妳會去愛麗諾家，」當他們有些失落地站在紀念碑前的廣場時，莫說：「但我想明天再出發。我已經告訴過妳，我必須和費諾格里歐討論此事。」

那老人還一直站在他和髒手指說過話的地方，沿著街瞧下去。他的外孫們拉著他，勸著他，但他似乎沒注意到他們。

「你想和他討論什麼？」

莫蹲坐在紀念碑前的階梯上，拉著美琪到他身邊。「妳看到那裡的名字沒？」他問，同時指著上面石頭刻鑿出來，已不存在的人的名字。「每個名字後都有個家庭，有位母親或父親，兄弟姊妹，或者一位妻子。當他們其中一個發現，他可以把這些字母喚醒，變成又是有血有肉的生命，而不是現在的一個名字時，妳不以爲，他或她會竭盡一切，眞的是一切，來讓這成眞嗎？」

美琪打量著長長的一排排名字，在最上面的名字後，有人畫了顆心，而紀念碑前的石頭上擱著一束乾枯的花朵。

「沒有人可以喚回死者的，美琪，」莫繼續說：「或許眞是那樣，死亡只不過展開了一個新的故事，但記載故事的那本書卻還沒人唸過，而作者一定不是住在海岸邊的一個小村子，和他的孫子踢著足球。妳母親的名字不在這樣的一塊石頭上，而是藏在一本書的某處，我有個點子，或許可以改變九年前發生的事。」

「你想回去！」

「不，我不想，我答應過妳。我是不是曾經食言過？」

美琪搖搖頭。你答應過髒手指的，她心想，你已經食言，但她沒把這想法說出來。

「怎麼樣，妳看，」莫說：「我想和費諾格里歐談談，因爲這樣我才要再待在這裡。」

美琪看著海，陽光被雲層打斷，海水突然閃爍發光，像是有人倒進了顏料。

「那裡離這兒不遠。」她喃喃說著。

「什麼？」

「山羊的村子。」

莫看著東邊。「是，很奇怪他最後竟然會搬到這邊來，對不對？好像他在找個和他的故事發生地類似的地方。」

「要是山羊找到了我們怎麼辦？」

「胡說。妳知道這個海岸附近有多少村子？」

美琪聳聳肩。「他曾找到你一次，而你當時離得很遠呢。」

「他是靠髒手指的幫忙才找到我的，而他絕對不會再幫他的。」莫站起來，把她拉了起來。「來吧，我們問問費諾格里歐哪裡可以過夜，而且他看來也需要有人作伴的樣子。」

費諾格里歐沒對他們透露，髒手指看來是不是像他想像的那樣。當他們陪他回家時，他並不多話。但當莫告訴他，他和美琪想再多待一天時，他的臉色稍稍好轉。他甚至挪出一棟他平常不時租給觀光客的屋子給他們過夜。

莫謝了他的好意。

他和老人一直聊到傍晚，而費諾格里歐的外孫則追著美琪在這好多角落的屋子裡跑。兩個男人坐在費諾格里歐的書房，就在廚房隔壁，而美琪不停試圖在關上的門旁偷聽，但皮波和里柯每次都在那裡逮到她，在她聽不到十個字之前，便拿他們的小髒手把她拉到下一個樓梯。

她最後乾脆放棄，讓寶拉指著和母貓一起在屋後小花園到處亂跑的小貓，然後跟著三個孩子到他們父母住的屋子去。他們沒在那邊待多久，剛好夠說服他們的母親晚餐也在外祖父那裡吃為止。

那是配上鼠尾草的麵條。皮波和里柯一臉噁心地把那味道酸澀的綠色香料從麵條裡挑出來，但美琪和寶拉則愛吃這鬆脆的葉片。用完餐後，莫和費諾格里歐還喝了一整瓶紅酒，當那老人最後送他和美琪到門口時，他道別說：「那就講定了，莫提瑪，你照顧我的書，我明天馬上工作。」

「什麼樣的工作，莫？」當他們沿著照明黯淡的巷子走著時，美琪問。夜並沒帶來涼意，一股怪異的風吹過村子，燥熱又多沙，彷彿把沙漠帶過海洋一般。

「我寧可妳不再想這件事，」莫說：「讓我們就假裝這幾天在度假。我覺得這裡的一切看來都像在度假，妳認為呢？」

美琪只點個頭表示回答。是的，莫真的很瞭解她，在她說出來前，他就很清楚她在想什麼，但他有時會忘記她已不再是五歲，這時候已不是說幾句好聽的話，就可以轉移開她所擔心的事。

那好！她心想，同時默默跟著莫穿過沈睡的村子。如果他不想對我說費諾格里歐在幫他什麼，那我就自己去問那烏龜臉。如果他也不告訴我，那他的一名外孫也會幫我查出來！美琪早已不能躲在桌子底下不被發現，但寶拉的大小正好合適刺探情報。

回家

對我來說，我的書房就是我的大軍，
足夠建立公國。

——威廉・莎士比亞《暴風雨》

當愛麗諾終於見到自家大門時，已將近午夜了。下面湖岸的燈一排排亮起，像一列螢火蟲般的駱駝商隊，在黑色的水面上顫動著。就連她下車打開大門時吹在臉上的風，都感覺熟悉。一切都熟悉，圍籬的花香和泥土，還有比南方涼得多，潮濕得多的空氣，嚐起來也不再鹹澀。說不定我會懷念那股味道，愛麗諾心想。海一直讓她渴望，她自己也不知道渴望什麼。

當她推開鐵門時，門嘎吱作響，像是在歡迎她似的。這裡不會有其他的聲音來問候她。「什麼蠢念頭，愛麗諾！」她惱怒地喃喃唸道，同時又上了車。「妳的書會問候妳的，那應該就夠了。」

開車時，她就有股奇怪的念頭。她並不急著回家，於是離開大路行駛，在山裡的一個小村子過夜，名字她已忘了。她很享受又獨自一人的感覺，畢竟那是她所習慣的狀態，但沒多久車裡的寧靜突然讓她感到厭煩，到一個連書店都沒有的安靜小城，坐在咖啡店裡，只爲了聽聽一些聲音。她沒在那兒坐多久，只匆匆喝了一杯咖啡，因爲她對自己生氣。「這是怎麼一回事，愛麗諾？」當她又回到車上坐著時，喃喃唸道：「妳什麼時候會渴望有人作伴？是回家的時候了，免得妳整個人變得怪裡怪氣。」

當她開過去時，她的屋子聳立在那兒，陰暗孤寂，讓她感到特別陌生。當她踩著階梯到房門時，只有花園裡的香味稍稍驅走了這種不安。夜裡門上通常會亮著的燈，這時熄了，愛麗諾不得不花了許多時間拿鑰匙找門鎖。當她開門，絆進漆黑的入口大廳時，她輕輕咒罵著那個她不在時會來看顧她房子和園子的男人。她離開前，曾三次試著打電話找他，但顯然他又去看他女兒。爲什麼沒人懂得這房裡藏著何種寶物？是的，要是它們是金子做的就好了，但它們只是由紙和油墨構成……

屋裡很安靜，非常安靜，有一會，愛麗諾以爲聽到了莫提瑪的聲音，讓那座漆成紅色的教堂充滿生命。她可以聽他個一百年，什麼嘛，兩百年，至少。「當他來時，他得朗讀給我聽！」她喃喃唸道，同時把鞋子從疲累的腳上脫下。「會找到一本他可以拿在手上沒有危險的書。」

她爲什麼還沒注意到自己的屋裡多麼寂靜？簡直是死寂，愛麗諾終於回到自己家中時所期待的那種快樂，遲遲沒有出現。

「哈囉，我回來了！」她朝著沉寂喊去，同時在牆上摸索著電燈開關。「現在你們又可撣撣塵，擺擺正了，我的小寶貝！」

天花板的燈亮起，愛麗諾嚇得踉蹌後退，跌在她自己擱在地板的手提包上。「老天！」她低聲道，同時又站立起來。「喔，老天。不！」

牆上那些特別訂做的手工架子全空了，那些擺放整齊，背接著背立在木板上的書，全都亂堆在地上，折傷，弄髒，踩爛，好像沉重的靴子在它們身上狂舞過一般。愛麗諾開始顫抖，全身開始顫抖。她跌跌撞撞穿過她被毀損的寶貝，彷彿經過一灘泥濘的池塘，她推開它們，撿起一本，然後又擱下，繼續跌跌撞撞前進，沿著通往她圖書館的長廊走著。

走廊上的情況也沒好到哪去。書高堆著，愛麗諾難以找到路殺出這片殘骸，接著她站在圖書館門前。門只半掩著，愛麗諾膝蓋發抖地站在門前好久，最後才敢推開門。

她的圖書館空著。

書架上或被打破的玻璃櫃中都沒有書，一本都沒有，地上也沒半本。它們全都不見了，而在天花板上，晃著一隻死掉的紅色公雞。

愛麗諾見到雞時，手摀住了嘴。牠的頭倒掛，雞冠遮住了僵滯的眼睛，羽毛還一直閃爍著，彷彿生命躲到那裡去似的，躲到胸前那細緻的紅褐色羽毛、深色斑紋的翅膀還是那深綠色，像絲綢般發亮的尾羽中？

一扇窗戶開著，白色的窗板上用煤灰畫著一把黑箭，指著外頭。愛麗諾跌跌撞撞走向窗戶，腳嚇得不聽使喚。夜還未黑到遮蔽住外頭草地上擱置的東西，一堆不成形的灰燼，在月光下泛著灰白，灰得像蛾的翅膀，灰得像被燒掉的紙。

那是它們，她最珍貴的書，或它們剩下的東西。

愛麗諾跪了下來，跪到木板地上，那是她自己精挑細選出來的木頭。風從敞開的窗戶拂了進來，吹過了她，那熟悉的風，聞來幾乎像山羊教堂中的空氣。愛麗諾想大喊，想詛咒，想惡罵，想呼嘯，但她嘴裡發不出任何聲音。她只能哭著。

一個可以待下來，不錯的老地方

「我沒母親。」彼得說。
他也沒有一丁點的渴望。
他認為母親被高估得太厲害了。

——詹姆士．巴里《小飛俠》

費諾格里歐拿來出租的房子，只離他家兩條巷子遠，有個小浴室、一個廚房和兩個房間。由於位在一樓，有點陰暗，而且床在躺上去時，會嘎吱作響，但美琪還是睡得安穩，絕對比山羊村潮濕的乾草或那棟屋頂塌了的小屋要好多了。

莫睡得不好。第一晚，美琪嚇醒三次，因為外面巷子中有貓在吵，每次她都見到他張著眼躺著，手臂交叉枕在腦袋後，瞪著陰暗的窗戶。

隔天早上，他起得很早，在巷尾的小店買了他們的早餐，小麵包還熱呼呼的。當莫和她到下一個大市鎮去找必要的工具：毛筆、刀子、布料、硬紙板——以及他們一起在靠海的咖啡店裡吃的一客巨大的冰淇淋時，美琪幾乎眞有了度假的感覺。當他們敲著費諾格里歐的房門時，美琪舌頭上還一直有那味道。老人和莫還在他漆成綠色的廚房喝了一杯咖啡，接著他和莫及美琪一起上到存放書籍的閣樓去。

「你別開玩笑吧！」當莫站在積滿灰塵的架子前，便罵道：「它們應該立刻全部拿走！你最後一次來這上面是什麼時候？都可以拿刮刀在書頁上刮掉灰塵了。」

「我得把它們收在這裡。」費諾格里歐爲自己辯護道，把自己的心虛藏到了他的皺紋中去。「底下太擠，擺不下所有架子，還有我的外孫老是會碰。」

「欸，他們才不會像潮濕和灰塵造成這麼多傷害。」莫聲音惱怒地說著，費諾格里歐的臉又往下拉。「可憐的孩子，妳父親一直這麼嚴厲？」當他們走下陡峭的樓梯時，他問美琪。

「碰到書才會這樣。」她回答。

在她能問他任何問題前，費諾格里歐就消失在他的工作室中，他的外孫則去了學校和幼稚園，她只好拿出愛麗諾送她的書，坐在通往費諾格里歐小花園的樓梯上。那裡開著野玫瑰，密密麻麻，腳簡直不可能不纏到玫瑰的藤蔓，從樓梯最上層可以看到大海，距離很遠，但似乎又很近。

美琪又打開那本詩集。她不得不瞇起眼睛，陽光明晃晃照著她的臉，在她開始唸之前，她回頭看，想確定莫會不會再下樓一次。她可不想被他逮到她想做的事。她對此感到慚愧，但那誘惑實在太大了。

當她十分確定沒人來時，她深吸了口氣，清了清嗓子——跟著開始。她拿嘴唇發出每個字的音，就像她見到莫那個樣子，幾乎是溫溫柔柔，好像每個字母是個音符，要是沒感情說了出來，就像走音的旋律一樣。但她很快察覺，只要她每個字都刻意注意，那句子就會喑啞下來，如果她只注意聲音，而不理會字意的話，那後頭的畫面就會消失。這可眞難，無比困難。而太陽讓她昏昏欲睡，直到她終於闔上書，臉對著溫暖的光線。嘗試這個，眞是蠢，眞蠢……

下午，皮波、寶拉和里柯來了，美琪和他們在村裡逛著。他們在莫早上待過的店裡買東西，一起坐在村子邊的一座牆上，看著螞蟻把松針和花種子拖過佈滿皺紋的石頭，數著遠方大海上經過的船隻。

第二天也是如此度過。美琪不時自問著髒手指曾躲在哪裡，法立德是不是還在他那兒，愛麗諾好嗎，她是不是已問到他們的去處？

這些問題都沒答案，而費諾格里歐在他書房門後做什麼，美琪也沒打聽出來。「他咬著他的筆，」寶拉報告著，就在她成功躲到他書桌下後。「他咬著他的筆，來來回回走著。」

「莫，我們什麼時候去愛麗諾那兒？」美琪第二晚察覺他又無法睡著時問著，坐到他的床緣。那張床和她的一樣會嘎吱作響。

「快了，」他回答。「但現在繼續睡，好嗎？」

「你想她嗎？」美琪自己都不知道這個問題從哪直接冒了出來，就那麼突然間在那兒，在她舌頭上，不得不吐出。

過了好久，莫才回答。

「有時候，」他終於回答。「早上，中午，傍晚，夜裡，幾乎一直都想著。」

美琪察覺到嫉妒的小爪子鑽著她的心。她知道這種感覺，每當莫有新女友時，都會騷動著。但嫉妒自己的母親？「跟我說說她！」她輕輕說：「但別像你以前那樣亂編故事。」

以前，她時不時會在自己的書裡找個合適的母親，但她心愛的書中幾乎沒有過：湯姆．沙耶？沒母親。哈克．芬？更沒有。彼得潘，那個失落的少年？母親，就別提了。吉姆．克諾夫，孤兒一個……而在童話中，全是壞心的繼母，殘酷善妒的母親……這名單可以沒完沒了繼續下去。過去這倒常常慰藉著美琪。沒有母親，似乎並沒什麼特別不同之處，至少不在她心愛的故事中。

「我該對妳說什麼？」莫瞧著窗戶。外頭那些貓又在吵鬧，叫聲聽來就像小孩。「妳比較像她，而不像我，好在如此。她笑起來像妳，她也像妳，在唸書時會咬頭髮。她有近視，但又愛漂亮，不願戴眼鏡……」

「我能理解。」美琪坐在他旁邊。他的手臂已經不再痛，被巴斯塔的狗咬傷的地方幾乎痊癒了。但會留下個疤，就像巴斯塔的刀在九年前留下的一樣白皙。

「妳爲什麼會懂？我喜歡眼鏡。」莫說。

「我不喜歡。接著呢……？」

「她喜歡石頭，打磨得平平圓圓的石頭，摸在手裡很舒服的，她袋子裡一直擱著一、兩個。她還有一個習慣，把石頭壓在她的書上，特別是那些平裝書，因爲她不喜歡封面翹起來。但妳總是把石頭拿走，讓它們在木板地上滾。」

「那她會生氣。」

「怎麼會，她就搔著妳那肥嘟嘟的小脖子，直到妳把石頭放開。」莫轉向她。「妳眞的不想她，美琪？」

「我不知道。只有當我生你氣的時候。」

「那就是一天大概有十二次囉。」

「胡說！」美琪拿手肘頂了一下他的側身。他們一起聽著外頭的夜，窗子開了一小道縫隙，外頭靜悄悄的。貓群默不作聲，可能在舔著牠們的傷口。店前面常常坐著一隻耳朵缺了一角的虎斑紋貓。有那麼一會，美琪似乎聽到遠處大海在沙沙作響，但也可能只是近處的高速公路。

「你想髒手指會去哪？」黑暗像塊柔軟的布罩著他們。我會懷念這裡的溫暖，她心想，沒錯，眞的。

「我不知道，」莫回答，聲音聽來心不在焉。「我希望他走得遠遠的，但我不確定。」

是的，美琪也不確定。

「你想那男孩還在他身旁嗎？」法立德。她喜歡他的名字。

「我想是的。他跟著他就像條狗。」

「他也喜歡他。你想髒手指也喜歡他嗎？」

莫聳聳肩。「我不知道髒手指喜歡什麼或喜歡誰。」

美琪的頭靠著莫的胸，就像在家裡他對她說故事那樣。「他一直還想要那本書，對不對？」她低語著。「如果被巴斯塔逮到，他會拿刀把他切成一塊塊的。他一定早有把新刀子了。」

外頭有人沿著巷子走過，一扇門打開了，又關上，一條狗吠叫著。

「要是沒有妳，」莫說：「我也會回去。」

多嘴的皮波

「你們的消息錯了。」布特布魯門告訴他。
「這裡不是什麼村子，四周荒蕪人煙。」
「這裡也不會有人聽到妳叫喊的。」那個西西里人說，非常靈巧地朝她撲了過來。

——威廉・哥德曼《新娘公主》

隔天早上，大約十點鐘，愛麗諾一通電話打到費諾格里歐家。美琪在樓上，坐在莫旁邊，看著他將一本開始發霉的書拆開，小心翼翼地，彷彿在將一頭受傷的動物救出陷阱中。

「莫提瑪！」費諾格里歐朝樓梯上叫著。「這裡有個瘋女人在電話上，對我喊著莫名其妙的話，說是你的一名女友。」

莫把那本褪去裝幀的書擱在一旁，走下樓。費諾格里歐把聽筒遞給他，臉色十分難看。愛麗諾的聲音在這間寧靜的工作室中傾洩出憤怒和絕望。莫費了好大勁，才把她罵出來的話理出個頭緒。

「他怎麼會知道……啊，對了，當然……」美琪聽到他說：「燒掉了？全部？」他的手抹過了臉，看著美琪，但她覺得他的目光穿透了她。「好的，」他說：「是，沒問題，雖然我估計他們在這裡也不會相信妳的話。至於妳書的遭遇，本地的警察也不負責……是，好的。當然……我會去接妳。是。」

他跟著掛斷電話。

費諾格里歐掩飾不住他的好奇，聞到了一個新的故事。「現在又發生了什麼事？」他迫不及待地問著，而莫只是站在那裡瞪著電話。那是星期六。里柯像隻小猴子似地掛在費諾格里歐的背上，但另外兩個孩子還未現身。「莫提瑪，怎麼了？你不再跟我們說話了？看看妳父親，美琪！站在那兒像個標本似的。」

「是愛麗諾，」莫說：「美琪母親的姑媽，我有對你提過她。山羊的手下闖入她家，把整棟屋子的書扯下書架，當成了腳踏墊，而愛麗諾圖書館裡的書——」他遲疑了一會，才繼續說下去，「他們把她最珍貴的書弄到外頭的花園燒了。她圖書館裡唯一的東西只是一隻死雞。」

費諾格里歐讓他外孫從背上滑下。「里柯，去找小貓去！」他說：「這裡的事你不該聽。」里柯抗議著，但他的外祖父把他推出房間，毫不留情，在他身後把門關上。「你爲什麼這麼確定是山羊在後頭唆使？」當他再回頭對著莫時，問道。

「不然會是誰？而且那隻紅色的公雞，就我記憶所及，可是他的標誌。難道你忘了自己所寫的故事？」

費諾格里歐默不作聲，表情沮喪。「不，不，我記得。」他喃喃說著。

「那愛麗諾呢？」美琪等著莫的回答，心噗通跳著。

「還好她還沒回到家，自己在路上逗留了一會，眞是謝天謝地。但妳可以想像出她的情況，她最棒的書，老天……」

費諾格里歐的手指匆匆在地毯上拾起一些玩具兵。「是，山羊喜歡火。」費諾格里歐聲音沙啞地說。「如果眞是他，那你的這位女友眞該高興他沒把她一起燒了。」

「這我會轉告她。」莫抓起擱在費諾格里歐書桌上的一盒火柴，抽了開來，又再慢慢推上。

「那我的書呢？」美琪幾乎不敢問這問題。「我的箱子——我把它藏在床底下。」

莫把火柴盒擱回書桌上。「那是唯一的好消息，」他說：「妳的箱子沒事，還一直在床底下，愛麗諾察看過了。」

美琪深呼吸了一口。是不是巴斯塔點的火？不，巴斯塔怕火，她還記得很清楚髒手指是怎樣拿火來戲弄他。但是哪一個穿黑夾克的傢伙，畢竟已無關緊要。愛麗諾的寶貝全沒了，連莫也無法救回。

「愛麗諾會搭飛機來這裡，我得去接她，」莫說：「她一心想著要警察來對付山羊。我對她說，我不認爲這有什麼希望。就算她能證明是山羊的手下闖進她的屋子，但要如何證明是他下的命令？但妳知道愛麗諾。」

美琪悶悶不樂地點著頭。是的，她知道愛麗諾——她太瞭解她了。

但費諾格里歐大笑著。「警察！山羊可不是警察就可對付的！」他喊著。「他有他自己的規則，有他自己的法律……」

「住嘴！這可不是你寫的書！」莫粗暴地打斷他。「也許杜撰出像山羊這樣的角色會很有趣，但相信我，碰上他可一點都不有趣。我開車去機場，美琪留在這兒。好好看著她。」

美琪還來不及抗議，他就出了門。她追了出去，但在巷子中碰上了寶拉和皮波。他們緊抓住她不放，想拉著她跟著他們。她要扮演吃人怪物、女巫、六隻手的妖怪——那些他們外祖父故事中的角色，他們的世界和遊戲中全是他們。當美琪終於甩脫這些小手時，莫早就走了。停車場已空無一物，美琪單獨和幾名雙手插在褲袋，看著大海的老人待在亡者紀念碑廣場上。

她不知如何是好，晃到紀念碑前的台階上坐了下來。她可沒心情追著費諾格里歐的外孫在屋裡跑，或和他們玩躲貓貓的遊戲。不，她只想坐在這裡等莫回來。昨晚吹過村子，在窗子欄杆上留下細沙的焚風已經遠離，空氣比前幾天要涼爽許多。海上的天空還晴朗，但山丘那頭有烏雲飄來，每次太陽消失在雲後，村子上空就籠上一片陰影，讓美琪發抖起來。

一隻貓悄悄溜到她身邊，腿腳僵直，尾巴豎得老高。那是個瘦巴巴的小東西，灰色的毛裡有扁虱，細毛下的肋骨像條紋一般露了出來。美琪輕輕出聲引牠過來，直到牠把頭鑽到她手臂下，打著呼嚕，要她搔著牠。牠看來不像有主人，沒有項圈，沒有一絲能顯示有人在照顧牠的脂肪。美琪搔著牠的耳朵、下巴、背部，同時看著那條路在村子後的一個急彎後消失在屋宇後頭。

到下一個機場有多遠？美琪雙手撐著臉，頭上的雲層愈攏愈駭人，愈聚愈密，灰濛濛的全是雨水。

貓在她的下巴上擦著背，美琪的手指在摸著那骯髒的毛時，突然間冒出了一個新問題。要是髒手指不只對山羊透露了愛麗諾的住處的話，那會怎樣？要是他也說出她和莫住的地方的話？那在院子中是不是也有一堆灰燼在等著她？不，她不願想下去。他不知道的！她低吟著。他一點都不知道。髒手指沒告訴他。她不停低吟著，像在作法似的。

不知何時，她察覺到手上有了一粒雨滴，跟著又是一粒。她抬頭看著天，上面再也沒有任何藍色。近海處的天氣驟然改變！那好吧，我就在屋裡等著，她心想。說不定還有些牛奶給這隻貓。這個可憐東西都沒一塊乾手帕重，美琪還怕舉起牠時傷到牠呢。

屋子裡黑漆漆的，莫早上把百葉窗關著，免得屋裡被太陽曬到窒息。美琪濕淋淋從毛毛細雨中回到陰涼的臥室時，冷得發抖。她把貓擱在沒整理過的床上，套上莫那件過大的毛衣，跑到了廚房。牛奶盒幾乎空了，但配上一些溫水稀釋還剛好夠裝滿一小碟。

當美琪把牛奶擱在床邊時，那貓急匆匆竄過她身旁，差點被自己的小腳絆倒。外頭雨愈下愈大。美琪聽著雨滴打在青石路塊上。她走向窗子，打開了百葉窗。屋頂間的那一抹天空黑黝黝的，彷彿太陽已經西下似的。美琪踱到莫的床邊，坐在上頭。貓還一直舔著光光的碟子，貪婪的小舌頭畫過碎花釉上，期望著最後一滴美味。美琪聽到外頭巷子裡有腳步聲，接著有人敲門。會是誰？莫不可能這時就已回來，還是他忘了什麼？貓不見了，或許躲到了床下。「哪一位？」美琪喊著。

「美琪！」一個小孩聲音喊著。當然了，不是寶拉，就是皮波。是的，一定是皮波。他們大概想和她再去看螞蟻，不管下雨與否。床下頭露出一個小灰爪子，扯著她的鞋帶。美琪走到小走廊上。「我現在沒時間玩！」她朝著關上的門喊道。

「求求妳，美琪！」皮波的聲音哀求著。

美琪嘆了口氣，開了門——直瞧著巴斯塔的臉。

「唉呀，看看是誰在這兒？」他輕聲問著，帶著威脅意味，同時手指擱在皮波的細脖子上。「你怎麼說，扁鼻子？她沒時間玩。」巴斯塔粗魯地把美琪推了回去，和皮波走進門。當然了，扁鼻子也在，他那寬大的腰身幾乎擠不進門來。

「放開他！」美琪帶著顫抖的聲音喝叱著巴斯塔。「你弄痛他了。」

「我有嗎？」巴斯塔低下頭瞧著皮波蒼白的臉。「他指給我們妳藏身的地方，我還這樣對他，眞是不對。」話一說完，他更緊緊捏著皮波的脖子。「妳知道，我們在那個破爛小屋躺了多久？」他朝美琪嘶聲說道。

她退了一步。

「很——久！」巴斯塔把這個字眼拉得長長的，那張狐狸臉逼近美琪，在他眼睛中都能見到她自己的影像。「是不是，扁鼻子？」

「那些臭老鼠差點把我的腳趾頭都給咬掉。」那巨人狠狠說著。「我可眞想把這小女巫的鼻子扭過來，倒插在她的臉上。」

「或許晚一點。」巴斯塔把美琪推到陰暗的臥室中。「妳老爸在哪？」他問：「這裡這個小傢伙，」他鬆開皮波的脖子，粗魯地在他背上推了一把，害他跌跌撞撞倒向美琪，「跟我們說他開走了。去了哪？」

「買東西。」美琪怕得喘不過氣。「你是怎麼找到我們的？」她低聲說著，同時自己給了自己答案。髒手指，當然了，不然還會有誰？但他這次爲什麼要出賣他們？

「髒手指。」巴斯塔回答，像是讀出她的想法。「這個世界可沒太多到處流浪，表演噴火，還帶著一隻馴服的貂的傢伙，更別提還是一隻有角的貂。所以我們只需稍微到處問問，只要一有了髒手指的蹤跡，自然也就找到了妳老爸。我們原本可以更早來拜訪你們的，要不是這個豬頭——」他的手肘重重頂了扁鼻子的肚子一下，害他發出一聲痛苦難耐的悶喊，「追丟了你們來這兒的路的話。我們可是造訪了十幾座村子，問破了嘴唇，磨穿了鞋跟，才來到這裡，一個整天瞪著海的老頭記起了髒手指帶疤的臉。他躲在哪？他是不是也去——」巴斯塔嘲弄地扭了扭嘴，「買東西了？」

美琪搖搖頭。「他走了，」她聲音平淡地回答著。「走了很久。」那髒手指沒出賣他們了，這回沒有，而他逃出了巴斯塔的手掌心。美琪幾乎想笑出來。

「你們燒了愛麗諾的書！」她說，同時把怕得說不出話來的皮波抱得更緊些。「你們有得瞧了。」

「是嗎？」巴斯塔邪惡地微笑著。「爲什麼呢？闊仔一定樂得要死。現在別再多說，我們可沒那麼多時間。這裡這個小傢伙，」皮波避開了巴斯塔的食指，彷彿那是一把刀，「對我們提到了一個寫書的外祖父的一些怪事，還有一本妳老爸特別感興趣的書。」

美琪吞了口口水。笨皮波，又笨、又多嘴的小皮波。

「妳把舌頭吞下去啦？」巴斯塔問：「難道要我再捏一次這小傢伙的細脖子？」

皮波開始哭了，臉埋在美琪穿著的毛衣中。她安慰地摸了摸他的鬈髮。

「那本你想要的書，他的外祖父早就沒有了！」她喝叱著巴斯塔。「你們早就偷走了！」她的聲音因爲恨意而聽來沙啞，也因爲自己的想法變得難受起來。她想踢巴斯塔，打他，一刀捅進他的肚子，就拿那把他插在腰帶上嶄新的刀。

「被偷了，有這種事。」巴斯塔朝扁鼻子咧嘴而笑。「這我們最好自己來證實一下，對不對？」

扁鼻子心不在焉地點著頭，四處打量。「嘿，你聽到了嗎？」

床底下傳出一陣扒抓的聲音。扁鼻子蹲在一旁，把垂下來的床墊推開，拿著槍管在床下到處戳著。那隻灰貓怒嘶著從牠藏身之處竄出，在扁鼻子想抓牠時，爪子劃過了他那張醜臉。他痛喊一聲，站了起來。「我要扭斷牠的脖子！」他吼著。「我要扭斷牠的脖子！」

當他衝向貓時，美琪想跳上去擋住他，但巴斯塔比她快了一步。「你什麼也別幹！」他怒斥著扁鼻子，而那隻灰貓則躲到了衣櫃下。「殺死貓會帶來厄運的，這我還要對你說多少次啊？」

「白癡！白癡的迷信！我早就扭斷不少這些畜生的脖子！」扁鼻子罵道，同時一手壓著流血的臉頰。「那我是不是比你更不幸？你的瞎扯有時候眞的會讓人發瘋。別踩那個影子，會倒楣！……嘿，你又先穿左邊的靴子，會倒楣的！……那裡有人打呵欠！完了，明天我會昏死的！」

「住嘴！」巴斯塔喝叱他。「在這兒瞎扯的人是你！把孩子帶到門口。」

當扁鼻子把他們推到外頭的走廊時，皮波緊抓著美琪。「你叫什麼叫？」他對他吼著。「我們現在要去看你外祖父。」

在他們跟在扁鼻子後頭跌跌撞撞時，皮波根本沒敢放開美琪的手。他緊緊抓著，短短的指甲掐進她的皮膚中。為什麼莫就是不聽我的？她心想。我們可以開車回家的。

雨還是滂沱下著。雨滴流過美琪的臉，流到脖子下去。巷子裡空無一人，沒有人可以幫他們。巴斯塔緊跟在她後面，她聽到他輕聲咒罵著雨。當他們來到費諾格里歐的房子時，美琪的腳全濕透了，皮波的鬈髮也貼在頭上。說不定他不在家！美琪滿心想著，也正好奇，當那漆成紅色的門打開後，費諾格里歐站在他們面前時，巴斯塔會怎麼做。

「好啦，你們是不是沒人理，這種天氣還在外頭亂跑？」他大聲叫罵著。「我還正想去找你們。進來，要快點。」

「我們能不能也進來？」

巴斯塔和扁鼻子緊站在門旁，背靠著牆，沒讓費諾格里歐馬上注意到他們，但這時巴斯塔來到美琪身後，雙手擱在她肩上。在費諾格里歐還不明所以地打量他時，扁鼻子也現身，一腳踏進敞開的門。皮波像頭鼬鼠一樣，一溜煙就竄過他身旁，消失在房內。

「這是誰？」費諾格里歐看著美琪，一臉責難，好像她是擅自把這兩個陌生人帶過來似的。「他們是妳父親的朋友嗎？」

美琪擦掉臉上的雨水，也責難地回看了他一眼。「你應該比我更熟悉他們！」她說。

「熟悉？」費諾格里歐不明就裡地瞧著她，接著又再打量巴斯塔——臉跟著僵掉。「我的上帝！」他喃喃唸著。「這不可能。」寶拉在他背後偷偷探出頭來。

「皮波在哭！」她說：「他躲在櫃子裡。」

「去看看他！」費諾格里歐說，眼睛不離巴斯塔。「我馬上來。」

「我們還要在這外頭待多久，巴斯塔？」扁鼻子嘟囔著。「等我們開始縮水？」

「巴斯塔！」費諾格里歐重複著，沒退到一邊。

「是，那是我的大名，老傢伙！」每當巴斯塔微笑起來，眼睛都會瞇成縫。「我們來這兒，因爲你有個我們非常感興趣的東西，一本書……」

當然了，美琪幾乎想笑出來，他什麼都不明白！巴斯塔不知道費諾格里歐是誰。他又怎麼會知道？他怎麼會知道這個老人杜撰出他來，靠著墨水和紙杜撰出他的臉、他的刀和他的邪惡。

「別再多說！」扁鼻子發著牢騷。「雨水都流到我耳朵裡了。」他把費諾格里歐推到一旁，像在趕一隻討厭的蒼蠅，擠過他身邊進到屋裡。巴斯塔帶著美琪跟在他後面。皮波還一直在廚房的櫃子中啜泣，寶拉站在前面，隔著關起的門安撫著他。當費諾格里歐和陌生人進到廚房時，她嚇了一跳，不安地打量著扁鼻子的臉。那張臉和以往一樣陰沉，似乎不是用來微笑的。

費諾格里歐坐到桌旁，一言不發把寶拉招到自己身邊來。

「怎麼樣，在哪裡？」巴斯塔四處察看著，但費諾格里歐只顧著看他的兩個人物，沒去回答，特別是盯著巴斯塔，像是不能相信他所見到的。

「我已經說過，這裡沒有任何一本了！」美琪替他回答。

巴斯塔裝著沒聽到的樣子，不耐煩地朝扁鼻子打了個手勢。「去找！」他命令道，扁鼻子嘟嘟囔囔聽命行事。美琪聽到他咚咚上了通往閣樓的狹窄木梯。

「怎樣，快說吧，小女巫！你們是怎麼找到這個老頭的？」巴斯塔在她背上推了一把。「你們從哪知道他還有一本書的？」

美琪向費諾格里歐示警地瞄了一眼，但可惜他的舌頭和皮波的一樣不牢靠。

「他們怎麼找上我的？那本書是我寫的！」老人驕傲地宣稱，或許期待巴斯塔會立刻跪在他面前，但他只露出一個同情的微笑，扭了扭嘴唇。

「當然啦！」他說，從腰帶抽出他的刀。

「眞的是他寫的！」美琪就是無法把話吞下去，她希望在巴斯塔臉上見到髒手指知道費諾格里歐後，讓他臉色發白的同一種恐懼，但巴斯塔又大笑了一次，開始在費諾格里歐的餐桌上刻出一條條的凹痕。

「是誰想出這個故事的？」他問：「妳老爸？我看來很笨嗎，嗯？誰都知道印成鉛字的故事老得要命，寫出他們的人早就死了，埋進墳墓裡去。」他把刀尖插在木頭中，抽了出來，又再插進去。扁鼻子在他們頭上到處踱來踩去。

「死了，埋了，有趣。」費諾格里歐把寶拉拉到懷裡。「妳聽到了嗎，寶拉？這個年輕人認爲所有的書都是遠古以前寫出來的，是那些不知從哪打聽到故事的死人寫的，說不定是他們無中生有的？」

寶拉不得不咯咯笑著，櫃子裡也安靜下來，皮波可能也屏住呼吸在門上偷聽。

「這有什麼好奇怪的？」巴斯塔站起身來，像一條被踩到尾巴的蛇一樣。

費諾格里歐沒理他，微笑地打量著他的雙手——彷彿在回憶開始寫下巴斯塔故事那天的情境，接著他瞧著巴斯塔。「你……一直穿著長袖，對不對？」他說：「要我跟你說說爲什麼嗎？」

巴斯塔瞇起眼睛，抬頭瞄了一眼天花板。「該死，這個白癡找本書爲什麼要這麼久？」

費諾格里歐雙臂抱胸瞧著他。「很簡單，他不會閱讀！」他輕輕說：「你也不會，還是你在這陣子學會了？山羊的手下沒有一個會，就和山羊本人一樣。」

巴斯塔把刀深深插到桌面中，再拔出來就費了好大勁。「他當然會讀，你在說什麼？」他探身到桌上作勢威脅。「我不喜歡你瞎說，老頭。要是我在你臉上再劃上幾道皺紋，你看怎樣？」

費諾格里歐微笑著。他或許以爲巴斯塔奈何不了他，因爲是他杜撰出他來的。美琪可就不這麼肯定。「你穿長袖，」費諾格里歐繼續慢慢說著，似乎想讓巴斯塔有時間仔細聽懂每個字，「因爲你的頭頭喜歡玩火。當你放火燒掉一個膽敢拒絕把女兒交給山羊的男人的屋子時，你兩條手臂都被火燒到，一直到肩膀。此後便由別人放火，你就只玩著刀。」

巴斯塔突然跳起來，嚇得寶拉從費諾格里歐懷裡滑開，躲到了桌子底下。「我看你很喜歡自作聰明！」他低吼著，同時刀子抵住費諾格里歐的下巴。「你只不過是唸過那本該死的書，那又怎樣？」

費諾格里歐看著他的眼睛，他下巴的那把刀似乎沒怎麼嚇著他，不像美琪。「我對你瞭如指掌，巴斯塔，」他說：「我知道你隨時會爲山羊豁出性命，你每天都渴望他誇獎你一番。我知道當他的手下挑上你時，你比美琪還小，那時起，你就把他當成像是自己的父親一樣。但要不要我透露些東西給你知道？山羊可是認爲你笨，甚至爲此瞧不起你。他瞧不起你們大家——他所謂忠心耿耿的兒子，他自己可是希望你們一直都笨下去。如果對他有用的話，他會毫不猶豫把你們任何一個人交給警察。你明白嗎？」

「給我閉上你的髒嘴，老頭！」巴斯塔的刀逐步逼近費諾格里歐的臉，美琪有一會以爲他會割掉他的鼻子。「你根本不瞭解山羊，只知道你在那本蠢書裡唸到的，我看現在乾脆割斷你的脖子！」

「等一下！」

巴斯塔轉向美琪。「妳別插手！我晚點會再對付妳，小姑娘。」他說。

費諾格里歐雙手護住自己的脖子，不知所措地看著巴斯塔，顯然終於明白在他的刀子前，他可一點都不安全。

「真的！你不能殺他！」美琪喊道：「不然……」

巴斯塔的拇指摸著刀刃。「不然怎樣？」

美琪絕望地找著適當的字眼。她該怎麼回答？怎麼回答？「因為……山羊也會死！」她脫口而出。「是的！沒錯！你們大家都會死，你、扁鼻子和山羊……如果你殺了這個老人家，那你們大家都會死，因為他創造出你們！」

巴斯塔嘴角露出一個輕蔑的微笑，但卻放下了刀子。有那麼一會，美琪似乎在他眼中看出類似恐懼的東西。

費諾格里歐鬆了口氣瞄了她一眼。

巴斯塔退後一步，努力打量著他的刀刃，像是發現了一塊斑點，拿起他黑夾克的一角擦亮。「我不相信你們的鬼話，這點很明確！」他說：「但這故事可真瘋狂，山羊搞不好也願意聽聽。所以——」他看著亮晃晃的刀子最後一眼，便收了起來，塞回到腰帶中，「我們不只會帶走書和這個女孩，還有你，老傢伙。」

美琪聽到費諾格里歐猛吸了口氣。她自己也不確定她的心是否嚇得不會跳了。巴斯塔要帶走他們。不！她心想，不。

「帶走？去哪？」費諾格里歐問。

「問小的去！」巴斯塔嘲弄地指了指美琪的方向。「她和她老爸有幸當過我們的座上嘉賓，可是包吃包住。」

「那簡直是在胡扯！」費諾格里歐喊著。「我以爲只和書有關！」

「喔，那你就想錯了。我們可不知道還會有一本。我們只是要帶魔法舌頭回去。山羊可不喜歡他的客人不告而別，而魔法舌頭可是個十分特別的客人，對不對，小寶貝？」巴斯塔對美琪眨了眨眼。「但他不在這兒，我還有其他事，可不想等著他，所以就帶上他的女兒，這樣他就會自動跟來。」巴斯塔走向美琪，把她的頭髮撥到耳朵後。「她是不是個漂亮的誘餌？」他問：「老頭，相信我，只要有了小的，她老爸就像頭會跳舞的熊，被人牽著鼻子走。」

美琪把他的手打到一邊，氣得發抖。

「別再這樣！」巴斯塔在她耳邊悄悄說著。

美琪很高興扁鼻子這個時候咚咚走下樓梯，氣喘如牛地出現在廚房門口，手臂下夾著一堆書。「都在這兒！」他脫口說道，同時把書全卸在桌上。「這些全都是那個斷掉的十字開頭，那一撇也都跟在後面，跟你畫出來的一模一樣。」他把一張油膩膩的紙條擱在書旁邊，上面草草寫了一個歪七扭八的T和一個I，看來寫下這些字母的手費了很大的勁。

巴斯塔把書攤在桌上，拿刀一本本分開。「不對，」他說，把兩本推下桌緣，書落到地板上，書頁折損。「這裡的也不對。」又兩本落到地上，巴斯塔最後把其他的也推下桌子。「你確定那裡一本都沒了？」他問著扁鼻子。

「是！」

「你要是搞錯，那就倒大楣了。相信我，我不會有事，而是你！」

扁鼻子不安地瞧了一眼他腳旁的書。

「喔，對了，還有個小變動，那裡那個我們也帶上！」巴斯塔拿刀指著費諾格里歐。「讓他可以對頭頭說說他好聽的故事。相信我，那眞的十分有趣。爲了避免他還藏了一本書，我們在家有足夠的時間再問問他。你看好老的，我注意小的。」

扁鼻子點點頭，把費諾格里歐從椅子上拉起，而巴斯塔則抓著美琪的手臂。回到山羊那裡——美琪咬著嘴唇，以免哭出來。不。不能讓巴斯塔看到她流淚，她可不想讓他高興。至少他們沒抓到莫！她心想。但突然間她只想到一點：要是他們離開村子前在半路上碰上他，那該怎麼辦？要是他們碰上他和愛麗諾的話，又會怎樣？

一下子，她便急著要離開，但扁鼻子在開著的門口停了下來。「那個小的和櫃子裡的愛哭鬼怎麼辦？」他問。

皮波的哭聲停了，費諾格里歐的臉變得比巴斯塔的襯衫還要白。

「怎樣，老頭，你怎麼想，我該拿那兩個怎麼辦？」巴斯塔嘲弄地問道：「既然你認爲你對我瞭如指掌的話。」

費諾格里歐一句話都說不出來，說不定他腦袋裡正轉著他所杜撰出來的巴斯塔的各種殘酷行徑。巴斯塔好好欣賞著他臉上的恐懼幾分鐘，跟著轉過身對著扁鼻子。「小孩留在這裡，」他說：「一個就夠了。」

費諾格里歐好不容易才又出聲。「寶拉，你們回家！」他喊著，同時扁鼻子把他推過走廊。「聽到了沒？你們立刻回家，告訴你們的媽媽，我要出去旅行幾天！懂嗎？」

「我們再過去那屋子一下。」當他們站在外頭的巷子時，巴斯塔命令道：「我都忘了要給妳老爸留個訊息，畢竟他該知道妳在哪裡，對不對？」

你這個連兩個字母都寫不好的傢伙，會留什麼訊息？美琪心想，但她自然沒說出來。她一路上就怕莫會迎面而來，但當他們站在房門前時，只有一個老婦人沿著巷子走來。

「別亂說話，不然我就回去，把那兩個孩子的脖子扭斷！」當那婦人放慢腳步時，巴斯塔對費諾格里歐悄悄說著。

「哈囉，羅莎麗雅，」費諾格里歐聲音沙啞道：「我現在又有房客了，妳怎麼說呢？」羅莎麗雅臉上的疑慮消失了，過了一會，她就消失在巷子尾。美琪開了門，讓巴斯塔和扁鼻子第二次進到她和莫感到安穩的屋子。

在走廊上，她又想到那隻灰貓。她擔心地四處找著牠，但到處都不見牠的蹤影。「那隻貓必須出去，」當他們來到臥室時，她說：「不然牠會餓死。」

巴斯塔打開窗戶。「牠現在可以出去了。」他說。

扁鼻子輕蔑地哼了一聲，但這回沒再唸著巴斯塔的迷信。

「我能帶些衣服穿嗎？」美琪問。

扁鼻子只嘟囔著，而費諾格里歐一臉不高興地瞧著自己。「我也需要些衣服穿。」他說，但沒人理他。巴斯塔正忙著留下他的訊息，牙齒小心翼翼地咬住舌尖，拿著刀在衣櫃上刻下他的大名。巴斯塔。這個訊息莫一看就懂。

美琪趕緊塞了一些衣物到她的背包。莫的毛衣她穿著。當她想把愛麗諾送她的書塞到衣服之間時，巴斯塔把它們從她手中打掉。

「這些待在這裡！」他說。

當他們走向巴斯塔的車子時，沒碰上莫。

那遙遙無止盡的一路上都沒碰上。

毛茸茸的山丘

「別打擾牠，」梅林說：「說不定牠想瞭解你更多後，才和你做朋友。貓頭鷹可不是你想怎樣就怎樣的。」

——懷特《卡麥羅的國王》(Der Konig aut Camelot)

髒手指看著山羊的村子，近得似乎伸手可及。幾扇窗戶中折射出天空，一個屋頂上，一名黑衣人正在換掉幾塊破了的木瓦。髒手指看著他擦掉了額頭上的汗，連在這種熱度下，這些蠢蛋都不會脫下他們的夾克，彷彿怕沒了這件黑色的制服後，自己就會瓦解似的。說得也是，烏鴉在太陽下也不會褪掉牠們的羽毛，而他們就和一群烏鴉一樣，像強盜，像食屍動物，就愛把牠們的尖嘴插到屍體中去。

髒手指挑選的藏身處離村子近在咫尺，起先讓男孩感到不安，但他對他解釋，爲什麼附近山丘上沒有其他地方比這裡更加安全。那燒黑的牆幾乎難以發現到，大戟、染料木和野生的迷迭香攀爬在煤黑的石頭上，綠色的枝幹覆蓋住了痛楚與不幸。山羊的手下在佔領這個廢棄的村子不久後，便燒了這棟屋子。住在屋裡的老太婆拒絕離開，但山羊可無法容忍一對好奇的眼睛就在近處打量他新的棲身之所，於是他派出他的烏鴉們，他那群黑衣人，向他們自行搭建出來的雞寮和只有一個房間的屋子放了火，踩爛了辛苦整治出來的園圃，射殺了幾乎和牠主人一樣老邁的驢子。他們像往常一樣，在黑夜中前來，那晚的月亮特別明亮，一名山羊的女僕對髒手指說了這件事。老太婆從屋裡跌撞出來，大哭大叫，跟著詛咒他們，但只見到一個稍微站在一旁的人，巴斯塔，因為他怕火，襯衫在月光下煞白無比。她或許猜測他還有點無辜或善心。扁鼻子在巴斯塔的指示下摀住了她的嘴，而其他人則大笑著——突然間，她就死了。她倒在被他們踐踏過的園圃上，了無聲息。從這天起，巴斯塔最怕來到山丘上這個地方，燒黑的牆垣聳立在大戟之中。沒錯，沒有其他地方比這兒更適合打探山羊的村子。

髒手指多半窩在一株冬青櫟樹下，過去那老太婆坐在屋前時，或許在這兒遮過蔭。樹的枝幹完全遮住任何隨意朝山坡投來的好奇目光。他窩在那裡好幾個鐘頭，一動不動，拿著望遠鏡打量著停車場和屋宇。他吩咐法立德待在後面，在屋後的窪地中。男孩很不情願地聽命行事，他就像牛蒡一樣纏著髒手指的腳跟，覺得這座被燒燬的屋子陰森森的。「她的鬼魂一定還在這裡，」他不停說著，「那個老太婆的鬼魂。要是她曾是個巫婆，那該怎麼辦？」

但髒手指只取笑他，這個世界沒有鬼，至少看不見。那個窪地十分隱蔽，甚至他過去幾晚都敢冒險生火。少年抓到一隻兔子，他是個安設陷阱的高手，比髒手指更加無情。當他抓到兔子，他總要確定那個可憐的東西不再掙扎後，才會過去。法立德沒這種慈悲心，或許他太常捱餓了。

每當髒手指拿幾根細樹枝生火時，他都欽佩不已地看著！少年在玩火時，已經燒傷了自己所有的手指，鼻子和嘴唇也被火舌咬過，但髒手指還是不斷逮到他轉著火把，玩著棉花和細樹枝，或耍著火柴。有次他放火燒著乾草，髒手指抓住他，像對不聽話的狗一樣猛搖著，直到他哭了出來。「聽好，我不再多說！火可是頭危險的動物！」他斥責著他。「不是你的朋友。如果你沒處理好，火會殺了你，它的煙霧會把你的蹤跡洩漏給敵人知道！」

「但它是你的朋友！」男孩結結巴巴，聲音中帶有固執。

「胡說！我只是夠小心，會注意風！我跟你說了幾百次，有風的時候別生火。現在給我滾開，去找葛文。」

「但它就是你的朋友！」他離開前還喃喃唸著。「至少火比那隻貂還聽你的話。」

這點他沒說錯。但這沒說明什麼，因為一隻貂只聽從牠自己，而火在這個世界，也不像在另一個世界那樣聽命於他。在那兒，只要他一吩咐，火舌就會變成花朵，在夜裡像樹木一樣開枝散葉，像火星一樣紛紛落下。它們呼嘯，它們低語，帶著嗶剝的聲音和他共舞。火舌在這裡既馴服又倔強，像一頭不太出聲的陌生動物，不時會咬餵食它的手。但有些時候，在寒冷的夜裡，當火舌成了打發孤獨的唯一東西時，他似乎可以聽到它在低吟，但卻是他無法理解的語句。

但那孩子大概沒說錯。火是他的朋友，但也要怪火，讓他被帶到山羊面前，當時，在另一個生命中。「讓我看看如何玩火！」在髒手指被他的手下拖來後，他說，而髒手指聽命行事。直到今天，他都感到後悔，教了他太多，因為山羊喜歡鬆開火的韁繩，等到火舌飽食一頓，吞沒莊稼、廄棚、屋舍和其他一切來不及跑開的東西後，才又去捕捉。

「他一直不在嗎？」法立德靠在粗糙的樹皮上。這少年像蛇一樣悄無聲息，當他突然出現時，髒手指每次都會被嚇一大跳。

「是的！」他回答。「運氣在對我們微笑。」他們抵達那天，山羊的車還停在停車場上，但下午時，兩名他的小伙子就開始打亮銀漆，直到光可鑑人，而在天黑前不久，他就開走了。山羊常坐車到處跑，到海岸的村子或他的某個基地，他喜歡這樣的稱呼，雖然那往往只是森林裡的一棟小屋，只有一、兩名百無聊賴的手下在那裡。他和髒手指一樣不太懂得開車，但他的幾名手下會這項技藝，就算他們幾乎都沒有駕照，因為那是需要會閱讀寫字的。

「是，我今晚會再溜過去，」髒手指說：「他不會再在外面待很久，而巴斯塔也一定快回來了。」

他們到的時候，巴斯塔的車沒停在停車場上。他和扁鼻子是不是還被綁著，躺在那廢墟中？

「好！我們什麼時候動身？」法立德的聲音聽來像是巴不得立刻出發的樣子。「一等太陽下山？那他們全都會到教堂吃飯。」

髒手指揮開他望遠鏡前的一隻蒼蠅。「我一個人去，你待在這裡顧好我們的東西。」

「不要！」

「一定要，因爲那太危險了。我要去找人，所以我得溜到山羊屋後的院子。」

男孩吃驚地打量著他。那對眼睛烏黑，有時看來像是已見過許多世面的樣子。「怎樣，你吃了一驚，是吧？」髒手指忍住一絲微笑。「你沒想到山羊屋裡有我的朋友。」

男孩聳了聳肩，瞧著村子。一輛車開到停車場，一輛全是塵土的貨車，沒遮蓋的貨架上有兩隻山羊。

「又有一個農夫要賣掉他的山羊！」髒手指喃喃說著。「算他聰明，把羊交了出來，不然最遲今晚，他的廄門上就會貼上一張條子。」

法立德不明就裡地看著他。

「條子上會寫著『明天紅色公雞會叫』，這是山羊手下唯一會寫的句子。有時候他們也會乾脆掛隻紅公雞在門上，誰都會明白。」

「紅公雞？」男孩搖搖頭。「那是個咒語，還是什麼？」

「不！見鬼了，你聽起來怎麼像巴斯塔。」髒手指輕輕笑著。

山羊的手下下了車，小個子的那個拿著兩個裝得滿滿的塑膠袋，另一個把山羊拉下貨架。「紅公雞就是火，那個在人家的廄棚或橄欖樹放的火，有時候公雞也會在屋簷下，或有哪個人頑固不化，它也會在小孩房裡叫起來。幾乎每個人都有些自己鍾愛的東西。」

那些男的把山羊拉進村裡，其中一個是闊仔，髒手指從他的跛行認出他來。他老懷疑，山羊是不是都知道這些小勾當，知道他的手下不時也爲自己的荷包在打算。

法立德握空的手裡抓了一隻蚱蜢，正透過手指瞧著。「我還是要跟。」他說。

「不行。」

「我不怕！」

「這樣更糟。」

在他的俘虜逃走後，山羊裝上了燈，裝在教堂前、他屋子的屋頂和停車場。這樣要不被發現，並不容易。髒手指第一晚就溜進村裡，帶疤的臉抹上煤灰，不然很容易就被認出來。

山羊也加強了守衛，或許是因爲魔法舌頭幫他弄來的寶藏，那些當然早已藏到他屋裡的地窖，小心地鎖在山羊安置的沉重錢櫃中。他不喜歡花他的金銀財寶，只積攢著，像童話中的龍一樣。有時，他的手指上會戴上個戒指，或在一名他正寵愛的女僕脖子上掛上一條項鍊，或派巴斯塔出門去幫他買把新的獵槍。

「你想和誰碰面？」

「不關你的事。」

男孩放開蚱蜢，牠踩著那瘦長笨拙的橄欖綠腳匆匆跳了開。

「那是個女的，」髒手指說：「山羊的一名女僕，她已幫過我幾次忙。」

「是那個你背包照片中的？」

髒手指放下望遠鏡。「你怎麼知道我背包裡塞了什麼？」

少年縮起頭，就像那些亂講話後習慣要挨一頓打的人一樣。「我是去找火柴時發現的。」

「要是我再逮到你亂碰我的背包的話，我就叫葛文要牠咬你。」

男孩咧嘴笑著。「葛文從不咬我。」

這點他沒錯。那隻貂特別偏愛這男孩。

「那個沒良心的畜生到底躲在哪？」髒手指從枝幹間窺視出去。「我昨天就沒見到牠了。」

「我猜牠找到女伴了。」法立德拿一根樹枝戳著乾樹葉，樹下到處都是。只要晚上有人試圖潛近他們的營地，這些樹葉便會透露出他們的行蹤。「如果你今晚不帶上我，」男孩說，沒看著髒手指，「那我就自己跟在你後面。」

「如果你偷偷跟來，看我不把你打得鼻青臉腫。」

法立德低下頭，面無表情地瞧著自己的光腳趾，接著看著斷牆那頭，後面就是他們紮營的地方。

「別再跟我提那個老太婆的鬼魂！」髒手指生氣說道：「我要跟你說多少次？危險的東西都在那一頭的房子中。要是你怕黑的話，就在窪地那裡生個火。」

「鬼可不怕火。」男孩的聲音細不可聞。

髒手指嘆了口氣，從瞭望的地方爬了下來。這個孩子真的和巴斯塔一樣無可救藥，他不怕詛咒、梯子和黑貓，但卻到處看到鬼魂，還不只是那個被草草埋在土裡的老太婆的，不，法立德還見到其他的鬼魂，有一大群：幾乎是無所不能的惡鬼，準備挖出這個可憐孩子的心來大啖一頓。他就是不相信髒手指說的，那些鬼沒跟著他一起來，他們和那些打他踢他的強盜全留在書裡。要是他今晚單獨待著的話，可能會嚇得摔死。

「那好吧，那你就跟來，」髒手指說：「但你可別出任何聲，懂嗎？下面那些可不是鬼，而是拿著刀槍的眞人。」

法立德瘦削的手臂摟住了他表示謝謝。

「好，好，夠了！」髒手指粗聲說著，把他推開。「快點，讓我看看你這陣子能不能單手倒立。」

少年立刻聽命。他滿臉通紅，先是右手，接著是左手平衡著，光溜溜的腿伸向空中。搖晃了幾秒鐘後，他摔到一株岩薔薇堅硬的葉片上，但立刻掙扎站起，繼續再試。

髒手指坐到一株樹下。

該是甩掉這個孩子的時候了，但怎麼做呢？一條狗，可以丟幾塊石頭趕跑，但一個男孩……爲什麼他不待在魔法舌頭那裡呢？他可懂得照顧，而且畢竟是他把他弄來的。但沒有，這孩子就是跟著他。

「我去找找葛文。」髒手指說，站了起來。法立德一言不發地慢慢跟在他後面。

又回來了

她和國王說著，私底下希望他會禁止他兒子出遊，但他只說：

「欸，親愛的，沒有錯，冒險本身對小傢伙有益，冒險會流進一個人的血液裡，就算他後來根本不記得自己有冒過險。」

——愛娃・易柏森《十三號月台的秘密》

美琪在這個雨下個不停的灰濛濛日子裡見到的山羊村子，並不眞像是個危險的地方。屋舍在綠色的山丘中顯得破舊，沒有陽光美化它的容顏，美琪無法相信，這就是他們逃亡那夜顯得可怖的房子。

「有趣！」當巴斯塔開到停車場時，費諾格里歐低聲說著。「妳知道嗎？這個地方和我爲《墨水心》杜撰出來的一個場景十分相似。唉呀，雖然沒有古堡，但附近的風景十分接近，而村子的年紀也幾乎差不多。妳知道嗎？《墨水心》發生在一個和我們中世紀差不多的世界裡。對，我自然添加了一些東西進來，例如精靈和巨人，而一些我刪除掉了，但……」

美琪沒繼續聽他說，她不得不想著他們逃出山羊棚屋的那晚，那時她眞希望不會再見到這個停車場、那座教堂和這裡的山丘。

「快，別不動！」當扁鼻子打開車門，哼著出聲。「妳大概還記得很清楚怎麼走，對不對？」

是，美琪記得，就算今天一切有些不同。費諾格里歐像個觀光客一樣在巷子中四處看著。「我認識這個村子！」他對美琪悄悄說道：「我的意思是我聽過，這裡發生了許多悲慘的故事，上個世紀有個地震，還有上一次的戰爭……」

「留著你的舌頭待會用，爛作家！」巴斯塔打斷他。「我可不喜歡你們在那兒交頭接耳。」

費諾格里歐惱怒地瞄了他一眼，跟著就默不作聲。直到他們來到教堂前，他都一聲不吭。

「快點，打開門。你們等什麼？」扁鼻子低吼著，美琪和費諾格里歐一起打開那道沉重的木門。迎面而來的冷空氣，和莫還有愛麗諾進來教堂那天一樣臭。裡面沒太多改變。在這個烏雲密佈的日子中，紅色的牆面更顯猙獰，而山羊雕像那張娃娃臉也更顯邪惡。那些燒書的桶子還立在同一個位置，但階梯上山羊坐的那張椅子卻不見蹤影。他的兩名手下正在把一張新沙發椅抬上階梯。那個看來像喜鵲一樣，也是美琪不願回憶起來的老太婆，正站在他們旁邊，用聽來不耐煩的聲音指揮著。

巴斯塔把兩名跪在中間走道洗刷地板的女子推到一旁，朝祭壇台階昂首闊步走去。「摩托娜，山羊在哪？」他在遠處就對那老太婆喊道：「我有事要告訴他，重要的事。」

老太婆頭都不轉一下。「再往右，你們這些豬頭！」她命令那兩個還在費勁搬著那張沉重沙發椅的手下。「這樣不就行了。」跟著她轉過身對著巴斯塔，一臉厭煩的樣子。

「我們早在等你回來。」她說。

「這是什麼意思？」巴斯塔的聲音變大，但美琪聽出了其中的不安，那聽來幾乎像是他在怕這個老人家。「妳知道這個天殺的海岸有多少村子嗎？而我們不確定魔法舌頭是不是還待在這地區，但我可以拍胸脯保證，」他拿頭指了指美琪的方向，「我可是大功告成。」

「是嗎？」那個喜鵲越過巴斯塔瞧著美琪和費諾格里歐及扁鼻子站的地方。「我只看到那個女孩和一個老頭，她父親在哪呢？」

「他不在這兒！但他會來，這小東西是最好的誘餌。」

「但他怎麼知道她在這裡？」

「我留了個訊息給他！」

「你什麼時候會寫字了？」

美琪看到巴斯塔氣得繃緊了肩膀。「我留下了我的名字，就夠讓他明白在哪可以找到他的寶貝小女兒。告訴山羊，我會把她關到一個籠子裡去。」說完這話，他就原地轉身，昂首闊步走回美琪和費諾格里歐身邊。

「山羊不在這裡，我不知道他什麼時候會回來！」摩托娜對著他的背喊著。「但他回來前，我在這裡發號施令，照我看，你過去那一陣子並沒像山羊期望的那樣圓滿完成任務。」

巴斯塔轉過身，彷彿有東西咬了他的背，但摩托娜不為所動地繼續說。

「首先你讓髒手指偷了幾把鑰匙，接著你弄丟了我們的狗，讓我們得到山裡去找你，而現在又是這個。把你的鑰匙交給我。」喜鵲伸出了手。

「什麼？」巴斯塔臉色煞白，像一個在全班面前等著被打的男孩一樣。

「我想你聽得很明白了，我要保管鑰匙，籠子的、墓室的和汽油庫的。交給我。」

巴斯塔沒有動。「妳沒權利！」他斷聲說著。「山羊交給了我，只有他能拿走。」他又轉過身。

「他會從你那兒拿走的！」摩托娜在他身後喊著。「他一回來，就要聽你報告，說不定他比我更清楚，為什麼你沒把魔法舌頭帶來。」

巴斯塔沒回答，只抓住美琪和費諾格里歐的手臂，拖著他們往大門去。喜鵲在他後頭喊著什麼，但美琪沒聽懂，而巴斯塔也不再轉過身去。

他把她和費諾格里歐關在五號的棚屋，是法立德待的那一間。「你們就在這裡等著妳老爸來！」他說，跟著把美琪推進去。

她覺得自己陷入第二次的惡夢中，只不過這回連個可以坐在上頭的發霉乾草堆都沒有，天花板上的燈泡也失靈，但牆上一個細小的洞有些天光灑了進來。

「欸，可真棒！」費諾格里歐說，嘆了一口氣，坐到了冰冷的地上。「一個牛棚，真沒想像力。我還以為山羊至少有個像樣的牢房來關他的犯人。」

「牛棚？」美琪背靠著牆，聽著雨水打在關起來的門上。

「是的，妳以為這裡是什麼？過去的屋子都蓋成這樣，下面可以讓牲畜進來，上面住人。山裡的一些村子還一直這樣養羊和驢子。每當早上牲畜被趕到草地上去時，巷子中到處都是臭烘烘的大便，去買麵包時都會踩到。」費諾格里歐拔出一根鼻毛打量著，似乎不敢相信自己的鼻子中長了這麼粗亂的玩意，然後彈掉。「那真的是有點恐怖，」他喃喃說道：「我就是這樣想像山羊的母親——那鼻子，靠得緊緊的眼睛，甚至連她手臂抱胸和翹起下巴的樣子都沒錯。」

美琪難以置信地看著他。「山羊的母親？那個喜鵲？」

「喜鵲！妳這樣叫她？」費諾格里歐輕輕笑著。「她在我故事中的綽號正是這個，真是讓人吃驚。妳要避開她，她可沒什麼好心腸。」

「我還以為她是他的管家。」

「嗯，妳大概也可以這樣想，那這就算是我們的小秘密，懂嗎？」

美琪點點頭，就算她一點都不懂。那個老太婆是誰，畢竟毫無所謂，一切都無所謂。這回可沒有髒手指夜裡來開門。一切都白費心機了，好像他們從未逃走過一樣。她走向關上的門，雙手頂在上頭。「莫會來的！」她悄聲說著。「否則他們會永遠把我們關在這裡的。」

「唉，唉！」費諾格里歐起身走向她，把她拉到胸前，讓她的臉埋在他夾克裡。那布料粗糙，聞起來有股菸斗的菸草味。「我會想到些點子的！」他輕輕對美琪說著。「畢竟是我創造出這些惡棍的。要是我沒辦法再讓他們消失在這世界中，那豈不可笑。妳父親有個點子，但……」

美琪抬起淚濕的臉，滿心期待地看著他，但那老人只搖搖頭。「晚點再說，現在先對我說，山羊在打妳父親什麼主意，是不是和他的朗讀奇技有關？」

美琪點點頭，抹掉眼裡的淚水。「他想要莫把某個人唸出來，一個老朋友……」

費諾格里歐遞給她一塊手帕，當她拿來擦鼻子時，上頭掉出一些菸草屑。「一個朋友？山羊沒有朋友。」老人皺起額頭，跟著美琪察覺到他突然間深吸了口氣。

「那是誰？」她問著，但費諾格里歐只擦掉她臉頰上的一滴淚。「一個妳只希望在書中碰到的人物。」他避重就輕地回答，然後轉過身，開始來回走動。「山羊很快就會回來，」他說：「我必須想想該怎麼面對他。」

但山羊沒來，外頭天黑了，一直沒人來把他們帶出他們的監獄，連吃的東西也沒有。當夜風擠進牆洞，溫度也冷了起來，他們並肩窩在硬梆梆的地上，互相取暖。

「巴斯塔是不是還一直這麼迷信？」費諾格里歐不知何時問道。

「是的，非常迷信，」美琪回答。「髒手指喜歡拿這事來戲弄他。」

「很好。」費諾格里歐喃喃說著，但沒再多說什麼。

山羊的女僕

由於我從未見過我的父母，我對他們長相的第一印象竟然荒唐到來自他們的墓碑。我父親墓碑上的字母樣子給了我一個可笑的念頭，認爲他是個肩膀寬闊、矮而壯碩的男人，有頭黑色的鬈髮和深色的膚色。從「上名男人的妻子，同名的喬治安娜」的銘文形狀和線條中，我得出個天眞的結論，我的母親長著雀斑，而且體弱多病。

——查爾斯．狄更斯《滿懷期待》

當夜不再暗下去後，髒手指動身出發。天空一直佈滿烏雲，見不到一顆星星，只有月亮不時從雲端浮現，瘦弱得像患了肺結核似的，像一小片在墨水海洋上浮動著的檸檬。

髒手指慶幸這麼漆黑，但那男孩每碰上一根拂過他臉上的樹枝，都嚇得半死。

「該死，我眞該把你和貂一起留在那裡！」髒手指喝叱著他。「搞不好我們的行蹤會因爲你牙齒打顫而洩漏。看前面！那裡才是你該害怕的東西！不是鬼，而是槍。」

山羊的村子就在離他們幾步遠的地方，新安裝的燈在灰色的屋宇間照得有如白晝。

「還有人會說這電是個好事！」髒手指低聲說著，同時沿著停車場邊緣潛行著。一名無聊至極的守衛在停放好的車輛間來回晃著，他靠在閣仔下午載來山羊的貨車邊打著呵欠，把耳機推到耳朵上。

「太好了！這樣來一隊大軍，他都聽不見！」髒手指小聲說道。「要是巴斯塔在這兒，鐵定會把這小子關到山羊的欄圈中，三天都不給一塊麵包。」

「我們從屋頂上走，你看怎樣？」法立德臉上的恐懼全消失了，那拿著獵槍的守衛沒比他自己想像出來的鬼怪更讓他不安。髒手指實在無法理解，只能搖著頭。屋頂的建議倒不是個壞主意。和停車場接鄰的一棟屋子，有株葡萄樹攀緣而上，幾年來都沒被修剪過。當那守衛跟著洋溢在耳裡的音樂晃動，朝停車場另一頭晃過去時，髒手指便沿著像木頭似的樹枝往上爬。那男孩爬得比他還快。當他一站到屋頂上，便驕傲地朝他伸出手。他們繼續潛行，像流浪貓似的，經過了煙囪、天線和山羊只朝下照射，把一切都留給掩人耳目的黑暗的燈。有一回，一塊木瓦在髒手指的皮靴下鬆脫，但他還能及時抓住，沒掉到巷子中碎裂。

當他們抵達教堂和山羊屋子所在的廣場時，便沿著一條簷溝而下。髒手指在一堆空的水果箱後屏氣凝神地蹲了幾秒，注意看著守衛。不只廣場，就連山羊屋子旁的窄巷子都亮如白晝。教堂前的噴泉旁蹲著一隻黑貓，要是巴斯塔瞧見的話，大概心跳都會停止，但髒手指更擔心山羊屋前的守衛。有兩個正在門口前閒蕩著。其中一個粗壯的傢伙，四年前在北方一座城裡找到了髒手指，當時他正想表演他最後一個節目。他和另外兩個一起把他帶走，山羊用他十分特別的方式問髒手指有關魔法舌頭和那本書的下落。

那兩個男的在爭執，吵得不可開交，髒手指鼓起勇氣，幾個箭步便消失在經過山羊屋子的巷子中。法立德跟著他，無聲無息，像是他那活過來的影子一樣。山羊的屋子是棟高大粗陋的建築，或許曾經是村子的市議廳、修院或學校什麼的，所有的窗戶都黑漆漆的。巷子中見不到其他的守衛，但髒手指還是保持警覺。他知道守衛喜歡靠在陰暗的門口，穿著黑衣，就像夜裡的烏鴉一樣察覺不出。沒錯，髒手指對山羊的村子幾乎瞭如指掌。自從山羊把他帶到這裡，幫他打聽魔法舌頭和那本書的消息後，他就經常在巷子中徘徊。每次想家想得發瘋時，他就來這裡，到他的老敵人這裡，只是為了不感到陌生，就連巴斯塔的刀都沒法讓他遠離。

髒手指拾起一塊扁平的石頭，招手要法立德到他身旁來，把石頭沿巷子丟了下去。沒有任何動靜。正如他所想，守衛正在交班，髒手指一溜煙來到山羊園子前的高牆，裡面的菜圃、果樹、香草叢在這堵牆的遮蔽下，躲開了有時會從鄰近山區吹來的冷風。當女僕在整理園圃時，髒手指常常和她們聊天。這園子裡沒有燈，也沒有守衛（誰又會偷蔬菜？），院子中只有一道鐵欄杆門通往屋內，但夜裡總是鎖著。此外，狗窩就在牆後，但當髒手指躍過牆時發現是空著。狗沒從山丘那頭回來，牠們比髒手指想的要聰明多了，而巴斯塔顯然還沒弄來新的。他眞蠢，蠢蛋巴斯塔。

髒手指向男孩揮了揮手，要他跟來，然後跑過細心整理出來的園圃，一直來到鐵欄後門。當男孩見到那粗大的欄杆時，疑惑地看著他，但髒手指只把手指擱在唇間，抬頭看著三樓的一扇窗戶。那個在夜裡黑乎乎的百葉窗開著。髒手指發出一聲貓叫，聽來如此逼眞，緊跟著就有好多貓應和著，但窗戶後沒有任何動靜。髒手指低低咒罵出聲，在夜裡聽了一會動靜——然後學著一頭猛禽尖銳的叫聲。法立德嚇了一跳，緊貼著牆面。這回上面的窗戶後有些動靜，一名女子探身出來。當髒手指朝她揮手時，她也揮手回應——接著又消失不見。

「別這樣看！」當他注意到法立德擔心的眼神時，髒手指輕聲說著。「我們可以相信她，許多女人對山羊和他的手下沒什麼好話，有些還不是自願來這兒的。但她們都怕他，怕失去工作，怕她們說出他和這裡發生的事，他便放火燒了她們的家，或怕他派巴斯塔拿刀出去……蕾莎並不擔心，她沒有家人。」再也沒有，他在腦海裡補充道。

欄杆後的門開了，窗戶旁的女子——蕾莎——帶著擔心的神色出現在鐵欄後面。在那頭褐色頭髮下，她看來蒼白。

「妳還好嗎？」髒手指走向欄杆，手伸了過去。蕾莎帶著微笑，握了握他的手指──用頭指了指那男孩。

「那是法立德。」髒手指壓低聲音。「可以說我收留了他，但妳可以相信他，他和我們一樣，不怎麼喜歡山羊。」

蕾莎點點頭，滿臉責備地看著他，然後搖了搖頭。

「是，我知道，我又回來並不明智。妳聽到發生的事吧？」髒手指無法掩飾自己聲音中的驕傲。「他們以為我會將就這一切，但並非如此。還有一本書，我要拿到它！別這樣看我。妳知道山羊把書藏在哪？」

蕾莎搖搖頭。他們身後窸窣作響，髒手指急轉過身，但只是一隻老鼠，竄過了寧靜的院子。蕾莎從她睡衣口袋中掏出一枝筆和一張紙。她寫得很慢，很工整，她知道大寫字母比較容易閱讀。是她教會他寫字和閱讀的，讓他能和她談話。

等到髒手指看懂字母，總是要等上一會。每當那些像蜘蛛一般的符號最後構成了文字，而他能解出其中的秘密時，他總會感到新的驕傲。「我會查查看，」他輕輕唸著。「好，但要小心，我可不想妳拿妳漂亮的脖子來冒險。」他再一次探身到紙條上。『喜鵲現在有了巴斯塔的鑰匙』，妳這是什麼意思？」

他把紙條遞回給她。法立德著迷地看著蕾莎書寫的手，彷彿看著某人在變魔術一樣。「我想妳也得教教他！」髒手指小聲地對著欄杆說道：「妳看他瞪著妳看的樣子。」

蕾莎抬起頭，對法立德微笑。他尷尬地瞧向一旁。蕾莎摸著自己的臉。

「妳認為他是個好看的男孩子？」髒手指嘲弄地拉下了嘴，而法立德尷尬地不知該看哪裡是好。「那我怎麼樣呢？我像月亮一樣漂亮？嗯，碰上這種恭維我該怎麼辦？妳是不是說，我和月亮差不多有一樣多的疤？」

蕾莎手摀著嘴。讓她笑起來很容易，她笑起來就像小女孩，只不過聽不到她的聲音。

槍聲劃破了夜。蕾莎緊抓住欄杆，法立德嚇得縮在牆角。髒手指又把他拉了起來。「沒事！」他低聲說道：「守衛又在射貓而已，他們無聊時，總是這麼做。」

男孩難以置信地看著他，但蕾莎又繼續寫著。「她把鑰匙從他那裡拿走了，」髒手指讀著。「以示懲罰。」欸，巴斯塔可一點都不喜歡這樣，拿著這些鑰匙，他就會神氣活現，好像看著山羊最寶貴的東西似的。

蕾莎裝著像從腰帶抽出一把刀，拉下臉，陰陰沉沉的，害得髒手指幾乎是大笑出來。他趕緊四處看著，但院子裡靜得像高牆中的墓園一樣。「喔，是的，我可以想像巴斯塔氣得要死，」他小聲說：「他會不惜一切來討好山羊，割別人的脖子，劃傷別人的臉等等。」

蕾莎再一次抓住紙條。又隔了難熬的一段時間，他才看懂她清晰的字母。「原來如此，妳也聽到了魔法舌頭的事。妳想知道他是誰？欸，要不是我的話，他還一直蹲在山羊的棚屋裡。還有什麼？去問法立德吧。他像摘顆熟蘋果一樣，把他從他的故事中揪了出來。好在他沒有把那個男孩一直在瞎扯的吃人精靈給弄出來。是，他是個很棒的朗讀者，比大流士高明太多。妳也看到，法立德沒有跛腳，他的臉看來還是那個老樣子，也還有聲音，就算他現在似乎開不了口。」

法立德狠狠瞪了他一眼。

「魔法舌頭長什麼樣子？巴斯塔還沒在他臉上動什麼手腳，我只能透露這麼多了。」

他們頭上的一扇百葉窗嘎吱作響。髒手指緊貼著欄杆。只是風，他起先這樣想，只是風而已。法立德瞪著他，眼睛嚇得大張著。那個嘎吱聲大概在他聽來又是那個惡魔，但那個在他們頭上探出窗外的東西，可是有血有肉的人：摩托娜，他們私底下稱呼的喜鵲。所有女僕都聽她管，沒有東西躲得過喜鵲的眼和耳，就連女人們夜裡在自己臥房中竊竊耳語的秘密，都逃不過她。就連山羊的錢櫃都安置得比他的女僕要好，她們全都睡在山羊屋裡，總是四個人一間，除了那些和他手下在交往的，便和他們住在一間廢棄的屋子中。

喜鵲靠著窗台，呼吸著涼爽的夜風。她把鼻子久久伸出窗外，久得髒手指寧可扭斷她的細脖子，但最後她似乎身體各個角落都灌滿了新鮮空氣，又拉上了窗戶。

「我必須走了，但我明天晚上會再來。說不定妳那時已經打聽到那本書的一些消息！」髒手指又握了一下蕾莎的手，她的手指因爲刷洗而變粗糙。「我知道，我已經說過，但妳要小心，離巴斯塔遠一點。」

蕾莎聳了聳肩。對這樣一個多餘的建議，她又能怎麼樣？幾乎村裡所有的女人都離巴斯塔遠遠的，但他可是黏著她們不放。

髒手指在鐵欄門前等到蕾莎回到她房間，她點了根蠟燭，從窗戶中給他打了個訊號。

停車場上的守衛耳朵上還一直戴著耳機，忘我地在車子間跳舞，伸開的雙手拿住獵槍，像在懷裡抱著一名女孩。在守衛不知何時朝他們的方向看去時，夜早就又吞沒了髒手指和法立德。

回到他們藏身之處的路上，他們沒遇見任何人，只有一頭帶著飢餓眼神的狐狸竄了過去。葛文蹲在那燒燬的牆間吃著一隻鳥，羽毛在黑暗中閃閃發光。

「她一直都啞著嗎？」當髒手指在樹下伸著身體要睡覺時，男孩問道。

「我認識她時就這樣。」髒手指回答，背對著他。法立德躺到他身旁。他從一開始就這樣，不管髒手指再怎麼往旁邊挪——當他醒來時，那個男孩總是緊靠在他身旁躺著。

「你背包中的照片，」他說：「是她的。」

「那又怎樣？」

男孩默不作聲。

「如果你對她有意思的話，」髒手指嘲弄地說：「那就忘了吧，她是山羊的愛僕之一。她甚至可以幫他送早餐和更衣。」

「她在他身邊多久了？」

「五年，」髒手指回答。「而這些年來，山羊從未允許她離開過村子一次，就連離開屋子都不常見。她逃過兩次，但都跑不遠。有次還被蛇咬。她從未對我提過山羊如何懲罰她，但我知道，那次以後，她再也沒試圖逃跑過。」

他們後頭有東西窸窣作響，法立德嚇得坐起，但那只是葛文。那隻貂跳到男孩肚子上舔著嘴，法立德笑著扯掉牠皮毛上的一根羽毛。葛文猛嗅聞著他的下巴，他的鼻子，像是在惦念著男孩似的，跟著就又消失在夜裡。

「牠眞是個乖巧的貂！」法立德低聲說著。

「牠不是，」髒手指說，把薄毯子拉到下巴。「牠喜歡你，大概因爲你聞起來像女孩子。」

法立德只拿一陣長長的沉默來回答。

「她看來像她，」當髒手指正準備打盹時，他又說道：「魔法舌頭的女兒，有一樣的嘴巴，一樣的眼睛，笑起來也像她。」

「胡說！」髒手指說：「一點都不像，除了她們兩個都有藍眼睛，就這樣而已。這種事這裡很常見的，現在給我好好睡。」

男孩聽了他的話，裹在髒手指給他的毛衣裡，背對著他。不久後，他的呼吸就像嬰兒一樣均勻，但髒手指卻整夜醒著，瞪著空洞的黑暗。

秘密

「如果我該成爲騎士，」瓦特說，瞪著火堆，一臉如夢似幻的樣子，「那我……會向上帝請求，讓他派出世界上所有的邪惡來對付我，而且只對付我。如果我戰勝的話，那就不會再有邪惡，但如果我被擊敗的話，那也完全由我一人來承擔。」

「你太狂妄放肆了，」梅林說：「你會被擊敗的，你也會爲此而承擔一切。」

——懷特《卡麥羅的國王》(Der Konig aut Camelot)

山羊在教堂接見美琪和費諾格里歐，身邊大約有十幾名手下。他坐在摩托娜監管下安置妥當的新黑皮沙發椅中，這回他的西裝有了變化，不是紅的，而是像從窗戶中流瀉進來的晨光一樣淡黃。他一早就把他們帶過來，外頭山丘上還飄著霧，太陽在那邊，像一顆泅泳在污水中的球。

「所有的字母可以爲證！」當費諾格里歐和美琪走過教堂的中堂，而巴斯塔緊跟在他們後面時，他低聲說道：「他眞的和我想像的樣子絲毫不差。『像一杯牛奶一般蒼白』——沒錯，我想我是這樣表達的。」

他的步伐開始加快，似乎等不及要在最近的距離來看看他創造出來的人物。美琪幾乎跟不上他的腳步，巴斯塔在他抵達階梯前，一把把他拉了回來。「嘿，這是怎麼搞的？」他對他嘶聲說道：「別這麼急，好好鞠個躬，懂嗎？」

費諾格里歐只輕蔑地瞧了他一眼，筆直地站在那裡，巴斯塔揮起手，但山羊幾乎不動聲色地搖了搖頭，巴斯塔便放下手，像個被責備過的孩子一樣。摩托娜站在山羊的沙發椅旁，手臂像翅膀一樣收在背後。

「說眞的，巴斯塔，我老問你在想什麼，沒把她父親一起帶來！」山羊說，同時目光游移在美琪和費諾格里歐的烏龜臉上。

「他不在那裡，我已經對你們解釋過了。」巴斯塔的聲音聽來委屈。「難道要我像池塘邊的蟾蜍一樣，坐在那裡等他？他很快就會自動跑來這裡的！我們都看到他多麼寵愛這個小的。我拿我的刀發誓，就今天，最晚明天，他就會出現。」

「你的刀？那不是不久前你才丟了一把？」摩托娜聲音中的嘲諷讓巴斯塔緊咬嘴唇。

「你退步了，巴斯塔！」山羊斷言。「你的脾氣讓你頭腦不清，不過讓我們來看看你帶來的另一個傢伙。」

費諾格里歐的目光一刻不離他。他打量著山羊，就像一名多年後又再見到自己所繪作品的藝術家一樣，從他的臉部表情來判斷，他對自己見到的東西心滿意足。美琪在他眼中見不到一絲恐懼，只有無法言喻的好奇——和滿意，對自己的滿意。山羊不喜歡這種眼神，她也看出這點。他不習慣別人這樣無所畏懼地打量他，像這個老人一樣。

「巴斯塔對我說了有關您的一些怪事，這位……」

「費諾格里歐先生。」

美琪瞧著山羊的臉。他有讀到《墨水心》封面上的這個名字嗎，就在書名上面？

「就連他的聲音也和我想像中的一樣！」費諾格里歐對她小聲說道。在她看來，他就像站在獅子籠前的小孩一樣欣喜若狂——只不過山羊沒待在籠子裡。山羊只用眼神示意了一下，巴斯塔就拿手肘重重敲了他的背，害他喘不過氣來。

「我不喜歡別人在我面前說悄悄話。」山羊解釋，而費諾格里歐還一直喘著氣。「巴斯塔剛剛對我說了一個不可思議的故事，說您表示自己是那個寫了那本書的人……到底書名是什麼？」

「《墨水心》。」費諾格里歐揉了揉疼痛的背。「書名是《墨水心》，說的是一個心因爲邪惡而變黑的人。我一直喜歡這個書名。」

山羊抬起眉毛，微笑了起來。「喔，要我怎麼理解呢？是不是一種恭維？畢竟您在說的是我的故事。」

「不，不是，那是我的，你只是出現在裡面。」

美琪看到巴斯塔詢問地瞧了山羊一眼，但他幾乎不動聲色地搖著頭，費諾格里歐的背暫時免去一災。

「這樣呀，這樣呀，有趣，你就是要一路說謊到底。」山羊岔開腿，從沙發椅中站起，緩緩走下階梯。

費諾格里歐對美琪鬼笑著。

「你笑什麼？」山羊的聲音像巴斯塔的刀一樣銳利，就站在費諾格里歐面前。

「啊，我只是不得不想到，虛榮是我賦予你的一個特質之一，虛榮及——」費諾格里歐繼續說下去前，刻意停頓下來引人注意，「一些其他我最好別在你手下面前提起的弱點，對不對？」

山羊默不作聲地打量他，持續了好一會，跟著微笑起來，蒼白無力的微笑，只不過翹起了嘴角，同時眼睛在教堂中到處游移，彷彿完全忘了費諾格里歐一樣。「你眞是個放肆的老傢伙，」他說：

「說謊都不打草稿。但如果你以爲你的放肆和騙局會嚇到我，像嚇到巴斯塔那樣的話，那我只能讓你失望了。你的說法可笑，就和你一樣，巴斯塔把你帶到這來，實在不智，因爲我們現在得想個辦法再把你處理掉。」

巴斯塔臉色煞白，急忙走向山羊，頭縮在肩膀中。「但要是他沒說謊，那該怎麼辦？」美琪聽到他對山羊悄聲說道：「那兩個說，如果我們動了這個老頭一根汗毛的話，我們都會死。」

山羊打量著他，一副瞧不起的樣子，嚇得巴斯塔踉蹌後退，像被他打了一樣。

但費諾格里歐只瞧著，像是無比享受一樣。美琪覺得他把這一切當成一齣戲在看，一齣爲他個人演出的戲。「可憐的巴斯塔！」他對山羊說：「你又對他不公平了，因爲他沒說錯。要是我沒說謊，那會怎樣？要是我眞的創造出你們的話，那會怎樣？如果你們對我不利的話，你們會不會就這樣憑空消失呢？這都有跡可尋。」

山羊大笑，但美琪察覺出他在思索費諾格里歐說的話，察覺出他感到不安——就算他盡力要把這些全藏在無關痛癢的面具下。

「我可以證明我是我所聲稱的那個人！」費諾格里歐低聲說著，除了山羊外，只有巴斯塔和美琪聽到他的話。「要我在這裡證明，在你的手下和那些女人面前？要我對他們說說你的父母嗎？」

教堂中悄無聲息，沒人有所動靜，不管是巴斯塔，還是等候在階梯前的那些手下。就連擦洗桌面下地板的女僕也都站了起來，瞧著山羊和那個陌生的老人。摩托娜還一直站在他的沙發椅旁，下巴翹起，像是這樣可以更清楚聽到下面那頭在悄悄說些什麼。

山羊一言不發地瞧著自己的袖釦，那就像血滴一樣落在他明亮的襯衫上，接著他那蒼白的眼睛再次盯著費諾格里歐的臉。「說你想說的，老頭！如果你要命的話，那就只說給我聽。」他悄悄說著，但美琪聽出他聲音中好不容易壓制下來的怒意。她從未像此時這樣怕他。

山羊對巴斯塔打了個手勢，他不情願地向後退了幾步。

「這小女孩應該可以聽著吧？」費諾格里歐一手擱在美琪肩上。「還是你也怕她？」山羊根本沒看美琪，只盯著創造出他的老人。「就算你無話可說，也給我說吧！你不是第一個在這教堂撒些謊來脫身的傢伙，但如果你再說些蠢話，我會要巴斯塔在你脖子上擱上一條漂亮的小毒蛇。碰上這樣的場合，我屋裡總有幾條可以派上用場。」

費諾格里歐對這威脅也不怎麼怕。「好！」他說，同時看了一眼周圍，似乎在惋惜沒有更多的聽眾。「我從哪開始呢？首先說些基本的：一名作家從未寫下他對他角色所知道的一切，讀者不需要知道一切。有些最好當成作家和他角色共享的秘密，例如像他，」他指著巴斯塔，「我知道，在你收容他以前，他是個十分不幸的孩子。在一本奇妙的書裡怎麼說來著？要讓孩子相信他們討人厭，可是簡單至極。巴斯塔就相信這點，不是你把他教成更好的人，不！你又爲什麼要？突然間，他有了個可以依戀的人，告訴他該做些什麼……他找到了一個神，山羊，就算你對他不好，但誰說所有的神都是善良的？多半的神嚴厲殘酷，不對嗎？在那本書裡，我沒把這一切寫下來。我自己知道就夠了。巴斯塔說夠了，該說說你了。」

山羊目光不離費諾格里歐，他的臉變得僵滯，彷彿化成一塊木頭一般。

「山羊。」費諾格里歐說出這個名字時，聲音聽來幾乎溫溫柔柔。他越過山羊的肩看過去，似乎忘了他所說的那個人，就站在他面前，而是躲在另一個完全不同的世界中，一個書頁中的世界。「他當然有另外一個名字，但卻連他自己也記不起來了。他十五歲起，就叫自己山羊，按照那個他出生時的星座命名。山羊，無法逼近、深不可測、永不饜足的人，愛扮演上帝或魔鬼，就看情況而定。但這個魔鬼有母親嗎？」費諾格里歐又再看著山羊的眼睛。「你有。」

美琪抬頭看著喜鵲。她走到階梯邊，骨瘦嶙峋的雙手握成了拳頭，但費諾格里歐說得非常輕細。

「你喜歡到處散播，說她出生貴族世家，」他繼續說：「是的，有時你甚至更喜歡說，她是一位國王的女兒。你聲稱自己的父親是她父親宮廷中的武器鑄造師。眞是不錯的故事。要不要我對你說說我的版本？」

美琪第一次見到山羊臉上有恐懼這樣的東西，一種莫名的恐懼，沒有開端，沒有結束，而在那後面，恨意像個巨大的黑影聳立著。美琪確信，山羊此刻很想殺了費諾格里歐，但恐懼束縛住了恨意，並讓它更爲強烈。

費諾格里歐也看出這點了嗎？

「好，說吧，說你的故事，爲什麼不？」山羊的眼睛像一條蛇那樣呆滯。

費諾格里歐像他的一名外孫那樣調皮地微笑著。「好，我們繼續。武器鑄造師的故事當然是謊言。」美琪一直覺得這個老人無比享受著，他的行爲舉止，就像在逗弄著一隻小貓。他對他自己的人物眞的所知不多嗎？「山羊的父親只是個普通的馬蹄鐵匠，」他繼續說，沒理會山羊眼裡冰冷的怒意。「他讓兒子玩燒紅的煤炭，有時他幾乎是狠狠打他，就像他在鍛鑄一塊鐵時那樣。只要意志不堅，他就毒打，哭也打，聽到『我不行』和『我做不到』也打。『重要的是力量！』他這樣教他兒子。『只有強者決定一切，你也要試試去決定一切。』山羊的母親也認爲這是世界上唯一的眞理，顚撲不破的。她天天都對她兒子說，有天他會成爲最強大的人。她不是公主，只是個女僕，粗手粗腳，像影子一樣跟隨著她兒子，甚至當他開始以她爲恥，自己又杜撰出新的母親和新的父親後，她還是不改初衷。她對他的殘暴感到欽佩，她喜歡見到他散佈的恐懼，她愛他那顆黑墨般的心。是的，你的心如石頭，山羊，一顆黑色的石頭，就像一塊煤炭一樣無情，而你對此深感驕傲。」

山羊又把玩著他的袖釦，轉著它，神智恍惚地打量著，彷彿全神貫注在這個小小的紅色金屬塊上，而不是費諾格里歐的話。當老人沉默下來時，山羊小心翼翼地把夾克袖子拉到手腕上，撣掉袖子上的一條線頭。他似乎也同樣撣去了憤怒，在他那蒼白漠然的目光中，再也見不到任何表情，憤怒、恨意、恐懼全消失了。

「這眞是個讓人吃驚的故事，老人家，」他輕輕說著。「我喜歡，你是個會撒謊的傢伙，所以我會把你留在這裡，先看看，等到我受不了你的故事再說。」

「留在這裡？」費諾格里歐筆直站著。「我可不想待在這裡！什麼……」

但山羊一手堵住他的嘴。「別再多說！」他輕輕對他說道：「巴斯塔對我提到你的三個外孫。要是你惹火我，或你不對我，而對我的手下說你的謊話，我會請巴斯塔拿包裝紙包起幾條小毒蛇，擱在你外孫的門口。我說得很清楚了吧，老人家？」

費諾格里歐低下頭，好像山羊只說了那幾句話，就可以扭斷他脖子似的。當他再抬起頭，臉上的每道皺紋中都盤據著恐懼。

山羊帶著滿意的微笑，雙手插到褲袋中。「沒錯，你們大家的心中都有所惦掛，」他說：「孩子、孫子、兄弟姊妹、父母、小狗、小貓、金絲雀……每個人都一樣，農夫、店老闆，甚至警察都有家人，或至少有條狗。你只需要看看她的父親就行！」山羊突然指著美琪，害她嚇了一跳。「他會過來，雖然他知道我不會再讓他走，他和他女兒都一樣，但他還是會來。這個世界安排得非常奇妙不是嗎？」

「是！」費諾格里歐喃喃說著。「非常奇妙。」而他第一次不再讚嘆地打量著自己創造出來的人物，而是帶著一股厭惡。山羊似乎喜歡這樣。

「巴斯塔！」他喊著，招手要他過來。巴斯塔刻意慢慢晃了過去，看來還一直有委屈。「把這老頭帶到我們過去關大流士的房間！」山羊命令他。「在門口安排個守衛。」

「你要我把他帶到你的屋子裡？」

「是，爲什麼不？畢竟他表示自己像是我的父親一樣，而且他的故事也很有趣。」

巴斯塔聳聳肩，抓住費諾格里歐的手臂。美琪驚恐地看著老人，她立刻就要孤零零一人，和山羊棚屋中沒窗的牆和一扇閉鎖的門單獨在一起。但在巴斯塔帶離他之前，費諾格里歐抓住她的手。「讓這女孩跟我在一起，」他對山羊說：「你不能又把她關到那個洞裡去，孤零零的。」

山羊一臉漠然地背對著他。「隨你便，她的父親反正就快到了。」

是的，莫會來。美琪只想著這點，而同時費諾格里歐把她拉了過來，手臂摟著她的肩，似乎這樣就眞能保護她不受山羊、巴斯塔和其他人的傷害。但他辦不到。莫可以嗎？當然不行。老天保佑！她心想。或許他再也找不到路！他不該來，但她什麼也不求了，一點也不求了。

不同的目標

法柏把鼻子埋到書裡。「您知道嗎?書聞起來有肉豆蔻或其他異國香料的味道，我小時候就一直喜歡聞著。」

——雷・布萊柏利《華氏四五一度》

法立德發現了那輛車。

車沿路而上時，髒手指正躺在樹下。他試著理出頭緒，但從他知道山羊回來後，腦袋就一片混亂。山羊回來了，而他還不知道該到哪去找那本書。葉片在他臉上畫上陰影，太陽拿著熾熱的白針戳進樹枝間，他的額頭發著燒。巴斯塔和扁鼻子也回來了，當然了，他在想什麼?他們永遠消失?「你激動個什麼勁，髒手指?」他對著葉片悄悄說著。「你真不該再來這裡，你知道這樣很危險。」他聽到腳步聲接近，急促的腳步。

「一輛灰色的車!」法立德跪在他身旁的草裡喘著氣，死命跑著回來。「我看那是魔法舌頭!」

髒手指一躍而起。這男孩知道自己在說什麼嗎?他真的能夠區分出這些臭得要命的鐵皮甲蟲，他可從來都辦不到。

他趕緊跟著法立德到那個可以看到橋的地方。路像條慵懶的蛇，從那兒蜿蜒到山羊的村子。要是他們想擋住魔法舌頭的去路，可沒太多時間。他們急忙沿坡跌撞而下。法立德第一個跳到柏油路上。

髒手指對他的矯捷身手一向感到驕傲，但那男孩比他還要靈活，快得像頭鹿，有著同樣瘦削的腿。他現在玩火，像在逗弄小狗一樣，十分忘我，髒手指都要不時拿根點燃的火柴提醒他，這條狗的牙齒有多燙人。

當魔法舌頭見到髒手指和法立德站在路上時，他緊急煞住車，看來無比疲累，彷彿幾個晚上沒睡好覺。愛麗諾坐在他旁邊。她從哪來的？她不是回家，回到她那書的墓室中了嗎？美琪又在哪？

當魔法舌頭見到髒手指，下了車時，臉色突然陰沉下來。「當然了！」他喊著，同時走向他。「是你去告訴他們！不然還會有誰？這回山羊答應你什麼？」

「我對誰說了什麼？」髒手指避開他。「我沒對任何人說什麼！你問那孩子。」

魔法舌頭看都不看法立德一眼。那個書蟲也下了車，站在車旁，一臉狂怒。

「這裡唯一說了什麼的人是你！」髒手指脫口而出。「你對那老頭提到了我，雖然你答應過我不會這麼做。」

魔法舌頭停了下來。讓他良心不安十分容易。

「你們得把車子藏在那邊的樹下。」髒手指指著路邊。「山羊的手下隨時會經過這裡，他們可不喜歡見到外來的車子。」

魔法舌頭轉過身，沿路瞧了下去。「你該不會相信他吧？」愛麗諾喊著。「當然是他出賣了你們，不然還會有誰？那個人只要一張開嘴，就在說謊。」

「巴斯塔帶走了美琪。」魔法舌頭的聲音聽來沒有表情，完全不像平常那樣，好像他的聲調和他女兒一起丟失了。「費諾格里歐也被他們帶走，在昨天早上，當我去機場接愛麗諾的時候。我們從那時候就在找這個該死的村子。我眞不知道這個山丘這裡有多少廢棄的村子。直到我們經過那個路障，我才確定我們終於走對路了。」

髒手指默不出聲，抬頭看著天空。幾隻鳥往南飛去，像山羊的手下一樣烏黑。他沒見到他們帶來那女孩，畢竟他沒整天盯著停車場那頭。

「巴斯塔離開了好幾天，我在想，他去找你們了，」他說：「你走運，他沒有逮到你。」

「走運？」愛麗諾還一直站在車旁。「告訴他別再擋路！」她朝魔法舌頭叫道：「不然我就親自把他撞死！他從一開始就和那些該死的縱火者蛇鼠一窩。」

魔法舌頭還一直打量著髒手指，似乎決定不了該不該相信他。「山羊的手下闖進了愛麗諾的屋子，」他最後說：「他們把她圖書館裡所有的書都拿到花園燒了。」

髒手指不得不承認，有那麼一會兒，他幾乎感覺到了絲毫的滿意。那個書癡在想什麼？山羊會這樣就忘了她？他聳了聳肩，面無表情地打量著愛麗諾。「這可以料得到。」他說。

「這可以料得到？」愛麗諾的聲音幾乎變尖起來。她像一頭好鬥的鬥犬衝向他，法立德擋在她前面，卻被她粗魯地推開，倒在燙手的柏油路上。「你或許可以拿你吐火和玩球的本領來騙這孩子，吞火柴的傢伙！」她喝叱著髒手指，「但對我是行不通的！我圖書館裡的書只剩下一大堆灰燼！警察對縱火的本領大爲讚賞。『他們畢竟沒燒了您的屋子，羅倫當女士！除了草地上的焦塊外，您的花園也沒遭殃。』屋子算什麼？那該死的草地算什麼？他們把我最珍貴的書燒了！」

就算她趕緊把臉轉向一旁，髒手指還是見到她眼中的淚水，突然間，他心中湧起了類似同情的感覺。說不定她比他所想的還更像他，她的家也是由紙和油墨構成，和他的彷彿。或許她在這眞實的世界中，和他一樣感到陌生。但他沒讓她見到他的同情之情，而是藏在嘲弄和冷漠之後，就像她把她的絕望藏在盛怒之後。「您是怎麼想的？山羊知道您住哪裡，在您就這樣逃掉後，可以預料到他會派出他的手下，他一直都是愛記仇的。」

「是嗎，他是從誰那裡知道我的住址？從你！」愛麗諾揮起手，握住了拳頭，但法立德緊抓住她的手臂。「他什麼也沒透露！」他喊著。「一點也沒有。他只是來這邊偷個東西。」

愛麗諾放下手。

「那就是了！」魔法舌頭來到她身旁。「你來這兒要拿那本書，這簡直瘋了！」

「怎樣，那你呢？你有什麼打算？」髒手指輕蔑地打量著他。「難道你只想大搖大擺走進山羊的教堂，求他把你女兒還你？」

魔法舌頭不說話。

「他不會把她交給你，這你知道的！」髒手指繼續說：「她只是誘餌，只要你一上鉤，你們兩個就成了山羊的俘虜，搞不好一輩子都這樣。」

「我就想把警察帶來的！」愛麗諾氣得掙脫了法立德棕色的雙手。「但莫提瑪反對。」

「算他聰明！山羊會把美琪弄到山裡去，你們搞不好永遠見不到她。」

魔法舌頭看著山丘後面那近處山巒的陰暗輪廓。

「等我把那本書偷出來！」髒手指說：「我今晚就會再潛進村裡！我不能像上次那樣救你女兒出來，山羊可是增加了三倍的守衛，而整個村子晚上比珠寶店的櫥窗還要亮，但說不定我可以打聽出他們把她關在哪！有了這個消息，你就可以做你想做的事。爲了報答我這樣費心，你動手之前，可以再試一次把我唸回去。你看怎樣？」

他覺得他的提議十分合理，但魔法舌頭想了一下子，跟著搖了搖頭。「不！」他說：「不，對不起，我等不及了。美琪早就在問我在哪裡了，她需要我。」他跟著就轉身，走回他的車子。

但在他上車之前，髒手指擋住了他。「我也很抱歉，」他說，同時亮出了巴斯塔的刀。「你知道，我不喜歡這東西，但有時就得阻止別人做傻事。我不想看到你像個自投羅網的蠢蛋，闖進這座村子，只爲了讓山羊把你和你的神奇聲音關起來。這幫不上你女兒，更幫不上我。」

法立德在髒手指的暗號下，同樣抽出他的刀子，是他在海邊的村子幫這男孩買的，一個可笑的小玩意，但法立德拿刀緊緊頂著愛麗諾的側身，讓她臉都變了。「老天，你想拆了我嗎，你這個小雜種？」她喝叱著他。

男孩縮了回去，但依然沒放下刀來。

「把車開離路面，魔法舌頭！」髒手指下令道：「還有，別動歪腦筋，這孩子會拿刀一直指著你這位愛書的女朋友，直到你回來。」

魔法舌頭只好聽話。當然了，不然他還能怎樣？他們把他們倆緊緊綁在樹上，就在那棟燒燬的屋後，離他們的臨時營地只有幾步遠。愛麗諾大聲罵著，就像他抓著葛文的尾巴把牠拉出背包時那種聲音。

「您給我住嘴！」髒手指對她吼著。「如果山羊的手下在這裡發現我們的話，對我們大家都沒好處。」

這倒有用，她立刻就默不作聲。魔法舌頭頭倚著樹幹，閉著眼睛。

法立德又再仔細地檢查了所有的結，直到髒手指招手要他過來。「今晚我潛進村子時，你看著這兩個，」他小聲對他說：「別再對我說什麼鬼怪的事，這回你可不是單獨一人。」

男孩傷心地瞧著他，彷彿他把他的手抓到火堆裡去似的。「但他們都被綁著！」他抗議著。「這有什麼好看守的？我的結還從來沒人掙脫過，我敢發誓！求求你，我想跟你一起去！我可以放哨，或引開守衛注意。我甚至可以溜進山羊的屋子！我比葛文還要悄無聲息！」

但髒手指搖搖頭。「不行！」他粗暴說著。「今天我自己去，如果我需要個跟屁蟲的話，我自己會去弄條狗來。」

然後他就讓那男孩待在那裡。

那是個炎熱的一天，山丘上的天空湛藍無雲，離天黑還要好幾個鐘頭。

在山羊的屋中

在夢中，我有時會穿過我不熟悉的漆黑屋子，陌生、陰暗、可怕的屋子。黑色的房間包圍住我，直到我喘不過氣來……

——阿絲特麗德・林德格蘭《米歐，我的米歐》

一面漆白的牆旁立著兩張窄窄的上下舖鐵床，一個櫃子。窗前有張桌子，一張椅子，釘在牆上一塊空盪盪的木板上，只擱著一根蠟燭。美琪原本希望能透過窗戶看到馬路，或至少望見停車場，但只能瞧見下面的院子。幾名山羊的女僕彎身在園圃上拔著雜草，另一個角落裡，雞群在一個用鐵絲圍起來的場子裡啄食。圍著院子的牆高得像監獄一般。

費諾格里歐坐在下舖，陰鬱地瞪著滿是灰塵的地板。木頭地板一踩上去就嘎吱作響。扁鼻子在門口前開罵著。

「要我幹嘛？不，去找別人來，媽的！我寧可溜到下一個村子，把沾滿汽油的布擱在別人門口，在人家窗口上掛隻死公雞，或者到人家窗前帶個魔鬼面具亂跳一通，像闊仔上個月必須幹的活那樣，但絕不呆呆站在這裡看著一個老頭和一個小女孩！你隨便找個小子，他們肯定很高興能接別的活，而不只是擦車子。」

但巴斯塔根本沒多說半句廢話。「晚餐後，有人來接你的班！」他說，跟著就離開。美琪聽著他的腳步聲遠離，沿著長廊，到樓梯要經過五道門，而樓梯底往左通向入口大門……她仔細記住了路。但她如何才能通過扁鼻子呢？她又走向窗邊，只看出去就讓她頭昏眼花。不，她沒法從那裡爬下去，會扭斷脖子的。

「就讓窗戶開著！」費諾格里歐在她身後說著。「這裡頭熱得人都要融化了。」

美琪坐在他旁邊的床上。「我要逃跑！」她小聲對他說：「只要天一黑。」老人難以置信地看著她，跟著猛搖著頭。「妳瘋了嗎？那太危險了！」

外頭走廊上，扁鼻子還一直罵著。

「我會說我得上廁所。」美琪把自己的背包抱得緊緊的。「接著我就會跑開。」

費諾格里歐抓著她的肩。「不行！」他再一次小聲強調道：「不行，妳不能這麼做！我們會想到辦法的！我的職業就是要想出東西，難道妳忘了？」

美琪緊閉著嘴唇。「是，是，沒事了！」她喃喃說著，跟著站了起來，晃回到窗戶旁。

外頭天已開始黑。

我還是會試試看的，她心想，而費諾格里歐在她身後嘆了口氣躺在窄床上。我才不要當誘餌！在他們抓到莫之前，我就逃走。

黑暗降臨時，那個不停擠進她腦海裡的問題已揮開不下百次：

莫在哪裡？

爲什麼他還沒有來？

粗心大意

「那你以為這是個陷阱了？」伯爵問道。
「只要沒有其他跡象，我都把這一切看成陷阱，」王子回答。「因此我還能活著。」
——威廉・哥德曼《新娘公主》

太陽下山後，炎熱依舊。當髒手指又潛進山羊的村子時，黑暗裡沒有一絲風，螢火蟲在乾枯的草上飛舞。

這晚，停車場上有兩名守衛到處窺視，沒有一位戴著耳機，髒手指只好決定從另一條路接近山羊的屋子。在一百多年前的地震中，不但驅離了村子另一頭巷子裡最後的居民，同時巷子也徹底摧毀，連山羊都懶得去修復。這些巷子被倒塌的牆垣瓦礫封死了，在那裡爬上爬下可是危險。那許多年後，還是有東西不斷倒塌，山羊的手下都避開村裡這個地區，在那破爛不堪的房門後，一些桌子上還擱著早已消失無蹤的居民的髒亂碗盤。這裡沒有任何的燈，就連守衛也很少會誤闖到這來。

髒手指走的那條巷子，堆積著膝蓋般高的破木瓦和石頭，在他腳下不時滑開，當他再次聽著夜裡的動靜，擔心這些聲響會引人來時，見到一名守衛出現在倒塌的屋宇間。他的嘴嚇得發乾，整個人蹲到下一堵牆後，上面全是燕子窩，一個接著一個。守衛接近的同時，哼著小曲。髒手指認識他，他在山羊身邊已好多年。巴斯塔徵召了他，在另一個國家的另一個村子。山羊不是老窩在這個山丘，還有其他地方也有像這裡這麼個與世隔絕的村落，屋宇、廢棄的農莊，甚至還有座古堡。但總會有那麼一天，這張山羊熟練地織出的恐懼之網破了，被警察盯上了。總有一天，這裡也會如此。

守衛停了下來，點燃一根香菸，煙味飄到髒手指鼻前，他轉過頭去——看到一隻貓，一個瘦小的白色東西，窩在石頭間。牠呆呆坐在那裡，綠色的眼睛看著他。「噓！」他眞想輕輕出聲。「我看來有危險嗎？不，但外頭那個，他會先射死你，再來是我。」綠色的眼睛瞪著他，白色的尾巴開始來回搖晃。髒手指看著他灰塵滿佈的靴子，看著石頭間一塊彎曲的鐵片，但就是不看貓。動物壓根不喜歡人盯著牠們的眼睛看。他這樣做時，葛文每次都會露出那針尖般的牙齒。

守衛又開始哼起小曲，嘴裡咬著香菸。就在髒手指以爲他這輩子都得蹲在這倒塌的牆後時，那個守衛終於轉身晃走了。髒手指不敢有所動作，直到腳步聲消失爲止。當他僵直地站起來時，那隻貓怒叫一聲跳了開來，而他在死寂的屋宇間等待著，等著心跳再次平緩下來。

直到躍過山羊的圍牆前，都沒再碰上其他守衛。百里香的味道迎面撲來，就像白天那樣濃郁。在這個炎熱的夜晚，一切似乎都散發出香氣，就連番茄和萵苣也一樣。在屋前的園圃上，長著有毒植物，由喜鵲親手照料。村裡的一些死亡事件出現時總能聞得到夾竹桃或天仙子的味道。

蕾莎臥房的窗戶像往常一樣開著。當髒手指模仿葛文憤怒的嗥叫時，一隻手伸出敞開的窗戶朝他揮著，跟著又迅速消失。他靠在鐵欄門前等著，頭上的天空綴滿了星子，似乎沒有位置給黑夜。她一定知道什麼，他心想，但要是她對我說，山羊把書鎖在他的一個錢櫃中，那該怎麼辦？

欄杆後的門打了開，每次都會嘎吱作響，彷彿想抱怨這夜裡的打擾似的。髒手指轉過身，瞧著一個陌生人的臉。那是一名少女，大約十五、六歲，面頰還像小孩一般紅潤。

「蕾莎在哪？」髒手指緊抓著欄杆。「她怎麼了？」

女孩似乎嚇呆了，瞪著他的疤，好像從未見過一張被劃破的臉。

「是她派你來的？」髒手指眞想把雙手伸過欄杆猛搖這個小笨蛋。「快給我說，我可沒整晚的時間。」他不該請蕾莎幫他的，應該要自己去察看。他怎麼可以讓她身陷險境？「他們把她關起來了嗎？快給我說！」

女孩越過他肩膀瞪著，退了一步。髒手指猛轉過身，往女孩的視線看去——卻瞧見巴斯塔的臉。他的耳朵到哪去了？巴斯塔可是以行動悄無聲息而臭名昭彰，但站在他身邊的扁鼻子絕對不是潛行的高手，而巴斯塔還帶了另一個人來，摩托娜就站在他身旁。所以她前一晚可不是爲了新鮮空氣才把頭伸出窗外的。還是蕾莎出賣了他？想到這點他就心痛。

「我眞沒想到你還敢再來！」巴斯塔呼嚕出聲，同時用手掌把他推向欄杆。髒手指察覺到欄杆頂著他的背。

扁鼻子像個聖誕節的孩子一樣笑開了嘴，當他可以嚇某人時，他就露出這種笑容。

「你來找我們美麗的蕾莎幹嘛？」巴斯塔亮出他的刀，當扁鼻子見到髒手指嚇得額頭出汗時，笑得更開了。「怎樣，我就說，」巴斯塔繼續說，同時刀尖慢慢沿著髒手指的胸膛而上。「這個呑火的傢伙愛上了蕾莎，要是可以的話，他用眼睛就會呑了她，但其他人不願相信我。不過——你這膽小鬼卻還敢來這裡。」

「他戀愛了。」扁鼻子說著大笑起來。

但巴斯塔只搖搖頭。「不，髒手指可不會爲愛來這兒，他可是個十分冷靜的傢伙。他是因爲那本書才來的，對不對？你還是一直想著會飛的精靈和那些臭山妖。」巴斯塔幾乎是溫柔地拿刀摸著髒手指的咽喉。

髒手指都忘了如何呼吸，他再也記不起來。

「回到妳房間！」喜鵲喝叱著他後面的那女孩。「妳還站在那裡幹嘛？」髒手指聽到衣服窸窣的聲音，跟著門在他後頭關上。

巴斯塔的刀還一直在他脖子上，但在他正想把刀尖往上一推之際，喜鵲抓住了他的手臂。「現在住手！」她粗暴地說：「別玩遊戲了，巴斯塔。」

「是啊，頭頭說過，我們得把他毫髮無傷地帶過去！」扁鼻子的聲音聽來像很不屑這道命令似的。

巴斯塔讓刀尖最後一次滑下髒手指的脖子，接著一眨眼間，就收起了刀子。

「真可惜！」巴斯塔說。髒手指的皮膚感覺到他的氣息。巴斯塔的氣息帶有薄荷味，清新嗆人。據說曾經有位他想親吻的女孩對他說，他有口臭。女孩沒得到吻，但那時起，巴斯塔從早到晚都嚼著薄荷葉片。「隨時都可好好玩玩你，髒手指。」他說，同時退了開來，收起來的刀還一直拿在手上。

「帶他去教堂！」摩托娜命令道：「我去通知山羊。」

「你知道嗎？頭頭可是很氣你那啞巴女友。」扁鼻子對髒手指小聲說著，同時和巴斯塔把他夾在中間。「她可一直都是他的心肝寶貝。」

有那麼一下子，髒手指幾乎覺得沒事了。

蕾莎並沒出賣他。

但他不該求她幫忙的，絕對不該。

輕言細語

她喜歡他的眼淚，伸出她漂亮的手指，讓淚水在上頭滾動。她的聲音輕得他起先沒聽懂她說的話，跟著就瞭解了。她說她以爲只要孩子們相信精靈，她就能再恢復健康。

——詹姆士・巴里《小飛俠》

美琪眞的試了。

天一黑，她用拳頭搥著門。費諾格里歐從睡夢中驚醒，但他還來不及阻止，美琪已朝門前的守衛喊著她一定要上廁所。接替扁鼻子的，是個有對招風耳的短腿傢伙，拿著一份報紙揮打迷失在屋裡的飛蛾來打發無聊。當他讓美琪來到走廊時，白牆上已經黏著十幾隻死蛾。

「我也要上！」費諾格里歐喊著，或許想這樣讓美琪還能打消她的念頭，但守衛把門關上。「一個一個來！」他對老人咕噥出聲。「如果你忍不住的話，就直接尿出窗外。」

在他帶美琪去廁所時，還帶上了他的報紙，在路上又再打死了三隻蛾和一隻不停在光禿禿的牆間亂飛的蝴蝶。他最後打開一道門，通往下樓梯前的最後一道門。只剩幾步！美琪心想。我跳下階梯一定比他快。

「求求妳，美琪，妳必須放棄逃跑！」費諾格里歐一直不斷在她耳朵中細聲說著。「妳會迷路，外頭幾公里全是荒野！如果妳父親知道妳的意圖，他一定會跪下來求妳。」

他才不會，美琪心想。但當她來到那個小房間，只有一個馬桶和一個水桶的小房間時，她幾乎勇氣盡失。外頭漆黑無比，漆黑到令人生懼，而且往下到山羊屋子的大門口，還有一大段路。

「我必須試一試！」在她打開門前，她小聲說道：「我必須！」

守衛在第五級台階上就逮到了她，像個袋子一樣地扛她回來。「下一次我就帶妳去見老大！」當他把她推回房間時說：「他一定知道該怎麼好好處罰妳。」

她自顧自地啜泣了半個鐘頭，費諾格里歐坐在她身邊，傷心地瞪著眼。「不要緊的！」他不停地咕噥著，但事情並非如此，絕對不是。

「我們連燈都沒有！」她不知何時啜泣道：「而我的書也被他們拿走了。」

費諾格里歐伸手到他枕頭下，把一盞手電筒擱在她懷裡。「我在我的床墊下發現的，」他小聲說：「和幾本書在一起。八成有人把它們藏在那裡。」

大流士，那個朗讀者。美琪還記得很清楚，那個又小又瘦的男人拿著一堆書匆匆穿過山羊教堂的樣子。手電筒一定是他的。山羊把他關在這個光禿禿的小房間到底有多久？

「櫃子中也還有一件毛毯，我把它擱在妳的上鋪了，」費諾格里歐輕輕說著。「我上不去，我一試，床就像大海上的船晃得厲害。」

「我反正喜歡睡上面。」美琪拿袖子抹過臉，她沒心情再哭，反正也沒有用。

費諾格里歐把毛毯和幾本大流士的書一起擱在她的床墊上。美琪小心地把書排列開來，幾乎都是大人看的書，一本翻爛的犯罪小說，一本關於蛇的書，一本關於亞歷山大大帝的書，一本《奧德賽》，一本童話書和一本《小飛俠》，那是唯一的兒童書籍，而且《小飛俠》她至少已唸過六、七遍了。

守衛在外頭還一直拿著報紙打著，而她下面，費諾格里歐在窄床上不安地輾轉反側。美琪知道自己睡不著，連試都不用去試。她又打量了這幾本別人的書，全都是鎖上的門，她該打開哪一扇呢？在哪一扇門後，她會忘記一切，忘記巴斯塔、山羊、《墨水心》、自己和所有的一切呢？她把犯罪小說推開，亞歷山大大帝那本，她猶豫了一下——然後拿起《奧德賽》。那是一本被翻爛的小書，大流士一定很喜歡讀，他甚至還畫線做記，其中一條重得筆差點把紙劃破：但他沒救朋友，不管他再怎麼竭力去試。美琪翻著磨破的紙頁，下不了決定，跟著又闔上這本書，擱到一旁。不，她很熟悉這個故事，知道自己怕這些書中主角和怕山羊的手下一樣不相上下。她拭掉一滴一直掛在她臉頰上的淚，一手摸著其他的書。童話。她不怎麼喜歡童話，但這本書看來很漂亮。美琪翻著時，書頁沙沙作響，薄得就像描圖紙一樣，上面覆蓋著小巧的字母。裡面有侏儒和精靈的大張圖片，故事說著強大的生物，巨大無比，孔武有力，甚至永生不死，但全都陰險殘忍：巨人吃人，侏儒貪錢，壞心腸的精靈愛記仇。不。美琪拿著手電筒照著最後一本書：《小飛俠》。

裡面的精靈也不怎麼討人喜歡，但在書頁中等著她的世界，她已熟悉，或許在這樣漆黑的夜裡正是她所需要的。外面有一隻梟呼嘯著，除此之外，山羊的村子一片靜謐。費諾格里歐在睡夢中喃喃唸著，開始打鼾。美琪縮在扎人的毛毯下，從背包中拿出莫的毛衣，塞在頭下。

「求求你！」她低語著，同時打開了書。「求求你帶我離開這兒，只要一、兩個鐘頭，但求求你帶我去得遠遠的。」外頭的守衛咕噥著什麼，大概覺得無聊。當他不停在鎖上的門前來回走著時，木頭地板在他腳下嘎吱作響。

「離開這裡！」美琪低語著。「帶我離開這裡！求求你！」

她讓手指沿著字裡行間移動著，滑過細沙般的紙，同時眼睛跟著字母，到另一個寒冷些的地方，到另一個時代，到一個門沒上鎖，沒有黑衣人的房子。「**精靈一進來，窗戶就開了，**」美琪低聲唸道，她可以聽到窗戶喀嚓開啓的聲音。「**小星星吹開了窗戶，彼得落入房間。他帶著小鈴鐺飛了一段路，雙手上還滿是精靈粉末。**」精靈，美琪心想。我可以理解髒手指會惦記著精靈。但現在不該有這個念頭，她不願想起髒手指，只願想著小鈴鐺、彼得潘和溫蒂，她躺在自己的床上，還沒察覺這個飛進她房間的奇怪男孩，穿著樹葉和蛛絲。**『小鈴鐺，』在他確定孩子們睡著後，輕聲喊著，『小鈴鐺，妳在哪？』她正在一個壺中，而且陶醉無比，她可從來沒在壺中待過。**」小鈴鐺，立刻輕輕說出這個名字兩次，她一直喜歡說出這個名字，舌頭輕輕頂著牙齒，那個柔軟的鐺字就像一個吻從唇間滑了出來。「**『快，過來這，告訴我，妳知不知道她把我的影子擱到哪去了。』那甜美至極的響聲，彷彿來自金色的小鈴一般，回答著他。那是精靈語言。你們普通的小孩無法聽見，但如果你們聽見的話，就會知道你們過去便知道了這種語言。**」要是我能像小鈴鐺一樣飛的話，美琪心想，那我就可以爬上窗台，從那裡飛走，再也不用擔心蛇，而且在莫來之前，就可以找到他。他一定是開錯路了。是的，一定是這樣。但要是他出了什麼事的話……美琪搖搖頭，好像這樣可以甩開那個又鑽了進來的念頭。「**小鈴鐺說彼得的影子在大箱子中，**」她低吟著。「**她指的是五斗櫃，彼得跳進抽屜，雙手把裡頭的東西撒在……**」

美琪停了下來，房間裡有什麼亮亮的東西。她關掉了手電筒，但那個光芒還一直在……比夜裡的燈明亮千倍。

「**當那光芒靜下來一秒鐘的話，**」美琪低聲唸著，「**你就會見到，那是一個……**」她沒把那個字眼說出來，眼睛跟著那個光芒，只見它來回飛奔，倉促匆忙，比螢火蟲快，也大上許多。

「費諾格里歐！」門前的守衛聽不到任何動靜，說不定他睡著了。美琪彎過床緣，直到手指碰到費諾格里歐的肩膀。「費諾格里歐，快看！」她搖著他，一直到他睜開眼睛。要是她飛出窗戶，那該怎麼辦？

美琪滑下床，匆匆關上窗戶，幾乎夾到一張閃閃發光的翅膀。精靈嚇得飛奔開來。美琪似乎聽到一聲唧唧的咒罵。

費諾格里歐瞪著睡腫的眼睛看著那個嗡嗡作響的東西。「那是什麼？」他聲音沙啞地問道：「一隻突變的螢火蟲？」

美琪回到床邊，眼睛不離那個精靈。她在這窄小的房間中愈飛愈快，像一隻迷失的蝴蝶，一下飛到天花板，一下飛回門口，跟著又飛向窗戶，不停飛向窗戶。美琪把書本擱到費諾格里歐的懷裡。

「《小飛俠》。」他看著那本書，接著瞧那精靈，然後又盯著書。

「我不想這樣！」美琪低聲說著。「真的不想。」

精靈又已飛向窗戶，一遍又一遍。

「不！」美琪跑向她。「妳不該從那兒出去！妳不懂這是怎麼回事。」**那是一個精靈，沒有你的手掌大，但她還在長大。那是個女孩，她叫小鈴鐺，優雅地穿著一片有突起條紋的葉子。**

「有人來了！」費諾格里歐急匆匆站起來，頭撞到了上舖。他沒說錯。外頭走廊上有腳步聲接近，快速果斷的腳步。美琪退回窗邊。那是什麼意思？大半夜的。莫來了！她想。他到了，她的心高興地跳著，雖然她並不願意。

「把她藏起來！」費諾格里歐小聲說著。「快，把她藏起來！」

美琪糊塗地看著他。當然，那個精靈，他們不該發現她。美琪試著去抓她，但她鑽過她的手指間，飛奔到天花板。她待在那兒，像是個透明的玻璃燈。

腳步聲現在十分近了。「你這樣像在守衛嗎？」那是巴斯塔的聲音。美琪聽到一聲悶吟，說不定他一腳踢醒了守衛。「開門，快點，我可沒閒功夫。」

有人把鑰匙插進鎖中。「這支不對，你這個只會打鼾的白癡！山羊在等這女孩，我會告訴他爲什麼要等這麼久。」

美琪爬上她的床。當她站起來時，床晃得嚇人。「小鈴鐺！」她低聲說著。「求求妳！過來這邊！」但不管她再怎麼小心朝她伸過手去，精靈還是飛回窗戶——而巴斯塔開了門。

「嘿，那玩意是怎麼來的？」他問著，停在打開的門間。「我好幾年都沒見過這個會飛的東西了。」

美琪和費諾格里歐默不出聲。他們又能說些什麼？

「別以爲你們可以不回答！」巴斯塔脫下他的夾克，拿在左手中，慢慢走向窗戶。「你站在門口，免得她逃開！」他命令守衛。「要是你讓她溜走，看我不割掉你的耳朵。」

「放了她！」美琪急忙又滑下床，但巴斯塔手腳更快。他丟出他的夾克，小鈴鐺的光芒像被吹熄的蠟燭一樣，突然熄滅。當夾克落地時，黑色的布料下微弱地抽動著。巴斯塔小心地拾起夾克，像個袋子一樣拿著，站到了美琪面前。「好了，小寶貝，快說！」他發出平靜到嚇人的聲音說：「這個精靈哪來的？」

「我不知道！」美琪脫口說著，沒看著他。「她……就突然在那裡。」

巴斯塔看向守衛。「你在這個地區有沒有見過像精靈這樣的東西？」他問。

守衛舉起報紙，上頭還黏著一些血腥的飛蛾翅膀，朝門框敲打下去，咧開嘴笑著。「沒有，要是有，我也知道該怎麼對付她！」他說。

「是，這種小東西就像蚊子一樣討厭，但她們應該會帶來幸運。」巴斯塔又轉向美琪。「快給我說！她哪裡來的？我不會再問一次。」

美琪忍不住眼睛瞄向那本費諾格里歐掉下去的書。巴斯塔順著她的目光，撿起書來。

「有這種事！」他喃喃說著，同時打量著封面的圖片。插畫家精確捕捉到了小鈴鐺的神韻。她實際上比圖片要來得蒼白些，也小了一號，但巴斯塔依然認出她來。他齒間輕輕吹了哨音，跟著把那本書緊拿在美琪臉前。「現在別跟我說是那個老頭把她唸出來的！」他說：「是妳，我敢拿我的刀來打賭。是妳父親教妳的，還是妳從他那兒遺傳來的？啊，無所謂啦。」他把書塞到褲腰，抓起美琪的手臂。「來，我們去對山羊說說。本來我只是來帶妳去見見一個老相識，但對這種讓人激動的消息，山羊一定沒什麼好反對。」

「我父親來了嗎？」美琪毫不反抗地讓他拉出門口。

巴斯塔搖搖頭，挖苦地打量著她。「沒有，他一直還沒出現！」他說：「顯然他比較寶貝自己的命。要我是妳，我可不會對他有好臉色。」

美琪同時感到像刺一樣尖銳的失望和輕鬆。

「我得承認，我也對他非常失望，」巴斯塔繼續說：「畢竟我拿自己的腦袋打賭他會來，但現在看來我們再也用不著他了，對不對？」他抖了抖他的夾克，美琪似乎聽到一聲絕望的輕微響聲。

「把老頭給關上！」巴斯塔命令守衛。「要是我回來時，你再打鼾的話，就有得你瞧！」

然後他拉著美琪走下通道。

懲罰叛徒

「你呢？」羅柏西想知道。「克拉巴特，你不怕嗎？」
「比你想的還怕，」克拉巴特說：「而且還不只為我一個人。」

——奧飛・普思樂《鬼磨坊》

當她和巴斯塔穿過教堂前的廣場時，美琪自己的影子像個惡鬼一樣跟著她。明晃晃的光線讓月亮變得像個用壞的燈籠。

教堂裡沒那麼亮，山羊的雕像在黑暗中蒼白地朝下看著，半掩在陰影中，柱子間陰暗無比，彷彿夜為了躲避燈光，而逃到了這裡。只有一盞孤燈懸吊在山羊的位置上，他百無聊賴地倚在沙發椅中，穿著一件像孔雀羽毛般閃亮的絲質睡衣。這回喜鵲也站在他身後，在微弱的光線下，她差不多只剩一張蒼白的臉在黑衣上。階梯腳的一個桶子中燃著火，煙霧刺痛了美琪的眼睛，火舌抖動的光線在牆面和柱子間舞動，彷彿整個教堂著火一般。

「把布擱在他孩子的窗前，作為最後的警告！」山羊雖然未大聲說話，但聲音直迴盪到美琪這邊。「把布浸滿汽油，」他指示著和另外兩名手下一起站在階梯腳的闊仔。「如果那個蠢蛋明天一早聞到味道的話，他或許就會明白我已經沒有耐性了。」

闊仔點了下頭，接下指示，原地轉身，招手要另外兩個跟著他。他們的臉塗滿煤灰，每個人的鈕釦孔中都插著一根紅色的公雞毛。「啊，魔法舌頭的女兒！」當闊仔一跛跛經過美琪身旁，譏諷地咕噥著。「看看，妳老爸還沒來接妳？看來他也沒那麼心急。」

其他兩個笑著，美琪沒辦法不讓自己臉紅。

「終於！」當巴斯塔和她停在階梯前時，山羊喊道：「爲什麼這要這麼久？」喜鵲的臉上掠過一絲幾乎像是微笑的東西。她稍稍翹起下唇，使得瘦長的臉龐帶上一種十分滿足的表情。這種滿足比山羊母親一般讓人見到的陰森臉孔，更讓美琪不安。

「守衛沒找到鑰匙！」巴斯塔氣呼呼地回答。「接著我還得抓這玩意。」當他把夾克拿高時，精靈又開始激動起來。衣布在她頹然試圖掙脫時，鼓了起來。

「這是怎麼搞的？」山羊的聲音聽來不耐煩。「你最近抓起蝙蝠了？」

巴斯塔的嘴唇氣得抿住，但他忍住不回答，一言不發把手伸進黑布中。他發出一聲低沉的咒罵，從布底下拉出了精靈。「這個該死的發亮玩意！」他罵道：「我都忘了她們很會咬人！」

小鈴鐺死命地揮動著一張翅膀，另一張被掐在巴斯塔手指間。美琪看不下去了，把這個脆弱的小東西從她自己的書裡誘出來，讓她羞愧到無地自容，眞是無地自容。

山羊一臉厭惡地打量著精靈。「這是從哪來的？又是哪一種類別？我還從未見過有這種翅膀的。」

巴斯塔從腰帶中抽出了《小飛俠》，把書擱在台階上。「我猜她從那本書來的。」他說：「你看看封面的圖片，裡面也有她的圖片。現在猜猜看是誰把她唸出來的。」他緊緊抓著小鈴鐺，害她無聲息地吸著氣，並把另一隻手擱在美琪的肩上。她試圖甩脫他的手指，但巴斯塔只抓得更緊。

「這小的？」山羊的聲音聽來難以置信的樣子。

「正是，她看來和她老爸一樣出色，你看看這個精靈！」巴斯塔抓住小鈴鐺的細腿，把她舉得高高的。「她看來很正常，你不覺得嗎？她會飛，會罵，會叮噹作響，所有這些蠢東西會的她都會。」

「有趣，眞的很有趣。」山羊從他的沙發椅中起身，稍稍拉緊睡衣的腰帶，走下了階梯。在巴斯塔擱在台階上的書旁邊，他停了下來。「那跟家族有關！」他喃喃說著，同時彎下腰拿起那本書，皺著額頭打量著封面。「《小飛俠》，」他唸道：「是我前一位朗讀者特別喜歡的書之一。對了，我想起來了，他曾爲我唸過。原本是要弄出一個海盜，但他差勁得一塌糊塗，把一條臭魚和一個生鏽的鐵錨弄到我臥房中來。我們不是要他吃了那條魚以示懲罰？」

巴斯塔大笑著。「是，但你沒收了他的書，更讓他哭死哭活。這裡這本一定是他藏起來的。」

「是，一定是這樣。」山羊走向美琪，一臉深思的樣子。當他把手擱在她下巴，轉著她的臉，讓她不得不直視著他蒼白的眼睛時，她眞想咬他的手指。「你看看她，巴斯塔。」他挖苦地表示著。「一樣頑固，就和她父親一個樣。小東西，妳最好這樣去瞧妳父親。妳一定很氣他，對不對？喔，從現在起，我才不管他躲在哪。今天起，妳就是我天賦奇佳的新朗讀者，但妳……妳一定很恨他棄妳不顧，是不是？妳別覺得不好意思。恨是很可以鼓舞人的。我也從來不喜歡我父親。」

當山羊終於放開她的下巴時，美琪把頭轉向一邊，那張臉因爲羞愧和憤怒而熾熱著，彷彿留下了斑點。

「巴斯塔有沒有告訴妳，爲什麼他這麼晚還把妳帶來這裡？」

「我該在這裡見見某人。」美琪試著讓自己的聲音聽來堅定無畏，但卻做不到，卡在喉嚨中的啜泣，只讓她發出了一聲低咽。

「正是！」山羊給了喜鵲一個手勢。她點了點頭，走下樓梯，消失在柱子後頭的黑暗中。不久後，美琪頭上喀喀作響，當她嚇得抬起頭看時，見到有東西從黑暗中被放了下來。一張網，不，兩張她在漁船上見過的網。它們大約在離地五公尺時停住，就在美琪頭上，這時她才認出在粗大的網眼塞了兩個人——像纏進一張果樹網中的鳥一樣。美琪抬頭看著，已感到頭暈目眩，那吊在上頭晃著，只被幾根麻繩撐住的滋味更不知如何？

「怎麼樣，有沒有認出妳的老朋友？」山羊把雙手插到他睡衣口袋中。小鈴鐺還一直像個破損的玩偶，被緊捏在巴斯塔的手指中，她那膽怯的叮噹聲是唯一聽得到的聲音。「是！」山羊的聲音中流露出滿足之情。「這種偷鑰匙、放走囚犯的齷齪叛徒，下場就是如此。」

美琪根本不屑看他，只盯著髒手指。是，當然了，那是髒手指。

「哈囉，美琪，」他朝下喊著她，「妳看來蒼白兮兮的。」他眞的盡力讓自己聽來沒事一樣，但美琪還是聽出他聲音中的恐懼。她懂得分辨聲音。「妳父親要我好好問候妳！他要我轉告妳，很快就來接妳，而且不會單獨一個人來。」

「如果你再這樣說下去，你就會變成一個道地的童話說書人了，吞火的傢伙！」巴斯塔抬頭對他喊道：「但你的故事連這小的都不會相信，我看你得想些更好的出來！」

美琪抬頭瞪著髒手指，她眞的很想相信他。

「嘿，巴斯塔，快放開那個可憐的精靈！」他對他的宿敵喊著。「把她送上來，我好久都沒見過這個了。」

「你想得美呢。不，這個我會自己留下！」巴斯塔回答，手指戳了戳小鈴鐺小巧的鼻子。「我聽說，如果把精靈擱到房裡，會避開不幸。我說不定會把她塞到一個那種大酒瓶中。你不是一直都是精靈的好朋友，她們吃些什麼？要我拿蒼蠅餵她嗎？」

小鈴鐺手臂頂著他的手指，頹然試著掙脫她的第二張翅膀。她竟然還辦到了，但巴斯塔繼續緊抓她的腳，不管她再怎麼用力拍動翅膀，就是無法脫開，最後只發出一聲輕細的叮噹放棄了。她的亮光不比一根熄滅的蠟燭亮到哪去。

「你知道，我為什麼要把這女孩帶來，髒手指？」山羊對著上頭他的俘虜叫著。「我要她說服你，說出她父親的事和他的下落——要是你還真知道的話，但我卻慢慢懷疑起來。不過我現在不再需要這個訊息，女兒將取代父親的位置，時間正好！因為我已決定想些特別的方式來處罰你，一個讓人印象深刻、永遠難忘的方式！畢竟對一個叛徒應當如此，不是嗎？你猜到我想幹嘛了嗎？沒有？那讓我來幫幫你。你很榮幸，我的新朗讀者會為我們朗讀《墨水心》，畢竟那是你心愛的書，就算她要從裡面喚出來的生物，不太能說是你喜歡的。要是你沒幫她父親逃走的話，他早把我這位老友弄來了，但現在他的女兒一樣可以完成。你能想到我說的是哪個朋友嗎？」

髒手指帶疤的臉頰靠著網。「喔，當然，我可以，他讓我難忘。」他說得很輕，美琪費了勁才聽懂。

「你們幹嘛一直只說要處罰那個吞火的傢伙？」喜鵲又走出柱子間。「你們忘了我們那個啞巴小鴿子？她和他幾乎一樣惡劣。」她抬頭瞧著第二張網，十分瞧不起的樣子。

「是，是，當然！」山羊的聲音聽來幾乎像是有些惋惜。「真是多此一舉，但無法改變了。」

美琪無法認出吊在髒手指後頭第二張網中那女子的臉，她只見到褐色的頭髮、一塊藍色的衣布和一雙緊抓著繩子的纖纖細手。

山羊深深嘆了口氣。「欸，真是丟臉！」他對著髒手指說：「你就剛好一定要找她？你就不能說服其他任何人幫你打探？自從大流士這個蹩腳貨把她唸出來後，我還真是喜歡她。我從不介意她的聲音因此沒了，不，眞的不，我還笨笨地以爲可以因此特別信任她。你知道嗎，她的頭髮過去像是金子織出來似的。」

「是，這我記得，」髒手指聲音沙啞地回答。「但由於你，她的頭髮才變色的。」

「胡說！」山羊氣得皺起額頭。「我們說不定可以用精靈粉末來試試。撒了些精靈粉末，就連黃銅看來都像金子，說不定在女人頭髮上也有效。」

「不需要再花力氣去試了！」喜鵲挖苦道：「除非你想讓她在處決時特別好看。」

「什麼嘛。」山羊突然轉身，又走回階梯。美琪原先沒注意到，只抬頭瞧著那名陌生的女子。山羊的話牢牢烙印在她腦海裡：頭髮像是金子織出來的……那個蹩腳朗讀者……不，這不可能。她繼續瞪著上面，瞇起眼睛想好好認出網繩後的那張臉，但遮住臉孔的陰影太黑了。

「好。」山羊深深嘆了口氣，又倒在他的沙發椅中。「我們需要多少時間準備？畢竟這一切都要舉行得體體面面。」

「兩天。」喜鵲登上台階，又回到他身後的位置。「如果你要讓其他據點的手下也來的話。」

山羊皺起額頭。「好，爲什麼不？也是時候該殺一儆百了。過去一陣子，紀律可眞是蕩然無存了。」在他說這些話瞧著巴斯塔時，他低下頭，好像過去幾天的所有過錯像鉛一樣地擔在他肩上。

「也就是後天，」山羊繼續說：「天一黑就舉行。在此之前，大流士要再測試一下這女孩，讓她隨便唸出什麼東西，我只是想確定這個精靈不是個偶然。」

巴斯塔又把小鈴鐺裹進他的夾克中。美琪眞想雙手堵住耳朵，不去聽精靈絕望的叮噹聲響。她緊抿著嘴唇，免得一直顫抖，然後抬頭看著山羊。

「我不會幫你朗讀的！」她說，自己的聲音像個陌生人的一般在教堂中迴盪著。「一個字也不唸！我不會幫你唸出金子，更不會唸出哪一個……劊子手！」她把那個字吐到山羊臉上去。而他只百無聊賴地把玩著他睡衣的腰帶。「把她帶回去!!」他命令巴斯塔。「很晚了，這女孩必須睡個覺。」

巴斯塔在美琪背上推了一把。「快，妳聽到了，快走。」

美琪抬頭看了髒手指最後一眼，跟在巴斯塔前面慢吞吞走過走道。當她來到第二張網下面時，又抬頭瞧了一眼。那個陌生女子的臉還一直留在暗處，但她似乎辨識出了眼睛、一個細挺的鼻子……如果頭髮再明亮些的話……

「快，繼續走！」巴斯塔喝叱著她。

美琪乖乖聽從，但還是一直回頭瞧著。「我不會做的！」當她幾乎來到大門前時，又喊道：「我發誓！我絕不會幫你唸出任何人，絕不會！」

「別發妳做不到的誓！」巴斯塔小聲對她說，同時推開大門，接著便又拉她來到明亮的廣場。

夜裡的黑馬

他彎下身，從他背心小口袋中拿出小蘇菲。她現在光著腳，穿著她的小睡衣，發著抖，四處瞧著旋轉的濃霧和鬼魅一般洶湧的煙氣。

「我們這是在哪裡？」她問。

「我們在夢的國度，」韋里說：「我們在睡夢中來的地方。」

——羅德・達爾《小蘇菲和巨人》

當巴斯塔把美琪推進門時，費諾格里歐正躺在床上。

「你們對她做了什麼？」他喝叱著巴斯塔，同時趕緊站了起來。「她臉白得跟牆壁一樣！」但巴斯塔早就又把門關上。「兩小時後有人來接你的班！」美琪聽到他對守衛說，接著他就離開。

費諾格里歐雙手擱在她肩上，擔心地瞧著她的臉。「怎麼樣？快說吧！他們想要妳幹嘛？妳爸爸來了嗎？」

美琪搖搖頭。「他們抓住了髒手指，」她回答。「還有一名女的。」

「什麼女的？老天，妳簡直不知所云。」費諾格里歐把她拉到床邊，美琪坐在他身旁。

「我猜她是我母親。」她低聲說著。

「妳母親？」費諾格里歐目瞪口呆地看著她，眼睛因爲一夜沒睡而充血。

美琪魂不守舍地撫平她的衣服，那衣料都弄髒摺皺了，也難怪，她幾天來都穿著這衣服睡覺。「她的頭髮暗一些，」她結結巴巴說著。「莫的那張照片也九年多了……山羊把她塞到一張網裡，和髒手指一模一樣。過兩天，他就要把他們兩個處決。爲此，我要從《墨水心》唸出個人來，就是那個朋友，山羊這樣稱呼他，我已經對你說過！莫也應該把他喚出來的，而你不願對我說那是誰，現在你必須跟我講了！」她乞求地看著費諾格里歐。

老人閉上了眼睛。「發發慈悲吧！」他喃喃說著。

外頭還一直黑著，月亮正掛在他們的窗戶上，一片雲飄了過去，像件破衣裳似的。

「我明天跟妳說，」費諾格里歐說：「我保證。」

「不！現在就說。」

他若有所思地看著她。「這不是適合夜裡的故事，聽完後妳會做惡夢的。」

「告訴我！」美琪重複著。

費諾格里歐嘆了口氣。「嗳！我在我外孫身上見過這種眼神。」他說：「那好吧。」他幫她爬上了她的床，把莫的毛衣塞到她頭下，把毛毯拉到她下巴。「我就對妳說《墨水心》裡的描述，」他輕輕說著。「我幾乎能背下那些句子，當時寫下時，我感到十分驕傲……」他清了清喉嚨，便開始在夜裡低低吟出那些句子：「但還有一個東西，比山羊的手下還要駭人，大家稱他影子。只有在山羊呼喚他時，他才出現。他時而像火一般紅，時而像火吞噬過而留下的灰燼一般灰。像火由木頭竄燒出來，從地裡吞吐而出。他的手指招來死亡，他的氣息也一樣。他聳立在他主人跟前，無聲無息，沒有容貌，像狗嗅聞著足跡般嗅聞著，等候著他的主人差遣給他的受害者。」費諾格里歐揩著額頭，看向窗戶。過了好一會，他才繼續說，彷彿想從早已消失的歲月中喚回記憶中的文字。「傳說，」他終於繼續輕聲說道：「山羊用他受害者的灰燼創造出了影子，靠一個山妖或懂得煙火用途的侏儒之助。但沒有人十分肯定，因爲傳說山羊殺了賦予影子生命的人。但有一點大家都知道，他是永恆不死，不可侵犯，像他的主人一樣殘酷。」

費諾格里歐沉默下來。

美琪瞪著外頭的夜，心噗通跳著。

「是的，美琪，」費諾格里歐最後輕聲說著：「我想妳是要幫他喚來影子。要是妳眞的成功，那就只有求上帝悲憐我們了。這個世界有許多怪物，多半都具有人形，而且全都會死。我可不想因爲我的錯，而讓未來有個不死的怪物在這個星球上散播恐懼和驚慌。當妳父親來找我時，他有個點子，我已經對妳提過，說不定這是我們唯一的機會，但我還不知道這點子是不是行得通，還有要怎麼去做。我必須想一想，我們時間不多了，而妳現在該睡個覺。妳剛才說了什麼？這一切將在後天舉行？」

美琪點點頭。「只要天一黑！」她低聲說著。

費諾格里歐一手疲憊地抹著臉。「妳不需要擔心那個女人，」他說：「我不知道妳是不是喜歡聽，但我想她不可能是妳的母親，就算妳再怎麼希望。想想她怎麼會來這兒的？」

「大流士！」美琪把臉埋到莫的毛衣中。「那個差勁的朗讀者。山羊說過，是他把她弄來的，因此她失去了聲音。她回來了，我敢肯定，而莫一點都不知道！他還一直以爲她卡在哪本書裡……」

「就算妳說得對，那我希望她眞的還卡在那裡。」費諾格里歐同時嘆了口氣，又把毯子蓋過她的肩。「我認爲妳搞錯了，但妳愛怎麼想就怎麼想！現在睡吧。」

但美琪睡不著，她躺在那兒，臉對著牆，聽著自己的內心深處。憂慮和快樂在她心中混雜一起，像兩個互相融在一起的顏色。每次，當她閉上眼睛，就見到網子和網繩後的兩張臉，髒手指的和另一個像舊照片一樣模糊的臉。不管她再怎麼努力想看得更清楚，那張臉就是一再模糊起來。

當她終於入睡時，外頭天已開始破曉，但夜並未把最可怕的惡夢一起帶走。在日與夜之間這個灰色時段中，這些夢境繁衍特別快速，幾秒之中，便織出一張永恆之網。獨眼巨人和大蜘蛛溜進了美琪的睡夢中，還有地獄犬、吃孩子的女巫，以及她在字母國度中遇見的各種駭人形體。他們從莫幫她搭出的箱子中爬了出來，從她心愛的書頁中擠了出來。就連莫在她還不懂字面意義時送給她的圖畫書，都湧出了怪物。他們在美琪的夢中繽紛雜亂地舞動著，咧著大嘴，露出尖利的小牙齒微笑著。有她一直怕得要死的惡貓，還有莫特別喜歡的野人也來了，他甚至在他的作坊中掛了一張他們的圖片。他們的牙齒眞大！髒手指大概就像塊鬆脆的麵包，一下就會被吞了進去。正當其中一個有著圓盤大眼的野人伸出爪子之際，在那灰濛濛的虛無之中冒出了一個新的形體，像火舌一樣嗶剝作響，灰溜溜的，沒有臉孔，抓起野人，將他撕成碎片。

「美琪！」

怪物們化爲烏有，太陽照在美琪臉上，費諾格里歐站在她床邊。「妳做夢了。」

美琪坐了起來。老人的臉看來像是整晚沒闔過眼，因此多了幾道皺紋似的。「我爸爸在哪，費諾格里歐？」她問著。「爲什麼他就是不來？」

法立德

每個賊都習慣在路上窺視，侵入村子和城裡，糾纏著居民。而每次當他們劫掠了一隊駱駝商旅，或襲擊一個村落後，就會把他們的戰利品帶到這個偏遠、人跡罕至的地方來。

——《阿里巴巴和四十大盜》

法立德直盯著夜，直到眼睛發痛，但髒手指沒回來。有時，法立德以爲在低矮的樹枝間見到他那滿是刀疤的臉，有時，他似乎聽到了他幾乎悄無聲息的腳步踩在乾枯的葉片上，但他每次都弄錯。法立德習慣在夜裡竊聽。他曾這樣度過無數的夜晚，學會更相信自己的耳朵，而不是眼睛。當時，在另一個生命中，他周遭的世界不是綠的，而是棕黃色的，他的眼睛曾有幾次失靈，但卻總能相信他的耳朵。

然而在這晚，最長的一晚，法立德徒然聽了一夜。髒手指沒回來。當天在山丘上破曉時，法立德走向那兩個俘虜，給了他們水、一些剩下的乾麵包和幾顆橄欖。

「欸，法立德，鬆開我們吧！」當法立德把麵包塞進他嘴唇間時，魔法舌頭說道：「你是知道的，髒手指早該回來了。」

法立德默不作聲。他喜歡聽魔法舌頭的聲音，畢竟是那個聲音將他從一個悲慘的世界中喚了出來，但他更喜歡髒手指，他自己也說不上來爲什麼——而髒手指說過他得看守俘虜，所以鬆開他們根本不用提。

「聽好，你是個聰明的孩子，」那女的說：「所以用一下你的腦袋，好不好？你想坐在這裡，等著山羊的手下找到我們？我們看來倒是賞心悅目：一個男孩看著兩個被綁的傢伙，他們無法動手幫他。山羊的手下一定會笑死的。」

她叫什麼名字來著？愛麗——諾？法立德不太容易記住那個名字，那在他舌頭上就跟石頭一樣沉，聽來像是一個很遠很遠國度來的女巫的名字。他怕她，她把他當個大人看似的，既不羞怯，也不害怕，而她的聲音大得嚇人，像一頭憤怒的獅子一樣……

「我們必須到村裡去，法立德！」魔法舌頭說：「我們必須打聽出髒手指出了什麼事，還有我女兒在哪。」

喔，對了，那個女孩……那個女孩眼睛明亮，就像一小塊掉了下來，被深色睫毛捕獲住的天空。法立德拿了根木棍在地上到處戳著。一隻螞蟻馱了一個比牠自己還大的麵包塊經過他的腳趾。

「搞不好他根本聽不懂我們說的！」愛麗諾說。

法立德抬起頭，生氣地瞧了她一眼。「我全聽得懂！」從一開始，他就聽得懂，彷彿從未聽過其他語言似的。他不得不想到那座紅色的教堂。髒手指對他解釋過，那曾經是一座教堂，法立德之前從未見過這種建築。他也想起那個拿刀的男人，在他過去的生命中，有過太多這種人，喜歡玩刀，拿著刀幹喪盡天良的事。

「如果我鬆開你，你就會離開。」法立德不安地看著魔法舌頭。

「我不會，還是你以爲我會把我女兒擱在下面不管？把她留給巴斯塔和山羊？」

巴斯塔和山羊，沒錯，就是這兩個名字，一個玩刀的傢伙和一個眼睛水白的男人，強盜、兇手……

法立德對他們瞭如指掌。當他們晚上一起坐在火堆旁時，髒手指說了很多。儘管他們兩個十分渴望一個光明的故事，但還是彼此交換了許多陰鬱的故事。

現在這個也一天比一天陰鬱。

「最好我一個人去。」法立德用力把木棍插到土裡，弄到木棍在他手裡折斷。「潛進陌生的村子、王宮、房子，我很拿手……從前，那是我的工作，你是知道的。」

魔法舌頭點點頭。

「他們總是派我去，」法立德繼續說：「有誰會怕一個瘦弱的孩子？我可以到處打探，不會讓人懷疑。什麼時候守衛交班？最理想的逃跑路線在哪？最有錢的人住哪？如果一切順利，他們就給我吃得飽，要是出了岔，就會像對付狗一樣地毒打我。」

「他們？」愛麗諾問。

「強盜們。」法立德回答。

兩個大人不說話，而髒手指一直沒有回來。法立德瞧著村子，看著第一道曙光越過屋頂。

「好，或許你說得對，」魔法舌頭說：「你自己一個人下去，打聽出我們需要知道的事，但你先鬆開我們。如果他們逮到你，我們才可以幫你，而且我也不想在第一條蛇爬過來時，還被綁著坐在這裡。」

那女人嚇得到處張望，好像從枯乾的葉片中已聽到了窸窣的聲音。但法立德若有所思地打量著魔法舌頭的臉，想試著看出自己的眼睛是不是可以相信他，他的耳朵倒是可以。最後他一言不發地站起來，抽出腰帶中髒手指送他的刀，割斷兩人的繩子。

「啊，老天，我絕不會再讓自己這樣被綁！」愛麗諾叫著，同時揉著手臂和腳。「我全身都麻木了，好像自己變成了一個塡充娃娃一樣。你怎麼樣，莫提瑪？你的腳還有感覺嗎？」

法立德好奇地打量她。「妳……看來不像他的太太。妳是他母親嗎？」他朝魔法舌頭的方向點著頭問道。

愛麗諾臉上一下青一下綠的。「老天，不！你怎麼會這樣想？我看起來有這麼老嗎？」她朝下打量自己，點了點頭。「是，大概吧，不過我不是他母親，我也不是美琪的母親，如果這是你的下一個問題的話。我的孩子全是紙和墨，而那裡那個傢伙，」她指著在樹叢間山羊村子那閃爍著的屋頂，「殺了不少他們。相信我，他會後悔莫及的。」

法立德懷疑地看著她。他無法想像山羊會怕一個女人，更別說一個爬上斜坡就喘得要死，還怕蛇的女人。不，如果那個白眼睛的傢伙眞怕什麼的話，那也是怕多數人都怕的東西——死亡。而愛麗諾看來並不像懂得殺人的人，魔法舌頭也一樣。

「那女孩……」法立德猶豫地問著。「她的母親在哪裡？」

魔法舌頭走到冷卻了的火堆處，又拿起一塊擱在燻黑的石頭間的麵包。「她離開好久了，」他說：「美琪當時剛滿三歲。你的媽媽呢？」

法立德聳聳肩，抬頭看著天空，那兒無比湛藍，彷彿從沒出現過黑夜。「我最好現在去。」他說，把刀又插好，抓起髒手指的背包。葛文只睡在幾步遠的距離，縮在一株樹的樹根間。法立德把牠抓起來，打發到背包中。貂迷迷糊糊地抗議著，但法立德只搔了搔牠的腦袋，繫住了背包。

「你爲什麼帶著那隻貂？」愛麗諾訝異問著。「牠的臭味就可以洩漏你的蹤跡。」

「牠會幫得上忙的，」法立德回答，把葛文毛茸茸的尾巴尾端也塞到背包中。「牠很聰明，比狗聰明，更不用說是駱駝了。牠懂得別人對牠說的，說不定牠會找到髒手指。」

「法立德？」魔法舌頭在自己口袋裡找著，直到抽出一張紙條。「我不知道你能不能找出他們把美琪關在哪，」他說，同時拿一小截鉛筆匆匆在紙上寫著，「但如果有可能的話，你能不能試試看把這張紙條交給她？」

法立德收下紙條打量著。「上面寫什麼？」他問。

愛麗諾從他手指間拿過紙條。「見鬼了，莫提瑪，這是什麼跟什麼？」她問。

魔法舌頭微笑著。「我和美琪常常用這種文字交換秘密訊息，她比我更懂這種文字。妳認不出來嗎？那是出自一本書。上面寫著：我們就在附近，妳別擔心，我們很快來接妳。莫、愛麗諾和法立德。美琪能讀懂這個訊息，但其他人就不行。」

「啊哈！」愛麗諾嘟囔著，同時把紙條還給法立德。「這樣更好，免得這張紙條落到別人手中，說不定那些縱火的傢伙中還有幾個懂得讀的。」

法立德把紙條折到差不多一個硬幣大小後，塞到他的褲袋中。「最晚當太陽到那個山丘上時，我就會回來。」他說：「要是沒回來的話……」

「……我就去找你。」魔法舌頭接完這句話。

「我當然也會。」愛麗諾跟著說。

法立德不認為那是什麼好主意，但他沒說什麼。

他選擇髒手指昨晚消失的那條路，彷彿等在黑暗裡的幽靈被吞噬了一般。

窗台上的皮毛

單單語言就讓我們免於對無可名狀之物的驚恐。

——冬妮・莫里森，一九九三年諾貝爾獎致詞

這天早上，扁鼻子幫美琪和費諾格里歐送來早餐，不再只是麵包和幾顆橄欖，桌上多了一籃水果，以及一盤甜甜的小蛋糕。不過，美琪一點也不喜歡他服務時的微笑。

「全是給妳的，小公主！」他咕噥著，粗笨的手指掐了掐她的臉頰。「好讓妳的聲音更有力量。在巴斯塔到處說著處決的事後，大家可眞是激動無比。噯，我不是一直在說，生命中除了掛死雞和射殺貓外，一定還要有其他東西。」

費諾格里歐厭惡地瞪著扁鼻子，好像打死也不相信自己的筆下竟然會冒出這號角色。

「眞的，我們眞是他媽的好久沒有好好處決人了！」扁鼻子繼續說，同時大步退回門邊。「老是在說，太引人注目了。如果得幹掉某人，就說小心，小心！要弄得像意外一樣。這有什麼好玩？一點都不。不像從前，有吃有喝，跳舞奏樂，不過這回我們終於可以像過去那樣了。」

費諾格里歐喝了一口扁鼻子帶來的黑咖啡，嗆了一下。

「什麼？老傢伙，難道你不認爲這有趣？」扁鼻子挖苦地打量著他。「相信我，山羊的處決非常特別！」

「你要告訴誰?」費諾格里歐悶悶不樂地嘟囔著。

這時有人敲了門。扁鼻子把門開了個大縫，那名朗讀者大流士把頭探了進來。

「對不起!」他細聲說道，擔心地瞧著扁鼻子，就像不得不接近一隻餓貓的鳥一樣。「我……欸……要讓這女孩唸些東西，是山羊的指示。」

「是嗎?那希望她這次唸個有用的東西出來。巴斯塔給我看了那隻精靈，不管再怎麼用力搖她，都沒有一點精靈粉末。」扁鼻子看著美琪的目光中，夾雜著厭惡與敬畏，搞不好他把美琪當成女巫一樣的玩意。「你要再出去時，記得敲門!」當他擠過大流士身旁時，低吼說道。

大流士點點頭，一動不動在那兒站了一會，然後一臉尷尬地坐到美琪和費諾格里歐身邊的桌子。他貪婪地盯著水果看，直到費諾格里歐把籃子推到他面前。他遲疑不定地拿了一個杏桃，非常虔誠地把這個小水果塞到嘴中，彷彿這一輩子再也吃不到類似的美味似的。

「天哪，這只是一個杏桃!」費諾格里歐嘲諷道：「在這個緯度，這可不是什麼稀罕的水果。」

大流士尷尬地把杏桃核吐到手中。「只要他們把我關在這個房間，」他聲音怯懦地解釋著，「我就只有乾麵包吃。他們也拿走我的書，但我還是藏了幾本下來，只要我餓得不行時，就會看著書中的圖片。最漂亮的一張是杏桃，有時我就窩在那兒幾個鐘頭，瞪著畫出來的水果，口水直流。那時候起，只要一見到杏桃，我就無法克制。」

美琪又從籃子中拿出一個杏桃塞到他瘦削的手中。「他們常關著你嗎?」她問。

這個瘦矮的男人聳了聳肩。「每次，只要我不能好好唸出東西來時，」他避重就輕地回答著。「也就是說，幾乎一直都這樣。不知道哪一天，他們乾脆放棄，因爲他們注意到我的朗讀被他們嚇得根本沒法改善。除了……就拿扁鼻子來說，」他壓低聲音，緊張地瞧了一眼門，「我是在巴斯塔拿著刀站在我旁邊時唸出扁鼻子來的，欸，就是這樣……」他遺憾地聳了聳瘦小的肩。

美琪滿懷同情地看著他，跟著便遲疑地問著：「你也把女人唸出來過嗎？」

費諾格里歐不安地看了她一眼。

「當然，」大流士回答。「我唸出了摩托娜！她聲稱我把她變老了，像把沒被黏好的椅子一樣破舊，但我以爲，我倒眞的沒出太大差錯，好在山羊也這樣認爲。」

「那年輕的呢？」美琪問這問題時，既沒看大流士。也沒看費諾格里歐。「你也把年輕的女人唸出來過嗎？」

「喔，別提醒我！」大流士嘆了口氣。「那是在我唸出摩托娜的同一天。山羊當時住在很北邊山裡一個半廢棄的獨立農莊中，那裡可沒什麼女孩。我住得不遠，在我姊姊家中。我是個老師，但空閒時，有時會在圖書館、學校、孩子們的慶祝會上，有時在溫暖的夏天傍晚時，甚至會在廣場上或咖啡館中朗讀。我喜歡朗讀……」他的目光飄向窗戶，像是能在那邊捕捉到那早已被遺忘的快樂時光似的。「當我在一個村裡慶典上朗讀時，巴斯塔注意到我，當時我是讀著《怪醫杜立德》，突然間就冒出一隻鳥。回家時，巴斯塔逮住我，帶我來到山羊這兒，就像我是一隻沒有主人的狗。他起先讓我唸金子出來，就像妳父親那樣，」他朝美琪微笑著，「接著我就得招來摩托娜，然後他又命令我唸出他的女僕。那眞是可怕。」大流士手指顫抖地把他的眼鏡推高。「我怕得要死，那樣怎麼會朗讀得好？他讓我試了三次。啊，我對她們眞是抱歉，我不想再說這件事了！」他把臉埋進那像老人一般瘦骨嶙峋的雙手中。美琪似乎聽到他在啜泣，有一會，她猶豫著不敢問她的下一個問題，但還是問了。

「那個叫做蕾莎的女僕，」她問，同時一顆心像是要跳出來似的，「她也在嗎？」

大流士雙手離臉。「是，她出來得十分意外，裡頭連她的名字都沒有，」他聲音沙啞地回答道：

「原本山羊要的是另外一個，但蕾莎就突然站在那兒，起先我以為這回沒犯錯。她看來美麗無比，幾乎顯得不眞實，有一頭金髮和一對悲傷的眼睛。但我們接著就注意到她不會說話。欸，山羊倒是覺得無妨，我甚至相信他喜歡這樣。」他不停在他褲袋裡掏著，拿出一條皺巴巴的手帕。「我眞的可以做得更好！」他擤著鼻子說：「但那種揮之不去的恐懼……我可以再吃嗎？」他帶著傷心的微笑，又拿了一個杏桃咬下去，跟著用袖子揩掉唇邊的果汁，清了清喉嚨，目光對著美琪。他的眼睛在厚厚的鏡片後，顯得特別的大。

「在那個，欸，山羊計畫的慶典上，」他說，同時沉下眼睛，手指尷尬地沿著桌緣畫著，「妳得唸《墨水心》，這妳大概已知道。在這之前，那本書被存放在一個秘密地點，只有山羊知道在哪裡。所以妳直到這個……欸，場合時，才會見到那本書。為了要最後測試一下妳的能力，我們只好拿別的書。好在這個村子還有一些其他的書，不多，但怎麼說，不管怎樣，我受託要找出合適的一本。」他重新抬起頭，對美琪輕輕微笑了一下。「好在這次我不用找金子或其他類似的東西，山羊只想證明妳的能力，所以，」他把一本小書推到桌上，「我找出這裡這本。」

美琪探頭到書上。「《安徒生童話選》，」她唸出聲來，看著大流士。「故事都很美。」

「是的！」他細聲說著。「悲傷，但都非常，非常美。」他手伸過桌子，幫美琪打開書，翻到泛黃的書頁中夾著幾根長長草莖的地方。「起先我想到我最喜歡的童話，就是那個夜鶯的故事，妳大概知道？」

美琪點點頭。

「是的，但那個妳昨天唸出來的精靈，在巴斯塔關起她的壺裡面，一點也不好受，」大流士繼續說：「所以我想如果妳能試試那個錫兵的話，大概會比較好。」

錫兵。美琪默不作聲，那個在紙船上堅毅的錫兵……她想像他突然來到水果籃旁的情景。「不！」她說：「不，我已跟山羊說過，不會再爲他唸出任何東西，連測試也不。告訴他，我再也辦不到，就告訴他，我試了，但書裡沒任何東西出來。」

大流士同情地看著她。「我很願意這樣做！」他輕輕說著。「眞的。但喜鵲……」他像是被逮到一樣，把手指擱在唇上。「喔，對不起，我當然是指管家摩托娜女士，妳要對她朗讀，我只是找出文章來。」

喜鵲。美琪看到她那雙鳥眼在面前。要是我咬了自己的舌頭的話，不知道會怎樣？她心想。就這樣狠狠咬上一口。這種事曾經不小心發生過幾次，有一次舌頭腫到她兩天都只能和莫打手語來溝通。她看著費諾格里歐，尋求幫助。

「做吧！」他出她意料之外地說：「唸給那老太婆聽，但先說好條件，妳可以留下錫兵。隨便跟她說什麼，說妳想和他玩，說不然妳會無聊得要死，然後再要求她另一些東西：幾張紙和一枝筆。說妳想要畫畫，懂嗎？如果她同意的話，我們再看看下一步該怎麼做。」

美琪一個字都沒聽懂，但她還來不及問費諾格里歐的意圖時，門就開了，喜鵲進到了屋裡來。朗讀者一見到她，趕緊一躍而起，把美琪的盤子撞翻到地上。「喔，對不起，對不起！」他結結巴巴說著，同時瘦骨嶙峋的手指拾起碎片，到最後一塊時，他的拇指被重重劃了一道，血都滴到了地板上。

「站起來，你這個豬頭！」摩托娜喝叱著他。「你給她看了她該唸的書了？」

大流士點點頭，悶悶不樂地打量著自己被劃傷的手指。

「好，那就滾吧。你可以到廚房去幫那些女人，那裡的雞隻要拔毛。」

大流士臉色作嘔，但還是鞠了個躬，消失到走廊上，最後還同情地看了美琪一眼。

「好！」喜鵲說，不耐煩地朝她點著頭。「開始唸吧，要用點心。」

美琪把錫兵唸了出來，就好像他從天花板掉下來一樣。「說時遲，那時快，他腳朝天，帽子頂地，刺刀插在青石路塊中。」

美琪還來不及動手前，喜鵲就一把抓起他。她打量著他，彷彿那是一塊彩繪木頭，而他則瞪著驚恐的眼睛看著她。接著她把他擱到粗羊毛外套的口袋中。

「求求您！我能不能留下他？」當喜鵲走到門口時，美琪結結巴巴說道。費諾格里歐站在她後面，像是想給她當後盾，但喜鵲只拿著她那僵滯的鳥眼打量著美琪。「您……您拿他也沒什麼用，」美琪繼續結巴說道：「我覺得無聊，求求您。」

喜鵲面無表情地看著她。「等山羊看過他後，妳就可以拿回他！」她說，跟著就離開。

「紙！」費諾格里歐喊著。「妳忘了紙和筆的事了！」

「對不起！」美琪喃喃說著。她並沒忘記，只是不敢再向喜鵲要更多的東西，她那顆心幾乎已跳到喉嚨來了。

「欸，算了，看來我只得想別的方法，」費諾格里歐喃喃說著。「只是不知道用什麼方法。」

美琪走向窗戶，額頭靠著窗玻璃，瞧著下面園子中幾名山羊的女僕在忙著把番茄叢束高。要是莫知道我也做得到時，他會說什麼呢？她心想著。妳把誰唸出來了，美琪？可憐的小鈴鐺和堅毅的錫兵？「是的，」美琪自言自語著，同時手指在玻璃窗上寫了一個看不出來的M。可憐的精靈、可憐的錫兵、可憐的髒手指，還有——她又想到那個女人，那個有頭深色頭髮的女人。「蕾莎。」她輕輕說著。她的母親叫做泰蕾莎。

她正想背對窗戶時，眼角就瞄到有東西從外面窗台上爬了過來……一個毛茸茸的小嘴。美琪嚇得踉蹌後退。老鼠可以爬上高牆嗎？是，牠們可以，但那並不是老鼠，頭太鈍了。她很快又走近到窗玻璃後。

葛文。

那隻貂蜷在狹窄的窗台上，惺忪的睡眼瞧著她。

「巴斯塔！」費諾格里歐在她後頭喃喃唸道：「對了，巴斯塔會幫我把紙弄來，這點子可行。」

美琪慢慢打開窗戶，免得葛文搞不好嚇得掉了下去。就算是一隻貂，從這種高度摔到鋪上青石塊的院子，一定也粉身碎骨。她慢慢把手伸到外頭，手指摸到葛文的背時，還發著抖，跟著一把抓住牠，免得牠的小牙齒咬上她，然後趕緊把牠拿到房裡。她擔心地看著下面，不過沒有女僕注意到任何動靜。她們全都彎身在園圃上，衣服被曬在她們背上的熾熱太陽弄得汗濕。

葛文的項圈下面塞著一張紙條，髒兮兮的，被折上好多次，還拿著一條帶子綁住。

「妳爲什麼要開窗戶？外頭的空氣比裡面的更熱！我們……」費諾格里歐話說到一半就停了下來，目瞪口呆地看著美琪手臂上的那隻動物。她趕緊把一根手指擱在嘴上示警，然後緊緊抱住掙扎不停的葛文，抽出牠項圈下的紙條。那隻貂嗥叫威嚇著，再一次去咬她的手指。牠一點也不喜歡有人緊緊抱住牠，連髒手指試圖如此，也會被牠咬。

「那個是什麼，一隻老鼠？」費諾格里歐靠了過來。美琪放開了貂，牠立刻跳回窗台。

「一隻貂！」費諾格里歐驚愕地喊道：「牠是從哪來的？」美琪嚇得朝門口看去，但守衛顯然什麼都沒聽到。費諾格里歐手摀著嘴，吃驚地打量著葛文，害美琪差點大笑出來。「牠有角！」他小聲說著。

「當然了，因為你是這樣杜撰牠的！」她小聲回答。

葛文一直蜷在窗台上，難受地瞇著眼瞧著太陽。牠本來就不喜歡日光，白天都在睡覺。牠是怎麼來到這兒的？

美琪把頭伸出窗戶，下面院子中依然只見得到女僕。她又趕緊退回房中，把紙條攤開。

「有個訊息？」費諾格里歐探頭過她的肩。「是妳父親的？」

美琪點點頭。她立刻認出那個字跡，雖然並不像平常那樣工整。她的心在胸腔裡開始舞動，眼睛眷戀無比地跟著紙條上的字母走，彷彿那是一條路，路的盡頭有莫在等著她。

「那是什麼鬼字？我一個字都看不懂！」費諾格里歐小聲說著。

美琪微笑著。「這是精靈文字！」她低聲說：「在我唸過《魔戒》後，莫和我就把這當成我們之間的暗號，但他顯然有點疏於練習，犯了好多錯。」

「好，那上面寫些什麼？」

美琪唸出來給他聽。

「法立德，那又是誰？」

「一個男孩，莫把他從《天方夜譚》裡唸了出來，但那是另一個故事了。你見過他，當髒手指逃開你時，他和髒手指在一起。」美琪把紙條又折起來，再看著窗外。一名女僕站起身，擦掉雙手上的泥土，抬頭看著高牆，彷彿夢想就從那兒飛走算了。誰把葛文帶到這裡來？莫？還是這隻貂靠自己找來的？這簡直不太可能。要是沒人幫牠的話，牠一定不會在大白天到處亂竄的。

美琪把紙條塞到她衣服的袖子中。葛文還一直蜷伏在窗台上，伸著頸子，嗅聞著圍牆外，昏昏欲睡的樣子。說不定牠聞到有時會降落在窗前的鴿子。「餵牠麵包，免得牠跑掉！」美琪對費諾格里歐小聲說著，然後跑向床，把她的背包拉了下來。筆會在哪裡？她是有枝鉛筆，找到了，只剩下那麼一小截。但她到哪去找紙呢？她從床墊下拿出一本大流士的書，小心翼翼地撕下空白頁。她從來沒撕過一張書頁，但現在不得不如此。

她跪在地上開始寫，就用莫寫下訊息的同一種花體文字。她閉著眼睛也能寫這種文字：我們很好，我也做得到了，莫！我唸出了小鈴鐺，明天天一黑，我就要幫山羊從《墨水心》裡喚出影子，讓他殺了髒手指。她沒寫到蕾莎，一字不提她可能見到她母親的事，而照山羊的計畫，她也活不到兩天。這種消息不適合寫在紙上，不管這張紙有多大。

葛文貪婪地咬齧著費諾格里歐給牠的麵包。美琪把空白頁折好，綁在葛文的項圈上。「你要小心啊！」她小聲對葛文說，接著把剩下的麵包丟到山羊的院子中。貂溜下房牆，彷彿再輕鬆不過。當葛文竄過一名女僕的腳間時，只聽她尖叫著，她對其他女僕喊著什麼，可能擔心山羊的雞，但葛文早已消失在圍牆外了。

「好，很好，妳父親畢竟來了！」費諾格里歐對美琪悄悄說著，走到她身旁敞開的窗邊。「就在外面某個地方，很好，而妳也會拿回錫兵。一切都順利進行著，不是嗎？」他捏了捏自己的鼻尖，瞇著眼瞧著外面熾熱的陽光。「下一步，」他喃喃說道：「我們就要利用巴斯塔的迷信心理了！眞好，我還賦予他這個小弱點！一步好棋。」

美琪不懂他在說什麼，但她也無所謂。她只想著：莫來了。

暗處

「吉姆，我的老小子，」盧卡斯沙啞說著，「這趟旅行眞短，很抱歉你得分享我的命運。」

吉姆嚥了下口水。

「我們畢竟是朋友。」他輕輕回答，咬住下唇，免得嘴抖得太厲害。

——麥克・安迪《火車頭大旅行》

髒手指以爲山羊會讓蕾莎和他一直掛在這該死的網子中，直到被處決爲止，但他們只在那裡面待了很長的一夜而已。早晨當太陽在紅色的教堂牆壁畫上明亮的斑點時，巴斯塔就放他們下來了。在那嚇人的幾秒鐘裡，髒手指以爲山羊還是決定用不起眼的方法盡快解決他們。當他又感覺到堅實的地面時，說不上來膝蓋是因爲害怕，還是因爲整晚待在網中而發軟，不管怎樣，他幾乎無法站穩。

巴斯塔先讓他感到害怕，就算他沒有這個意圖。「我很想讓你在上面再晃一會，」他說，同時他的手下把髒手指從網中拉了出來。「但山羊不知怎麼搞的，決定把你們關在墓室中打發你們可憐兮兮的小命。」

髒手指努力掩飾自己鬆了一口氣的樣子，死亡看來還有幾步之遠。「說不定山羊覺得煩，當他和你們在討論他那齷齪的計畫時，老有旁人在聽。」他說：「又說不定他只是想讓我們自己親自走到處決的地方。」如果在網子中再待一晚，髒手指估計再也不會知道他曾經有過腳。就過了一晚，當巴斯塔把他和蕾莎帶到地下墓室時，他的骨頭痛得就像自己是個老頭一般。蕾莎在階梯上絆了幾次，似乎行走更加困難，但她一聲不吭，當她在一個階梯上滑倒，巴斯塔伸手抓她手臂時，她掙脫開來，冷冰冰地看著他，巴斯塔只好讓她繼續單獨走著。

就算今天外頭的太陽可以燒融磚瓦，教堂下的墓室還是一個潮濕陰冷的地方。在這座老教堂的內部，墓室聞起來有霉味和老鼠屎味，還有那種髒手指不想知其大名的東西的味道。山羊在來到這座廢棄的村子後不久，便把那些擱置許久、早被遺忘的修士石棺的狹窄房間加上了鐵欄杆。「有什麼比把要死的人擱在棺材上睡覺更適合的呢？」他當時笑著表示。他的幽默實在令人難以領教。

巴斯塔不耐煩地把他們推下最後一個階梯。他急著想回到天光下，離開死人和他們的幽靈。當他把燈掛在一個鉤子上，打開第一個小房間時，手在發抖。這底下沒有電燈，也沒有暖氣或其他這個世界的產品，只有靜靜的石棺和竄過裂開的石磚的老鼠。

「怎麼啦，你不想再多陪我們一會？」當巴斯塔把他們推進小房間時，髒手指問著。他們不得不縮著頭，在這些古老的拱頂下幾乎無法站直身子。「我們可以說說鬼故事，我知道一些新的。」

巴斯塔像條狗一樣低吼著。「我們不會為你準備棺材的，臭指頭！」他說，同時又鎖上鐵門。「沒錯！說不定是個骨灰罈，一個果醬瓶，但一定沒有棺材。」髒手指退離鐵門一步，這樣巴斯塔的刀就碰不到他。「我看到你有個新的護身符！」他喊著，巴斯塔幾乎已來到階梯處。「又是一根兔子腳，對不對？我不是對你說過，這種玩意會引來白衣女子的？在過去我們的世界裡，我們可以見到她們，但在這裡就不是這樣，這倒很不方便，但她們還是在那兒，手指冰冷，氣若游絲。」

巴斯塔站在樓梯上握著拳頭，一直背對著他。髒手指每次都很意外，隨便說幾句話就可以把他嚇到。「你還記得她們怎樣嚇人嗎？」他輕聲繼續說著。「她們輕輕喊著你的名字：『巴斯塔——！』

跟著你就開始毛骨悚然，然後……」

「她們很快就會喊著你的名字，髒指頭！」巴斯塔打斷他，聲音顫抖。「只喊你的。」跟著就匆匆走上階梯，彷彿白衣女子已跟在他身後一樣。

他的腳步聲消失，髒手指獨自一人——和靜寂、死亡及蕾莎待在一起。他們顯然是唯一的囚徒。有時山羊會把某個可憐的傢伙關在墓室中嚇他，但多半來到這兒，在石棺上刻下自己名字的人，都在某個深夜消失無蹤，再也沒人見過他們。

他們的告別式已經引起轟動。

可以說是我的最後演出，髒手指心想。說不定我有機會發現這裡的一切只不過是場惡夢，我只有一死才能再回家。一個還算不錯的演出，只要他能相信就行。

蕾莎坐在石棺上。那是個簡陋的石棺，棺蓋裂開，過去曾經有過的名字已無法辨識。蕾莎似乎不怕接近死亡。

髒手指就不一樣。他不會像巴斯塔那樣害怕幽靈和白衣女子，就算冒出來一個，他也會好好問候一下。但他怕死。他似乎在這下面聽得到死神的氣息，如此深沉，讓他幾乎喘不過氣來。他的胸前似乎壓著一頭醜陋的大動物。或許在上頭網子裡還不會這麼糟糕，畢竟在那裡可以呼吸。

他察覺到蕾莎在打量他。她招手要他過來，敲了敲石棺的棺蓋。他坐到她身旁，顯得猶豫。她在她衣服口袋中掏出一截蠟燭，對著他的臉詢問著。髒手指不得不微笑著。是的，他當然有火柴。把幾根火柴這樣的小東西，當著巴斯塔及其他豬頭的面藏起來，不過是小孩遊戲。

蕾莎拿些蠟把搖曳的蠟燭沾在石棺上。她喜歡蠟燭，燃燒的蠟燭和石頭，口袋裡老有這兩樣東西及其他玩意。說不定她今天特地爲他點起蠟燭，因爲她知道他很喜歡火。

「我真的很抱歉，我應該自己去找那本書的，」他說，同時手指劃過明亮的火焰。「原諒我。」

她摀住他的嘴，或許意味著，在她看來沒什麼好要原諒的。眞是一個貼心的無聲謊言。她又拿開了手，髒手指清了清喉嚨。「妳……沒找到吧，對不對？」反正現在已沒什麼差別，但他就是要知道。

蕾莎搖搖頭，遺憾地聳了聳肩。

「欸，這我也想到了。」他嘆口氣。

安靜得嚇人，比嘈雜的聲音更加嚇人。

「對我說個故事，蕾莎！」他輕輕說，更靠近她。求求妳！他在腦海裡補充道。幫我趕走恐懼，那壓得我喘不過氣，帶我們到另一個更好的地方去。

蕾莎辦得到，她知道好多故事，至於從何得知，她就沒對他透露過，但他自然也知道。他很清楚過去是誰唸故事給她聽，當他第一次在山羊屋裡見到她時，就立刻認出她的臉。魔法舌頭拿她的照片給他看了太多次了。

蕾莎從她那個深不可測的口袋裡拿出一小塊紙，那裡面藏著的不只蠟燭和石頭而已。就像髒手指身上總是帶著些點火用的東西，蕾莎身邊總是有些紙和一枝筆，她的木頭舌頭，她這樣稱呼這些玩意；一小截蠟燭、一枝筆和幾張骯髒的紙——顯然是沒有危險到山羊手下會拿走的東西。

當她說故事時，有時只寫半個句子，髒手指得自己接完。這樣快得多，而故事也會峰迴路轉。但這次她不想對他說故事，儘管他比往常更加迫切需要。

「那個女孩是誰？」蕾莎寫道。

當然了，是美琪。他該說謊嗎？爲什麼不？但他沒這麼做，自己也不知道爲什麼。「他是魔法舌頭的女兒。——多大？——十二歲，我想。」

這答案還可以，他在她眼睛中看了出來，那是芙琪的眼睛，或許更有些疲憊。

「魔法舌頭長得什麼樣子？我想這妳以前問過我了。他不像我臉上有疤。」他試著微笑，但蕾莎表情依然嚴肅。蠟燭的火光在她臉上搖曳。妳更熟悉他的臉，髒手指心想，但我不會告訴妳。他拿走了我一整個世界，爲什麼我就不該拿走他的妻子？

她站起來，手在自己頭上一截比畫著。

「是，他蠻高大的，比妳和我都要高。」爲什麼他不撒謊？「是，他的頭髮是深色的，但我現在不想談他！」他聽到自己的聲音聽來惱怒。「求求妳！」他抓住她的手，把她又拉回到他身旁。「妳還是對我說個故事。蠟燭很快就會滅了，而巴斯塔留下來的燈，只夠照明這個該死的棺材，但不夠辨識出字母。」

她若有所思地看著他，像是想讀出他的想法，找出他沒說出的話來。但髒手指比魔法舌頭更善於隱瞞起自己的臉，而且高明許多。他可以讓自己的臉使人捉摸不透，一個保護自己心思的盾牌，免得被好奇的目光猜透。他的心思關其他人什麼事？

蕾莎又探身到紙上，開始寫道：

「仔細聽好，別失神，好好聽著；因爲有事要發生、要出現、在醞釀、會爆發，我最最親愛的寶貝，就在溫馴的動物失控之際。狗兒失控，馬兒失控，牛隻失控，羊群失控，豬也失控，到了完全無法想像的地步，而牠們全都狂亂地走在那一大片原始森林中。但這些失控的動物中，情況最糟的是貓。牠單獨留下，無所謂在什麼地方。」蕾莎總是知道他要的是哪種故事。她像他一樣，是這個世界中的外人，不可能只屬於魔法舌頭。

法立德的報告

「那好吧」，佐夫說：「我要說以下的事，如果誰認爲自己有更好的計畫，可以待會再說。」

——米夏・德・拉拉貝提《波里伯Ⅱ——在旋轉迷宮中》

法立德回來時，魔法舌頭已在等他。愛麗諾睡在樹下，臉因爲午間的熱度發紅，但魔法舌頭一直站在法立德離開他的地方。當他見到法立德上了山丘時，臉上一下輕鬆下來的樣子。

「我們聽到槍聲！」他朝法立德喊著。「我還以爲，我們再也見不到你了。」

「他們在射貓。」法立德回答，躺到了草地上。魔法舌頭的擔心讓他感到不好意思，他不習慣有人擔心他。爲什麼耗那麼久？你到哪瞎混去了？他習慣的是這種接待。而髒手指的臉總是捉摸不透，像一道鎖上的門一樣拒人於千里之外。但魔法舌頭一切都寫在臉上——擔心、高興、憤怒、痛苦、愛憐，就算他試圖隱藏，像他現在這樣，在法立德出發後，一定一直忍耐著將他舌尖燒灼不已的問題吞下去。

「你的女兒沒事，」法立德說：「雖然她被關在山羊屋子的最頂樓，你的訊息她收到了。葛文是個攀爬高手，比髒手指還要高明，可以辦到的。」他聽到魔法舌頭喘了口氣，彷彿卸下了世界上所有的重擔似的。

「甚至還有回信。」法立德讓葛文出了背包，抓住牠的尾巴，從牠項圈上解下美琪的訊息。

魔法舌頭小心翼翼地攤開那張紙，一副深怕他的手指會抹掉上面的字母似的。「空白頁，」他喃喃說著。「她一定是從一本書上撕下來的。」

「她寫了什麼？」

「你有試著讀看看嗎？」

法立德搖搖頭，從褲袋中拿出一塊麵包。葛文值得犒賞一下，但那隻貂已不見蹤跡，大概是去補充缺了好久的白天大覺。

「你不會讀，對不對？」

「是的。」

「欸，這裡的文字也只有幾個人會，和我用的是一樣。你也見到，連愛麗諾也無法解讀。」魔法舌頭把紙攤平，那是暗黃色的，像沙漠中的沙，然後突然抬起了頭。「我的天哪！」他喃喃說著。「竟有這回事。」

「怎麼了？」法立德咬著自己留給貂的麵包，那已變硬，看來得趕快再偷新的。

「美琪也會！」魔法舌頭難以置信地搖著頭，瞪著他手中的紙。

法立德手肘撐在草中。「這我知道，大家都在說……我偷聽到的。他們說她和你一樣，也會妖術，山羊現在不用再等你來，他現在不需要你了。」

魔法舌頭看著他，好像還沒會過意來。「沒錯，」他喃喃說著。「他們現在絕不會放她走了，不會心甘情願。」他盯著他女兒寫下的字母看，那在法立德看來，就像沙中蛇的蹤跡一樣。

「她還寫了什麼？」

「他們抓了髒手指，她得唸出某人來殺他，就在明天晚上。」他放下紙條，一手摸著頭髮。

「是，這我也聽到了。」法立德拔出一根草莖，扯成一小截一小截的。「他們應該將他關在教堂下的墓室。紙條中還寫了什麼？你的女兒有沒有寫到她該幫山羊喚出誰來？」

魔法舌頭搖搖頭，但法立德看得出他知道的比他透露的還多。

「你大可以放心對我說！那是個劊子手，對不對？一個懂得砍人頭的傢伙。」

魔法舌頭不出聲，像是沒聽到他的話。

「我見過這種事，」法立德說：「你可以放心對我說，如果那個劊子手懂得用劍，一下子就解決了。」

魔法舌頭目瞪口呆地看著他好一會。「那不是劊子手，」他說：「至少不是拿劍的，那根本不是人。」

法立德臉色發白。「不是人？」

魔法舌頭搖搖頭，隔了一會，他才能繼續說。「他們稱他影子，」他平靜地說著。「我記不清楚書裡描寫他的文字，我只知道我把他想像成從一堆燃燒的灰燼冒出來的形體，灰沉，熾熱，沒有臉孔。」

法立德瞪著他，有那麼一會兒，他眞希望自己沒有問這個問題。

「他們……全都期待著這場處決，」他聲音斷續地繼續說道：「那幫黑夾克眞是興奮得不得了。他們也想殺了那個女的，那個和髒手指碰面的女人，因爲她試圖幫他找到那本書。」他把光禿禿的腳趾戳到泥土裡。髒手指想讓他習慣鞋子，免得被蛇咬，但穿著鞋子每走一步，就好像有人抓住他的腳趾一樣，因此他最後乾脆把鞋子丟進火堆裡。

「什麼樣的女人？山羊的一名女僕？」魔法舌頭疑惑地看著他。

法立德點點頭，揉了揉光腳丫，上面全是螞蟻咬過的痕跡。「她不會說話，像魚一樣不出聲。髒手指背包裡有張她的照片，她大概幫了他不少次，而且我想他愛她。」

在村子裡到處察看，對他來說並不難。那裡本來就有許多不比他大多少的男孩，他們清洗著黑夾克的車子，擦拭他們的鞋子及武器，傳遞情書……當時，在另一個生命中，他也得傳遞情書，他不用擦靴子，但武器總得要，還剷過駱駝的糞，打亮車子的烤漆這一點一定會更舒服些。

法立德抬頭瞪著天空，一朵朵小雲飄過，像鷺鷥羽毛一般潔白，像金合歡花一樣輕盈。這裡的天空常有雲飄過，法立德喜歡這樣，他那個世界的天空往往一片光禿禿。

「就在明天，」魔法舌頭喃喃說道：「我該怎麼辦？我該如何把她救出山羊的屋子？說不定我晚上可以偷偷潛進去，我只需要一件那種黑夾克……」

「我幫你帶了一件來。」法立德先從背包拉出夾克，跟著是褲子。「我在曬衣繩上偷來的，也有一件給愛麗諾！」

魔法舌頭打量著他，一臉佩服得五體投地的樣子，害得法立德臉都紅了起來。「你眞是個小魔鬼！說不定我該問你如何把美琪救出這座村子。」

法立德不好意思地微笑著，瞧著自己的腳趾。問他？從來沒人問過他的意見。他一直只是隻獵犬，一個探子。其他人計畫搶奪、攻擊、報復，沒人會問狗的意見。如果不聽話的話，狗就被打。

「我們只有兩個人，而下面至少有二十人，」他說：「那可不容易……」

魔法舌頭看著他們營地所在之處和睡在樹下的那個女人。「你沒把愛麗諾算上？那就犯了個錯。她和我一樣好鬥，而且現在非常非常憤怒。」

法立德不得不微笑起來。「好，那算三個人！」他說：「三個對二十個。」

「是，這聽來不怎麼好，我知道。」魔法舌頭嘆了口氣站了起來。「來，我們告訴愛麗諾你打聽到的事。」他說，但法立德還坐在草中，他抓起一根到處散落著的乾樹枝。一流的木柴，這裡多得不得了。在他過去的生命中，大家會爲了這種木柴走上好遠的路，會拿金子來換。法立德瞧著這根木頭，手指摸過多結的樹皮，望向山羊的村子。

「我們可以靠火幫忙。」他說。

魔法舌頭不解地看著他。「你這是什麼意思？」

法立德撿起了一根又一根的木頭，擱在一起，全是樹上掉落的乾樹枝，好像嫌太多似的。「髒手指教過我如何馴服火，就像葛文一樣，如果不知道如何抓牠的話，牠就會咬人，但如果好好對牠的話，牠就會任人擺佈。髒手指就是這樣教我。如果我們掌握好正確的時間，又在合適的地點……」

魔法舌頭彎下腰，手裡拿著一根樹枝摸著。「如果你鬆開火後，又要如何再抓回來？已好久沒下過雨了，要是你一不留神，整個山丘都會著火。」

法立德聳聳肩。「只有風勢不對時才會這樣。」

但魔法舌頭搖搖頭。「不！」他果斷地說著。「只有當我再也想不到其他點子時，我才會在這山丘放火。我們今晚先潛進村裡，說不定可騙過守衛，說不定他們自己也不太熟悉對方，把我當成他們一夥。畢竟我們已經從他們手中溜過一次，說不定還會辦到。」

「有太多的說不定了。」法立德說。

「我知道！」魔法舌頭回答。「我知道。」

騙過巴斯塔

「看這兒！」她喊道：「我吐口水詛咒，他會不得好死。如果你見到雷爾德，儘管告訴他，告訴他這是珍內特・克拉斯頓第一千二百一十九次詛咒他，詛咒他家，詛咒他的倉庫廄房，詛咒他的僕役和客人，詛咒他家男男女女大大小小，詛咒他們全都不得好死！」

——羅伯・史帝文生《綁架》

費諾格里歐只說了幾句話，就說服門前的守衛，他得馬上和巴斯塔說話。這個老人是個天生的說謊家，可以無中生有，比蜘蛛織網還要快。

「你想幹嘛，老頭？」當巴斯塔站在門口時問道，他也帶來了錫兵。「這裡，小女巫！」當他把錫兵遞到美琪手裡時說道：「我寧可把他丟到火裡，但這裡再也沒人聽我的話了。」

錫兵聽到「火」這個字眼時，嚇了一跳，他的小鬍子豎了起來，眼睛看來絕望無比，讓美琪心都痛了起來。當她雙手護住他時，似乎察覺到了他的心跳。她想起了他的故事結局：錫兵熔成了一團，當女僕隔天清理灰燼時發現了他。他變成了一小塊錫做的心。

「是，沒人再聽你的，這我也看出來了！」費諾格里歐同情地打量著巴斯塔，像父親對待兒子一樣——其實從某種程度上來說，他也是他父親。「正是因爲這個原因，我想和你談談。」他神秘兮兮地壓低聲音。「我要和你談個交易。」

「交易？」巴斯塔夾雜著恐懼和傲慢打量著他。

「是，一個交易。」費諾格里歐輕輕重複著。「我無聊至極！我是個爛作家，你說的很有道理，我需要紙才活得下去，就像其他人需要麵包和酒或其他什麼玩意。給我紙，巴斯塔，我就幫你拿回鑰匙。你知道的，就是喜鵲從你手中拿走的鑰匙。」

巴斯塔抽出他的刀。當他把刀彈開時，錫兵身子開始劇烈抖動，那把帶刺的刀都從他的小手中滑落了下來。「這該怎麼做呀？」巴斯塔問，同時拿刀尖清理著指甲。

費諾格里歐朝他探過身去：「我幫你寫個小小的殘疾咒，一個讓摩托娜不得不躺在床上幾個星期，讓你有時間向山羊證明你才是眞正的鑰匙總管的咒語。當然這種咒語不是立刻見效，這需要時間，但相信我，只要一起作用的話……」費諾格里歐意味深長地抬起眉毛。

但巴斯塔只輕蔑地皺著鼻子。「我已經試過了蜘蛛、荷蘭芹和鹽巴，那老東西眞是不好對付。」

「荷蘭芹和蜘蛛！」費諾格里歐輕輕大笑著。「你是個笨蛋，巴斯塔。我說的可不是小孩玩意，我說的是文字，沒有東西比文字更強大，不管好或壞，相信我。」費諾格里歐把聲音壓低成細語，「我也是拿文字創造出你的，巴斯塔！你和山羊。」

巴斯塔向後避開了他。恐懼和憎恨可是難兄難弟，而美琪在巴斯塔臉上都見到了，她還看出他相信那老人的話，一字不差。「你是個巫師！」他脫口而出。「你和那女孩，你們倆應該像那些該死的書一起被燒掉，還加上她父親。」他趕緊在老人腳前吐了三次口水。

「喔，吐吧，這能防什麼？防邪惡的目光？」費諾格里歐嘲弄說道：「火燒並不是什麼新的點子，巴斯塔，你也想不出什麼新點子。怎麼樣，我們要不要交易一下？」

巴斯塔瞪著錫兵，直到美琪把他藏到她身後去。「那好！」他嘟囔著。「但我會每天檢查你瞎寫了什麼，知道嗎？」

你要怎麼做？美琪心想。你又不會讀。巴斯塔看著她，像是聽到她的想法一樣。「我認識一個女僕，」他說：「她會幫我讀，所以別耍什麼把戲，懂嗎？」

「當然！」費諾格里歐激動地點著頭。「喔，對了，再有一枝筆也不錯，如果可以的話，拿黑色的來。」

巴斯塔帶來筆和一整疊白色的打字機用紙。費諾格里歐面色凝重地坐到桌前，把第一張紙攤開，折好，然後著俐落地撕成六塊。每一小塊紙上，他都寫下五個字母，花體的，幾乎無法辨識，一直重複下去，跟著小心翼翼地把小紙片折好，每一塊上都吐了口口水，然後交給了巴斯塔，對他解釋他得照下述方式把紙片藏起來：「每次三片藏在她睡覺、吃飯及工作的地方，這樣三天三夜後，該有的效果就會顯現。但只要被詛咒的人找到其中一張紙條，那咒語就會立刻應驗到你身上。」

「這是什麼意思？」巴斯塔盯著費諾格里歐的紙條看，彷彿那些玩意立刻會在他身上招來瘟疫一樣。

「欸，就是藏起來不讓她找到！」費諾格里歐只這樣回答，便把他推出門去。

「要是沒有用的話，老頭，」巴斯塔在帶上門之前低吼道：「我就會在你臉上畫花，就像我對付髒手指一樣。」接著他就離開了，而費諾格里歐帶著滿意的微笑靠在關起來的門上。

「那不會有用的！」美琪低語著。

「那又怎樣？三天可不算短，」費諾格里歐回答，同時又坐回桌前。「而且我希望我們用不了三天，畢竟我們明天晚上就想阻止一場處決，不是嗎？」

那天剩餘的時間，只見他不是乾瞪著眼，就是像個中魔的人一樣寫著，有愈來愈多的白紙被他那些飛快在紙上寫出的粗大字體填滿。

美琪沒打擾他，只和錫兵坐在窗前，看著山丘，不知道莫躲在哪片枝葉交錯的樹叢間。錫兵坐在她身邊，僵直地伸著腿，驚恐的眼睛打量著他完全陌生的世界。或許他想著那個他愛得深切的紙舞伶，或許他什麼也沒想，他一句話也沒說。

黑夜中被喚醒

每到中午，僕人帶來花朵，大把大把橡樹、染料木和合葉子的花朵，是在森林和田野中能採擷來最美、最細緻的花了。

——艾凡格林・華頓《瑪比諾奇的四根細枝》

外頭天早已黑，但費諾格里歐還一直在寫。桌子下都是他揉皺或撕掉的紙，比他小心翼翼擱在一旁的多得多，就深恐那些字母會從紙上滑落似的。當一名女僕，一個瘦弱的小東西，送來他們的晚餐時，費諾格里歐把擱在一旁的紙頁藏在他的被子下。巴斯塔這晚沒再來，或許正忙著藏起費諾格里歐的符咒。

美琪一直等到外面一片漆黑，山丘和天空融成一體之際，才躺下來睡。她讓窗戶開著。「晚安！」她朝黑暗中竊竊私語，彷彿莫能聽到似的，接著她拿起錫兵，爬上她的床，把小錫兵擱在她枕頭旁。「相信我，你比小鈴鐺的遭遇好多了！」她對他輕聲說道：「她在巴斯塔那兒，因爲他以爲精靈會帶來幸運。你知道嗎？等我們從這裡出去後，我答應幫你做個舞伶，和你故事中的一模一樣。」

他什麼也沒說，只是用他悲傷的眼睛看著她，跟著點了點頭，幾乎難以察覺。他是不是也失去了聲音？他的嘴眞的看來像是從未張開過的樣子。如果那本書在我這兒的話，她心想，那我就可以查對一下，或者我可以試著幫他把舞伶喚出來。但喜鵲拿走了那本書，也拿走了所有其他的書。

錫兵靠在牆邊，閉上眼睛。不，舞伶只會傷他的心！美琪入睡前心裡想著。她最後聽到的，只是費諾格里歐的筆在紙上匆匆塗寫的聲音，一個字母接著一個字母，像紡梭一般迅速，從黑色的絲線中織出一幅繽紛的圖畫……

這晚美琪沒夢到怪物，連一隻蜘蛛都沒爬過她的夢境。她在家，這她知道，儘管自己的房間看來和愛麗諾的那一間房一樣。莫也在，還有她母親。她看來像愛麗諾，但美琪知道她是被吊在山羊教堂中髒手指旁的那個女人。在夢裡可以知道許多事，特別是眼睛看不準的事，沒什麼原因，你就是知道。她正想著坐在她母親身旁那個莫書架間的老沙發時，突然間有人輕喚著她的名字：「美琪！」不停喚著。「美琪！」她不想聽，只希望那夢永遠不會結束，但那聲音無情地繼續喊著。美琪認識這個聲音，很不情願地張開了眼睛。

費諾格里歐站在她床邊，手指被墨水沾黑，和窗戶外的夜一樣黑。

「什麼事？我想睡覺。」美琪拿背對著他，她想回到夢裡，說不定那夢還在，就在她闔上的眼皮後面某個地方。說不定她的眼睫毛上還沾著一些幸福，像金粉一般。童話中的夢境不是常會留下些這種東西？錫兵也還睡著，頭低垂到胸口。

「我寫好了！」費諾格里歐小聲說道，雖然守衛的鼾聲清清楚楚穿過了門。在搖曳的燭光中，只見桌上擱著薄薄一疊寫好的紙頁。

美琪打著呵欠坐了起來。

「我們今晚必須先試試看！」費諾格里歐輕聲細語說道：「我們要看看是不是可以改變故事，就靠妳的聲音和我的文字。我們試著把我們的小錫兵送回去。」他趕緊拿過寫好的紙頁，擱在她懷裡。

「拿一個不是我寫的故事來試實在不利，但能怎麼辦？但我們有什麼好怕的？」

「送回去？但我不想把他送回去！」美琪驚愕地說著。「他會死的，那個男孩會把他丟進壁爐裡去，他會熔掉的，那個舞伶也會被燒掉。」那個舞伶只留下一個金屬亮片，而她則燒成了黑灰。

「不，不！」費諾格里歐不耐地敲著她懷裡的紙頁。「我幫他寫了個新故事，有個幸福的結局。這是妳父親的點子：改變故事！他只想把妳母親弄回來，要我改寫《墨水心》，讓她被吐出來。但如果這個點子可行的話，美琪，如果可以改變一則文字寫下後被印出來的故事的話，那就可以改變故事裡的一切：誰出來，誰進去，故事如何結束，誰幸福，誰不幸福。妳懂嗎？這只是個試驗，美琪！但如果錫兵消失的話，相信我，那我們也可以改變《墨水心》！至於怎麼改，我還會再傷腦筋，但現在先唸一下，求求妳！」費諾格里歐拿出枕頭下的手電筒，塞到了美琪手中。

她慢吞吞地把光束對著寫得密密麻麻的第一頁，嘴唇一下子有易脆的感覺。「結局真的不錯？」她的舌頭舔了一下嘴唇，瞧了睡著的錫兵一眼，似乎還聽到一聲輕微的鼾聲。

「對，對，我寫了一個賺人熱淚的幸福結局。」費諾格里歐不耐煩地點點頭。「他和那個舞伶搬進一棟城堡，在那兒永遠快快樂樂生活下去……沒有被熔化的心，沒有被燒掉的紙，只有幸福的愛情。」

「你的字跡很難辨認。」

「什麼？我已經盡我最大的努力了！」

「但就是這樣。」

老人嘆了口氣。

「那好吧，」美琪說：「我試試看。」

每個字，真的每個字都重要！她心想。讓它們發聲，讓它們敲擊，讓它們低吟翻滾。跟著她就開始唸著。

唸到第三個句子時，錫兵筆直坐起，美琪從眼角瞄到。有那麼一會兒，她幾乎找不到該唸的地方，舌頭打結，又再唸了一次，接著她就不敢再看小錫兵，直到費諾格里歐把手擱在她手臂上。

「他走了！」他輕聲說著。「美琪，他走了！」

他沒說錯，床是空的。

費諾格里歐緊握住她的手臂，弄到她發痛。「妳眞是個小魔法師！」他細聲說道：「但我也不差，對不對？沒錯，眞的不差。」他打量著他被墨沾黑的手指，一臉佩服的樣子，跟著拍了拍雙手，像一頭老熊般在狹窄的房間瞎舞著。等到他又回到美琪的床旁時，整個人都喘不過氣來。「我們兩個會讓山羊大吃一驚！」他悄悄說著，同時臉上每道皺紋都綻放出微笑。「我馬上就去幹活！喔，耶！他會得到他想要的，妳會幫他唸出他的影子，但他的老友會改變，這我會來對付！我，費諾格里歐，文字大師，墨水魔法師，書紙的巫師。我創造了山羊，我會再讓他消失，就像從未有過這號人物一樣——我不得不承認，這樣會更好！可憐的山羊！他的下場就和那個幫他姪子做出花女郎的魔法師一樣。妳知道這個故事，對不對？」

美琪瞪著錫兵坐過的地方，她惦記他。「不知道！」她喃喃說著。「什麼樣的花女郎？」

「那是個很老的故事，我對妳講講短一點的版本，原版比較美麗，只是很快就天亮了。所以——從前有個名叫葛狄翁的魔法師，他有個姪子，他愛他勝過一切，但姪子的母親對這孩子下了個詛咒。」

「爲什麼？」

「這樣就說不完了。她詛咒他，只要他一碰到女人就會死。這讓魔法師心碎。難道他心愛的姪子將永遠孤獨無依？不，不然他還算什麼魔法師？於是他在自己的魔法室關了三天三夜，用花朵創造出一名女郎，講得準確些，是用金合歡、染料木和橡樹的花做出來的。從來沒有過如此美麗的女子，而葛狄翁的姪子立刻就愛上了她，但布洛德維，那是花女郎的名字，卻成了他的厄運。她愛上了別人，他們一起殺了魔法師的姪子。」

「布洛德維！」美琪像嘗著一個異國水果一樣咀嚼著這個名字。「這眞悲慘，那她怎麼樣了？魔法師也殺了她以示懲罰嗎？」

「不，葛狄翁把她變成貓頭鷹，從那時起，所有貓頭鷹的聲音聽來都像哭泣的女子，直到今天。」

「眞美！既悲傷又美麗。」美琪喃喃說著。爲什麼悲傷的故事往往都這麼美？在眞實的生活中卻完全兩樣。「好了，現在我知道了花女郎的故事，」她說：「但這和山羊有什麼關係？」

「欸，布洛德維沒做大家要她做的事，正是這點要我們來傷腦筋：妳的聲音和我的文字，嶄新美麗的文字——會讓山羊的影子不去做他要他做的事！」費諾格里歐看來心滿意足，像一隻在一個完全意想不到的地方，找到新鮮菜葉的烏龜一樣。

「那他應該做什麼？」

費諾格里歐皺起眉頭，滿足的表情消失了。「這點我還在處理，」他惱怒地說著，敲了敲他的額頭。「就是這裡，這需要時間。」

外頭響起人聲，男人的聲音，來自圍牆那頭。美琪趕緊滑下床，跑向開著的窗戶。她聽到腳步聲，匆促、跌跌撞撞、逃跑的腳步聲，跟著是槍聲。她把身子盡量探出窗戶，幾乎要掉下去，但什麼也看不到，當然看不到。雜聲似乎來自教堂前的廣場。「嘿，嘿，小心！」費諾格里歐小聲說，緊抓住她的肩。又有槍聲響起，山羊的手下喊著什麼，聲音聽來憤怒激動。爲什麼她就是聽不懂他們在說什麼？她滿臉恐懼地看著費諾格里歐，說不定他可以從這些喊叫聲中聽出什麼，一些話，名字……

「我知道妳想什麼，但那一定不是妳父親！」他安撫著她。「他才不會這麼瘋狂，大半夜要潛進山羊的房子！」他輕輕把她拉離窗戶。那些聲音消逝了，夜又恢復寧靜，彷彿沒發生過什麼事似的。

美琪爬回到她的床，心裡七上八下，費諾格里歐幫著她上去。

「讓他殺了山羊！」她低聲說著。「就讓影子殺了他。」她被自己的話嚇到，但她沒把話再收回去。

費諾格里歐揉揉額頭。「是，我大概得這麼做，對不對？」他喃喃說著。

美琪拿起莫的毛衣，緊緊抱著。房裡某處，門嘎吱作響，腳步聲直傳上來，跟著又再度靜寂。這份靜寂聽來嚇人。死寂，美琪心想。這個字眼就是不願離開她的腦海。

「要是影子也不聽從你的話，會發生什麼事？」她問：「就像那個花女郎？會怎麼樣？」

「那，」費諾格里歐慢慢回答，「我們最好先別去想。」

落單

「啊，為什麼我沒待在我那個哈比洞窟中！」當可憐的波特林先生在波姆布爾的背上晃得七暈八素時說著。

——托爾金《魔戒前傳——哈比人歷險記》

當愛麗諾聽到槍聲時，立刻一躍而起，卻在黑暗中被自己的毯子絆倒，整個人倒在雜草中。當她掙扎站起時，草已扎傷她的雙手。「喔，老天，喔，老天，他們逮到他們了！」她結結巴巴說道，同時在夜裡跌跌撞撞，找著那男孩幫她偷來的該死的衣服。夜裡一片漆黑，她幾乎看不到自己的腳。「他們可好了，」她不停悄聲說著。「他們為什麼不把我帶上，該死的蠢蛋，我至少可以把風的，我至少會注意的。」但當她終於找到那件衣服，顫抖的手指把衣服套上頭時，突然間就一動不動地站在那兒了。

靜得要命，一片死寂。

他們把他們射殺了！她心裡悄悄說著。所以才這麼安靜。他們死了，死透了，流著血躺在廣場上，就在那房子前，兩個傢伙全死了，喔，老天。現在該怎麼辦？她啜泣起來。不，愛麗諾，別流淚。這算什麼？去找他們，快點。

她跌跌撞撞地跑開。這個方向對嗎？

「妳不能跟來，愛麗諾！」莫提瑪這樣說。他穿著法立德幫他偷來的衣服，看來完全兩樣，就像山羊的一名手下，但這不正是僞裝的目的？那個男孩甚至還幫他搞來一把獵槍。

「爲什麼不？」她回答著。「我也可以穿上這個可笑的衣服！」

「一名女人會太顯眼，愛麗諾！妳自己也見到過了，晚上那裡沒有女人上街的，只有守衛。妳可以問那男孩。」

「我不想問他！他爲什麼不幫我偷一件男裝？那我就可以喬裝成男的！」

他們對這點沒有回答。

「愛麗諾，求求妳，我們需要有人看著我們的東西！」

「我們的東西？你是說髒手指那個髒背包？」她氣得朝背包踢了一腳。他們可眞夠狡猾！但他們的僞裝一點忙也沒幫上。是誰認出他們來的？巴斯塔、扁鼻子，還是那個跛腳的？「天破曉時，我們就回來，愛麗諾！和美琪一起。」騙子！她從他的聲音聽出他自己也不相信這一點。愛麗諾被一根樹根絆了一下，雙手抓住一樣有刺的東西，流著淚跪了下來。兇手！兇手和縱火者。她該拿這些壞人怎麼辦？她當時就應該察覺，就在莫提瑪突然間站在她家門口，求她把那本書藏起來時。她爲什麼不乾脆拒絕？她不是立刻想到那個呑火柴的傢伙，看來就像額頭上用紅色顏料寫著「麻煩」兩個大字的人嗎？但那本書——是的，那本書，她自然是無法抗拒的……

他們帶上了那隻臭貂！她心想，同時又吃力地站起來。但沒帶上我，而現在他們翹辮子了。「我們去找警察！」她不是常這樣講！但莫提瑪的答案老是不變。「不，愛麗諾，只要第一個警察踏進村裡，山羊便會讓美琪消失，而且巴斯塔的刀快過世上所有警察，相信我。」他的鼻根上冒出那垂直的小皺紋，她太熟悉他了，知道那意味著什麼。

她現在該怎麼辦？這麼孤零零的。

別這個樣子，愛麗諾！她罵著自己。妳一直都孤家寡人的，難道妳忘了嗎？用點腦袋，妳必須幫那個女孩，不管她父親出了什麼事。妳必須把她救出這個天殺的村子，除了妳，再沒有人可以處理這事了，或是妳希望她成爲其中一位不起眼的女僕，根本不敢抬起頭，只在那裡幫那些臭紳士洗衣煮飯？說不定她不時可以爲山羊朗讀些什麼，只要他有興致的話，但當她再大一點……她可是個小美人呀……

愛麗諾難受起來。「我要一把獵槍，」她低聲說道：「或一把刀，一把鋒利的大刀，拿著潛進山羊的屋子。穿著這種大號衣服，有誰會認出我來？」莫提瑪老以爲她只適合藏在書裡的世界，但她會要他刮目相看！

怎麼做？她低語著。他走了，愛麗諾，就像妳的書一樣消失了。

她啜泣起來，聲音大得自己都嚇了一跳，趕緊拿手摀住嘴。一根樹枝在她腳下折斷，山羊村裡的一扇窗戶後，有盞燈熄了。她沒說錯。這個世界就像一場惡夢一樣可怕、殘忍、無情、黑暗。沒有地方可以過活。書是唯一有同情、安慰、幸福……和情愛的地方。書愛每一個翻開它的人，分送出安穩和友情，一點也不索求，絕不會離去，就算沒被好好對待，也不會拂袖而去。面臨死亡之際的情愛、眞理、美麗、智慧和安慰。這會是誰說的？某一個書癡吧，她記不起他的名字，但卻記住了這句話。文字不死……除非有人燒了它們，但就算這樣……

她繼續跌跌撞撞前進。光線像乳白的水一般，從山羊的村子流洩到夜裡。停車場的車子間站著三名兇手，在那兒交頭接耳著。「是，去說吧！」愛麗諾悄悄說著。「去吹噓你們血腥的手和炭黑的心，你們會後悔殺了他們的。」哪個比較好？立刻偷溜下去，還是等到早上？兩個都很瘋狂，她根本拐不了幾個角落。三個男的其中一個四處看著，有一會，愛麗諾以爲他會發現她。她踉蹌退了回去，滑了一跤，好在及時抓住一根樹枝，才沒跌倒。她後頭有東西窸窣作響，在她還來不及察看時，一隻手就摀住了她的嘴。她想大喊，但出不了聲，那手指緊緊壓住她的嘴唇。

「妳原來躲在這裡，妳知道我找妳有多久了？」

那不可能，她很確定自己再也聽不到這個聲音了。

「對不起，但我知道妳會大喊出聲的！來吧！」莫提瑪拿開摀住她嘴的手，招手要她跟來。她不知道她想怎麼做：抱住他，還是狠狠打到他痛。

直到山羊村中的屋子隱在樹後幾乎見不到時，他才停了下來。「妳爲什麼不待在營地？而在暗處到處瞎撞……妳知道這有多危險？」

夠了，愛麗諾還一直喘著氣，他走得可眞快。「危險？」當人勃然大怒時，要悄聲說話可眞不容易。「你說危險？我聽到槍聲，還有叫喊！我以爲你們死了！我以爲他們把你們打爛，打得全是窟窿……」

他抹著臉。「算了吧，他們全都瞄不準，」他說：「眞是走運。」

看著他這樣鎭靜，愛麗諾眞想好好搖他一下。「啊，是嗎？但那個男孩怎麼了？」

「他也沒事，除了額頭上有道刮傷。當槍響時，貂跑開了，他追在後頭，結果被流彈打到。我把他留在上頭營地。」

「那隻貂呢？那個你們唯一擔心的咬人的臭貂呢？今晚害我少活了十年！」愛麗諾聲音又大了起來，便趕緊又壓低下來。「我都穿上了這件爛衣服！」她嘶聲說道：「我見到你們傷痕累累，全身是血站在我面前……是，你就冷冷地看著我吧。」她喝叱他。「你們沒死，算是奇蹟。我眞不應該聽你的，我們應該去找警察……這回他們得相信我們，我們……」

「愛麗諾，那只是不走運！」他打斷她。「相信我，剛好是那個闊仔在房子前看守著，其他人根本就認不出我來。」

「那明天呢？說不定會是巴斯塔或扁鼻子！如果你死了，又幫得上你女兒什麼嗎？」

莫提瑪背對著她。「但我沒死，愛麗諾！」他說：「美琪被處決之前，我就把她救出來。」

當他們回到營地，法立德已經睡了。莫提瑪幫他在頭上纏著的染血布條，看來幾乎和他從山羊教堂柱子後出現時所戴的頭巾一樣。

「沒比實際情況要糟，」莫低聲說著。「但相信我，要是我沒抓住他的話，他會追著那隻貂跑過大半個村子。要是他們沒逮到我們的話，他也一定已經溜進教堂去找髒手指了。」

愛麗諾只點點頭，裹在她的毯子裡。夜色溫和，要是在其他地方的話，一定可以說是祥和寧靜了。

「你們是怎麼擺脫他們的？」她問。

莫提瑪坐在男孩旁邊，愛麗諾這時才看出他拿著法立德偷給他的獵槍。他從肩膀抽出槍，擱在旁邊的草中。「他們沒追我們多久，」他回答。「爲什麼要呢？他們知道我們會再回去的，只需要守株待兔而已。」

而愛麗諾會在場，這她發誓。她再也不想像今晚這樣，感到被一切遺棄。「你們下一步想怎麼做？」她問。

「法立德建議我們放火。我一直認爲太危險，但時間緊迫。」

「火？」愛麗諾覺得這個字似乎燒掉她的舌頭。自從看到她的書化成灰燼後，只要見到一根火柴，都會讓她恐慌。

「髒手指教法立德一些放火的技巧，就算一個笨蛋也會放火。只要我們在山羊的房子放火的話……」

「你瘋了不成？要是火燒到山丘，該怎麼辦？」

莫低下頭，手摸著槍管。「我知道，」他說：「但我沒其他選擇。放火是要引起騷動，山羊的手下會忙著滅火，在混亂之際，我會試著接近美琪，法立德則負責髒手指。」

「簡直瘋了！」這回愛麗諾克制不了，她的聲音變大。法立德在睡夢中喃喃說著什麼，順手摸著他頭上的繃帶，跟著轉身到另一邊。

莫幫他把毯子蓋好，又再靠著樹幹。「我們還是會這麼做，愛麗諾，」他說：「相信我，我想破腦袋，認爲自己瘋了，但我沒有其他選擇。如果都沒用的話，我也會在他那該死的教堂放火，把他的金子熔成一團，把整個混蛋村子全燒成灰。我要救回我的女兒。」

愛麗諾不再多說，躺了下來，裝著在睡覺的樣子，儘管她眼睛都沒闔上過。當天破曉時，她說服莫提瑪再多睡一會，讓她來守衛。沒過多久，他就睡了。等他呼吸平靜均勻後，愛麗諾脫掉那件蠢衣服，套上她自己的，梳了梳雜亂的頭髮，留了張字條給他。我去求援，中午左右就會回來。在我回來前，別輕舉妄動。愛麗諾。

她把字條塞到他半開的手中，等他一醒，就可立刻發現。當她悄悄經過那男孩身邊時，見到那隻貂回來了。牠蜷在男孩身旁，舔著自己的爪子，當愛麗諾探身到法立德身上，幫他把繃帶拉好時，那頭貂的黑眼睛瞪著她。陰森森的小畜生，她絕不會喜歡牠，但男孩喜歡牠，就像是一條狗一樣。她嘆了口氣，又站起身來。「好好看著這兩個，懂嗎？」她悄悄說著，然後就上路。她的車子一直停在樹下她藏起來的地方，那個地點相當隱密，她自己都錯過一次，枝葉眞是密密麻麻。引擎立刻啓動，愛麗諾憂心地在黎明中仔細聽了一會，除去吱吱喳喳問候這一天，彷彿日子不再的小鳥外，什麼聽音都聽不到。

她和莫提瑪經過的鄰村，離這裡不到半小時車程，那裡一定有警察局。

喜鵲

但他們用文字，他們尖銳閃亮的武器，喚醒了他。

——懷特《梅林之書》

美琪聽到外面走廊上巴斯塔的聲音時，還是一大早。她沒碰女僕送來的早餐，只問她晚上發生了什麼事，那些槍聲是什麼意思，但那女孩只滿臉恐懼，瞪著眼睛，搖著頭，又匆匆竄出門去。大概她把她當成了女巫。

費諾格里歐也沒吃早餐，他寫著，沒有間斷，寫滿了一頁又一頁，撕掉他寫的，從頭再來，把寫好的擱在一旁，然後開始下一頁，皺著額頭，揉掉一張紙——又再開始。幾個鐘頭以來，一直如此，只有三張他沒撕掉，三張而已。聽到巴斯塔的聲音時，他趕緊把寫好的紙頁藏在他的床墊下，連揉掉的也拿腳踢到床下。「美琪，快點！幫我把紙撿起來！」他小聲說道：「他不能發現，一張都不可以。」

美琪聽命，但腦袋裡只想著一件事：巴斯塔爲什麼要過來？他想跟她說些什麼？他是想看看當他說出她再也不用等莫這句話時，她臉上的表情嗎？

費諾格里歐又坐到桌前，面前擱著一張白紙，當門打開時，他匆匆在上面塗寫了幾個字。

美琪屏住呼吸，彷彿這樣也能制止那些話——那些立刻就要從巴斯塔嘴中說出來，刺痛她的心的話。

費諾格里歐把筆擱到一旁，站到美琪身邊。「什麼事？」他問。

「我要來帶她，」巴斯塔說：「摩托娜想見她。」他的聲音聽來惱怒，彷彿處理這種無關緊要的事，有失他的尊嚴一般。

摩托娜？那個喜鵲？美琪看著費諾格里歐。這會是什麼意思？但那老人只一籌莫展地聳了聳肩。

「這小妮子該看一看今晚要唸的東西，」巴斯塔解釋。「免得她像大流士一樣結結巴巴，毀了一切。」他不耐煩地朝美琪招了招手。「快點過來。」

美琪朝他踏上一步，接著又停了下來。「我想先知道晚上發生了什麼事，」她說：「我聽到了槍聲。」

「喔，那個啊！」巴斯塔微笑著，他的牙齒幾乎和他的襯衫一樣白。「我猜妳父親想來看妳，但闊仔沒讓他進來。」

美琪還一直站在那兒，像生了根似的。巴斯塔抓住她的手臂，粗魯地拉著她。費諾格里歐想跟上他們，但巴斯塔當他的面把門關上。費諾格里歐還朝她喊了些什麼，但美琪無法聽懂。她的耳裡嗡嗡作響，像是聽著自己的血液奔騰地流過她的血管中。

「他有可能跑掉了，如果這點可以安慰妳的話。」巴斯塔說，同時把她推到樓梯上。「但照我判斷，那並不樂觀。闊仔開槍射貓時，貓常常也會溜掉，但最後卻慘死在某個角落。」

美琪使盡全力朝他的脛骨一踢，跟著跑下了階梯，但巴斯塔很快趕上她。他一臉痛苦的表情，抓住她的頭髮，把她拉到他身邊。「小寶貝，別再這樣！」他對她嘶聲說道：「妳該慶幸，今晚妳是我們慶典的要角，要不然我現在會立刻扭斷妳的小脖子。」

美琪放棄了，就算她想，也找不到任何機會。巴斯塔沒再放開她的頭髮，拉著她，像拉著一隻不聽話的狗一樣。美琪痛得眼淚都流了出來，但她轉過臉，不讓巴斯塔見到。

他把她帶到地窖，她還沒踏進過山羊屋子的這個地方。這裡屋頂低矮，比她、莫和愛麗諾先前被關的棚廄還要低矮。牆壁像屋子上層部分一樣，漆成白色，同樣有許多門，但大多數看來許久不曾打開過，幾扇門前掛著沉甸甸的大鎖。美琪不得不想到髒手指說過的錢櫃，想到莫在山羊教堂中幫他喚來的金子。他們沒射中他！她想，一定沒有，那個跛腳的根本瞄不準。

他們終於在一扇門前停了下來，那和其他的門不一樣，是用另一種木頭做成，紋路像老虎的皮毛一般美麗，木頭在照亮地窖光禿禿的燈泡光線下，泛著紅光。

「相信我！」巴斯塔在敲門前，對美琪悄聲說著。「如果妳敢在摩托娜面前，像對我那樣放肆的話，她一定會把妳塞到教堂的網子中，直到妳餓得不行，去咬繩子爲止。和她的心比起來，我的就像小女孩睡不著靠在床上哄她們的布娃娃一樣。」他那口薄荷氣味拂過美琪的臉。她這輩子再也不會吃任何有薄荷味的東西了。

喜鵲的房間大到可以在裡面跳舞，牆面和教堂的一樣紅，但能見到的部分並不太多，都被金框鑲起的照片覆蓋住，是些屋子和人物照片，擠在牆上，像擠在一座小廣場上的人群一樣。在這些照片中央，掛著山羊的肖像，和其他的一樣用金框鑲起，但大了許多。不管是誰畫的，他和刻出教堂雕像那個人一樣，不是什麼大師。畫面上，山羊的臉比實際上來得更圓、更柔和，他那十分女性的嘴，在顯得略短且稍寬的鼻子下，彷彿是一種異國水果似的。畫家只捕捉到他眼睛的神韻，和眞人一樣，毫無表情地往下瞪著美琪，就像一個觀察著青蛙，準備解剖，然後看看內部結構是什麼樣子的男人。她在山羊村子學到，沒有哪張臉會比漫無表情的臉更讓人害怕的。

喜鵲在一張綠絲絨般的耳型沙發椅中坐得僵直怪異，就在她兒子的肖像下。她坐在那兒，彷彿對這樣一個一生操勞，靜下來便感到不舒服的女人來說很不習慣似的。但或許不時得逼著自己的身體坐到這個奇形怪狀，對她來說過大的沙發椅中——美琪看到老太婆的腿浮腫起來，在尖尖的膝蓋下腫得不成形狀。當喜鵲注意到她的目光時，把裙襬拉過了膝蓋。

「你有沒有跟她說，爲什麼她要來這兒？」她站起來蠻吃力的。美琪看著她一手撐著一張小桌子，嘴唇緊咬。巴斯塔似乎樂意見到她這副虛弱模樣，嘴角上露出一抹微笑，直到喜鵲看著他，拿一道冰冷的目光抹掉那笑容。她不耐煩地招手要美琪過來。見她沒馬上有所動靜，美琪被巴斯塔在背上朝前推了一把。

「過來，我要妳看些東西。」喜鵲步履緩慢但堅定地走向一個五斗櫃，那優雅彎曲的櫃腳似乎撐不住過於沉重的櫃身。在櫃子上兩盞淡黃色的燈之間，擺著一個木製首飾盒，周身鑲飾著小孔構成的圖案。

當喜鵲打開盒蓋時，美琪嚇得退後。首飾盒中有兩條蛇，像蠑螈一樣細小，還沒美琪的下臂長。「我讓我的房間一直保持暖和，免得這兩條蛇想睡覺！」喜鵲解釋著，同時拉開櫃子最上層的抽屜，取出一個手套，那是堅硬的黑皮手套，硬梆梆的，害她費了些勁才把小手擠了進去。「妳的朋友髒手指委託可憐的蕾莎去找那本書，可眞是對她開了一個大玩笑。」她繼續說，同時伸手進首飾盒，用力抓住其中一條蛇扁平的腦袋後方。

「快過來！」她喝叱著巴斯塔，把身子扭曲的蛇遞給他。美琪看出他的臉百般不願，但還是靠了過來接下蛇，把那扭曲轉動的蛇身遠遠拿開。

「妳看，巴斯塔不喜歡我的蛇！」喜鵲露出微笑。「他從來沒喜歡過牠們，但這沒什麼。就我所知，巴斯塔只喜歡他的刀，而且他以爲蛇會帶來不幸，但這當然全是胡說。」摩托娜把第二條蛇遞給巴斯塔。當那條毒蛇張開嘴時，美琪見到了那小小的毒牙。有那麼一會，她幾乎爲巴斯塔感到可憐。

「怎麼樣，妳怎麼說？這不是一個藏東西的好地方？」喜鵲問，第三次伸手進首飾盒。這回她拿出一本書，就算美琪沒認出五彩的封面，也知道是哪一本書。「我在這個首飾盒中常常保存著些珍貴的東西，」喜鵲繼續說：「除了巴斯塔和山羊，沒人知道這盒子和裡面的東西。可憐的蕾莎在很多房間找著這本書，她倒是勇敢，但也沒碰我的首飾盒。她喜歡蛇，我還沒見過這麼不怕蛇的人，雖然她自己曾被蛇咬過。對不對，巴斯塔？」喜鵲拿出手帕，嘲弄地看了他一眼。「巴斯塔喜歡拿蛇去嚇拒絕他的女人，但對蕾莎卻無效。那次是怎麼著？她不是把蛇擱到你的門口，巴斯塔？」

巴斯塔不出聲，兩條蛇還一直在他雙手上扭動，一隻的尾巴纏住他的手臂。

「把牠們再放進去！」喜鵲命令他。「但小心點。」跟著她就拿著書回到她的沙發椅。「坐下來！」她指揮道，指著一張沙發椅旁的一個腳凳。

美琪乖乖聽話，不動聲色地四處看著。摩托娜的房間在她看來像個塞得滿滿的藏寶箱，什麼都太多，太多金燭台，太多燈、地毯、畫，太多花瓶、瓷偶、絲綢花、鎏金的小鈴。

喜鵲嘲弄地看了她一眼。她穿著其貌不揚的黑衣服坐在那兒，像隻擠到其他鳥窩裡的布穀鳥一樣。「一間華麗的女僕房，對不對？」她心滿意足地表示道：「山羊知道我的重要。」

「他讓妳住在地窖！」美琪回答。「儘管妳是他的母親。」

爲什麼就不能把話吞下去，不能把話抓住，再趕緊塞回嘴裡？喜鵲一臉憎惡地打量著她，美琪都能感覺到她那瘦骨嶙峋的手指掐住她的喉嚨了。但摩托娜只坐在那裡，一雙呆滯的鳥眼瞧著她。「是誰跟妳說的？那個老巫師？」

美琪緊抿著嘴唇，看向巴斯塔。他正把第二條蛇擱回首飾盒，或許沒聽到任何話。他是不是知道山羊的小秘密呢？在她繼續想下去前，摩托娜把那本書擱到她懷裡。

「要是對這裡或其他地方任何人透露一個字，」喜鵲嘶聲對她說著，「我就會親自幫妳準備下頓飯，加點鳥頭、紫杉，或加一些毒人參種子到醬汁裡去，妳看味道如何？相信我，那一頓飯吃起來一定不好受。現在開始給我唸吧。」

美琪瞪著她懷裡的那本書。當時在教堂時，山羊高舉著書，她無法辨識出書衣上的圖片，現在她有機會從近處好好打量一番。畫中背景是個看來抽象的山丘風景，圍住山羊的村子，但前景可以看到一顆心，一顆被紅色火焰圍住的黑心。

「現在給我打開書！」喜鵲喝叱著她。

美琪照她說的做，打開到K開頭的那一頁，一隻有角的貂蜷在那裡。離她在愛麗諾圖書館盯著相同一頁，又過了多久時間？有一生一世了？

「這頁不對，繼續翻！」喜鵲指示著她。「到折起來的那一頁。」

美琪不出聲照著做。那一頁沒有圖畫，隔頁也沒有。她想都沒想，就拿拇指指甲把折角弄平。莫討厭書頁被折。

「這是什麼意思？妳想要我再也找不到這一頁？」喜鵲挖苦道：「從第二段開始，但別大聲唸出來，我可不想突然見到影子在我房間出現。」

「唸到哪？我今晚該唸到哪？」

「我怎麼知道？」喜鵲彎身揉著左腳。「平常到妳把他們……妳那個精靈和錫兵，誰知道還有什麼東西唸出來，需要多久時間？」

美琪低下頭。可憐的小鈴鐺。「這說不上來，」她喃喃說著。「完全不一樣。有時很快，有時要唸了好幾頁，或根本就沒有。」

「那就把整章看完，那應該夠了！而且我可不想聽到什麼『根本就沒有』！」喜鵲搓著另一條腿。她兩條腿都被包了起來，透過她穿的黑襪可以看到繃帶。「妳幹嘛這樣看？」她喝叱著美琪。「難道妳能幫我唸出什麼？妳這個小女巫是不是知道裡面有青春永駐藥方的故事？」

「不知道。」美琪小聲說著。

「那就別這樣呆呆瞪著，看書！好好看著每個字，我今晚可不想聽到任何停頓、任何結巴、任何口誤，懂嗎？這次山羊該得到他想要的，因此要我來傷腦筋。」

美琪的眼睛看著一個個字母，她不懂她唸的，只能想著莫，想著晚上的槍聲。但她裝著繼續唸著的樣子，不停唸著，而同時摩托娜眼睛一直盯著她。最後她抬起頭，闔上書。「唸完了。」她說。

「這麼快？」喜鵲難以置信地看著她。

美琪沒回答，看著巴斯塔。他一臉無聊地靠在摩托娜的沙發椅旁。「我今晚不會唸這本書，」她說：「你們射殺了我父親，就在晚上，巴斯塔對我說了，我一個字也不會唸。」

喜鵲轉向巴斯塔。「這是什麼意思？」她惱怒地問著。「你以爲你傷了她的心，這小妮子就會唸得更好？告訴她，你們沒射中他，快點。」

巴斯塔低下頭，像一個被母親逮到在作怪的男孩一樣。「我都對她說了，」他嘟囔著。「闊仔根本瞄不準，她老爸連個小擦傷都沒有。」

美琪閉上眼，鬆了口氣，覺得暖和，棒極了。一切都好，不好的也會變好。幸福的感覺讓她大膽起來。「還有些事！」她說。她怕什麼？他們需要她，只有她才能幫他們唸出這個影子，再也沒有別人——除了莫以外，而他們一直沒抓到他。他們絕對抓不到他，絕對不會。

「還有什麼？」喜鵲摸著向後緊緊攏起的頭髮。當她像美琪這樣大的時候，看來會是什麼樣子？是不是已經有了那麼薄的嘴唇？

「我要再見一次髒手指才會唸，在他……」她沒說完這句話。

「爲什麼？」

因爲我想對他說，我們會試著救他，美琪想著，因爲我相信我母親在他旁邊，但當然她沒說出來。「我想對他說聲抱歉，」她以此回答。「畢竟他當時幫過我們。」

摩托娜嘲諷地扭了扭嘴。「眞感人！」她說。

我只是想從近處看她一次，美琪心想。說不定她並不是，說不定……

「要是我說不，那會怎樣？」喜鵲打量著她，像一隻貓戲弄著一隻沒經驗的小老鼠。

但美琪等著這個問題。「那我就咬我的舌頭！」她說：「我會用力咬到舌頭腫起來，今晚沒辦法唸書。」

喜鵲靠回她的沙發椅大笑著。「你聽到了嗎，巴斯塔？這小妮子不笨嘛。」

巴斯塔只點著頭。

但摩托娜幾乎是親切地看著她。「我要告訴妳一些事，我會滿足妳這個愚蠢的小願望，但至於妳今晚的小命，我希望妳好好看一下我的照片。」

美琪四處看著。

「好好看看，看到那些臉孔了嗎？那裡每個人都和山羊爲敵，但全都沒有任何消息了。妳在照片上見到的屋子，也都不在了，一間都沒有，全被火呑沒了。妳今晚唸著時，就想著這些照片，小女巫。要是妳結結巴巴，或笨到住嘴的話，那妳的臉很快就會框在這麼一個美麗的金框子中。但如果妳做得好的話，那我們會讓妳回妳父親那兒。爲什麼不呢？今晚像個天使一樣唸著，妳就會再見到他！大家都說他的聲音能把每個字化成絲綢，變得有血有肉。妳也要這樣唸，別像那個蠢蛋大流士一樣發抖結巴。妳聽懂了嗎？」

美琪看著她。「懂了！」她輕輕說著，就算她清楚知道喜鵲在說謊。

他們永遠不會讓她回到莫那裡去。他必須來救她。

巴斯塔的傲氣和髒手指的詭計

「我一直很想知道，我們是不是曾經出現在歌謠和故事中。我們當然在裡面，但我是說，在文字寫出來的故事中，你知道的，會在壁爐前唸的，或從一本有紅黑字母的厚厚大書中朗讀出來的，年復一年。大家會說：『讓我們聽聽佛羅多和魔戒的故事吧！』而他們會說：『那是我最喜歡的故事之一。』」

——托爾金《魔戒》

在巴斯塔帶美琪到教堂的一路上，他都不停咒罵著。「咬舌頭？那老東西什麼時候起會受這種騙的？又是誰要帶這個小不點去墓室？巴斯塔！不然會是誰？我在這裡到底算什麼？唯一的男僕？」

「墓室？」美琪以爲他們兩個還一直被吊在網子裡，但當他們走進教堂，根本沒有他們的蹤影，巴斯塔不耐煩地推著她在柱子間走。

「是，墓室！」他喝叱她。「存放死人和快死的人的地方。從那邊下去，快點，我今天還有其他活要幹，不是來當魔法舌頭小姐的褓母的。」

他指的樓梯陡直通到下方暗處，石階都被踩壞，而且高度不一，美琪每走兩步就被絆倒一下。下頭漆黑無比，她一下子沒注意到樓梯已走完，還拿腳摸著下一個階梯，直到巴斯塔粗魯地把她往前推了一把。「現在又是怎麼搞的？」她聽到他罵道：「爲什麼那個臭燈又滅了？」一根火柴燃起，巴斯塔的臉從黑暗中冒了出來。

「髒手指，你有訪客！」他挖苦地宣稱道，同時點燃了燈。「魔法舌頭的小女兒想和你告別，她老爸把你帶來這個世界，他女兒則設法讓你今晚再度離開。我是不會讓她來這裡的，但喜鵲人老了，心腸也軟了。這小傢伙看來還眞喜歡你，應該不會是看上你那張美麗的臉，對不對？」巴斯塔的笑聲在潮濕的牆間惡形惡狀地迴盪著。

美琪走向髒手指身前的鐵欄杆。她只稍微看了他一下，然後越過他的肩瞧著。山羊的女僕坐在一座石棺上，巴斯塔點起的燈散發著微弱的光線，但足以辨識出她的臉。那是莫照片中的臉，只不過鑲住臉的頭髮現在變暗了，也見不到一絲微笑。

當美琪走向欄杆時，她母親也抬起頭看著她，目不轉睛，彷彿這世界上只有她似的。

「摩托娜讓她來的？」髒手指說：「難以置信。」

「這小的威脅要咬舌頭。」巴斯塔還一直站在樓梯上，直摸著他掛在脖子上當護身符的兔子腳。

「我想對你說聲抱歉。」美琪對髒手指說，但卻看著一直坐在石棺上的母親。

「爲什麼？」髒手指露出他那怪異的微笑。

「爲了今晚，我要朗讀。」

她要怎麼對他們兩個說出費諾格里歐的計畫？怎麼做呢？

「好，妳現在說了對不起了！」巴斯塔不耐煩地說著。「來吧，下面的空氣會讓妳的聲音沙啞的。」

但美琪沒轉身，手指使勁抓著鐵欄杆。「不，」她說：「我還想待著。」說不定她會想到什麼，幾句不讓人起疑的話……「我又唸出別的東西了，」她對髒手指說：「一個錫兵。」

「啊哈！」髒手指又微笑著。怪了，這回他的微笑在她看來，既不神秘，也不自負。「那今晚就不會出狀況了，是不是？」

他若有所思地看著她，而美琪試著用眼睛告訴他：我們會救你們。一切會出山羊的意料之外！相信我！

髒手指一直看著她，試著去理解。他疑惑地抬起眉毛，接著看著巴斯塔。「嘿，巴斯塔，那精靈還好吧？」他問：「她還活著，還是見到你就死了？」

美琪看著她母親朝她走來，猶疑不定，像是走在碎玻璃上一般。

「她還活著！」巴斯塔悶悶不樂地回答。「一直叮噹響著，讓人連眼睛都闔不了。要是再這樣下去，我就要扁鼻子把她脖子扭斷，像他對付那些在他車上拉屎的鴿子那樣。」美琪見到她母親從衣服口袋中抽出一小塊紙，不動聲色地塞到髒手指手巾。

「那會帶給你們兩個至少十年厄運。」髒手指說：「相信我。你知道，對精靈我是很熟的。嘿，小心，有東西在你後面……」

巴斯塔猛轉過身，彷彿有東西咬了他脖子一樣。

髒手指的手迅速伸過鐵欄杆，把紙條塞到美琪手中。

「混蛋！」巴斯塔罵道：「別再耍我，懂嗎？」在美琪的手指正把紙條握起來時，他轉過身來。

「一張紙條！好啊，來看一看。」

美琪無法把手握住，巴斯塔不費什麼力氣就扳開了她的手指，然後就瞪著那些她母親寫下的細小字母。

「快，唸出來！」他低吼著，把紙條拿到她面前。

美琪搖著頭。

「唸！」巴斯塔壓低聲音威嚇道：「還是要我在妳臉上劃上同樣漂亮的圖案，就像妳這位朋友一樣？」

「快唸吧，美琪，」髒手指說：「巴斯塔反正知道我多想好好喝上一口。」

「酒？」巴斯塔突然大笑。「這小妮子要幫你弄酒來？她要怎麼做？」

美琪盯著那張紙條。記下每個字，直到能背下來。九年眞久，妳的生日我全都慶祝過，妳比我想像中還要漂亮許多。

她聽到巴斯塔大笑。

「是，這很像你，髒手指，」他說：「你以爲能靠酒打發恐懼，但我看一大桶都不夠呢。」

髒手指聳聳肩。「値得去試一下。」他說這話時，看來或許有點太滿意的樣子。

巴斯塔皺起額頭，若有所思地打量著他帶疤的臉。「不過呢，」他慢慢說：「你一直是隻狡猾的狗，而對一瓶酒來說，上面字母也寫得太多了。妳怎麼看，小寶貝？」他又把紙條拿給美琪。「妳要現在唸給我聽呢，還是要我拿給喜鵲看？」

美琪迅速抓下，在她把紙條藏在背後時，巴斯塔還瞪著自己空空的手指。

「拿來，妳這個小畜生！」他對她嘶聲說道：「把紙條交出來，不然我就切下妳的手指。」

但美琪退了開，直到背頂著鐵欄杆。

「不！」她脫口而出，一隻手緊抓住欄杆，另一隻手把紙條遞了進去。髒手指立刻明白過來。她察覺到他把紙從她手中抽走。

巴斯塔狠狠打了她的臉，害她的頭撞上鐵欄杆。一隻手摸著她的頭髮，當她昏沉沉地瞧著時，她見到了母親的臉。他馬上就會注意到，她心想，他馬上就會知道一切。但巴斯塔眼裡只有在鐵欄杆後拿著紙條晃來晃去的髒手指，就像拿著一條蟲逗著一隻飢餓的鳥一樣。

「嗯，怎麼樣？」髒手指說，同時退了一步。「你敢不敢進來找我，還是寧可一直打那女孩？」

巴斯塔站在那兒一動不動，像是個被人突然間莫名其妙打了耳光的小孩，接著他抓住美琪的手臂，把她拉到身邊。她察覺到脖子上有個冰冷的東西，她不用看也知道那是什麼。

她的母親尖喊出聲，拉著髒手指的手，但他只把紙條拿得更高。「我就知道！」他說：「你是個膽小鬼，巴斯塔！寧可拿刀架在小孩脖子上，而不敢進來這裡。是，如果扁鼻子現在在你身邊，靠著他魁梧的肩膀和那對大拳頭，你或許還敢，但他不在這裡。算了吧，你還有刀！我卻赤手空拳，你也知道，我很不願意把我的手亂用來打架的。」

美琪察覺到巴斯塔鬆開了她，刀刃不再頂住她的皮膚，噓了口氣，摸著自己的脖子，幾乎以爲會摸到溫暖的血，但什麼都沒有。巴斯塔用力推開她，害她絆了一下，跌倒在冰冷潮濕的地面，然後他伸手進褲袋，拿出一串鑰匙。他氣得直喘，像個急跑過一大段路的人一樣。他手指顫抖，把一把鑰匙插進牢門鎖中。

髒手指面無表情地觀察他，揮手要美琪的母親離開鐵欄杆，自己也同樣退開，像舞者一樣靈活。他的臉上看不出他是否害怕，疤痕顯得比平常更深暗。

「這是什麼意思？」當巴斯塔踏進小牢房，拿刀對著他時，他說：「把那東西拿開，如果你殺了我，你會破壞了山羊整個興致，那他可不會饒了你。」是，他害怕，美琪聽出他聲音中的恐懼，他的話太快溜出嘴巴了。

「誰說要殺了你？」巴斯塔呼嚕出聲，同時把牢房門關上。

髒手指退到了石棺旁。「啊，你想要在我臉上多劃些花？」他幾乎是低語著。現在他的聲音中又有了其他的東西，仇恨、厭惡、憤怒。「你別想這回會這麼容易。」他輕輕說著。「我這陣子學了些有用的東西。」

「眞的？」巴斯塔離他不到一步遠。「那會是什麼？你的火朋友不在這裡幫你，連那隻臭貂你也沒有。」

「我想的是咒語！」髒手指把手擱在石棺上。「這我還沒跟你說過吧？精靈教我如何詛咒別人，她們同情我有一張花臉，也知道我不善於打鬥。我詛咒你，巴斯塔，以躺在這棺材中的死者的骨骸。我敢打賭，裡面躺著的再也不是某個教士，而是一個被你們處理掉的人，對不對？」

巴斯塔沒回答，但他的沉默更勝過千言萬語。

「是，當然，這樣一個老棺材是個藏東西的好地方。」髒手指摸著裂開的棺蓋，彷彿想用他溫暖的手喚回死者的生命似的。「他的靈魂會糾纏著你，巴斯塔！」他用著作法般的聲音說著。「你每走一步，他都會在你耳中低喚著我的名字……」

美琪看到巴斯塔的手往兔子腳移動過去。

「那玩意幫不了你什麼！」髒手指的手一直擱在棺材上。「可憐的巴斯塔！你是不是感到燥熱？你的四肢是不是開始顫抖？」

巴斯塔拿刀刺向他，但髒手指輕巧地避開了刀刃。

「把你塞給她的紙條給我！」巴斯塔朝他大喊，但髒手指把字條塞到褲袋中。美琪站在那裡，像個娃娃一樣紋風不動，她從眼角看到她母親伸手到她的衣袋中。當她把手再抽出來時，已拿著一顆石頭，比一個鳥蛋大不了多少的灰石頭。

髒手指雙手摸著棺蓋，再把雙手伸向巴斯塔。「要我碰碰你嗎？」他問：「碰了一個裡面躺著被殺的人的棺材，會有什麼下場呢？說吧，你很精通這類東西的。」他又向旁邊挪了一步，像名舞者繞著他的舞伴。

「如果你敢碰我的話，看我不剁下你那臭手指！」他又刺出刀，白晃晃的刀刃劃破空氣，但髒手指避了開來。他在巴斯塔周圍愈跳愈快，蹲身，跳回，又猛然向前，但他突然間被自己大膽的舞動困住。他身後只有一堵光溜溜的牆，右邊是鐵欄杆——而巴斯塔向他逼近。

這一刻，美琪的母親舉起手，石頭敲中巴斯塔的腦袋。他迷糊地轉過身，看著她，好像試著去想她是誰，手壓住流血的頭顱。美琪不知道髒手指怎麼辦到的，但他突然間就奪過巴斯塔的刀。巴斯塔呆呆地瞪著熟悉的刀刃，彷彿無法理解自己的刀會背叛過來對著自己的胸口。

「怎麼樣，感覺如何？」髒手指把刀尖慢慢挪近巴斯塔的腹部。「你感覺到自己的肉有多柔軟了嗎？這樣的身體可是個脆弱的玩意，而你可找不到新的來替代。你們是怎麼對付貓和松鼠的？扁鼻子老喜歡提這件事……」

「我沒追捕松鼠過。」巴斯塔的聲音聽來沙啞，試著不去看離他雪白襯衫不到一掌寬的刀刃。

「啊，對了，沒錯，我記起來了，你對這個沒什麼興趣，不像其他人。」

巴斯塔的臉變白，所有憤怒的紅色全消退了。恐懼不是紅色的，而是像死人臉一樣的慘白。「你現在想怎麼樣？」他脫口而出，且呼吸沉重，彷彿要窒息一般。「你別以為能活著逃出村子，你還沒踏上廣場，就會被射死。」

「欸，那都比和影子見面要好，」髒手指回答。「而且你們沒有一個特別會射擊。」

美琪的母親走到他身旁。她的動作像是拿手指在空中寫字一般。髒手指伸手進褲袋，把字條交給她。巴斯塔眼睛跟著那張紙，像是可以靠他的目光把紙拉過來似的。蕾莎在上面寫了什麼，交回給髒手指。他皺著額頭唸著她寫的。「等到天黑？不，我不想等，但這女孩最好留在這裡。」他看著美琪。「山羊不會對她怎樣，畢竟她是他的新魔法舌頭，而她父親總會來救她的。」髒手指又把字條塞了回去，刀尖沿著巴斯塔的襯衫鈕釦移動著。當那金屬碰到鈕釦時，還喀啦出聲。「去樓梯那頭，蕾莎，」他說：「我會處理這裡的事，然後我們慢慢逛過山羊的廣場，裝著像是一對無辜的情侶。」

蕾莎猶豫地打開了牢房門。她走到欄杆前，抓住美琪的手。她的手指又冷又粗糙，一個陌生人的手指，但臉卻不陌生，就算在照片中看來要年輕，也沒有這麼憂慮。

「蕾莎！我們不能帶著她！」髒手指抓住巴斯塔的手臂，把他頂到牆邊。「如果她在外面被射殺的話，她的父親會殺了我的。現在妳轉過去，摀住她的眼睛，還是妳想要讓她看……」刀在他手上顫抖。蕾莎驚恐地看著他，猛搖著頭，但髒手指裝著沒看見她。

「你必須用力刺，臭手指！」巴斯塔嘶聲道，同時雙手壓住身後的石頭。「殺人可不是一件容易的事，必須要練習，才能乾淨俐落。」

「胡說！」髒手指抓住他的夾克，把刀頂著他的下巴，就像巴斯塔當時在教堂中對付莫那樣。「笨蛋都能殺人，簡單得很，就像把書丟進火裡、踏進一道門或嚇一個小孩一樣輕而易舉。」

美琪開始發抖，她自己都不知道爲什麼。她母親朝鐵欄杆走上一步，但當她見到髒手指臉色僵直時，便停住不動。跟著她轉過身，把美琪的臉靠在自己胸前，手臂摟著她。美琪熟悉她的味道，像某個遺忘許久的東西，她閉上眼睛，試著什麼都不想，不想髒手指，不想那把刀，也不想巴斯塔蒼白的臉。接著，在那可怕的一刻，她只希望見到巴斯塔躺在地上死去，像個破舊的娃娃一樣一動不動，像一個一直讓人有點害怕的醜陋蠢玩意……那刀離巴斯塔的白襯衫不到一指距離，但髒手指突然伸手到他褲袋，拉出那串牢房鑰匙，退了一步。「算了，你說得對，我不懂得殺人，」他說，同時倒退出牢房。「而我可不想爲了你而學會殺人。」

巴斯塔的臉上露出一個嘲諷的微笑，但髒手指並沒理會。他鎖上鐵欄杆門，抓住蕾莎的手，把她拉向樓梯。「放開她！」當他見到她還一直緊握著美琪的手時，催促說道：「相信我，她不會有事的，我們不能帶著她！」但蕾莎只搖著頭，摟住美琪的肩膀。

「嘿，髒手指！」巴斯塔喊著。「我就知道你刺不下去。把我的刀還我，你反正也不會用！」

髒手指沒理他。「如果妳待下來，他們會殺了妳。」他對蕾莎說，但放開了她的手。

「嘿，上面的！」巴斯塔吼著。「快來這裡！出事了！犯人想逃走了！」

美琪驚恐地看著髒手指。「你爲什麼不堵住他的嘴？」

「拿什麼堵，小公主？」髒手指喝叱著她。

蕾莎把美琪拉到身邊，摸著她的頭髮。

「開槍，開槍，他們會開槍射你們的！」巴斯塔的聲音尖銳刺耳。「嘿！出事了！」他又大叫一次，搖著鐵欄杆。

已聽得到上面的腳步聲。

髒手指最後看了蕾莎一眼，輕輕咒罵了一聲，轉過身，躍上了踩壞的階梯。

美琪聽不到他是不是打開了上面的門，耳朵裡只響著巴斯塔的喊聲，她無助地跑向他，想透過欄杆打他那嘶喊著的臉。她又聽到腳步聲，低沉的叫喊……她們該怎麼辦？有人大步跨下樓梯。是髒手指回來了嗎？但從黑暗中冒出來的，並不是他的臉，而是扁鼻子的。他後頭又有一名山羊手下衝下樓梯，他看來非常年輕，臉圓圓的，沒有鬍鬚，但卻立刻拿獵槍指著美琪和她母親。

「嘿，巴斯塔！你在欄杆後面幹嘛？」扁鼻子目瞪口呆問著。

「開門，你這個死笨蛋！」巴斯塔從鐵欄杆中大罵他。「髒手指跑了。」

「髒手指？」扁鼻子拿袖子擦著臉。「這個孩子沒說錯囉，他剛過來跟我說，似乎見到吐火的傢伙在上頭柱子後。」

「你沒追上去？難道你眞的像你看來那樣白癡？」巴斯塔的臉頂著欄杆，彷彿這樣可以擠出來似的。

「嘿，嘿，小心你說的，明白嗎？」扁鼻子走向欄杆，幸災樂禍地打量著巴斯塔。「這個臭手指，他又擺了你一道，山羊可一點都不樂意見到。」

「派人去追他！」巴斯塔咆哮著。「不然我告訴山羊，你讓他跑了！」

扁鼻子從褲袋中抽出張紙巾，用力擤著鼻子。「是嗎？是誰待在欄杆後的，我，還是你？他跑不遠的，停車場有兩個守衛，廣場上又有三個，而大家都可輕易認出他的臉，這畢竟都是你的功勞，不是嗎？」他的笑聲像狗吠。「你知道嗎，我眞不習慣見到這種景象！你的臉在欄杆後倒是挺配的，這樣你就不能對人放肆，拿著刀在人家鼻子下揮來揮去。」

「快給我打開這道臭門！」巴斯塔咆哮著。「不然我就割下你那醜鼻子。」

扁鼻子雙臂抱胸。「我根本開不了，」他聲音無奈地表示道：「髒手指拿走了鑰匙，還是你在哪見到鑰匙？」他轉身對著那名一直拿著獵槍指著美琪和她母親的男孩詢問。當他搖著頭時，扁鼻子整個被壓平的臉綻開笑容。「沒有，他也沒看見。欸，看來我大概要找一趟摩托娜了，說不定她有一把備用鑰匙。」

「別露出那副嘴臉！」巴斯塔喊道：「不然我就剝下你的嘴來。」

「你不說還好，我可沒見到你的小刀。是不是又被髒手指偷走了？要是這樣下去，他不久都可搞個收藏了。」扁鼻子轉身背對巴斯塔，指著他旁邊的牢房。「把這女的關在這裡，看好她，等我拿鑰匙回來，」他說：「我先帶這個小魔法舌頭回去。」

當他拉著美琪時，她百般掙扎，但扁鼻子一下就把她抬起來，扛在自己肩上。「這小傢伙在這下面到底在幹嘛？」他問：「山羊知道嗎？」

「去問喜鵲！」巴斯塔怒罵道。

「我才不會。」扁鼻子嘟囔著，同時帶著美琪大步走向樓梯。她還能見到那少年拿著槍管把她母親推到另一個牢房，跟著只見到階梯、教堂和滿佈灰塵的廣場。扁鼻子扛著她走過，好像她是一袋馬鈴薯一般。

「嗳，希望妳的聲音不像妳一樣這麼瘦！」當他在關著她和費諾格里歐的房間前把她放下時，咕噥說著。「不然等影子今晚眞的出現在這裡時，他大概都會有點氣短。」

美琪沒回答。

當扁鼻子鎖上門時，她一言不發地走過費諾格里歐，爬上她的床，把頭埋到莫的毛衣中。

倒楣的愛麗諾

跟著查理對他描述了警察局的詳細位置，還給了他許多指示，告訴他怎麼筆直穿過大門，然後走上右手邊的院子階梯進門，還有進了辦公室時要脫帽，接著要他一個人繼續走下去，答應在他們道別的地方等他。

——查爾斯・狄更斯《孤雛淚》

愛麗諾在路上花了一個多鐘頭，才終於找到一個有自己警察局的村子。離海還有一大段距離，但山丘已平緩多了，山坡上生長著葡萄，而不是包圍住山羊村子那種密密麻麻的樹叢。這會是個相當炎熱的一天，比過去幾天還要炎熱，這下便已經可以感受到了。當愛麗諾下車時，她聽到遠方有雷聲。屋宇上的天空還一直是藍色的，但那是一種深藍，像深海中的藍，孕育著不祥……

別無聊了，愛麗諾！她心想，同時走向警察局所在的那棟淡黃色屋子。會有暴風雨，就這樣，還是妳現在變得和那個巴斯塔一樣迷信？

當愛麗諾走進來時，那狹窄的辦公室中坐著兩名警員，制服掛在椅子上。雖然天花板下有個大電扇在轉，空氣還是令人窒息，讓人恨不得把這空氣塞到瓶子裡去。

兩名警員中年輕的那個，像隻巴哥狗一樣肥胖，還有個扁鼻子，在愛麗諾說著故事時，就已大笑起來，還問她是不是因爲這個地區的葡萄酒太好喝了，才會這樣激動。要不是另一個警員安撫她的話，愛麗諾眞想把他連人帶椅翻倒。那是個修長瘦削的傢伙，有著憂鬱的眼神和一頭黑髮，但額頭上面已經禿了。

「住嘴！」他指責著另一名警員。「至少讓她把故事說完。」在愛麗諾說到山羊的村子和他的黑衣人時，他面無表情地聽著，當她提到縱火和死公雞時，他皺起了額頭，當她講到了美琪和計畫中的處決時，他的眉毛都抬了起來。至於那本書和處決如何進行，她自然就一字不提，兩個禮拜前，她畢竟自己也一個字都不相信。

當她敘述完後，她的聽眾沉默了一會。他把自己寫字桌上的鉛筆收拾好，把幾張紙擺好，最後若有所思地看著她。「我聽過這個村子。」他說。

「當然了，大家都聽過！」另外一名警員取笑道：「那個魔鬼村子，那個被詛咒的村子，連蛇都不敢去。而教堂的牆壁拿血漆著，黑衣人在巷子中徘徊，實際上都是些幽靈，口袋中都帶著火。聽說只要一靠近，人就會憑空消失。啪的一聲！」他舉起雙手在他頭上拍著。

愛麗諾冰冷地打量著他。他的同事微笑著，但跟著就嘆了口氣，站了起來，拖拖拉拉地把夾克穿上，招手要愛麗諾跟著他。「我去看一下！」他回頭說道。

「如果你沒其他事幹的話！」另一個在他後面喊著，大笑出聲，愛麗諾幾乎眞的想回去把他連人帶椅推倒。一會後，她坐在一輛警車的駕駛座旁，前面又是她開來時，在山丘中彎彎曲曲的道路。我的老天，爲什麼我不早點做？她不停想著。現在會一切沒事，一切，沒人會被射殺或處決，美琪回到她父親身邊，莫提瑪找回女兒。是，一切會沒事！謝謝妳，愛麗諾！她眞想唱歌跳舞（就算她不怎麼行）。她這輩子還沒對自己這麼滿意過，竟然還有人認爲她和現實世界格格不入。

她身旁的警察一聲不吭，只看著路，飛快地轉過一個個彎道，愛麗諾的心跳不斷難受地加速，他還不時心不在焉地捏著自己的右耳垂。他似乎知道路，當路岔開時，他連猶豫都不猶豫，沒有開錯任何一條岔路。愛麗諾不得不想到自己和莫花了多久時間找這個村子，接著，突然之間，她有了些不安的念頭。

「他們人很多！」當他們正又飛快轉過一個彎道，左側的懸崖近得嚇人時，她不安地說著。「這個山羊有很多手下，而且都有武器，就算他們不怎麼高明。您難道不用請求支援？」在電影中，那些只有警匪的可笑電影中，不都是這樣，老會請求支援。

那名警察摸著稀疏的頭髮點著頭，彷彿他自己早就這樣在想。「一定，一定！」他說，同時面露恍惚地拿起他的對講機。「多些人手一定不會有壞處，但他們不應該露面，畢竟要先問些問題。」

他透過對講機要求增派五名人手。如愛麗諾所想，對付山羊黑夾克的幫手並不多，但聊勝於無，總比一名絕望的父親、一個阿拉伯男孩和一個稍微過重的藏書家要好。

「就是那裡！」她說，只見山羊的村子在遠處出現，在那片深綠色中顯得灰濛且不起眼。

「是，我也這樣想！」那警察回答，接著又再沉默。當他朝停車場的守衛稍稍點個頭時，愛麗諾眞不想往壞的地方去想。直到他和她站在山羊面前，在那間漆成紅色的教堂中，把她像件他自己找到，準備物歸原主的貨品一樣地交給山羊時，她才不得不承認大勢已去，一切都完了，而她實在蠢得要命，蠢得可以。

「她說了些關於您的壞話。」她聽到那警察說。他不敢看著愛麗諾。「她說到綁架小孩，那和放火又不太一樣……」

「簡直胡說！」山羊百無聊賴地回答了那個沒問完的問題。「我喜歡孩子，只要他們別靠我太近，不然只會妨礙生意。」

那警察點點頭，難受地打量著自己的雙手。「她也說到了一件有關處決的事……」

「眞的？」山羊瞧著愛麗諾，好像對這許多幻想感到吃驚。「欸，你知道，我根本不用這麼做的。這些人都照我吩咐去做，根本用不著我採用激烈手段。」

「當然！」那警察喃喃說著，點著頭。「當然。」

他急著要再離開。一等他急促斷續的腳步聲消失，一直坐在階梯上的闊仔就大笑出聲。「他有三個小孩，是不是？沒錯，就應該規定所有警察要有小孩。對付這個特別容易，巴斯塔只需到學校露個兩次臉。怎麼樣？爲了安全起見，我們是不是要再拜訪一下他家？加深好印象？」他詢問地看著山羊，但他搖了搖頭。

「不，我想不需要！我們最好想想怎麼處理我們這裡這位客人。說我們壞話的人，我們都怎麼對付的？」

當他蒼白的眼睛對著她時，愛麗諾膝蓋都軟了。要是莫提瑪現在表示，要把我唸到某本書中去的話，她心想，我會願意的！我連挑剔都不會去挑剔。

她身後還站著三或四個黑夾克，逃跑根本就沒門。現在妳只能給自己留點顏面，然後聽天由命了，愛麗諾！她心想。

但說總比做要容易多了！

「墓室，還是棚廄？」闊仔問，同時朝她晃來。墓室？愛麗諾想。髒手指不是對此說過些什麼？那可沒什麼好事……

「墓室？爲什麼不？我們總得處理掉她，誰知道她下次又會帶誰來。」山羊舉起手遮住一個呵欠。「好，那影子今晚又多了些活幹，他會喜歡的。」

愛麗諾想說什麼，一些大膽有氣概的話，但她的舌頭根本不中用，在嘴裡麻木掉了。闊仔已把她拖到那個可笑的雕像前，山羊才又把他叫了回來。

「我都忘了問她魔法舌頭！」他喊著。「問一下，她是不是碰巧知道他現在待在哪裡。」

「快，快說！」闊仔低吼著，抓著她的脖子，像是想把話從她身上搖出來似的。「他躲在哪？」

愛麗諾閉著嘴唇。快，愛麗諾，快，想個好答案！她想著，而突然間她的舌頭又恢復作用。

「你問我這個幹嘛？」她對山羊喊道，他還一直坐在他的沙發椅中，臉色蒼白，彷彿被洗了好長時間，彷彿被外頭廣場上烤著的太陽曬到褪色一樣。「你自己最清楚答案，他死了，你的手下射殺他了，他和那個男孩。」看著他，愛麗諾！她心想，死死盯著，就像妳父親以前逮到妳看不正當的書，妳看他的那個樣子。擠出幾滴眼淚也不賴。快點，就想著妳的書，那些被燒掉的書！想著前一晚的恐懼和絕望，如果都不行的話，就捏妳自己！

山羊若有所思地看著她。

「看！」闊仔對他喊道。「我就知道我們射中他了！」

愛麗諾仍一直瞧著山羊，他在她那作假流出來的淚水中變得模糊。

「嗯，我們會看看，」他慢慢說：「我的手下反正在山丘上找一名逃犯，但我估計妳不會對我透露，他們該到哪去找那兩個死人。」

「我埋了他們，而我絕不會透露埋在哪裡。」愛麗諾感覺到一滴淚流下了她的鼻子。真是見妳的大頭鬼了，愛麗諾！她心想，妳真該去當演員。

「埋了，這樣啊，這樣啊。」山羊把玩著他左手上的戒指。他戴著三個，皺著眉頭把戒指扳正，好像它們擅自離位一般。

「所以我才去找警察！」愛麗諾說：「爲他們報仇，爲他們和我的書。」

闊仔笑著。「妳的書妳不用埋，對不對？它們燒起來的樣子就像上等柴火，那些書頁抖得像蒼白的小手指。」他舉起雙手模仿著。愛麗諾打了他的臉，用盡了她的力量。血流出闊仔的鼻子，他拿手擦掉看著，似乎不相信他會流出這種紅色的玩意。「你看看！」他說，把沾血的手指亮給山羊看。「影子對付這個女人一定比巴斯塔麻煩。」

當他拉著愛麗諾，她卻昂首闊步走在他旁邊。直到她見到過了幾個陡峭的台階便消失在一個深不見底的黑洞中的樓梯時，她才一下勇氣全失。墓室，當然了，現在她想起來了，那是給死人用的地方。不管怎樣，聞起來就是這樣，霉臭潮濕，就像死人香水。

愛麗諾見到巴斯塔瘦削的身子靠著鐵欄杆時，起先還不敢相信。她還以爲自己聽錯了闊仔的最後一句話，但他眞在那兒，巴斯塔，像頭關在籠裡的動物，眼裡有著同樣的恐懼和絕望。連見到愛麗諾都不能讓他精神起來。他看穿她，看穿闊仔，彷彿他們是他害怕至極的兩個幽靈一般。

「他在這裡幹嘛？」愛麗諾問：「你們現在互相囚禁對方了嗎？」

闊仔聳了聳肩。「要我告訴她嗎？」他問巴斯塔，但沒得到答案，只有那空洞的眼神。「他先是讓魔法舌頭逃走，現在是髒手指。這讓頭頭很不爽，就算他自認是山羊的得力助手。欸，你幾年來就搞不定放火的工作。」他打量巴斯塔的目光裡，全是幸災樂禍的神色。

羅倫當女士，是想想自己遺囑的時候了！愛麗諾想著，同時闊仔繼續推著她。如果山羊現在都能殺了他最忠實的狗，那他對妳也沒什麼好猶豫的。

「嘿，你大可以看開些！」闊仔對巴斯塔喊著，同時從夾克口袋掏出一串鑰匙。「畢竟你現在有兩個女人作伴。」

的。

巴斯塔額頭頂著欄杆。「你們還沒抓到吞火的傢伙？」他平靜問著，聲音聽來像是沙啞嘶喊過似

「沒有，但這裡這個女胖子說我們逮到了魔法舌頭，他該死翹翹了，顯然扁鼻子還真射中了，也是，他拿貓練習也夠久了。」

闊仔幫她打開的鐵欄杆門後，有東西在動。一名女子坐在黑暗之中，背靠著看來有點像是石棺的玩意。愛麗諾起先看不出她的臉，但跟著她站了起來。

「妳有伴了，蕾莎！」闊仔喊著，同時把愛麗諾推進打開的門。「妳們可以稍微聊聊！」

他大笑著，同時大步離開。

但愛麗諾不知該笑，還是該哭，她寧可在另一個地方再見到她親愛的姪女。

千鈞一髮

「我不知道那是什麼。」懷弗頹喪地回答。

「這裡現在沒有危險，但會出現的，會出現的。」

——李察・亞當斯《下游處》

在他們正忙著製作火把時，法立德聽到了腳步聲。這些火把要比髒手指表演時所用的來得更大、更結實，畢竟是要用來燒上一段時間的。他也拿髒手指送他的刀，幫魔法舌頭剃掉了頭髮。由於魔法舌頭的頭髮變得寸短，至少改變了他的一些外貌。法立德也教他得用哪種土來抹臉，讓皮膚看來更黑。這回應該不會有人認出他們來，這回不會——但跟著他就聽到了腳步聲，還有聲音：一個罵著，另一個笑著喊了什麼，距離還很遠，聽不出他們說了什麼。

魔法舌頭迅速抓起火把，而當法立德粗魯地把葛文塞到背包去時，牠咬了他的手指。「到哪去，法立德，到哪去？」魔法舌頭小聲說著。

「我知道！」法立德把背包扔過肩，拉著他到燒黑的斷垣殘壁那兒。他爬過黑乎乎的石頭，在原本是窗子的地方，跳到牆後乾枯的草中，蹲了下來。他移到一旁被火燒彎的鐵板上，長滿了岩生植物，白色的小花像雪般覆蓋住了板子，那是法立德和沉默寡言的髒手指在這裡度過的漫長時間中，跳到鐵板上時才發現到的。在他從牆上跳到草中，從草中蹦回牆上，打發寂靜和無聊時，才發現到鐵板下的那個洞。他注意到腳下聽來空空洞洞。或許這個地下隔間原本只是用來存放易腐壞的存糧的，但至少現在能用來藏一次身。

當魔法舌頭碰到黑暗中的骷髏時，嚇了一大跳。那看來不大，不太像是成人的骨架，縮著身躺在這個狹窄的地下隔間中，顯得十分祥和，彷彿是在安眠。或許因爲這骷髏看來如此祥和，法立德才不害怕。他敢肯定這下面有個鬼魂，但也只是個悲傷蒼白的身影，根本不用畏懼。

當法立德拉上鐵板遮住洞口時，空間就變窄了。對這個隔間來說，魔法舌頭幾乎過於高大，但有法立德在身邊，倒是讓人安心，就算他心跳得和法立德的一樣快。當他們這樣肩並肩蹲著時，那少年察覺到他們的每個心跳，而同時間，兩個人朝上仔細傾聽著。

聲音愈來愈接近，但聽來模模糊糊，泥土抑制住聲音，聽來像來自另一個世界一般。有次，一隻腳踩上鐵板，嚇得法立德的指甲緊掐著魔法舌頭的手臂。直到他們頭上安靜下來，他才放開了魔法舌頭。隔了好久，他們才敢相信那份寂靜，這期間彷彿無止無盡一般，法立德轉了幾次頭，以爲那個骷髏在動。當魔法舌頭小心抬起鐵板，探頭朝外窺視時，才發現他們果眞離開了，只有蟋蟀不懈地唧唧叫著，一隻鳥被嚇得從焦黑的牆間振翅飛起。

他們帶著所有的東西，毯子、法立德晚上像鑽進蝸牛殼般的毛衣，甚至連那晚他們差點被射殺時，魔法舌頭纏在他額頭上沾到血的繃帶，他們都帶著。

「這算什麼？」當他們站在冷掉的火堆旁時，魔法舌頭說：「今晚我們用不著毯子了。」接著他摸著法立德的黑髮。「要是我沒了你該怎麼辦，潛行高手、抓兔子大王、藏身天才？」他說。

法立德瞪著他的光腳趾微笑著。

好脆弱的東西

當她説希望小鈴鐺會高興時，他問道：「誰是小鈴鐺？」

「喔，彼得！」她吃驚説著。但當她對他解釋後，他還是記不起來。

「她們有好多，」他說：「我想她是死了。」

我想他是對的，因爲精靈活不久，但她們如此小巧，短暫的光陰對她們來說，並不會顯得特別短。

——詹姆士・巴里《小飛俠》

山羊的手下找髒手指找錯了地方。他並沒逃出村子，他連試都沒試。髒手指在巴斯塔的家。

那屋子就位在山羊院子後的一條巷子，周圍全是只住著貓和老鼠的空屋。巴斯塔不喜歡鄰居，除了山羊外，他根本不喜歡和人爲伍。髒手指敢肯定，如果山羊同意的話，巴斯塔寧可睡在山羊的門檻上，不過並沒有任何手下住在他的主屋中。他們只在那裡守衛，吃飯是在教堂，睡覺是在村裡許多的空屋中，這是不能更改的規定。大多數的人經常搬來搬去，有時在這兒住一下，只要屋頂一漏的話，又會搬到另一間屋子。只有巴斯塔，在他們來到這間村子後，一直住在同一地點。髒手指估計他是精心挑中這棟屋子的，因爲門口旁長著茶藨子，畢竟沒有其他植物享有避開各種邪惡的大名——除了匿藏在巴斯塔心中的邪惡之外。

那是棟灰石蓋起的房子，和村裡多數房子一樣，帶著漆成黑色的百葉窗，但巴斯塔多半關上，並在上面畫上據他說可以像茶藨子的黃花一樣避開不幸的符號。有時候，髒手指相信巴斯塔一直害怕詛咒和突然降臨的厄運，是因爲怕自己的邪惡，並認爲整個世界也和他一樣邪惡。

髒手指能來到巴斯塔的屋子算是走運。他一跌跌撞撞跑出教堂，闖進一大群山羊的手下中。當然立刻被認出來，是的，這眞要永遠歸功於巴斯塔。但他們都楞了一會，正好給髒手指充足的時間溜到一條巷子中。好在髒手指熟悉這個該死村子的每個角落。他起先想闖到停車場，從那兒去山丘的，但他接著就想到了巴斯塔的空屋。他擠過牆洞，爬過地窖，縮在一個從未用過的陽台欄杆後。說到躲藏，連葛文都不是他的對手，他那股強烈的好奇心總是促使他去查探各個地方的隱蔽角落，現在這倒幫上他了。

他抵達巴斯塔的屋子時，整個人都喘不過氣來。巴斯塔大概是山羊村子中唯一會把房門鎖起來的，但那鎖並不是問題。髒手指躲在閣樓，直到心跳平緩下來，就算那裡的木板腐爛不堪，每走一步都深恐踩穿。他在巴斯塔的廚房中找到夠吃的東西，那份飢餓已像條蟲在他胃壁中咬齧。自從他們被塞進網子後，他和蕾莎都沒有吃過東西，現在拿巴斯塔的存糧來塡飽肚子，眞是雙重享受。

在他半飽之後，便把一扇百葉窗開出一條縫隙，好讓自己能及時聽到靠近過來的腳步聲，但唯一傳到他耳裡的聲音是個叮噹響聲，輕到幾乎難以察覺。這時他才想到那個精靈，那個被美琪唸到這個沒有精靈的世界中的精靈。

他在巴斯塔的臥室中發現了她。那裡只有一張床和一個五斗櫃，櫃子上擱著小心排好的磚塊，上頭每塊都被燻黑。村裡傳說，巴斯塔從山羊放火燒掉的每棟房子都帶回一塊磚，即便他怕火。顯然這個故事是眞的。一塊磚上擱著一個玻璃罐，裡頭冒出微弱的光線，不比螢火蟲的來得亮。精靈躺在罐底，像隻剛破繭而出的蝴蝶一樣蜷縮起來。巴斯塔在罐口放了一個盤子，但那脆弱的東西看來不像還有力氣飛的樣子。

髒手指拿開了盤子，精靈連頭都不抬一下。髒手指伸手到那個玻璃監獄中，小心翼翼地捧出那個小生物。她的四肢如此嬌嫩，他真怕自己的手指會折斷它們。他認識的精靈是另一個樣子，玲瓏卻強壯，有紫羅蘭般的膚色和四張閃亮的翅膀。眼前這個的膚色和人類一樣，還是一個十分蒼白的人，而她的翅膀不像蜻蜓的，而是更接近蝴蝶。但她是不是和他認識的精靈一樣，也有同樣喜好的食物？那值得試一下，她看來已半死不活了。

髒手指把巴斯塔床上的枕頭拿過來擱在擦得雪亮的餐桌上（巴斯塔屋裡的所有東西都擦得雪亮，就像他一直雪白的襯衫一樣乾淨），把精靈擺在上頭。然後他倒滿一盤牛奶，擱在桌上的枕頭旁。她立刻張開了眼睛，從那個敏感的鼻子和偏愛牛奶的樣子來看，她似乎和他認識的精靈沒太大差別。他把手指浸到牛奶中，讓一滴白色的液體滴落到她唇上。她像頭飢餓的小貓一樣舔掉了牛奶。髒手指一滴接著一滴把牛奶滴入她嘴中，直到她坐了起來，無精打采地拍著翅膀。她的臉又有了些顏色，但她最後發出來的那種疲憊的叮噹響聲，他卻完全聽不懂，儘管他懂得三種精靈語言。

「真可惜！」他低聲說道，而她張開翅膀，還有點不穩地朝天花板飛去。「那我自然也無法問妳，是不是可以把我隱形起來，或變小，讓妳可以帶我到山羊的慶典廣場去。」

精靈低頭看著他，發出一些他聽不懂的叮噹響聲，停在廚房櫃子邊。

髒手指坐在巴斯塔餐桌邊唯一的椅子上，抬頭看著她。「不過，」他說：「終於再見到一個像妳這樣的小東西，眞好。要是這世界的火再多一點幽默，而樹叢間不時有個山妖或玻璃人探頭出來的話，那我說不定還眞能習慣其他的東西，習慣那些嘈雜、匆忙、擁擠，習慣擺脫不掉的人類和那些如同白晝的夜……」

他在他宿敵的廚房還坐了一會，看著那個精靈在房間中嗡嗡飛舞，察看著所有東西（精靈都很好奇，這個顯然也不例外），並不停偷嚐著牛奶，讓他又幫她把盤子斟滿一次。有幾次，有腳步聲接近，但每次都一晃而過。眞好，巴斯塔沒有朋友。從窗戶鑽進來的空氣又濕又熱，令他昏昏欲睡，屋宇上那一抹狹窄的天空還會亮上好幾個鐘頭，夠他去思索，他是不是該去山羊的慶典上走一遭。

他爲什麼要去？那本書他可以晚點再拿，等到村裡的興奮氣氛過去，一切又回到日常步調後。那蕾莎怎麼辦？她會出什麼事？影子會取了她的命，那是無法改變的，沒有人可以，就連魔法舌頭也不行，就算他眞的瘋了，要去試一下。但他根本不知道她，而他女兒則不用人去操心，畢竟她現在是山羊最心愛的玩具，他是不會容許影子對她有所不利的。

不，我不會過去，髒手指心想，去幹嘛？我又幫不上他們，還是在這裡躲一會。明天巴斯塔就不存在了，這才重要。說不定我也會永遠消失，離開這裡……不，他知道他不會這麼做的，只要那本書還在這裡，就不會。

精靈飛到窗口，好奇地窺視著外頭的巷子。

「別去想，待在這兒！」髒手指說：「外頭那裡根本不適合妳，相信我。」

她疑惑地看著他，然後收起翅膀，跪在窗台上。她就待在那裡，似乎決定不了要待在這個令人窒息的房間，還是那個她不熟悉的無拘無束的外頭。

合適的句子

那可怕的東西在那兒，似乎來自最深沉的咆哮，嘶吼的泥漿中，無形的塵埃舞動犯科，而那些死去、沒有形體的東西自以爲是活人。

——羅伯・史帝文生《變身怪醫》

費諾格里歐一直寫著，但他藏在床墊下的紙張並沒變多。他不停拿出來，在上面到處刪除，或撕掉其中一張，再補上另一張。「不，不，不！」美琪聽到他低聲咒罵著。「不，還不行。」

「再過幾個鐘頭天就黑了！」她不知什麼時候擔心說道：「要是你沒寫好的話，該怎麼辦？」

「我寫好了！」他激動地喝叱著她。「我早寫好了十幾次了，但我並不滿意。」他把聲音壓低成輕吟，然後繼續說著：「有許多問題，要是影子殺了山羊後，朝妳、朝我，或朝被抓的人而去的話，那該怎麼辦？而且——只有殺掉山羊這個解決辦法嗎？那他的手下會怎麼樣？我要怎麼對付他們？」

「還能怎樣？影子得殺死他們全部！」美琪低聲回嘴。「不然我們怎麼再回家，或救出我母親？」

費諾格里歐不喜歡這個答案。「老天，妳還眞是個沒良心的東西！」他小聲說：「殺死他們全部！妳沒看見其中幾個才多大？」他搖搖頭。「不，我畢竟不是殺人犯，而是個作家！我應該可以想到一個不那麼血腥的解決辦法。」

跟著他又開始寫……刪掉……再寫，外頭的太陽則愈沉愈低，直到光線在山丘頭上鑲出一道金邊。

每次外頭走廊上有腳步聲響起，費諾格里歐就把他寫的東西藏到自己的床墊下，但沒人來察看這個老頭在白紙上不休不眠地塗寫什麼，因為巴斯塔蹲在墓室裡了。

這個下午，那些百無聊賴站在他們門前的守衛倒有許多訪客，顯然山羊前哨地方的其它手下也來到村裡觀看處決。美琪把耳朵貼在門上偷聽他們的談話：他們不停大笑，聲音聽來激動，全都高興見到等著他們的東西。似乎沒人同情巴斯塔，相反地，山羊過去的愛將今晚要死一事，似乎只更吸引人。他們當然也說到她，稱她為小女巫，魔法小不點，似乎不全都相信她的能力。

至於巴斯塔的劊子手，美琪打聽來的，並不比費諾格里歐之前說過和她在喜鵲那裡讀到，留在記憶中的多多少。聽到的雖然不多，但她卻聽出門口那些聲音中的恐懼和提到那個無名的東西時，讓他們大家毛骨悚然的殘暴。不是所有人都知道影子，只有那些像山羊一樣來自費諾格里歐書中的人知道，但顯然大家都已聽過他，並用最不堪的畫面，想像影子攻擊那些囚徒的情景。至於他怎麼殺死他的祭品，顯然大家意見不一，但她偷聽到的猜測，隨著傍晚逐漸降臨愈來愈恐怖，最後美琪受不了她所聽到的，便坐到窗台，雙手摀住耳朵。

當費諾格里歐突然擱下筆，心滿意足地打量著他在紙上寫的東西時，已經六點，教堂的鐘正開始敲了起來。「我好了！」他輕輕說著。「是的，就是這樣，會這樣進行，這樣好極了。」他十分不耐地招手要美琪過來，把那張紙塞給她。

「讀吧！」他小聲說著，緊張地瞧了一眼門。扁鼻子正在外頭吹噓他如何在一名農夫庫存的橄欖油中下毒。

「就這樣？」美琪難以置信地打量著那張寫好的紙。

「是，沒錯！妳會看到多並沒用，只需要那些合適的句子就行。現在快點唸吧！」

美琪聽從。

外頭的男人在大笑，她很難專注在費諾格里歐的文字上。最後她做到了。但她才剛唸完第一個句子，外頭一下子鴉雀無聲，喜鵲的聲音在走廊中迴盪著：「這裡在幹嘛，咖啡聚會嗎？」

費諾格里歐趕緊抓起那張寶貝的紙，塞到床墊下去。他正把床單拉平之際，喜鵲就打開了門。「妳的晚餐。」她對美琪說，把一盤熱騰騰的食物擱在桌上。

「那我呢？」費諾格里歐刻意沙啞地問著。當他把那張紙塞到下面時，床墊有些滑掉，他頂著他的床靠著，免得摩托娜見到，但好在她根本不瞄他一眼。她只把他當成一個騙子，沒話好說，這點美琪敢肯定，說不定她還氣山羊並不認同這一點。

「妳要全部吃掉！」她命令美琪。「然後換衣服。妳的衣服眞噁心，而且髒得要命。」她朝跟她來的女僕招了招手。那是名年輕女孩，最多比美琪大上四、五歲。關於美琪所謂的魔力傳聞，顯然也傳到她耳中。她的手臂上掛著一套雪白的衣服，當她經過美琪身邊，把衣服掛到櫃子上去時，盡量不去看美琪。

「我不穿那件！」美琪對喜鵲吼著。「我想穿這件。」她從她床上拿起莫的毛衣，但摩托娜從她雙手中奪了過來。

「住嘴，難道要山羊以爲我們把妳塞到一個袋子裡去？他幫妳挑出這件衣服，妳就給我穿上。要不妳自己穿，要不我來把妳塞進去。只要天一黑，我就過來接妳。好好洗洗臉，梳頭髮，妳看來就像一隻流浪貓。」

那女僕又一臉擔心地擠過美琪身邊，好像會被她燒掉似的。喜鵲不耐煩地把她推到走廊上，跟在她後面。「我走後，把門鎖上！」她喝叱著扁鼻子。「然後叫你朋友離開，你是在守衛。」

扁鼻子一臉無賴地晃到門邊。美琪見到他在關上門之前，還朝喜鵲背後做了個鬼臉。

她走向那件衣服，摸著白色的布料。「白色的！」她喃喃說著。「我不喜歡白色的東西，死神有條白狗，莫對我說過那條狗的故事。」

「喔，是的，死神那個紅眼睛的白狗。」費諾格里歐走到她身後。「幽靈也是白的，而他們也只用白色的動物來滿足過去神祇的兇殘嗜血，彷彿純潔更讓神開胃似的。喔，不，不！」當美琪吃驚地看著他時，他趕緊補充道：「不，相信我，山羊送來這件衣服時，一定沒想到這些。他從哪知道這些故事的呢？白色也是開始和結束的顏色，而我們兩個，」他壓低聲音，「妳和我，我們會設法讓山羊壽終正寢，而不是我們。」他輕輕地把美琪拉到桌邊，把她按到椅子上。烤肉的味道直竄進她鼻子中。

「那是什麼肉？」她問。

「看來像小牛的肉。爲什麼這麼問？」

美琪把盤子推開。「我不餓。」她喃喃說著。

費諾格里歐滿是同情地打量著她。「妳知道嗎，美琪，」他說：「我想，我接下來應該寫一篇關於妳的故事，妳怎麼只用妳的聲音救了我們大家，這一定會十分緊張刺激的……」

「但結局是好的嗎？」美琪看向窗子。只剩一個鐘頭，最多兩個，天就跟著黑了。要是莫也來這慶典上，該怎麼辦？他並不知道她和費諾格里歐的計畫。要是他們又再射殺他，那怎麼辦？要是他們前一晚眞的射中他的話……美琪手臂擱在桌上，臉埋了進去。

她感覺到費諾格里歐摸著她的頭髮。「都會沒事的，美琪！」他輕輕對她說：「相信我，只要我願意，我的故事總會有好的結局。」

「這衣服的袖子太緊了！」她低語著。「我該怎麼把那張紙抽出來，而不讓喜鵲發現？」

「我會分散她的注意力的，相信我。」

「那其他人呢？當我抽出那張紙時，他們都會看見的。」

「胡說，妳辦得到的。」費諾格里歐把手擱在她的下巴。「都會沒事的，美琪！」他又說了一次，同時拿食指抹去她臉頰上的一滴淚。「妳不會單獨一個人的，就算後來感覺起來會這樣。我會在，髒手指也在外頭某處。相信我，我認識他就像認識自己一樣，他會來的，就算只是來看看那本書，好找機會拿走……接著還有妳父親和那個男孩，當時我在紀念碑前廣場上見到髒手指時，他就像害相思病一樣看著妳。」

「別說！」美琪拿手肘頂了他的肚子一下，但她不得不笑出來，雖然眼淚讓一切都還模糊著，桌子、她的雙手和費諾格里歐皺巴巴的臉都模糊著。在她感覺，好像她過去一週把一輩子的淚水都用掉似的。

「為什麼？他是個漂亮的少年，我會立刻在妳父親那兒幫他說些好話的。」

「你給我住嘴！」

「只要妳吃點東西。」費諾格里歐又把盤子推給她。「還有你們那個女性朋友，她叫什麼來著……」

「愛麗諾。」美琪把一顆橄欖塞進嘴裡咬著，直到牙齒感覺到核。

「對了，說不定她也躲在外頭，和妳父親一起。老天，我如果好好想想的話，我們幾乎佔盡了優勢。」

美琪差點把橄欖核吞下去。費諾格里歐心滿意足地微笑著。每次莫逗她笑出來時，都會抬起眉毛，露出嚴肅至極的臉色，好像根本不知道她在笑什麼。美琪清楚地見到他的臉在前面，幾乎伸手就可觸及似的。

「妳很快會見到妳父親的！」費諾格里歐輕輕說著。「然後妳再對他說，妳很不經意地找到了妳母親，並從山羊手裡救出她來。那可眞了不得，是不是？」

美琪只點著頭。

那件衣服弄得脖子和手臂發癢，看來不像小孩的衣服，而是大人的，而且對美琪來說也稍大了些。當她穿著衣服走了幾步，就踩到了裙襬。袖子太窄，但那張像蜻蜓腳一樣薄的紙，她可以輕易塞進去。她試了幾次——塞進去，抽出來，最後就把紙藏好。當她雙手一動，或抬起手臂時，紙就會沙沙作響。

當喜鵲來接美琪時，月亮蒼白地掛在教堂塔頂，在它的光芒下，夜像是在臉上罩上了一層面紗。「妳沒梳頭髮！」她生氣地確認道。這次她帶了另一名女僕，一個矮小結實的女人，臉和雙手都紅通通的，顯然不怕美琪的魔力。她用梳子死命梳過美琪的頭髮，弄得她幾乎大喊出聲。

「鞋子！」當喜鵲見到美琪裙襬下露出來的光腳趾時說道：「難道沒人想到鞋子的事嗎？」

「她可以就穿那裡那雙鞋。」女僕指著美琪穿破的球鞋。「這衣服夠長，根本看不見鞋子，而且——女巫不是都光著腳的嗎？」

喜鵲瞄了她一眼，女僕馬上住了嘴。

「正是！」一直在旁邊打趣瞧著這兩個女人打點美琪的費諾格里歐喊道：「她們是這樣做，一直光腳走路。我是不是也得換個衣服參加這場盛會？我猜我會就坐在山羊旁邊吧？」

喜鵲伸著那個看來出自另一張溫柔臉龐的柔軟小下巴。「你可以就穿這樣，」她說，同時把一根鑲有珍珠的髮夾插到美琪頭髮中。「囚犯不需要換衣服。」她聲音裡流露出的那種挖苦眞是狠毒。

「囚犯？這是什麼意思？」費諾格里歐把他的椅子推了回去。

「是，就是囚犯，不然會是什麼？」喜鵲退後，輕蔑地打量著美琪。「這樣應該行了。」她斷定道：「奇怪，她散開頭髮的樣子讓我想起某個人。」美琪趕快低下頭，在喜鵲好好思量她看到的景象之前，費諾格里歐便把她的注意力轉到他身上。

「我可不是個普通的囚犯，夫人，這我們得先弄清楚！」他大聲吵鬧著。「沒有我，這裡什麼都沒有，包括您這個惡毒的人！」

喜鵲最後輕蔑地瞄了他一眼，便抓起美琪的手臂，好在不是藏著費諾格里歐寶貝文字的那隻袖子。「時間到了，守衛便會來接你。」她說，同時把美琪拉向門口。

「想著妳父親對妳說的！」當美琪已來到走廊時，費諾格里歐喊道：「當妳的舌頭嘗到了文字，它們就會栩栩如生起來。」

喜鵲在美琪背後推了一把。「現在快走！」她說，接著帶上他們身後的門。

火

這時巴奇拉突然跳起來。「不！我想到了！趕快跑到山谷，到人類的小屋去，去拿他們種在那裡的紅花。等你的時刻降臨時，那你就有一個比我、巴魯或任何一個愛你的狼更強大的朋友。去拿紅花！」

巴奇拉所謂的紅花就是火，只是叢林中沒有動物直呼其名，因爲大家怕它就像怕死一樣。

——拉德亞・吉卜齡《叢林故事》

當黃昏降臨山丘時，他們動了身。葛文被留在營地，有了前一晚夜探山羊村子的前車之鑑後，法立德也看出這樣做比較妥當。魔法舌頭讓他走在前面。他根本不知道法立德怕鬼和其他夜裡魔怪的事，法立德在他面前掩飾得很好，不像在髒手指前那樣笨手笨腳。魔法舌頭也不像髒手指那樣嘲笑他怕黑，怪的是這樣反而讓恐懼減小、萎縮，就和在大白天中一模一樣。

當法立德小心翼翼，步履穩定地爬下陡峭的斜坡時，聽到了每個晚上在樹叢之間鬼怪的低吟，但他們並未靠近過來，彷彿突然怕起他似的，好像他會指使他們一般，就像髒手指指使火舌一樣。

火。他們決定直接在山羊屋子放火，這樣才不會馬上波及山丘，但卻威脅到山羊最在乎的東西：他的寶藏。

這回村子不像前幾晚那樣安靜空盪，反而像馬蜂窩一樣嗡嗡作響著。停車場上有四個武裝守衛在巡邏，而圍著空足球場的鐵絲網邊，也停了一排車子，車燈把球場罩在明亮的光線下，瀝青看來像塊在黑暗中攤開的白布一樣。

「原來是要在那裡大肆喧譁，」當他們接近屋子時，魔法舌頭小聲說道：「可憐的美琪。」廣場中央搭起一個像是講台一樣的東西，對面有個籠子，或許是拿來關魔法舌頭女兒該唸出來的怪物，或給囚犯使用。球場左邊，背對著鐵絲網和村子的地方，立著許多長木凳，有些黑夾克已經閒坐在那，就像在夜裡找到一個明亮溫暖小窩的烏鴉一樣。

有一會，他們想溜過停車場到村子裡去，在這許多陌生人間，沒有人會立刻注意到他們，但他們還是選擇另一條遠一點的暗路。法立德又潛行在前頭，利用每一根樹幹來做掩護，一直處於村子上方，直到來到在他們下面沒人居住，看來像是被巨人蹂躪過一般的地方。今晚連這裡都有比往常更多的守衛巡邏，他們不得不一直躲在門口的陰影中，蹲在牆後，或爬過一扇窗戶屏氣等著守衛過去。好在山羊村子中有許多陰暗的角落，而守衛百無聊賴地在巷子中晃著，像是確定沒有任何危險一樣。

法立德帶著髒手指的背袋，裡面有各種可以立刻燃起大火的東西。魔法舌頭背著他們蒐集來的木柴，以免火焰在石頭間找不到足夠的養分。不過那裡還有山羊的汽油庫存，在他們關起他的那晚，法立德就已聞到了那股味道。這些油桶很少有人看守，不過他們或許一點也用不上。

今晚無風，火會靜靜不斷燃燒著。法立德清楚記得髒手指的警告：「有風的時候，千萬別點火。只要風一插手進來，火就會忘了你，因爲風會在一旁吹拂煽動，讓火撲向你，咬齧你，剝掉你的皮。」但今晚風睡著，凝滯的空氣像一桶溫水充斥在巷子中。

他們原本希望山羊屋子前的廣場會空著，但當他們小心翼翼從對面一條巷子探身出來時，卻見到

六、七名他的手下站在教堂前。

「他們還在這裡幹嘛？」法立德小聲說著，而魔法舌頭把他拉到一道門的陰影中。「慶典應該就要開始了。」

兩名女僕走出山羊的屋子，每個人都拿著一疊盤子。她們把盤子拿到教堂，顯然之後會在那兒慶祝處決大功告成。當女僕擠過那些手下時，他們朝她們猛吹口哨，當其中一名拿著槍管試圖掀開其中一名女僕的裙子時，她手上的盤子差點掉下來。法立德摸著自己還在流血的額頭，用自己所知道最惡毒的咒語詛咒著他，希望他脖子上長腺鼠疫、疥癬……為什麼剛好是他站在那兒？就算他們經過他身邊，沒讓他再認出來，但只要其他人還在那裡瞎晃，他們又如何能放火呢？

「別緊張！」魔法舌頭在他耳邊悄聲說著。「他們會離開的。我們現在得先查出，美琪是不是眞的已離開這棟屋子了。」

法立德點點頭，看向那棟大屋子。兩扇窗戶後還亮著燈，但那並不代表什麼。「我溜到廣場那裡，去看看她是不是已在那邊。」他對魔法舌頭悄聲說道。說不定他們已把髒手指帶出教堂，說不定他已窩在他們擺出來的籠子中，他可以對他小聲說，他們把他最好的朋友——火——帶來，來救他。

雖然有明亮的大燈，夜還是在屋子許多角落留下它的陰影，法立德正想離開陰影的掩護時，山羊屋子的門就開了。那老太婆走了出來，那個有張禿鷹臉的老太婆。她拉著魔法舌頭的女兒跟著她。她穿著白色的長裙，法立德幾乎認不出她來。她倆身後，一個手裡拿著獵槍的男人從門口冒了出來四處看著，接著從口袋拿出一串鑰匙鎖上門，招手要站在教堂前的一名男子過來，顯然命令他看守房子。也就是說當其他人去慶典時，只留下來一名守衛。

法立德感覺到他身旁的魔法舌頭每塊肌肉都緊繃著，他像是想跑向那幾乎和她衣服一樣蒼白的女兒那裡去。法立德緊抓住他的手臂警告，但魔法舌頭像是忘了他似的。再一個不留神的腳步，他就幾乎踏出掩護他們的陰影了！「不行！」法立德擔心不已，盡了最大的努力把他拉了回來，畢竟他個頭連他肩膀都不到。還好山羊的手下沒朝他們的方向看來，只在那老太婆越過廣場時，瞧著她的身影。她步履迅速，害那女孩好幾次絆在自己的裙襬上。

「她看來好蒼白！」魔法舌頭小聲說著。「老天，你看到她有多害怕嗎？說不定她會看過來，說不定我們可以給她打個訊號……」

「不！」法立德還一直兩手緊抓著他。「我們必須放火，那樣才幫得了她。求求你，魔法舌頭，他們會發現你的！」

「別老叫我魔法舌頭，那會讓我發瘋。」

那老女人和美琪消失在屋子間，扁鼻子跟著他們，像頭被塞到黑衣服中的熊一樣笨拙，接著，其他人終於也離開了。他們大笑地消失在巷子中，滿心期待今晚爲他們準備的東西：添加上恐懼來調味的死亡，以及將會降臨到這個該死的村子新的驚恐。

山羊屋前只站著一名守衛，他臉色陰沉地瞧著其他人的背影，踩爛一個空的菸盒，一拳打在牆上。只有他錯過了這場好戲，教堂塔樓上的守衛至少可以從遠處看著，但他……

他們已估計到屋前會有一名守衛。法立德對魔法舌頭解釋過，如何不動聲色處理掉他，魔法舌頭也點頭表示他會這樣照做。當山羊手下的腳步聲消失，只剩停車場那頭傳來的雜聲後，他們走出陰影，裝著像是剛走出巷子的樣子，並肩走向了那守衛。他懷疑地瞧著他們，從靠著的牆上站直，拿出肩上的獵槍。那把獵槍讓人不安。法立德又不由自主地摸著額頭，但至少這個守衛不是可以立刻認出他們的人，既不是跛腳的，也不是巴斯塔或其他山羊的貼身心腹。

「嘿，你得幫幫我們！」魔法舌頭朝他喊道，不理會那把獵槍。「那些笨蛋忘了山羊的沙發椅，我們得把它搬下來。」

守衛把獵槍拿在胸前。「啊，是嗎？還有這個，那玩意可真沉，腰都會斷掉。你們哪來的？」他打量著魔法舌頭的臉，似乎在試著回憶是否曾見過他，根本沒去注意法立德。「你們是北邊來的？我聽說你們那裡可有趣了。」

「是，沒錯。」魔法舌頭十分靠近守衛，害他退了一步。「別說廢話，你也知道山羊可不喜歡等著。」

守衛悶悶不樂點著頭。「是，是，別緊張，」他嘟囔著，同時看向教堂。「在這兒守衛反正沒什麼意義。他們在想什麼？難道以為那個吐火的傢伙會溜到這兒來偷金子？那傢伙一直是個膽小鬼，早就逃之夭夭了……」魔法舌頭在他一直看著教堂時，拿槍把敲了他的頭，然後把他拉到山羊屋後那漆黑無比之處。

「你聽到他說的嗎？」法立德在那昏迷的守衛腳上拴上一條繩子。他比魔法舌頭更懂得綑綁。「髒手指逃走了！他指的只可能是他！他說他逃之夭夭了。」

「是，我聽到了！我也一樣高興，但我女兒一直還在這裡。」魔法舌頭把背包塞到他手臂中，四處看著。那廣場一直靜謐無人，彷彿山羊的村子除了他們之外就再無人跡。教堂的守衛那邊沒傳來任何動靜，或許今晚他只會盯著明亮如同白晝的足球場。

法立德從髒手指背袋中拿出兩把火炬和裝著易燃酒精的瓶子。他逃走了！他心想。就這樣逃走了！他幾乎要大笑出聲。

魔法舌頭跑回山羊的屋子，朝幾個窗戶中窺看，最後打破了其中一個。他還特地脫掉夾克，壓在玻璃上，以壓低破裂的聲音。停車場傳來笑聲和音樂。

「火柴！我找不到！」法立德在髒手指的衣服中翻找，直到魔法舌頭把他手中的背袋拿了過來。

「給我！」他小聲說著。「你去準備火把。」

法立德照他話做，小心翼翼把棉花浸滿刺鼻的酒精。髒手指會回來接葛文的，他心想，接著也會帶上我。一條巷子中傳來響亮的聲音，男人的聲音。在那難受的幾秒鐘裡，他們似乎會靠近過來，但接著就又消失，從停車場傳來，像一種難聞的味道般充斥在夜裡的音樂聲所吞沒。

魔法舌頭還一直找著火柴。「可惡！」他低聲咒罵，從背袋中抽出手，拇指上沾著貂的屎。他在旁邊牆上擦掉了大便，又繼續伸手進袋子中，把一盒火柴丟給法立德，跟著又抽出別的東西——那本髒手指保存在側袋的小書。法立德已翻過好多次，裡面貼著剪下來的精靈和女巫圖片，還有山妖、水仙和老樹的……魔法舌頭看著這些圖片，而同時法立德浸著火把。接著他打量著一張插在書頁間的照片，那個試圖幫髒手指，而今晚得爲此而死的山羊女僕的照片。她是不是也逃出來了？魔法舌頭盯著那張照片，彷彿世界上再也沒有比它更值得在乎的。

「怎麼了？」法立德在濕淋淋的火把上點上火柴，火焰熊熊燃起，嘶嘶作響，飢渴無比，眞是美麗！法立德舔了舔手指，穿過火摸著，「這個！拿好！」他把火把遞給魔法舌頭，由他丟進窗戶比較好，畢竟他比較高大。但魔法舌頭只站在那，瞪著那張照片。

「那是幫髒手指的那個女人，」法立德說：「她也被他們關起來了！我猜他愛上她了。這裡。」他再一次把燃燒的火把遞給魔法舌頭。「你還等什麼？」

魔法舌頭看著他，彷彿被他從夢中驚醒似的。「這樣啊，愛上她。」他喃喃說著，同時接過他手中的火把，跟著把那張照片塞到他襯衫口袋中，再一次瞧著空盪盪的廣場，將火把從打破的窗戶中丟進山羊的屋裡。

「把我抬起來！我想看看燒得怎樣！」

魔法舌頭幫了他這個忙。那個房間看來像是一間辦公室，法立德見到紙、一張書桌、牆上一張山羊的畫。似乎有人可以在這裡寫寫東西。火把在寫好的紙中燃燒著，在這擺滿東西的桌子上十分高興地舔著、咂著嘴、低語著，熊熊燃起，繼續竄燒，從桌子到窗前的簾子，貪婪地吞噬掉那深色的布料。整個房間全是紅黃色的火焰，煙霧從破掉的玻璃中洶湧而出，刺痛了法立德的眼睛。

「我得走了！」魔法舌頭突然把他放下來。音樂停歇了，一下子靜得宛如鬼魅。魔法舌頭朝通往停車場的巷子跑去。

法立德看著他的背影，他有其他的任務。他等著火焰竄出窗戶，跟著開始大喊：「著火了！山羊的房子著火了！」他的聲音在空盪盪的廣場上迴盪著。

他跑到大屋子的一角，心裡七上八下，抬頭看著教堂塔樓。守衛一下躍起。法立德點燃第二根火把，丟在教堂大門前。空氣中開始聞到煙味。守衛目瞪口呆，轉過身，跟著終於搖響了鐘。

而法立德跑開，跟在魔法舌頭後。

背叛、多話和愚蠢

這時他說：「我得死，這沒什麼好懷疑，想逃出這個狹窄的監獄，根本沒辦法！」

——《阿里巴巴和四十大盜》

愛麗諾覺得自己的表現眞是勇敢。雖然她還不知道自己接下來將會如何，就算她姪女知道，但也沒對她透露些什麼。但不會有什麼好事，這點是不用懷疑的。

而泰蕾莎對把他們押出墓室的男人也沒什麼好臉色，她反正也無法再出聲詛咒或開罵，她的聲音就像一件再也不穿的衣服一樣消失掉了。好在她至少還有兩張紙條，又皺又髒，小得容不下這九年來的千言萬語，但也聊勝於無。她小小的字母一直寫到了邊邊，直到再也找不到任何位置。她不想說她自己和她的經歷，每當愛麗諾小聲懇求她說時，她只不耐煩地揮手拒絕。不，她想問問題，一個接著一個的問題，關於她女兒和她丈夫的問題。而愛麗諾在她耳邊悄悄說出答案，輕得巴斯塔無法察覺出這兩個要和他一起被處死的女人竟然認識，而年輕的女人正是在愛麗諾當時還塞得滿滿、無止無盡的書架間學會走路的。

巴斯塔看來相當難受。每當她們瞧著他時，就見到他雙手緊抓住欄杆，骨節在棕色的皮膚下泛白。有次愛麗諾似乎聽到他在哭，但當他們被押出牢房時，他的臉像死人一樣毫無表情，在被關在那個大得無法形容的籠子中時，他窩在一個角落，就像個沒人願意再玩的娃娃一樣，一動不動地坐在那兒。

那個籠子聞起來有狗和生肉的味道，看起來也像一個狗窩。幾名山羊的手下拿著獵槍的槍管劃過那銀灰色的欄杆，坐到爲他們準備好的長凳上。可以聽到很多人在譏諷挖苦巴斯塔，但他依然不爲所動，由此便可看出他已絕望透頂。

愛麗諾和泰蕾莎進了籠子後，還是和他保持著距離，也遠離欄杆，遠離那些伸進來的手指、朝她們扮的鬼臉及丟向她們燃燒著的香菸。她們緊緊站在一起，高興有另一個作伴，同時也對此感到難過。

幫山羊工作的女人坐在整個廣場的最角邊，就在入口旁，小心地和男人們分開來。那裡見不到任何蕩漾在男人中間的那種興奮情緒，她們的臉多半顯得沮喪，不時會有目光飄向泰蕾莎，既滿懷恐懼，又充滿同情。

當最後一排長凳坐滿時，山羊便現身了。年少一些的沒有位置，都在黑夾克前輩前，蹲坐在地上。山羊面無表情地走過他們身邊，對他們視若無睹，彷彿那群手下眞的只是一群在他一聲令下聚在一起的烏鴉。只有當他來到關著囚犯的籠子前，才放慢腳步，心滿意足地稍稍打量了一下三個人。當他的老主人站在欄杆前時，巴斯塔身上有那麼一會兒到了生機。他抬起頭，像條求牠主人原諒的狗一樣，哀求地看著山羊，但山羊只一言不發地走開。等他在他那黑色沙發椅上坐好後，闊仔便大搖大擺地站到他身後去，顯然他是新寵。

「老天！別這樣看著他！」當愛麗諾注意到巴斯塔還一直盯著山羊看時，便喝叱著他。「他可是打算把你當成蒼蠅一樣餵給青蛙，你稍微生點氣行不行？你平常都隨時威脅別人：要割掉你的舌頭，要把你切成塊……現在這些話都到哪去了？」

但巴斯塔只又低下頭，瞪著他靴子間的地板。愛麗諾覺得他像個被人吸食掉肉和生命的生蠔一樣。

當山羊就坐，而一直在廣場上迴盪的音樂停歇時，美琪便被他們帶了上來。他們把她塞進一件難看的衣服裡，但她把頭抬得高高的，而那個被大家稱呼爲喜鵲的老太婆，使勁把她拉到那些黑夾克在球場中央搭起的講台上。那裡孤零零地擱著一把椅子，看來無比失落，彷彿被人遺忘在上頭似的。在愛麗諾看來，一個絞架和一根繩子或許顯得更搭調。當喜鵲把她拉上木頭階梯時，美琪朝她們看了過來。

「哈囉，寶貝！」當美琪驚愕的目光停在她身上時，愛麗諾喊道：「妳別擔心，我來這兒只是不想錯過妳的朗讀！」

山羊來到時，變得異常安靜，愛麗諾的聲音都能在整個球場迴盪著，聽來勇敢無畏。還好沒人可以聽出她的心激烈地敲擊著肋骨，沒人注意到她幾乎嚇得窒息，因爲她穿上了盔甲，一付無法刺穿、十分有用的盔甲，每到危急之際，她就躲在這付盔甲後面，一碰上苦惱，這付盔甲就更堅硬一些，而愛麗諾這一輩子可是苦惱多多。

幾名黑夾克聽到她的話後大笑出聲，就連美琪的臉上也露出一抹蒼白的微笑。愛麗諾緊緊摟著泰蕾莎的肩膀。「看看妳女兒！」她小聲對她說：「勇敢得很，就像……就像……」她想隨便找個故事裡的主角和美琪相比，但她想到的都是男性，而且他們的勇敢似乎都無法和她的相提並論，她直挺挺站在那兒，翹著無畏的下巴打量著山羊的黑夾克手下。

喜鵲不只帶美琪來，也帶了另一個老人過來。愛麗諾猜他就是那個讓他們嘗盡罪受的人——費諾格里歐，創造出山羊、巴斯塔和其他惡棍，還包括那個今晚要解決他們性命的怪物的人。愛麗諾一直以來比較看重書，而不是作者，當扁鼻子領著那老人經過他們的籠子旁時，她只冷淡地打量著他。他們幫他準備了一張椅子，就離山羊的沙發椅幾步遠。愛麗諾不知道這是不是意味著山羊有了個新朋友，但當扁鼻子一臉怒氣地立在那老人後頭時，她才推測出他大概是另外一名囚犯。

一當那老人在他身旁坐定，山羊便站起身，一言不發，慢慢掃視著他那一排排的手下，似乎在回憶那些人有過什麼功過似的。蔓延開來的靜寂散發著恐懼的味道，每個笑聲都停了，連竊竊私語都聽不到。

「你們多數人，」山羊開始說，聲音莊嚴，「不需要我再解釋，你們在那邊見到的三個囚犯爲什麼要受罰！至於其他人，我只要說是因爲背叛、多話和愚蠢就夠了。我們當然可以爭論，愚蠢是不是罪該至死。但我以爲應該，因爲愚蠢可以導致和背叛相同的結果。」

在他最後一句話時，長凳間冒出一陣不安。愛麗諾起先以爲是山羊的話引起的，但接著她聽到了鐘聲。當鐘聲在夜裡迴盪時，連巴斯塔也抬起了頭。在山羊的一個手勢下，扁鼻子招來五名手下，和他們一起大步離去。留下來的人，不安地交頭接耳著，有幾位還跳了起來，朝村子那頭瞧去。但山羊舉起手制止這陣竊竊私語。「沒事！」他喊著，聲音高亢尖銳，一下子大家又都鴉雀無聲。「只是著了火，沒其他事，而我們畢竟都熟悉火，對不對？」

笑聲跟著出現，但有幾名男女還一直不安地瞧著房子那頭。

他們還是幹了。愛麗諾用力咬著嘴唇，咬到發痛。莫提瑪和那個男孩放了火。屋頂上還見不到煙，所有的臉很快又安心地轉過來，看著說到背叛、犯錯、紀律和致命的馬虎的山羊，但愛麗諾只心不在焉地聽著。她不停地看著房子那邊，就算知道這樣做並不聰明。

「關於這裡的囚犯就說到這兒！」山羊喊著。「我們來說說那些逃走的人。」闊仔拿起一個擱在山羊沙發椅後的袋子，遞給了他。山羊露出一個微笑，伸手進去，高舉著某個東西，像是塊布，大概是一件襯衫或衣服，破破爛爛，沾著血跡。

「他們死了！」山羊朝四周喊著。「我當然寧可在這裡見到他們，但可惜免不了要在他們逃跑時開槍。對那個你們大家幾乎都認識，背叛我們的吐火的傢伙，沒什麼好可惜的，而魔法舌頭，好在他留下了一名繼承他天賦的女兒。」

泰蕾莎看著愛麗諾，眼睛都嚇呆了。「他在說謊！」愛麗諾小聲對她說，但自己的目光也離不開那染著血的破布。「他利用我撒的謊！那不是血，只是顏料，某種顏料……」但她看出她的姪女不相信她。她相信那塊血巾，和她女兒一樣。愛麗諾看著美琪的臉，眞想對她喊山羊在說謊，但她希望他會再相信一會他們全都死了，沒人會來破壞他的美好慶典。

「是，拿著那塊血淋淋的布去自鳴得意吧，你這個可悲的縱火犯！」她透過欄杆朝他喊著。「你還眞能瞎掰。你幹嘛還要一頭怪物？你們自己就是怪物！你們這些坐在那兒的傢伙！殺書兇手，綁架孩子的惡徒！」

沒人理會她。幾名黑夾克大笑著，而泰蕾莎走向欄杆，手指緊抓著細細的鐵絲，看著美琪。

山羊把那塊血淋淋的布擱在他沙發椅的扶手上。我知道那塊破布！愛麗諾十分固執地想著。我在哪見過一次，他們沒死，不然會是誰放的火？吞火的傢伙！有東西在她心裡嘀咕，但她不想聽。不，這故事一定會有好結局的，沒有什麼理由！她從來沒喜歡過結局悲慘的故事。

影子

我的天是銅
我的地是鐵
我的月是塊黏土
我的太陽是鼠疫
在正午燃燒
在夜裡留下
死亡的氣味。

——威廉・布萊克《安尼翁的第二首輓歌》

書中常常說到，恨意感覺起來是熾熱的，但在山羊的慶典上，美琪感到恨意卻是冰冷的，像一隻讓心凝固的冰手，握起的拳頭頂著肋骨。儘管周圍的空氣溫和，彷彿想矇騙她，說這個世界還是善良的，不理會山羊戴著戒指的手擱在那塊血淋淋的布上，並露出微笑的事實，但那股恨意還是讓她冷得發抖。

「好，就這樣！」他喊著。「現在說到我們爲什麼來這裡的原因。今晚我們不只處罰一些叛徒，還要慶祝與一位老友重逢。你們其中一些人或許還記得他，至於其他人，我向你們保證，只要見過他一面，一定就會終身難忘。」

闊仔瘦長的臉露出一抹痛苦的微笑，他顯然不怎麼期待這次重逢，另外幾個人只聽到山羊的話，臉上已現出畏懼。

「好，說夠了，讓我們聽聽朗讀吧。」

山羊靠回自己的沙發椅中，朝喜鵲點點頭。

摩托娜拍拍雙手，大流士便匆匆越過廣場，帶著美琪最後在喜鵲房間見到的首飾盒。他顯然知道裡面有什麼，當他打開首飾盒，恭順地低著頭把盒子遞給喜鵲時，臉拉得比平時還要長。蛇似乎睡著了，因爲這回摩托娜沒套上手套便直接拿出牠們。她甚至把蛇擱在肩上，同時從盒子裡取出那本書，接著把蛇放了回去，小心翼翼地，彷彿那是什麼貴重的首飾一樣，然後闔上盒蓋，交回給大流士。他一臉尷尬地站在講台上。當喜鵲把美琪從椅子上拉起，把那本書塞到她懷裡時，她還匆匆瞥到他一個同情的眼神。

又是這個東西，包在繽紛紙衣裡的不祥東西。那下面會是什麼顏色？美琪拿手指掀開書衣，見到深紅色的布衣，像圍著那顆黑心的火焰一般紅。所有發生的事，都從這本書的紙頁中開始，只有它的作者才能挽救這一切。美琪摸著裝幀，和她每次打開書前的動作一樣。這是她從莫那裡看來的，在她有記憶以來，就記得這個動作——他把書拿在手裡，溫柔無比地撫摸著裝幀，接著便打開書，彷彿在打開一個裝滿前所未見的珍寶的盒子一樣。裝幀後面沒有期待的奇蹟出現，這種情況當然有過，那就再闔上書，爲應該兌現的諾言沒有實現而氣惱，但《墨水心》這本書就不一樣。差勁的故事不會栩栩如生，裡面沒有髒手指，連巴斯塔也見不到。

「我得把壞話說在前面！」喜鵲的衣服帶有薰衣草的味道，包圍著美琪，像在威脅一般。

「要是妳不幹妳為什麼來這兒的事，要是妳敢故意唸錯，或扭曲字句，讓山羊期待的客人沒有現身，那闊仔，」美琪感覺到摩托娜的氣息在她臉頰上，她可是緊緊探到她身上，「就會在那老頭脖子劃上一刀。山羊或許不會下令，因為他相信那老頭的蠢話，但我可不信，而闊仔會照我的吩咐去做。妳聽懂了嗎，小天使？」她那瘦削的手指捏了捏美琪的臉頰。

美琪推開她的手，朝闊仔瞧去。他走到費諾格里歐身後，對她微笑，拿著一根手指在他脖子上比畫著。

費諾格里歐推開他，看了美琪一眼，裡面包含著鼓勵和安慰，並在包圍住她的驚恐中默默笑著。他們的計畫是否可行，完全看他和他的文字了。

美琪感覺到她袖子中的那張紙搔癢著她的皮膚。當她翻著書頁時，她的雙手彷彿成了別人的似的。她該開始的地方只折了一角來標示，書頁之間夾著一個書籤，像燒焦的木頭一樣黑。「拂開妳額頭上的頭髮！」費諾格里歐說：「那是我的暗號。」但正當她要舉起左手時，長凳間又再騷動不安起來。

扁鼻子回來了，臉上有煤灰。他匆匆來到山羊身旁，對他小聲說了什麼。山羊皺起眉頭，看著屋子那頭。美琪在教堂塔樓旁發現了兩道煙，白花花地直沖天上。

山羊又一次從沙發椅起身，試著讓自己聽來從容幽默，像是對小孩惡作劇覺得好玩的人，但他的表情卻是另一副模樣：「很抱歉，我得讓你們其中幾個人掃興了，但今晚紅公雞也在我們這裡叫了起來。那只是一隻小雞，但還是得扭斷牠的脖子。扁鼻子，你再帶十個人走。」

扁鼻子聽命行事，和他的新幫手大步離去。現在長凳上看來明顯空了許多。「你們要是沒找到縱火的人，就別在這兒露臉！」山羊朝他們身後喊道。「我們會馬上讓他明白，什麼叫在太歲爺頭上動土！」

有個人大笑起來，但多數留下的人都不安地看著村子那頭。幾名女僕甚至站了起來，但喜鵲怒喝著她們的名字，她們只好趕緊坐到其他人之中，像是被打了手指的學生一樣。但不安依舊，幾乎沒人看著美琪，大家都轉過身，指著濃煙，交頭接耳。教堂塔樓冒出一道紅光，而在屋頂上灰煙滾滾。

「這是怎麼搞的？你們幹嘛瞪著那一點煙？」現在聽得出山羊聲音中的惱怒了。「一些煙，一些火，又怎麼樣？你們難道因爲這樣就要掃了慶典的興？火是我們最好的朋友，你們難道忘了？」

美琪看到那些臉孔又慢吞吞轉向她，接著聽到一個名字：髒手指。一名女子喊出他的名字。

「這是怎麼搞的？」山羊的聲音更加尖銳，大流士手中裝著蛇的首飾盒幾乎滑落下來。「再沒有髒手指了，他躺在山丘那兒，嘴裡全是土，胸口抱著他的貂。我不想再聽到他的名字，別再提他，就當這個人從沒有存在過……」

「那不對。」

美琪的聲音在廣場上響亮迴盪著，連她自己也嚇了一跳。「他在這裡！」她高舉著那本書。「不管你們對他怎麼樣，只要讀過這個故事的人，就會見到他，甚至可以聽到他的聲音，見到他的笑容和他的吐火表演。」

整個空盪盪的足球場上非常安靜，只有幾隻腳不安地踩熄菸蒂，而突然間，美琪聽到背後有些動靜。她身後有個滴答聲，就像一只錶的一樣，但聽來又不同，像是有人的舌頭在模仿滴答聲似的。滴——答——滴——答——滴——答。這聲音來自停在鐵絲網後的車子那頭，車燈光線讓她眼睛都睜不開來。儘管喜鵲和所有的目光都懷疑地看著她，但美琪就是忍不住要四處察看。她眞該爲自己的蠢行打自己幾個耳光，要是其他人也見到那個在車子間站起，又趕緊蹲下的瘦小身影的話，那該怎麼辦。

但似乎沒人注意到那個身影，也沒聽到滴答聲響。

「說得眞好！」山羊慢慢說著。「但妳在這兒不是爲死去的叛徒致哀的，妳該朗讀，這我不會再說一遍了！」

美琪強迫自己去看他，只要別朝車子看去就行。要是那眞是法立德的話，會怎麼樣？要是那滴答聲不是她自己幻想出來的……

喜鵲懷疑地四處看著，或許她這時也聽到了，那個無關緊要的輕微滴答聲，不過只是舌頭頂住牙齒發出來的聲音。那又表示了什麼？除非那人知道虎克船長和害怕鱷魚肚子裡滴答聲的故事。喜鵲是絕對不知道的。但莫知道美琪會懂他的訊號，他經常用這種滴答聲喚醒她，就在她耳邊，近得讓她發癢。「吃早餐囉，美琪！」他輕輕說著。「鱷魚來囉！」

是的，莫知道她會認出這個滴答聲，那個彼得潘用來溜上虎克船上救溫蒂的滴答聲。他用這個訊號通知她，再恰當不過了。

溫蒂！她想著。後來是怎麼了？有一會，她幾乎忘記自己身在何處，但喜鵲提醒了她。她一巴掌打著她的頭。「快開始，妳這個小女巫！」她嘶聲說道。

美琪乖乖聽從。

她趕緊把那個黑色書籤從字上推開，她必須抓緊時間，必須朗讀，免得莫幹出什麼傻事。他還不知道她和費諾格里歐的計畫。

「我現在要開始了，我希望沒人再煩我！」她喊著。「任何人都不行！懂嗎？」拜託，她心想，拜託別做任何事！

山羊剩下的一些手下笑了，但山羊只靠了回去，雙臂抱胸期待著。「是，你們注意這小妮子說的！」他喊著。「誰煩她，誰就送給影子當成見面禮。」

美琪兩根手指伸進她袖子中，費諾格里歐的文字就在那兒。她看著喜鵲。「她煩到我了！」她大聲說著。「她站在我後面，我沒辦法唸。」

山羊不耐煩朝喜鵲打了個手勢。摩托娜拉下臉，好像他命令她去吃肥皂似的，但她慢吞吞退開了兩、三步。那應該夠了。

美琪抬起手拂開額頭前的頭髮。

費諾格里歐的暗號。

他立刻開始他的表演。「不！不！不！她不能唸！」他喊著，朝山羊踏上前一步，闊仔根本來不及制止他。「我不允許這樣！我寫出這個故事，但不是寫來被亂用來殺人的！」

闊仔試著摀住他的嘴，但費諾格里歐咬了他的手指，身手矯捷地避開了他，美琪根本不敢相信這個老人會有如此身手。

「我創造了你！」他吼道，同時闊仔繞著山羊的沙發椅追著他。「我眞後悔，你這個臭無賴。」然後他跑向廣場上，直到關著囚犯的籠子前，闊仔才追上他。爲了報復他在長凳前的愚弄，闊仔狠狠把費諾格里歐的手臂扭到背後，害那老人發出一聲痛苦的喊聲。當闊仔把他拉回到山羊身旁時，他看來一臉滿意的樣子，滿意無比，因爲他知道他爲美琪爭取到足夠的時間。他們已練習了好多次。當她從袖子中抽出那張紙時，手指顫抖著，但當她把紙塞在書頁間時，沒有任何人注意到，連喜鵲也沒有。

「這個老傢伙可眞會吹牛！」山羊喊道：「我難道看起來像這種人虛構出來的？」

笑聲又起，村子上方的煙似乎被忘了。闊仔一手摀住費諾格里歐的嘴。

「又一次，希望這是最後一次！」山羊對美琪喊道。「開始唸吧！囚犯等劊子手都等得不耐煩了。」

寂靜又再蔓延開來，散發出恐懼的味道。

美琪探身到她膝上的書。

字母似乎在書頁上舞動著。

出來吧！美琪心想。出來救我們吧，救我們大家，愛麗諾、我母親、莫和法立德，救髒手指，如果他還在的話，甚至也救下巴斯塔。她的舌頭像個在她嘴中找到庇護的小動物一樣，開始頂著她的牙齒。

「山羊有許多手下，」她開始唸。**「每個都讓附近的人害怕。他們帶著冰冷的煙味、硫磺味和任何被火燒過的味道。當其中一個出現在田野上或巷子中時，大家都緊閉門窗，藏起自己的小孩。他們稱他們為火手指、獵犬。山羊的手下有許多名稱。他們白天讓人畏懼，晚上則潛進大家的夢裡，毒死大家。但還有一個東西，比山羊的手下還要駭人。」**美琪覺得自己的聲音愈唸愈強大，似乎在擴張，直到無處不在。**「大家叫他影子。」**

這頁最下面再過兩行，跟著就翻頁，費諾格里歐的文字正在那兒等著。「美琪，妳來看看！」當他把那張紙拿給她看時，他小聲說道。「我是不是個藝術家？這世界上有比文字更美妙的東西嗎？魔幻符號、死人的聲音、一塊塊比這個世界還要奇妙的世界的積木，能安慰人，能打發孤獨，守護著秘密，宣告了眞理……」

去品嘗每個字，美琪，莫的聲音在她心中低語著，讓它們在妳舌頭融化。妳有嘗到顏色嗎？妳有嘗到風和夜嗎？恐懼和快樂？還有愛情。去品嘗它們，美琪，然後它們都會栩栩如生起來。

「大家叫他影子。只有在山羊呼喚他時，他才出現。」她唸著，感覺著「影」這個字在她齒間竄出，體會著「山」字在嘴中成形。**「他時而像火一般紅，時而像火吞噬過而留下的灰燼一般灰。像火由木頭竄燒出來，他從地中吞吐而出。他的手指招來死亡，他的氣息也一樣。他聳立在他主人跟前，無聲無息，沒有容貌，像狗嗅聞著足跡般嗅聞著，等候著他的主人派給他的受害者。傳說，山羊用受害者的灰燼創造出了影子，靠一個山妖或懂得煙火用途的侏儒之助。但沒有人十分肯定，因為傳說山羊殺了賦予影子生命的人。但有一點大家都知道，他永恆不死，不可侵犯，像他的主人一樣殘酷。」**

美琪的聲音消失了，彷彿讓風從唇間抹去一般。

有東西從鋪在廣場上的碎石子中冒出，逐漸拔高，伸出灰燼般的四肢，夜裡飄來了硫磺的味道。那臭味刺痛了美琪的眼睛，眼前的字母模糊起來，但她必須繼續唸下去，而那個陰森的生物愈長愈高，像是他那硫磺色的手指想去觸及天空一般。

「但有一晚，一個星光遍佈的溫和夜晚，影子出現時，不再聽從山羊的話，而是一個女孩，當她呼喊著他的名字時，他記了起來，記起那些受害者，他們的灰燼構成了他，記起了那些痛楚和哀傷……」

喜鵲抓住美琪的肩。「那是什麼？妳在那兒唸什麼？」

但美琪一躍而起，避開了她，沒讓她有機會奪走那張紙。**「他記起來，」**她繼續大聲唸著，**「決定報復，報復那個導致這些不幸的人，報復那個以其殘酷毒害了這個世界的人。」**

「她得閉嘴！」

那是山羊的聲音嗎？當美琪試圖避開喜鵲時，差點跌下講台邊。大流士站在那兒，手裡拿著首飾盒，目瞪口呆地看著她。但突然之間，他不慌不忙，彷彿有著全世界的時間一樣，放下了首飾盒，拿他瘦弱的手臂從背後抱住了喜鵲的胸口，不管她再怎麼踢蹬咒罵，都不放開。而美琪繼續唸著，目光對著站在那裡看著她的影子。他果眞沒有臉，但有一對眼睛，駭人的眼睛，像在房子那頭閃爍著燈光一樣紅，像一道熾熱的火焰一般火紅。

「拿走她那本書！」山羊喊道。他站在他沙發椅前，彎著身子，像是害怕自己只要朝影子踏上一步，腳就再也不會聽他使喚。「拿走那本書！」

但他剩下來的手下，全都一動不動，沒有一名男孩或女僕過來幫他。他們全都看著一動不動站在那裡聽著美琪聲音的影子，好像她在對他述說一則早被遺忘的故事。

「是的，他想報復，」美琪繼續唸，要是她的聲音不那麼顫抖就好了，但殺人可不容易，就算是由別人代爲出手也一樣。**「於是影子走向他的主人，朝他伸出灰燼般的雙手……」**

那個巨大駭人的身影，無聲無息地移動著！

美琪瞪著費諾格里歐最後的句子：**山羊正面倒下，他黑色的心停止了跳動……**

她無法說出來，她做不到。

一切心血都白費了。

這時，突然有人站到她身後，她根本沒察覺他爬上了講台。那男孩在他旁邊，拿著一把獵槍，對準著長凳作勢威脅——但那裡沒人敢動，沒人敢動根手指來救山羊。莫從美琪手中拿過那本書，眼睛飛快瞄著費諾格里歐添加上去的字句，然後聲音堅定地唸完了老人所寫**的：「山羊正面倒下，他黑色的心停止了跳動，而那些和他一起殺人放火的人全都消失了，像被風吹走的灰燼一樣。」**

只是一間廢棄的村子

在書中，我見到死者，彷彿他們全活著似的，
在書中，我看到了未來的東西。
要是上帝沒給凡人書這種輔助工具的話，
所有東西都會隨著時間消逝，
所有的名聲都會遭到遺忘。

——李察・德・柏利，摘錄自亞爾貝多・曼谷艾

山羊就像費諾格里歐所寫的那樣死了，而闊仔也在他頭子倒地那一瞬間消失了，還有半數以上坐在長凳上的手下和他一起化爲無形。剩下的人跑了開，男孩們和女人，大家都跑了開。那些山羊派去滅火，並要找出縱火者的手下迎面而來，臉全都沾滿煤灰，而且驚駭無比，但不是因爲燒掉山羊屋子的火……那已被他們撲滅了。不，在他們眼前，扁鼻子憑空消失，還有好幾個其他人也一樣。他們不見了，彷彿被黑暗吞沒掉似的，彷彿從未存在過似的，但說不定也眞是如此。那個創造出他們的人，也把他們除掉了，就像擦掉了一張圖畫中的錯筆，一張白紙上的污點一樣。他們不見了，那些不是來自費諾格里歐文字中的人，想跑回去通知山羊這個駭人的景象，但山羊已倒了下來，碎石沾在他的紅衣上，再也沒人可以向他報告火場情形，報告恐懼和死亡的事了。再也沒有。

只有影子站在那裡，身形巨大，從停車場跑過來的手下老遠就可看到他，在黑夜的天空下顯得灰濛，眼睛宛如兩顆燃燒的星星，他們忘了自己想報告什麼，每個都擠向停在停車場的車子中。他們只想離開，免得那個像狗般被呼喚而來的東西吞噬掉他們大家。

等他們全離開後，美琪才恢復神智。她把頭擠到莫的手臂下，像以往當她不想再見到這個世界時的動作一樣，而莫把那本書塞到那件讓他看來幾乎像山羊手下的夾克下，緊緊抱住她，他們只見周圍人們亂跑叫喊，只有影子靜靜站著，彷彿殺了他的主人耗盡了他所有力量一般。

「法立德，」不知何時，她聽到莫說著，「你能打開那邊那個籠子嗎？」

她這時才把頭探出莫的手臂，看到喜鵲還在。她爲什麼沒有消失？大流士還緊抱著她，彷彿害怕放開她後會發生的事。但她走了開，不再反抗，只朝山羊那頭看去，眼淚流下她那稜角鮮明的臉龐、她那柔軟的小下巴，像雨水般滴落到她衣服上。

法立德跳下講台，像葛文一樣矯捷，跑向籠子，但眼睛卻不離影子。但他依然一動不動，只站在那兒，好像再也不會動似的。

「美琪，」莫小聲對她說：「我們到被關的人那裡去，好嗎？可憐的愛麗諾看來有點虛弱，而且我還想對妳介紹另一個人。」

法立德已經在試圖打開籠子門，那兩個女人朝他們看了過來。

「你不用對我介紹她，」美琪說，緊握住他的手。「我知道她是誰，我早就知道了，我很想告訴你，但你不在，但現在我們還得再唸些東西。最後的幾句。」她從莫夾克下抽出那本書，翻到費諾格里歐紙條所在的書頁。「他把這幾句寫在反面，因爲前面再寫不下去了，」她說：「他的字體就是寫不小。」

費諾格里歐。

她放下紙條，四處搜尋著，但到處都找不到他。是不是山羊的手下帶走他了，還是……

「莫，他不在這裡！」她驚慌失措地說道。

「我會立刻去找他，」莫安撫著她。「但現在快唸！還是要我來唸？」

「不！」

影子又開始動了起來，朝山羊的屍體踏上一步，又踉蹌退後轉著圈，像一頭熊一樣笨拙。美琪似乎聽到一陣呻吟。當那對紅色的眼睛朝法立德看去時，他趕緊蹲在籠子旁，愛麗諾和美琪的母親也退了開。但美琪唸著，聲音果斷：

「影子站在那兒，回憶讓他苦痛無比，幾乎撕裂了他。他在自己腦海中聽到那些叫喊嘆息，似乎感覺到自己的灰皮膚上有淚水，他們的恐懼在他眼睛中像刺眼的煙霧。但接著，驀然之間，他感覺到其他東西，讓他癱了下來，逼他跪下，他那駭人的身影整個瓦解，突然間，他們又全都出來了，那些構成影子的受害者一一出現：男男女女、孩子、貓、狗、山妖、精靈，和其他許許多多。」

美琪見到空盪盪的廣場塡滿起來，愈來愈多。他們擠在影子癱掉的地方，像剛醒來的人一樣四處看著，然後美琪唸出費諾格里歐的最後一個句子：**「他們像從惡夢中甦醒一般，一切終於圓滿結束。」**

「他不在這兒了！」當莫從美琪手上拿過費諾格里歐的紙條，擱回到書中時，美琪說道：「他離開了，莫！他在那本書裡，我知道。」

莫瞧著那本書，又再塞回他夾克下。「是的，我想妳沒說錯，」他說：「但如果眞是這樣，我們暫時也沒辦法改變。」跟著他拉著美琪，走下講台，經過擠在山羊廣場上那些似乎一直就在那兒的人和怪異的生物。大流士跟著他們，他還是放開了喜鵲，只見她站在美琪坐過的那張椅子旁，瘦骨嶙峋的雙手撐在椅背上，無聲無息地哭著，毫無表情，彷彿她只是淚水構成似的。

當美琪和莫走向關著愛麗諾和她母親的籠子時，一個精靈飛到了美琪的頭髮中，一個藍皮膚的小巧東西，不住地在道歉。接著一個一頭亂髮的傢伙絆倒在她腳下，看來半人半動物的樣子，最後她幾乎踩到一個似乎全由玻璃構成的小人身上去。山羊的村子有了一些奇怪的新住民。

當他們抵達籠子時，法立德還在試著把鎖撬開。他一臉陰沉地到處戳著，喃喃說著髒手指就是這樣教他的，這一定是個特別的鎖之類的話。

「欸，眞棒！」愛麗諾挖苦道，在裡面把臉貼著欄杆。「現在那個影子雖然沒吃了我們，但我們可惜要餓死在籠子裡。你對你女兒怎麼說，莫？她是不是個勇敢的小東西？要是我的話，一個字都說不出來，眞的一個字都說不出來。老天，當那個老太婆想奪走那本書時，我的心幾乎要停止跳動了。」

莫把手擱在美琪肩上微笑著，但卻看著另一個人。九年是個很長很長的時間。

「我弄開了！我弄開了！」法立德叫著，打開了籠子門。但在那兩名女人還來不及踏出一步時，狗籠最陰暗的角落冒出一個身影，跳向她們，順手抓住了第一個女人——美琪的母親。

「等一下！」巴斯塔嘶聲說道：「等一下，等一下，別這麼急，妳想去哪，蕾莎？找妳親愛的家人？妳以為我沒聽懂妳們在墓室裡的竊竊私語？喔，不，我可是聽懂了。」

「放開她！」美琪喊著。「放開她！」為什麼她就沒注意到這個一動不動縮在角落裡黑漆漆的東西？她怎麼會以為巴斯塔也像山羊一樣死了呢？但為什麼他沒有呢？為什麼他沒像扁鼻子、闊仔和其他人一樣消失呢？

「放開她，巴斯塔！」莫非常輕聲說著，彷彿沒有力氣一般。「你離不開這裡的，也不可能帶著她，沒有人會幫你，他們全走了。」

「喔，不，我會離開的！」巴斯塔聲音陰險地回答。「要是你不讓我過去的話，我就掐住她的咽喉，扭斷她的細脖子。你到底知不知道她不能說話？她根本發不出任何聲音，因爲是大流士那個蹩腳貨把她唸出來的。她是個啞巴，一個漂亮的啞巴。但照我認識的你來看，你還是想要她回去，對不對？」

莫沒回答，而巴斯塔笑著。

「你爲什麼沒死？」愛麗諾對他大喊著。「你爲什麼不像你頭兒那樣倒下，或憑空消失？說說看！」

巴斯塔只聳聳肩，「我知道什麼？」他呼嚕出聲，同時手掐著蕾莎的脖子。她試圖踢他，但他只更緊緊捏著她的咽喉。「喜鵲也還在，但她也一直讓別人幹著髒活，至於我，或許我現在屬於好人這一方，因爲他們把我關到籠子裡去？或許我還在，是因爲我早就不放火，而扁鼻子更樂於殺人？或許、或許、或許……不管怎樣，我還在……現在讓我過去，吃書的傢伙！」

但愛麗諾一動不動。

「不！」她說：「你放開她才能出去！我從沒想到這個故事會有個好結局，但它還眞有，我不會讓你這個小小的巴斯塔在最後一分鐘毀了它。不然我就不叫愛麗諾·羅倫當！」她一臉果決地站在籠子門前。「這回你沒刀子！」她語帶威脅輕輕繼續說著。「你只有那張爛嘴，相信我，那現在根本幫不了你。拿手指戳他的眼睛，泰蕾莎！踢他，咬他這個混蛋！」

但泰蕾莎還來不及聽命前，巴斯塔就用力推開她，讓她絆倒在愛麗諾身上，把她和想來幫她們倆的莫一起撞倒。

而巴斯塔跳向打開的籠子門，把目瞪口呆的法立德和美琪推到一邊，然後跑開，經過那些還一直像夢遊者一樣在山羊慶典廣場四處亂走的生靈。法立德和莫還來不及追上去時，他就已消失無蹤。

「喔，好極了！」愛麗諾喃喃說著，同時和泰蕾莎一起出了籠子。「現在那傢伙會追我追到夢裡，只要我晚上聽到我花園中有任何動靜時，我就會想到他的刀抵著我的喉嚨。」

不過不只巴斯塔不見了，喜鵲也在這晚消失得無影無蹤。當他們疲倦地走向停車場，去找車子離開山羊的村子時，所有的車輛也都消失了，現在漆黑的廣場上見不到任何一輛車子。

「喔，不，告訴我這不是眞的！」愛麗諾呻吟道：「這是不是說，我們又得走過那個佈滿荊棘、該死無比的路？」

「要是妳剛好有手機的話。」莫說，自巴斯塔離開後，他就一步也沒離開泰蕾莎過。他擔心地察看了她的脖子，巴斯塔手指留下的紅斑還一直未褪，而他也拿手指縷過她的一束頭髮，說深色的頭髮他更喜歡。但九年眞是一段很長的時間，美琪看出他們倆小心翼翼地接近對方，像是在一座跨在一片空無之上的窄橋的人們一樣。

愛麗諾當然沒有手機在身邊，被山羊搜走了，雖然法立德立刻自告奮勇，到山羊燒得烏黑的屋裡去找，也沒再找到。

他們只好決定再在村裡待上最後一晚，和那些費諾格里歐從死神手中救回的生靈在一起。那仍然是個美麗溫和的夜晚，在樹下一定可以好好過上一夜。

美琪和莫找來毯子，在這個再度被廢棄的村子裡可有得是。只有山羊的屋子，他們沒踏進去。美琪再也不願跨過那屋子的門檻，不是因爲仍從窗戶滾湧而出的刺鼻煙味，也不是因爲被燒成焦炭的門，而是那些她只看上一眼便像咬人的動物一樣浮現眼前的記憶。

當她坐在圍著停車場的一株老栓皮樹下，在莫和她母親之間時，她有一刻不得不想到髒手指，懷疑山羊或許沒有說謊，他眞的死在山丘某處。或許我永遠不會得知他怎麼了，她心想，同時她頭上有個藍色的精靈一臉無助地在一根樹枝上搖晃著。

整個村子在這晚似乎令人著迷，空氣中全是喃喃私語，而在停車場上晃蕩的身影，看來像是從孩子的夢中溜出來似的，而不是來自一個老人的文字中。美琪這晚也不停問著這點：費諾格里歐現在會在哪裡，他是不是喜歡他自己的故事。她好希望他會喜歡。但她知道他會惦記著他的外孫和在他廚房櫃子中的捉迷藏遊戲。

美琪闔上眼之前，還見到愛麗諾在那些山妖和精靈之間到處晃著，露出從未在她臉上見過的喜悅。美琪左右坐著她的父母，她的母親在樹葉、在她衣服上和在沙上寫著，有太多太多話想要說了……

鄉愁

但巴斯強知道，沒那本書，他是不會離開的。現在他明白，他完全是因爲那本書才來的，那書以一種神秘的方式呼喚著他，因爲它想到他身邊，因爲事實上它已永遠屬於他！

——麥可・安迪《說不完的故事》

髒手指全都看在眼裡，拿著他在巴斯塔屋中找到的望遠鏡，在一個離山羊慶典廣場夠遠，不用怕影子，卻又能全程觀察的屋頂上。他原先想待在自己的藏身處，但一個奇怪的感覺，像巴斯塔的附身符一樣愚蠢，卻把他逼來這裡：似乎只要自己在場，就能保護那本書似的。當他溜到巷子時，又感覺到其他東西，一些他不太願意承認的東西：他想就拿著巴斯塔經常觀察他下一個受害者的同一個望遠鏡，見到巴斯塔死。

然後他就蹲坐在一個屋頂破裂的木瓦上，背靠著冰冷的煙囪，臉抹到漆黑（因爲臉在夜裡是個會透露行蹤的明亮玩意），看著山羊屋子所在的地方一步步煙霧沖天。他見到扁鼻子帶著幾個人離開去滅火，看到影子從地面中冒出，看到那個老人滿臉驚訝地消失，看到山羊死在自己喚來的死神手中。但可惜巴斯塔沒死，眞是令人生氣。髒手指看著他跑掉，也見到喜鵲跟著他身後。

他，髒手指，這名觀眾，全都看在眼裡。

他經常以來都只是個觀眾，而這也不是他的故事。他們和他有什麼關係，魔法舌頭、他女兒、那男孩、那個女書蟲和現在又屬於另一個人的女人！她可以和他一起逃跑的，但卻待在墓室中陪她女兒，他只好把她剔出他的心扉，就像有人想在他心中常駐時，他所採取的方式一樣。他很高興影子沒殺了她，但對他來說，她再也無所謂了。現在起，蕾莎又會對魔法舌頭講述那些驅走孤獨、鄉愁和恐懼的奇妙故事了。他才無所謂。

至於那些突然在山羊廣場上到處瞎晃的精靈和山妖呢？他們和他一樣，和這個世界格格不入，而他們也不會讓他忘記，他還待在這裡的唯一理由是什麼。他只對那本書還有興趣，只有那本書，而他見到魔法舌頭把書塞到夾克下，決定要把書拿回來。至少那本書還會屬於他，也必須是他的。他會摸著書頁，當他閉上眼睛時，也就再回到了家。

那個老人現在在哪兒？那個滿臉皺紋的老人？瘋了？是，你在害怕，髒手指！他苦澀地想著。你一直是個膽小鬼。你爲什麼沒站在山羊旁邊？你爲什麼不敢下去，說不定你會因此消失，就像那個老人一樣。

那個有張奶白色臉孔、帶著蝴蝶翅膀的精靈嗡嗡跟著他。她是個愛虛榮的小東西，每次，只要她在某個窗戶中見到自己的倒影，她都會露出忘我的微笑在前面逗留一會，在空中轉來扭去，手指摸著頭髮，打量自己，彷彿每次都會在自己的美麗中發現新的令人著迷之處。他認識的精靈並不這麼愛虛榮，相反地，她們有時還特別樂於拿泥土或花粉塗抹自己的小臉，然後咯咯笑著問他是誰躲在這張髒臉後面。

或許我該抓一隻來！髒手指心想。她可以讓我隱形，有時隱個形也不賴。而一頭山妖——我可以和他一起出場表演。大家會以爲那只不過是個穿著一件毛皮外衣的侏儒。沒人可以像山妖那樣拿頭倒立那麼久，沒人能像他們那樣會扮鬼臉，還有他們那種可笑淘氣的舞姿……是，有什麼不可以？

當月亮過了半個天空後，髒手指還一直蹲坐在屋頂上，那個有蝴蝶翅膀的精靈變得不耐煩起來。當她繞著他嗡嗡飛舞時，她的叮噹聲響聽來尖銳憤怒。她想幹嘛？要把她帶回到原來的地方，到所有的精靈都有蝴蝶翅膀，聽得懂她的話的地方？

「那妳找錯人了，」他輕輕對她說：「妳看到下面那個女孩和坐在那個棕髮女人旁的男人嗎？那才是妳要找的人，但我可以馬上告訴妳：他們雖然能把妳誘到他們的世界中，但把妳送回去，他們可就不怎麼行了。不過，妳可以試試看！說不定妳比我要幸運多了！」

精靈轉過身看著下方，她難過地看了他最後一眼，便嗡嗡飛開了。髒手指見到她的光芒和其他精靈的混在一起，到處飛舞，在樹枝間互相追逐。她們眞是健忘，小腦袋裡連一天的苦惱都容不下，誰知道，說不定溫和的夜風讓她們早忘了這不是她們的故事。

等到下面大家都入睡後，天也已破曉，只有那個男孩在守衛。他是個多疑的孩子，老在留神，老在警覺，只有玩火的時候例外。髒手指一想到他勤奮的臉和他偷偷從他背袋拿出火把燙傷自己的嘴唇時，便不得不微笑著。那個男孩不是問題，沒錯，絕對不會。

魔法舌頭和蕾莎睡在一株樹下，美琪躺在他們倆中間，像一隻在溫暖的窩中被呵護著的小鳥。一步遠外，睡著愛麗諾，她在睡夢中微笑著。髒手指從未見她這麼高興過，她的胸口上有個精靈，像個金龜子的小幼蟲般蜷了起來。愛麗諾一手擱在她身上，那精靈的臉比她的大拇指頭大不了多少，而精靈的光芒從愛麗諾粗壯的手指中滲了出來，彷彿一顆被捕獲住的星星一樣。

當法立德一見到髒手指走近，就站了起來，手裡拿了一把獵槍，過去一定是某個山羊手下的。「你……你根本沒死？」他難以置信地輕輕說道。他一直沒穿鞋子，也難怪，他總是被鞋帶絆倒，而繫鞋帶對他來說也是個大問題。

「是的，我沒死。」髒手指停在魔法舌頭身旁，低頭瞧著他和蕾莎。「葛文在哪？」他問那男孩。「我希望你有好好照顧牠！」

「他們開槍射我們時，牠跑開了，但又回來了！」男孩的聲音中聽得出驕傲。

「這樣呀。」髒手指蹲到魔法舌頭身旁。「欸，牠總是知道什麼該跑開，就像牠主人一樣。」

「昨晚我們把牠留在營地，就是上面那棟被燒掉的屋子，因為我們知道會很危險，」男孩繼續說：「但只要我的守衛工作一結束，我就會去接牠。」

「嗯，那我可以現在去處理，你別擔心，牠一定沒事的，這種貂知道照顧自己的。」髒手指伸出手，探進魔法舌頭的夾克下。

「你在幹嘛？」男孩的聲音聽來不安。

「我只是拿回屬於我的東西。」髒手指回答。

當他從他夾克中抽出那本書時，魔法舌頭沒有任何動靜。他睡得又死又沉。現在還有什麼會打擾他的睡眠呢？他有了他所想要的一切。

「那不是你的！」

「那是我的。」髒手指起身，抬頭看著樹枝間。上面睡著三個精靈，他總是疑惑她們是如何睡在樹上而不會掉下來。他小心地從細小的樹枝上摘下兩個精靈，當她們打著呵欠睜開眼時，他輕輕吹著她們的臉，然後擱進他的口袋中。

「吹一下會讓她們昏昏欲睡，」他對男孩解釋。「只是個小訣竅，如果你以後和她們打交道的話，但我估計這只對藍色的精靈有效。」

他沒搖醒山妖。他們是死腦袋，說服其中一個跟他走，要花上一段時間，說不定魔法舌頭都先醒來了。

「帶我走！」男孩擋住他的去路。「這裡，我有你的背袋。」他把背袋拿高，似乎想這樣收買髒手指，讓他跟他走。

「不行。」髒手指拿過背袋，掛在肩上，背對著他。

「可以！」男孩追著他。「你必須帶我走，要不然當魔法舌頭察覺那本書不見了，我該怎麼對他說？」

「就對他說你睡著了。」

「求求你！」

髒手指停了下來。「那她怎麼辦？」他指著美琪。「你不是喜歡那女孩，爲什麼不待在她身邊？」

男孩臉紅起來，久久注視著女孩，彷彿想記住她的容貌似的，但接著又轉過身對著髒手指。「我不屬於他們。」

「你也不屬於我。」髒手指讓他站在那兒，但等他走過停車場好幾公尺時，那男孩還一直站在那裡。他試著悄悄走，不讓髒手指聽見，但當他轉過身時，他像個被逮到的小偷一樣呆在那裡。

「這是怎麼搞的？我反正不會在這裡待很久！」髒手指喝叱著他。「現在我有了這本書，我會找個人把我唸回去，就算是個像大流士那樣結結巴巴的傢伙，把我跛著腳或壓平了臉送回家去，我也不管。那時候你怎麼辦？那你就一個人了。」

男孩聳了聳肩，烏黑的眼睛瞧著他。「我已經能好好吐火了！」他說：「你不在時，我一直在練習，但吞火還是有點問題。」

「那也是比較難的，你太急了，我跟你說了不下千遍。」

他們在被燒屋子的廢墟中找到了葛文，只見牠嘴上有羽毛。牠似乎高興見到髒手指，甚至舔了他的手，然後就跟在男孩後面。他們一直朝南邊海的方向而去，直到天明，跟著休息了一會，吃著巴斯塔櫥櫃裡的存糧，一些又紅又辣的香腸、一塊乳酪、麵包和橄欖。麵包已有點硬，他們浸著油吃，默默並坐在草中，跟著繼續前進。樹叢間開著藍色和淡粉紅色的野生鼠尾草。精靈在髒手指的背袋中動了起來，而男孩跟在他後面，像第二道影子一般。

回家

他起帆回去
幾乎一整年
又好幾個星期
再加上一天
直到他的房間，正值深夜
吃的東西已等著他
還是熱的。

——毛里斯・山達克《野傢伙住的地方》

當莫早上發覺那本書不見時，美琪起先以爲是巴斯塔拿走的，一想到他在他們睡著時偷偷溜了過來，她就怕得要死。但莫懷疑不是他。

「法立德也不見了，美琪！」他說：「妳相信他會和巴斯塔走？」

不，她不相信，法立德只會和一個人走。美琪可以想像髒手指如何從黑暗中現身，就像當時這一切開始的那一晚一樣。

「但費諾格里歐！」她說。

對此，莫只嘆著氣。「我不知道我是不是該試著把他弄回來，美琪，」他說：「這本書裡已出現這許多不幸，而我不是會寫出自己想唸的文字的作家，我只不過像是個書的醫生而已。我可以幫書換上新的裝幀，可以讓書年輕一些，除掉蠹蟲，想辦法不讓書頁隨著光陰脫落，就像人掉頭髮一樣。但重新編出書裡的故事，拿適當的字眼塡滿空白的新頁，我就做不到了。那是另一種完全不同的工藝。一位著名的作家曾寫過：我們可以把作家看成三種人：說故事的人、老師和魔法師……但最重要的是魔法師。我一直認爲他說得對。」

美琪不知道該說什麼，只知道她惦念著費諾格里歐的臉。「那小鈴鐺呢？」她問：「那她怎麼辦？她是不是現在也必須待在這裡？」當她醒來時，那精靈已躺在她旁邊的草中。如果不仔細看的話，會以爲她們是一群蛾。美琪就是捉摸不透，她是怎麼逃出巴斯塔的掌心的。他不是想把她關到罐子裡嗎？

「嗯，就我所知，彼得潘最後也根本記不得有她，」莫說：「對嗎？」

是的，美琪也記得這點。

「欸！」她喃喃說著。「可憐的費諾格里歐！」

但在她說這話的同時，她母親用力地搖著頭。莫在他口袋裡找紙，但他能找到的東西只是一張加油站的收據和一枝簽字筆。泰蕾莎露出一個微笑從他手中接過那兩樣東西，跟著就在上面寫字，而美琪蹲在她旁邊的草中：妳不必爲他感到抱歉，他去的地方並不是什麼不好的故事。

「山羊還在那裡嗎？妳有沒有見過他？」美琪問。莫和她不時問著這點，畢竟《墨水心》講的是他的故事。但或許在鉛印出來的故事後，眞的還有一個世界，像這裡這個一樣每天在變化著。

我只聽到他的事，她母親寫著。大家說到他，像是他遠遊去了，但還有其他和他一樣壞的人。那是個充滿恐懼和美麗的世界——她的字愈寫愈小，美琪幾乎要認不出來——我很能理解髒手指的鄉愁。

最後一個句子讓美琪感到不安，但當她憂心地看著她母親時，她只笑著，抓起她的手。但我更思念你們，非常思念。她在她手掌中寫著，美琪握起手指，彷彿這樣可以把這些字緊握住。在回愛麗諾家的漫長路上，她還不時唸著，隔了好多天後，那些字才褪去。

愛麗諾可受不了再吃力走過那荊棘遍佈、蛇群出沒的山丘。「難道我瘋了不成？」她罵道：「我只要一想到，腳就開始痛了。」於是她和美琪又再去找電話。在這個現在眞被廢棄的村子裡走，經過被燒黑的屋子和教堂那扇一半被燒成黑炭的門，感覺很奇怪。廣場上有水，藍色精靈倒影在裡面，這廣場一夜之間幾乎變成了一座湖一般。山羊手下用來搶救他們頭頭屋子用的橡皮管，在水中像巨蛇一般扭曲著。那場火果眞只肆虐了一樓，但美琪還是不敢進去，在他們徒勞無功地找了其他不下十幾間的屋子後，愛麗諾終於單槍匹馬消失在那燒燬的門後。美琪對她講明喜鵲的房間在哪，而愛麗諾拿著一把獵槍，以防那老太婆回來，好救回一些她和她兒子掠奪來的寶藏。但喜鵲和巴斯塔一樣消失無蹤，而愛麗諾回來時，嘴角露出一個勝利的微笑，手裡拿著一個手機。

她叫來一輛計程車，但卻難以向司機解釋，不用理會他碰到的路障，好在這個司機至少不相信關於這個村子的那些鬼話。莫和愛麗諾在路上等他，免得他見到那些精靈和山妖。當美琪和母親待在村裡時，他們兩個搭車到下一個較大的村子，幾個鐘頭後開著兩輛出租車回來，講得更明確一點，是兩輛小型巴士。因爲愛麗諾決定提供一個家給這些流落到他們世界來的奇異生靈。「難民，」正如她給他們的稱呼，「我們的世界畢竟對稍微不同的人都沒什麼耐心和理解，更何況這些會飛的藍色玩意？」

隔了好一會，大家才明白愛麗諾的建議。這當然也適用於人類，但他們全都決定留在山羊的村子，這裡顯然讓他們想到了一個幾乎令他們忘了死亡的家，而美琪對孩子們提到那些應該還在山羊地窖中的寶藏，說不定那足夠給所有山羊村裡的新居民好好過上下半輩子了。從影子身子中竄出來的小鳥和貓狗，早就消失在附近的山丘中，還有幾個精靈和兩個玻璃人迷上了這裡的染料木花和迷迭香，而窄巷子中的老石頭輕聲述說著古老的故事，讓他們決定把這過去的邪惡村子當成他們的家。

但最後還是有四十三個帶著蜻蜓翅膀的藍皮膚精靈嗡嗡飛進巴士中，停在灰色座椅的靠背上。顯然山羊像其他人打蚊子一樣，會任意打死精靈。但小鈴鐺是那些不願跟來的精靈之一，美琪對這並不特別在意，因爲她發現彼得潘的精靈相當自以爲是，而且她的鈴聲眞會讓人抓狂，小鈴鐺幾乎是不停叮噹響著，尤其是在她得不到她想要的東西時。

另外，還有四個山妖及十三個男男女女的玻璃人上了愛麗諾的巴士，加上大流士，那個結結巴巴、可憐兮兮的朗讀者。他再也受不了這個遭到廢棄，但又有了居民的村子，對他來說，這裡有太多痛苦的記憶。他對愛麗諾建議，幫她重新建起她的圖書館，而愛麗諾答應下來（美琪有點懷疑她腦袋裡在偷偷打算，說不定可以讓大流士再朗讀看看，因爲這會兒再也沒有可怕的山羊在一旁讓他舌頭打結了）。

當他們離開山羊村子時，美琪還久久回頭看著。她知道她永遠不會忘記這幅景象及在村裡發生的事，就像某些故事一樣，雖然會讓人害怕，但或許正因如此，才記憶清晰。

莫在開車前還擔心地問美琪，如果他們先開到愛麗諾家，她會不會反對。但奇怪的是，她還更惦記愛麗諾的家，勝過她和莫度過這幾年的老農莊。

屋子後面草地上那個山羊手下堆起書的地方，還見得到火燒的痕跡，但愛麗諾在留下一果醬罐子的細小書灰後，已請人清除掉了灰燼。那個罐子就擱在她床旁的床頭櫃上。

至於那些山羊手下從書架上扯下來的書，許多已擱回了原位，其他的則在莫的工作檯等著重新裝幀。圖書館中的書架還一直空著，當她們倆站在架子前時，美琪見到愛麗諾眼中有淚水——就算她趕緊擦拭掉。

接下來幾個星期，愛麗諾大肆採購著。她買書，為此周遊整個歐洲，大流士一直在她身邊，有時莫也陪同他們倆。但美琪和她母親留在這棟大屋子中，她們一起坐在一扇窗前，看著外面的花園，精靈在那裡搭起了窩，像球一樣掛在樹枝間的圓形東西。那些玻璃人則在愛麗諾的閣樓住了下來，山妖在愛麗諾花園中許多巨大的老樹間挖出洞穴。她再三提醒他們，盡量不要離開她的家，強烈警告他們，圍籬外的那個世界非常危險，但不久後，精靈晚上就飛下去到了湖邊，山妖則溜到湖岸旁沉睡的村子，而玻璃人更消失在鄰近山坡上的深草中。

「妳別太擔心，」當愛麗諾又一次對這些行徑大呼小叫時，莫說道：「他們所來的世界也不怎麼安全。」

「但那裡不一樣！」愛麗諾只叫著。「那裡沒有車子，要是精靈撞上車子擋風玻璃的話，會怎麼樣？也沒有拿著獵槍的獵人，只是因為好玩，便射殺所有會動的東西。」

愛麗諾這時知道了《墨水心》裡那個世界的一切。美琪的母親用了好多紙寫下她的回憶。每天晚上，美琪都求她多說一些，跟著她們就坐在一起，泰蕾莎寫，美琪唸，有時她也試著畫下母親所描述的東西。

日子一天天過去，愛麗諾的書架擺滿了奇妙的新書。有的書況很差，而開始爲愛麗諾這些印製出來的寶貝編目錄的大流士，便常常中斷自己的工作，看著莫的工作。當莫拆掉一本翻爛的書的裝幀，重新貼起脫落的書頁，固定書背，做著其他繼續保存書籍的必要步驟時，他都睜著大眼坐在一旁看著。

美琪後來也說不上來，他們何時決定永遠住在愛麗諾家裡的。或許是過了好幾個星期後，或許他們在第一天就已知道了。美琪接收那個有超大床的房間，床下還一直擱著她的書箱。她很想唸她心愛的書給母親聽，但這時她明白莫爲什麼也不唸書的原因了。有天，當她又無法入睡，以爲自己見到外頭夜裡巴斯塔的臉時，便坐到窗前的桌子邊，開始寫東西，而同時精靈在愛麗諾的花園裡閃爍著，山妖在樹叢中窸窣作響。

美琪這樣計畫：她想開始學習杜撰故事，就像費諾格里歐一樣。她想學著捕捉出能爲她母親朗讀的字句，而不用怕誰跑出來，瞪著一對想家的眼睛望著她們。只有文字能送他們回去，送那些只由文字構成的東西回去，因此美琪決定把寫作當成她的事業。還有哪裡比一個花園中有精靈築窩，夜裡有書在書架上低吟的屋子，能學到更多東西的？

就像莫說過的：寫故事，是和魔法脫不了關係的。

無路森林彷如綠色大海，
但毒蛇頭暴力統治的刀要殺晝夜之堡；
紅皮膚的火精靈嗡翁飛，
而巴斯塔與冥府之犬大刀追來，步步緊鄰；
英俊的柯西摩王子，以亡靈又活了一次，遊戲從此沒有規則，
爲了要救回美琪，魔法舌頭不顧一切也闖進書中書……

國家圖書館出版品預行編目資料

墨水世界首部曲──墨水心／柯奈莉亞 ・ 馮克
著；劉興華譯 -- 初版. -- 臺北市：大田
出版；臺北市：知己總經銷，民 94
面； 公分. --（Titan；007）

875.59 93020141

Titan 007

墨水世界首部曲──墨水心

柯奈莉亞 ・ 馮克◎著
劉興華◎譯
台北市 10445 中山區中山北路二段 26 巷 2 號 2 樓
E-mail：titan3@ms22.hinet.net
http：//www.titan3.com.tw
編輯部專線（02）25621383
傳真（02）25818761
【如果您對本書或本出版公司有任何意見，歡迎來電】
法律顧問：陳思成律師

總編輯：莊培園
副總編輯：蔡鳳儀 編輯：陳映璇
行銷企劃：高芸珮 行銷編輯：翁于庭
初版：2005 年（民 94）2 月 20 日
二十四刷：2018 年（民 107）8 月 10 日
定價：新台幣 380 元 特價 299 元

總經銷：知己圖書股份有限公司
台北公司：106台北市大安區辛亥路一段30號9樓
TEL：02-23672044 / 23672047 FAX：02-23635741
台中公司：407台中市西屯區工業30路1號1樓
TEL：04-23595819 FAX：04-23595493
E-mail：service@morningstar.com.tw
網路書店 http://www.morningstar.com.tw
讀者專線：04-23595819 # 230
郵政劃撥：15060393（知己圖書股份有限公司）
印刷：上好印刷股份有限公司

填寫線上回函 ❤
送小禮物

國際書碼：ISBN 978-957-455-772-3 /CIP: 875.59 / 93020141
Printed in Taiwan